Ein Roman von Axel Fischer

Alle Rechte vorbehalten

Die Geschichte sowie alle Personen sind frei erfunden.
Jede Ähnlichkeit mit lebenden Personen ist rein zufällig.

Copyright © Axel Fischer 2016
Covergestaltung: Heike Fischer
Textbearbeitung: Heike Fischer
E-Mail: manax22@web.de

Herstellung und Verlag:
BoD - Books on Demand GmbH, Norderstedt
ISBN: 978-3-7412-5406-2

Bereits erschienen von Axel Fischer

Ein Neuanfang nach Maß
BoD - Books on Demand GmbH, Norderstedt
ISBN: 978-3-8391-4167-0

Der Schneekrieg
BoD - Books on Demand GmbH, Norderstedt
ISBN: 978-3-8482-2370-1

Späte Rache
BoD - Books on Demand GmbH, Norderstedt
ISBN: 978-3-7386-0720-8

Ihre letzte Chance
BoD - Books on Demand GmbH, Norderstedt
ISBN: 978-3-7322-8256-2

Bleib bei mir
BoD - Books on Demand GmbH, Norderstedt
ISBN: 978-3-7347-3045-0

Augen ohne Gesicht
BoD - Books on Demand GmbH, Norderstedt
ISBN: 978-3-7386-1670-5

Autor im Glück
BoD - Books on Demand GmbH, Norderstedt
ISBN: 978-3-8423-5767-9

Ganz herzlich danken möchte ich meiner Frau Heike Fischer für das tolle Coverfoto, ihren technischen Support bei der Anfertigung der Druckvorlage sowie ihrem Lektorat und dem Korrektorat.

Weiterhin vielen Dank fürs Korrekturlesen an Hildegard Humkamp und Ulli Grünewald.

Sekundanten des Teufels

1

Düster und stickig präsentierte sich der Raum in Gänze, der ihr bis zur Aufklärung ihres letzten Mordfalles als Büro diente und auch in Zukunft für die Lösung neuer Fälle wieder bereit stehen sollte. Sicher hatte niemand in den letzten sieben Monaten ihrer Abwesenheit hier einmal geputzt, Staub gewischt oder gar gelüftet. In der Kaffeemaschine steckte noch eine Filtertüte mit Kaffeesatz, den bereits eine tiefgrüne Schimmelschicht überzog. Karin Weber legte erstmal ihre lederne Aktenmappe auf den Rollschrank neben ihrem Schreibtisch. Langsam und vorsichtig, als könnte der Serienmörder plötzlich wieder auferstehen und sich auf sie stürzen, ließ sie sich in ihren einstmals so geliebten Bürostuhl gleiten. Sie war noch weit davon entfernt wieder die toughe Hauptkommissarin zu sein, die gnadenlos ihr zweifelhaftes Klientel jagte und das sogar dann noch, wenn es bereits wehtat. Doch Karin hatte sich wieder zurück ins aktive Leben gekämpft. Die Betreuung durch eine sehr engagierte Psychologin wirkte immer noch wohltuend nach. Nein, sie hatte geschworen sich nicht unterkriegen zu lassen, um wieder ihren Dienst als Leiterin der Kölner Mordkommission aufzunehmen. Jetzt saß sie auf dem Platz, von dem aus sie bereits so manchem gedungenen Mörder mit harter Hand das Handwerk gelegt hatte. So ganz geheuer war ihr ihr Arbeitsplatz noch nicht und doch trotzdem irgendwie vertraut.

Von ihrem Platz aus konnte sie direkt auf das Whiteboard gegenüber ihrem Schreibtisch schauen. Friedlich und ungenutzt stand die weiße Metallplatte auf dem Ständer, wartend und bereit für neue Aufgaben. Lediglich die kleinen, roten Magnetpunkte, die sonst gnadenlos alles genau festhielten, was man ihnen zur Ansicht anheftete, hatte irgendein Komiker aus dem Haus zu einem lachenden Gesicht zusammengesetzt. Was für ein Gegensatz! Als sie das letzte Mal einen Blick auf das Board geworfen hatte, starrten ihr nur leblose Augenpaare aus den Totenschädeln mehrerer junger Frauenleichen entgegen, denen ein psychopathischer Serienmörder bei lebendigem Leib die Gesichtshäute entfernt hatte. Und dies war ausgerechnet der Mann gewesen, den sie geliebt hatte, der sie auf Händen trug und mit dem sie richtig glücklich war, bis sie von jetzt auf gleich damit konfrontiert wurde, dass dieser Mann der gesuchte Serienmörder war und gerade ihrer Kollegin die Gesichtshaut entfernen wollte. Karin Weber spürte plötzlich wieder das Rucken in ihrer rechten Hand, das ihre Neunmillimeter Pistole durch den Rückschlag verursachte, als sie mehrfach abdrückte, um Dr. Udo Stein zu töten. „Nein, du weinst jetzt nicht. Du bist drüber weg. Er wird dein Leben nicht weiter beeinflussen und zerstören", sprach sie laut vor sich hin, bis das Zittern ihres Körpers langsam abebbte. Um sich abzulenken und wieder in ihren alten Trott zu gelangen, nahm sie das neue Paket Kaffeepulver aus der Papiertüte sowie die neuen Filter und den Tetrapack mit der H-Milch. Es folgte eine ausgiebige Reinigung ihrer Kaffeemaschine und schon bald zischte und blubberte frischer Filterkaffee in die Thermoskanne der Maschine. Der Duft des frischen Kaffees tat ihr gut. Als der letzte Rest durch den Filter in die Kanne getropft war, füllte sie sich ihren Becher und goss Milch dazu.

Plötzlich wurde Karins Bürotüre aufgestoßen. Edith Steinbach, ihre Kollegin, betrat das Büro. Nur eine heftige Körperreaktion verhinderte, dass Karin Weber ihr Becher mit der grinsenden Mickymaus aus der Hand fiel. „Hi, Karin. Toll, dass du wieder bei uns bist." Edith Steinbach hatte ihre langen blonden Haare zu einem Zopf zusammengebunden, der bei jeder ihrer Kopfbewegungen hin und her schwang. Ihre mittlerweile neununddreißig Jahre sah man ihr überhaupt nicht an. Der Job, ihr Mann und die beiden Kinder schienen ihr gut zu tun und sie jung zu halten. „Morgen, Edith. Ja, ich freue mich auch, endlich wieder hier zu sein. Was macht unser Laden?" „Oh, hier ist während deiner Abwesenheit eine Menge geschehen." „Setz dich doch erstmal. Magst du auch einen Kaffee?" „Ja, gern." Karin sorgte für einen zweiten Becher Kaffee und stellte ihn vor ihre Kollegin. „Dann schieß mal los. Bin ich überhaupt noch Leiterin der Mordkommission oder habt ihr euch schon einen anderen Chef angelacht?" Karin lächelte und auch Edith schmunzelte. „Keine Sorge, der Präsident hält nach wie vor große Stücke auf dich und hat dir den Job frei gehalten. Olaf als dein Vertreter hat die Position kommissarisch übernommen und sehr gut gemacht. Wir waren gewohnt erfolgreich bei der Aufklärung von diversen Mordfällen. Allerdings hat das Ganze noch einen Haken: Olaf Salcher wird uns zum 1. Januar verlassen und Leiter der Mordkommission Münster werden." „Das ist ja wohl nicht wahr!?" „Leider doch. Er hatte wohl ein wenig darauf spekuliert, dass du eine andere Aufgabe im Haus übernehmen wirst, und er hier die Leitung der Mordkommission übernehmen könnte. Er hat die nötigen Dienstjahre auf dem Buckel und alle erforderlichen Laufbahnlehrgänge mit Auszeichnung absolviert. Weil der Präses aber an dir festhält, hat sich Olaf für Münster entschieden. Ist ihm wohl auch sehr recht, weil er dort geboren wurde." „Das sind ja keine schönen Neuigkeiten. Gibt es schon Infos, wer sein Nachfolger werden soll?" „Leider nein. Ich habe natürlich gehofft, dass ich den Job antreten kann. Aber mir fehlen noch zwei Laufbahnlehrgänge, um deine Stellvertretung übernehmen zu dürfen. Für eines dieser Seminare habe ich jetzt einen Platz erhalten. In vier Wochen geht es los. Aber jetzt lass doch mal den Dienstbetrieb außen vor. Wie geht es dir, Karin? Hast ja eine Menge durchgemacht." „Das ist wohl wahr. Aber Dank der sehr guten Therapeutin bin ich wieder auf dem Damm und voll belastbar." „Das ist ja super. Ich drücke dir ganz fest die Daumen, dass es keinen Rückfall gibt. Sag mal: Es wird im Hause geflüstert, dass du jetzt mit Asli Bülent zusammen bist?" „So! Wird das im Haus erzählt? Es ist aber in der Tat so. Nachdem die Ärzte Asli ihre Gesichtsverletzungen erfolgreich behandelt hatten, wurden wir beinahe zeitgleich aus der Uniklinik entlassen. Irgendwie waren wir Leidensgenossinnen. Beide geschädigt durch diesen Wahnsinnigen Dr. Udo Stein." Karin stockte, eine Träne verließ lautlos ihr linkes Auge und tropfte auf ihre Bluse. „Ist gut, Karin. Du musst mir nicht alles erzählen." „Doch, doch, ich steh da drüber, Edith. Asli und ich haben dann gemeinsam die Reha durchgezogen. Jetzt sind wir beide wieder diensttauglich geschrieben und nun bin ich hier. An was für einem Fall arbeitet ihr gerade?" „Zurzeit beschäftigen uns zwei Mordfälle. Olaf ermittelt in einer Beziehungstat. Eine Zweiundzwanzigjährige hat ihren Freund mit einem Hammer erschlagen, weil sie ihn in der eigenen Wohnung mit ihrer Freundin im Bett angetroffen hat. Und ich arbeite mit Theodorakis, unserem Neuzugang, an einem Tötungsdelikt nach einem Raubüberfall. Wir haben zwei Täter, die wir geschnappt haben und die derzeit in U-Haft sitzen. Beide schweigen jedoch beharrlich, damit keiner den anderen belastet. Ist ziemlich viel Filigranarbeit, um den wahren Täter ausfindig zu machen. Aber das ist dir ja nichts Neues." „Theodorakis? Wir haben einen neuen Kollegen? Hat man etwa unsere Abteilung aufgestockt?" „Ja, so ist es. Der Präsident hat den jungen Deutsch-Griechen gleich von der Polizeischule hierher geholt. Theodorakis ist verdammt gut, hat super Zeugnisse, ist menschlich sehr nett und arbeitet äußerst fleißig und gewissenhaft. Ich stelle ihn dir nachher mal vor. So, nun bist du halbwegs informiert. Ich denke, an Arbeit wird es dir sicher nicht mangeln, wenn wir dir die Ermittlungsakten hereingeben." „Das glaube ich allerdings auch. Der normale Wahnsinn hat mich also wieder." „Du hast es erfasst, Karin. Ich freue mich sehr, dass du wieder an Bord bist." „Danke dir, Edith. So fällt mir der Wiedereinstieg gleich viel leichter."

Triefend nass erwachte er in seinem Bett. In der letzten Schlafphase dieser Nacht war er wieder da gewesen, dieser Traum, der ihn niemals mehr loszulassen schien. Seit seinem achten Lebensjahr quälten ihn die Erinnerungen. Auch das, was die Ärzte ihm einst prophezeiten, dass die Zeit die meisten Wunden heile, selbst seelische, war bisher nicht annähernd eingetroffen. Im Gegenteil, es war über die Jahre permanent schlimmer geworden. Anfangs während seiner Jugendzeit überfielen ihn die Träume noch recht selten und auch die Intensität war nicht vergleichbar mit der heutigen. Es war eher so, als ob der Nachbarshund hinter ihm her war. Doch sobald er erwachte, verschwand das zähnefletschende Maul des Rottweilers im Nebel der Nacht. Mit dem Älterwerden setzten die Alpträume für eine kurze Zeit aus. Jetzt waren es eher die hübschen Mädels, die ihn besonders interessierten und ihm schöne Träume bereiteten, die meistens mit einer feuchten Schlafanzughose endeten. Doch schon bald kehrten die Alpträume zurück. Immer und immer wieder sah er in das Gesicht dieses bärtigen Priesters mit dem langen Mantel und den vielen kleinen, schwarzen Knöpfen, die er stets ganz langsam zu öffnen pflegte, bevor er ihm wieder und wieder erklärte, dass er ihn nur so vor des Teufels Zugriff bewahren konnte, bevor sich dieser seiner bemächtigte, um ihn zu töten und um ihn in der Hölle schmoren zu lassen. Jedes Mal wenn er die Sakristei aufsuchte, zeigte der bärtige

Mann ihm Bilder mit nackten Teufeln, die kleine Kinder mit gewaltigen Speeren aufspießten, um sie sodann in einen tiefen Schlund zu werfen. So hatte er sich anfangs nichts dabei gedacht, auch wenn es zumeist sehr wehtat, wenn der bärtige Mann ihm wieder seine schützende Flüssigkeit applizierte. Dies war ihm immer noch lieber, als wenn der Bärtige wieder ganz besonders seinen Kopf beschützen wollte. Noch heute spürte er die klebrige Masse auf seiner Zunge, die er dazu benötigte. Einmal hatte er sogar, jedoch eher zufällig, mit angesehen, wie der Pfarrer seiner Mutter den Teufel im Leib ersparen wollte und mit ihr das Gleiche tat wie mit ihm selbst. Dies war kurz vor seinem zwölften Geburtstag. Er machte mit einem Klassenkameraden zusammen Hausaufgaben im Haus der Eltern seines Kumpels. Nach getaner Arbeit zeigte ihm sein Freund seinen neuen PC und wies ihn in die Untiefen des Internets ein. Er selbst durfte zu Hause keinen PC benutzen. Sein Vater hatte das verboten. So sprangen sie von einem Thema zum nächsten, bis sein Freund ihm einige Pornoseiten vorstellte. „Bohh, die vertreiben aber ganz schön heftig den Teufel", rutschte es ihm so heraus. „Teufel vertreiben? Quatsch! Die machen Liebe. Wer sagt denn etwas von Teufel vertreiben?" „Unser Pastor", sprudelte es nur so aus ihm heraus. „So a Schmarrn. Dein Pastor will nur Spaß haben." Um sich nicht noch weiter der Lächerlichkeit preiszugeben schwieg er einfach. Gleich auf dem Weg nach Hause dachte er darüber nach, wen er fragen sollte, wie es sich wohl mit dem Schutz vor dem Teufel verhielt, Mutter oder Vater. Vater würde ihm sicher den Hosenboden stramm ziehen, wenn er ihm eine solche Frage stellte. So entschied er sich für seine Mutter.

2

„Schmidt, Vorzimmer des Polizeipräsidenten, hallo, Frau Weber. Schön, dass Sie wieder diensttauglich sind. Der Chef möchte Sie gern persönlich begrüßen. Könnten Sie in fünfzehn Minuten kurz vorbei schauen?" „Hallo, Frau Schmidt. Kein Problem, ich bin in einer Viertelstunde bei Ihnen." Nachdenklich schlürfte Karin ihren zweiten Becher Kaffee leer. Das der Präses sie sehen wollte, war nichts Ungewöhnliches nach so langer Zeit der Abwesenheit. Schließlich gehörte sie als Dezernatsleiterin zur Führungsgruppe des Präsidiums. Das aber ihre Abteilung ohne ihre Zustimmung umgekrempelt wurde, passte ihr ganz und gar nicht. Das Olaf nach Münster ging war ein echter Verlust für das Kommissariat, auch wenn sie seine Beweggründe bestens verstand. Seine Eltern lebten in Münster und er war dort geboren. Außerdem wollte er schon länger die Karriereleiter hochklettern, und dies stellte eine echte Chance für ihn dar. Sie setzte den Becher auf ihrem Schreibtisch ab und verließ das Büro Richtung Chefetage. Eigentlich war sie ja ein Treppenhausfreak, aber zwölf Etagen waren ihr heute doch etwas zu viel. Sie rief den Fahrstuhl und nutzte die Vorzüge der Technik. Kaum eine Minute später stand sie vor der Türe von Frau Schmidt und klopfte an. „Herein", klang es ihr entgegen. Karin drückte den Türgriff herunter und betrat das Büro. Angelika Schmidt sah man ihre 56 Lenze nicht an. Sie war eine gepflegte und gut aussehende, vielleicht etwas zu konservative Frau, die ihrem Chef kompromisslos den Rücken frei hielt und stets mit Rat und Tat zur Seite stand. Im Hause wurde mal gemunkelt, die beiden hätten etwas miteinander, doch Karin gab wenig auf solche Gerüchte. Und wenn dem wirklich so war, ging sie dies ohnehin nichts an.

„Guten Tag, Frau Weber. Nehmen Sie bitte noch einen Moment Platz. Ich melde Sie beim Chef an." Karin tat wie ihr aufgetragen. Etwas zu flott ließ sie sich in den Besuchersessel fallen. Jäh wurde ihr Schwung von der ziemlich straff gefederten Sitzfläche abgefangen. „Gehen Sie bitte hinein. Der Chef erwartet Sie, Frau Weber." Karin bedankte sich und trat in das Allerheiligste der Kölner Polizei ein. „Hallo, Frau Weber. Dies ist ein wirklich schöner Tag für mich. Ich freue mich sehr, Sie wieder bei bester Gesund im Hause begrüßen zu dürfen." Karin kannte ihren höchsten Chef zur Genüge und sie wusste auch ganz genau, dass sie nicht nur zum „Guten Tag" sagen eingeladen war. „Wie geht es Ihnen, Frau Weber?" „Danke der Nachfrage. Ich fühle mich sehr gut und freue mich schon darauf, alle in mich gesetzten Erwartungen zu erfüllen und mein Team bei der Arbeit unterstützen zu können." „Dann haben wir jetzt den offiziellen Teil der Begrüßung hinter uns gebracht. Kommen wir zu den Veränderungen und dem Wandel, der eine neue Qualität in einer modernen Polizeieinheit ausmacht. Beginnen wir mit der traurigen, wenn auch verständlichen Nachricht:

Olaf Salcher, der Sie im Übrigen hervorragend vertreten hat, verlässt uns auf eigenen Wunsch zum 31.12. dieses Jahres. Er übernimmt als Leiter die Mordkommission in Münster und steigt so die Karriereleiter nach oben. Salcher ist in Münster geboren und freut sich bereits auf seine neue Aufgabe. Der Herr Innenminister des Landes hat bereits seine Bestellungsurkunde ausgestellt. Der Wechsel ist in trockenen Tüchern. Sie benötigen nun einen neuen Stellvertreter. Edith Steinbach, die ich immer wegen ihrer guten Leistungen bevorzugen würde, hat leider noch nicht alle Laufbahnlehrgänge abgeschlossen und darf deshalb diese Position noch nicht bekleiden. Ich habe diesbezüglich bereits mit dem Herrn Innenminister gesprochen, doch er musste meine Bitte um Ausnahme zurückweisen, weil er damit einen Präzedenzfall schaffen würde, der Tür und Tor für andere Bewerber öffnet, sich entsprechend einzuklagen. Sie müssen sich deshalb rasch damit beschäftigen, Ersatz für Salcher zu finden. Ich habe weiterhin Ihr Kommissariat mit einem äußerst tüchtigen und besonders engagierten jungen Mann personell aufgestockt, den Sie bitte für zukünftige Aufgaben aufbauen." „Soll das jetzt heißen, dass ich meinen Nachfolger heranziehen soll?" „Aber nicht doch, Frau Weber. Aber Sie sind jetzt neunundvierzig. Irgendwann gehen auch Sie in Pension und da wäre es natürlich schön, ein Eigengewächs auf Ihre Position setzen zu können, das mit Ihren Qualitäten aufwartet. Na, Sie machen das schon, Frau Weber. Gehen Sie die Sache hier wieder langsam, aber stetig an und präsentieren Sie mir möglichst rasch eine adäquate Vertreterin oder einen Vertreter." „Ich werde mein Bestes tun, Herr Präsident." „Das habe ich auch nicht anders von Ihnen erwartet, Frau Weber." Karin erhob sich zum Verlassen des Büros. „Ach, noch etwas, Frau Weber: Ist es wahr, dass Sie jetzt mit dieser LKA-Kommissarin Asli Bülent zusammenleben? Sie waren doch eigentlich dem männlichen Geschlecht zugetan und mit Herrn …" Der Polizeipräsident stoppte abrupt seinen Redefluss, als er bemerkte, dass er mit seiner vorschnellen Äußerung gewaltig in einen Fettnapf getreten war. „Also, Sie waren doch vorher …" Wieder beendete er vorzeitig seine Fragestunde. „Na, ist ja auch egal. Sie müssen wissen, was gut für Sie ist, Frau Weber. Sie sagen mir bitte baldmöglichst Bescheid, welchen Kandidaten Sie als Nachfolger für Salcher bevorzugen. Alles Gute, Frau Weber, und viel Erfolg für Ihre Abteilung." Karin fühlte förmlich, wie dem Präsidenten nun ihre Anwesenheit unangenehm wurde. „Ich melde mich, Herr Krausmann." Sie reichten sich zum Abschied noch kurz die rechte Hand. Dann verschwand Karin durch seine Bürotür auf den Gang. „Was ist das nur für ein Beamtenkopf, dieser Krausmann", flüsterte Karin leise vor sich hin, während sie dem Aufzug entgegen lief.

„Ach, Hannes. Wir leben hier in einem zweihundert Seelendorf ziemlich weit weg von der Großstadt München. Der Herr Pfarrer ist ein sehr hoch angesehener Mann und wenn er etwas sagt, dann wird das sicher richtig sein. Schließlich hat er lange studiert und ist ein Mann Gottes, der immer versucht, den Teufel und alles Böse von uns fern zu halten." Weil er seine Mutter immer noch ungläubig anschaute, nahm sie ihren Sohn in die Arme. „Jetzt schau nit so, Hannes. Gegen den Herrn Pfarrer kommt man eh nicht an, egal was er macht, ob nun richtig oder falsch. Ich finde auch nit alles richtig und trotzdem sag ich nix. Wir sind froh, dass Papa hier als Küster und Orgelspieler sein Geld verdienen darf. Es geht uns doch gut, Hannes." „Aber der Gregor hat gesagt, dass man so Liebe macht und nicht den Teufel vertreibt, Mama." „Da hat der Gregor schon Recht, Hannes, aber ein Pfarrer darf keine Liebe machen. Er muss nur für Gott da sein, darf nicht heiraten und überhaupt keine Frau an seiner Seite haben." „Und wie geht das nun mit dem Liebe machen, Mama?" „Setz dich mal da auf die Bank, Hannes. Ich erzähle es dir." Gehorsam wie er nun einmal war, setzte er sich auf den Schemel. Seine Mutter nahm neben ihm Platz. „Liebe macht man, wenn man verheiratet ist und Kinder haben möchte. Wie das genau geht, hast du ja bei Gregor gesehen. Und nun frag nicht weiter. Du weißt ja jetzt alles. Hilf mir bitte, die schwere Kanne Milch zu schleppen." Weil er schon als Kind sehr stark war, bereitete ihm das Gewicht der Milchkanne keine besonderen Probleme. Mit der Erklärung seiner Mutter, wie nun Liebe gemacht wird, gab er sich zufrieden und trollte sich seines Weges.

Karin marschierte schnurstracks und voller Tatendrang auf ihr Büro zu. Die beste Möglichkeit, wieder richtig in ihren Beruf hineinzukommen, war wohl die Ärmel hochzukrempeln und sich in die

Arbeit zu stürzen. Schwungvoll drückte sie den Türgriff hinunter. Kraftvoll schob sie das Türblatt nach innen. Ein heftiger Widerstand signalisierte ihr, dass da gerade jemand ihr Büro verlassen wollte. „Guten Morgen, Frau Weber. Mein Name ist Theodorakis Zerfakis. Ich wurde Ihrem Kommissariat als neuer Mitarbeiter zugeteilt." Ein junger, gut aussehender Mann mit tiefschwarzem, kurzem Lockenkopf und schlaksiger Figur lächelte sie entwaffnend an und zeigte eine Menge weißer Zähne. Sofort streckte er Karin seine rechte, feinnervige Hand zum Gruß entgegen. „Hallo, Herr Zerfakis. Was verschafft mir die Ehre Ihres Besuches in meinem Büro?", pfiff Karin den jungen Mann eher ungewollt gleich an. „Olaf hat mir aufgetragen, mich bei Ihnen vorzustellen. Er kommt auch gleich, um Sie willkommen zu heißen." „Dann machen wir besser folgendes: Trommeln Sie bitte unser Team für 11:00 Uhr in meinem Büro zur Besprechung zusammen. Ich möchte alle offenen Fälle sehen und Bericht erstattet bekommen, wie der jeweilige Ermittlungsstand ist." „Jawohl, Frau Weber. Werde ich sofort erledigen." Wie von einem Insekt gestochen rannte der junge Kollege ins Nachbarbüro und verschwand. Karin setzte für alle Kaffee auf und schaltete ihren PC ein. Doch ihr System verweigerte ihr mit dem Hinweis „Access Denied" den Zugriff. „Warst eben einfach zu lange weg, Frau Hauptkommissarin", sprach sie zu sich selbst und wählte die Nummer des Systemadministrators des Hauses. Gert Reinholt freute sich wirklich, Karin wieder gesund und munter am PC vorzufinden. Mit wenigen Worten und per Ferndiagnose richtete er

Karin ihren Rechner sofort zum Arbeiten wieder her und erklärte ihr gleich alle Neuerungen. Dann war sie auch schon mitten drin im digitalen Ermittlerleben. Ohne Umschweife rief sie alle aufgeklärten Fälle der letzten sieben Monate auf.

Vorgang für Vorgang ging sie durch. Zufrieden stellte sie fest, dass ihr Team eine Menge Fälle während ihrer Abwesenheit aufklären konnte. Doch dann lag plötzlich das Deckblatt der Akte Nr. AZ 211715/15 vor ihr. Allzu schnell hatte sie auf „öffnen der Datei" geklickt und sofort offenbarte sich der Inhalt. Dann der Schock: Auf Seite 2 starrten sie gleich die warmen, liebevollen Augen von Dr. Udo Stein an, denen sie einstmals vertraut hatte und die sie so liebte. Dass sich hinter der freundlichen Maske des smarten Mittvierzigers der brutale Serienmörder Dr. Udo Stein verbarg, der nach außen hin liebevoll und hilfsbereit tat und dabei doch so grausam jungen Frauen bei lebendigem Leib die Gesichtshaut abpräparierte, bemerkte sie erst, als es bereits zu spät war. Um ein Haar hätte Dr. Stein noch ihre LKA-Kollegin und jetzige Lebensgefährtin Asli Bülent ermordet. Wirklich in allerletzter Sekunde konnte Karin den Mord verhindern und den Mörder durch gezielte Schüsse töten. Und wieder spürte Karin das Zucken in ihrer rechten Hand, das ihre Waffe verursachte, als sie auf Udo Stein schoss, um diesen am Mord an Asli Bülent zu hindern. Noch ganz in Gedanken bemerkte sie überhaupt nicht, dass sich nacheinander alle Mitglieder ihres Teams in ihrem Büro versammelt hatten. Olaf Salcher ging sofort auf Karin zu und umarmte sie freundlich. „Hallo, Chefin, schön dass du wieder an Bord bist." „Du alter Brutus traust dich überhaupt noch hierher? Was machst du für Sachen, Olaf?" „Tja, ich hab verdammt Glück gehabt und darf ab Januar in meiner Heimatstadt Münster die Mordkommission übernehmen. Da kann ich endlich alle ehemaligen Lehrer von mir verhaften." Olaf sorgte wie gewohnt gleich für eine lustige Atmosphäre. „Hab ich schon vom Präses gehört. Ich freue mich sehr für dich. Aber du wirst uns sehr fehlen." „Ach, nicht doch, Karin. Hier ist Theo, unser aufstrebender, junger und frisch gebackener Kommissar. Er wird mich würdig vertreten." „Ja, dann nehmt Platz, es gibt Chefkaffee. Jetzt setzt mich zuerst mal ins Bild, woran ihr gerade arbeitet." Sofort wurden alle wieder ernst und der normale Alltag nahm seinen Lauf.

3

Hannes Baumgart quälte sich aus seinem Bett. Sein Rücken schmerzte vom schweren Schleppen. Zuerst suchte er die Toilette auf. Nachdem er sich erleichtert und etwas Wasser ins Gesicht gespritzt hatte, betrat er seine Küche. Er zog den Rollladen hoch und öffnete das Fenster. Sofort wurde er von der Sonne geblendet. Er kniff seine Augen zusammen, was ihm jedoch kein bisschen half, mehr zu erkennen. Um nicht schwindelig zu werden, stützte er sich mit dem rechten Arm am Fensterrahmen ab. Langsam gewöhnten sich seine Augen an die Helligkeit. Doch was er von seinem Fenster aus sah, war eher unspektakulär, halt der normale Verkehr in der Innenstadt von Köln. Er füllte Wasser in seine Kaffeemaschine und gab Pulver in den Filter. Den Rest besorgte die Technik. Aus seinem Brottopf nahm er den Laib Brot und legte ihn auf das Holzbrett. Lächelnd zog er das gewaltige Brotmesser aus dem gut gefüllten Messerblock, in dessen glänzendem Stahl sich sein Gesicht spiegelte. Vorsichtig schnitt er sich zwei Scheiben Brot ab, schmierte Butter darauf und belegte sie mit gekochtem Schinken. Er füllte seinen großen Becher mit Kaffee, gab Milch dazu und setzte sich an seinen kleinen Küchentisch. Mit Heißhunger biss er in sein Brot und kaute das abgebissene Stück gut durch. Dabei schaute er gegen die Küchenwand. Allerlei Bilder aus verschiedenen Zeitepochen seines Lebens hingen daran, in billige Glasrahmen eingepfercht. Das Bild seiner Mutter, das ganz links die Wand verzierte, zeigte sie kurz vor ihrem Tod im letzten Jahr. Sein Vater war bereits vor drei Jahren verstorben. Auch die Bilder von ihm hatte Hannes aufbewahrt. Er war als einziges noch lebendes Mitglied der Familie Baumgart übriggeblieben.

Langsam erhob er sich von seinem Stuhl und wiederholte den Vorgang, sich ein weiteres Butterbrot zu zelebrieren. Er wischte seine Hände an einem Küchenhandtuch ab und griff nach dem schon etwas vergilbten Album. Stets im Wechsel schlug er eine Seite auf und biss in sein Brot. Hannes Baumgart musste lachen, als er sich im Alter von sechzehn Jahren in kurzen Hosen erkannte, wie er vor der Sakristei auf dem Geländer saß. Dieses Bild entstand kurz nachdem der Pfarrer auf bisher ungeklärte Weise ums Leben gekommen war. Hinter vorgehaltener Hand wurde getuschelt, den Pfarrer hätte ein gehörnter Ehemann aus Eifersucht im Güllebecken des Dorfes ertränkt. Hannes lächelte und blätterte weiter. Er weinte diesem Schwein keine Träne nach. Noch am Morgen seines sechzehnten Geburtstages hatte der alte Pfarrer bei seinen Eltern angerufen und kundgetan, dass er für ihren Sohn ein Geburtstagsgeschenk bereithielt. Er müsse nur noch seiner Pflicht als Messdiener bei der Abendmesse nachkommen, dann könnte er ihm das Geschenk geben. Ahnungslos war er in die Sakristei gegangen. Wie gewöhnlich hatte er sein Gewand angelegt und andächtig als Messdiener die Abendmesse gedient. Nach der Messe hatte der Priester ihn in seine Wohnung gelockt. Er hatte ihm Wein zum Probieren gegeben, den er offensichtlich mit KO-Tropfen versetzt hatte. Noch während Hannes mit der beginnenden Ohnmacht kämpfte, vergewaltigte er den Jungen. Als Hannes aufwachte, schenkte er ihm noch zehn Mark zum Geburtstag und schickte ihn nach Hause. Es brauchte Tage, bis er wieder richtig sitzen konnte. Hannes griff nach dem Brotmesser und stach es beherzt und voller Hass in sein Frühstücksbrett. Auf der nächsten Seite fand er Fotos von seinen Eltern mit ihm und dem neuen Pastor. Dieser hatte Hannes eine Lehrstelle als Zimmermann besorgt. Überhaupt war dieser Kirchenmann sehr beliebt. Er half den Menschen im Dorf, wo er konnte und so mancher arme Dorfbewohner erhielt durch den Pfarrer einmal am Tag eine warme Mahlzeit. Hannes war nach der

Lehre in Richtung Köln losgezogen. Dank eines Empfehlungsschreibens seines Dorfpfarrers erhielt er dort eine Anstellung als Zimmermann beim Generalvikariat und reparierte seitdem alle möglichen Defekte an jeglichen hölzernen Gewerken in der ganzen Umgebung bis hin zu den Klöstern im Rheinland. Nur um die Schwarzkittel, wie er die Kirchenmänner stets bezeichnete, machte er einen großen Bogen.

Karin Weber war mehr als zufrieden mit den Ergebnissen, die ihr das Team zu den neuen Fällen präsentierte. Ein Fall stand kurz vor dem Abschluss. Bei dem zweiten Fall schien die Aufklärung auch nur noch wenige Tage in Anspruch zu nehmen. Sie legte sich in ihrem Stuhl zurück und schaute wieder auf das leere Whiteboard. Doch es blieb leer. Das Klingeln des Telefons riss sie aus ihren Gedanken. „Wir haben eine Leiche im Garten von Kloster Heisterbach. Bist du dabei?" „Ja, natürlich, wenn ihr mich mitnehmt." „Machen wir, Karin. Wir treffen uns am Wagen in der Bereitschaft." Erst jetzt bemerkte Karin, dass sie sich noch keine neue Dienstwaffe hatte geben lassen. Dafür war es jedoch nun zu spät. Sie nahm die beiden Treppen unter ihre Sneakersohlen und lief in die Bereitschaft, wo Olaf und Theo bereits im Wagen auf sie warteten. Olaf setzte gleich das Blaulicht auf das Mondeodach. Mit quietschenden Reifen fuhren sie davon. „Wo fahren wir genau hin, Olaf?" „Zum Kloster Heisterbach. Die Kollegen des Rhein-Sieg-Kreises haben uns um Unterstützung gebeten. Wie es scheint handelt es sich um einen Ritualmord.

Muss ein hässlicher Anblick sein. Genaues weiß ich leider auch noch nicht. Ernst Brandt ist ebenfalls mit seinem Team von der Gerichtsmedizin und der Spurensicherung zum Fundort der Leiche aufgebrochen." „Ernst hat dich hier dienstlich sehr vermisst." „Das hat er mir erzählt, der alte Leichenfledderer. Er hat mir mit langen Gesprächen und viel Zuhören sehr gut getan." Gute vierzig Minuten drosch Olaf den Ford über die A3 und die kurvenreichen Landstraßen, bis sie die Einfahrt zum Kloster Heisterbach erreichten. „Irgendwie machen mir Klöster immer Angst. Alles ist düster und sagenumwoben." „Ach, Frau Weber, da müssen Sie drüber stehen. Trösten Sie sich einfach damit, dass viele der griechisch-orthodoxen Klöster in meiner Heimat zumeist noch unheimlicher wirken." „Ich weiß nicht, der Klerus an sich bereitet mir schon Unbehagen." Karin und ihre beiden Kollegen stiegen aus dem Dienstwagen. Sofort eilten ihnen einige Männer entgegen. „Weber, guten Tag. Ich bin die Leiterin der Kölner Mordkommission. Das sind meine Kollegen Salcher und Zerfakis. Was liegt an?" „Guten Tag, Frau Kollegin. Hauptkommissar Hansen, mein Kollege Schmitt und Pater Franziskus, der Abt des Klosters. Heute gegen 15:00 Uhr fanden Wanderer die grässlich entstellte Leiche eines Klosterbruders. Sein Name lautet Bruder Andreas." Noch während Hauptkommissar Hansen weiter die Fakten erläuterte, rauschten zwei zivile VW-Busse heran und bremsten vor der Ermittlergruppe scharf ab. Der Gerichtsmediziner Ernst Brandt entstieg als Erster dem Führungswagen und lief gleich auf Karin zu. „Kaum bist du wieder in Amt und Würden sterben Menschen einen fürchterlichen Tod. Hallo, Karin", lächelte er seine liebste Kollegin an und drückte sie kurz." Hallo, Ernst, schön dass wir wieder zusammenarbeiten können." Es folgte das übliche sehr kurze Begrüßungsnicken der anderen Kollegen.

Hansen hatte aufgegeben, weiter zu erklären, weil er ohnehin nicht mehr zu Wort kam. Die Fragen stellte nun Karin. „Herr Franziskus". „Bruder Franziskus. Man sagt Bruder Franziskus, wenn man mit einem Klosterinsassen spricht. Man nennt seinen Vornamen und setzt einfach Bruder davor. Sie scheinen mir nicht katholisch zu sein?" Karin ließ sich während ihrer Ermittlungsarbeit ungern unterbrechen und konterte entsprechend. „Fehlt mir jetzt deshalb die Qualifikation, den Fall zu bearbeiten? Aber zu Ihrer Beruhigung, Pater, ich bin katholisch, wenn auch schon lange nicht mehr praktizierend. Gott hat mich vor langer Zeit vergessen. Also, Bruder Franziskus." Wieder unterbrach der Abt Karins Befragung. „Gott vergisst Niemanden. Vielleicht haben ja auch Sie sich von ihm abgewendet." „Wollen Sie mich jetzt hier bekehren oder dürfen wir den Mord an Ihrem Klosterbruder aufklären?" Karin wurde immer gereizter. Um die angespannte Situation zu entschärfen, ging Olaf Salcher geschickt dazwischen. „Wo können wir uns den Tatort ansehen?", fragte er den Abt, der sogleich reagierte. „Kommen Sie bitte mit." Ein ganzes Stück lang folgten sie dem Leiter des Klosters auf einem Kiesweg zur Ruine der ursprünglichen Klosterkirche, die 1809 zum Abbruch freigegeben wurde und von der nur ein

Halbrund des Kirchenschiffes zur Besichtigung übrig geblieben war. Martialisch ragten die Mauerreste hoch in den Himmel. Obwohl es noch früh am Nachmittag war, verschwand die Sonne hinter großen Bäumen und den schaurigen Mauerresten des einstmals gewaltigen Bauwerks. Modrige Luft schlug ihnen entgegen, obwohl die Ruine nach allen Seiten offen stand. Wasser tropfte von den mit allerlei Grünzeug überwucherten Mauern. Karin lief neben Olaf Salcher und dem Abt den Weg entlang. Den ersten Hinweis auf den sich ganz in der Nähe befindlichen Fundort der Leiche nahm Karin bereits ohne etwas gesehen zu haben akustisch wahr. Diese eindeutigen Geräusche hatten sich ebenso in ihr Hirn eingebrannt wie auch der noch zu erwartende Gestank nach Eisen und Kupfer, der stets von Blutlachen ausging. Es war das Szenario des Todes. Niemand bemerkte, dass Karin zu zittern begann. Sie ließ sich nichts anmerken. Allmählich gesellte sich auch noch der Gestank zu dem ohrenbetäubenden Lärm, den Hunderte Fliegen erzeugten, die sich gerade ein Festmahl gönnten. Karin begann kräftig ihre Zehen zu bewegen. Dies hatte ihr bisher immer geholfen, wenn sie eine Leiche betrachten musste. Ohne Zögern bogen sie noch einmal links ab und schon standen sie vor dem Felsbrocken, auf dem der Täter Pater Andreas gefesselt abgelegt hatte. Kurz bevor Karins Knie nachgaben, griff unbemerkt Ernst Brandt zu und verhinderte, dass sie hinfiel. „Vorsicht, Karin, die Steine hier sind sehr glitschig. Fall mir nicht hin." Damit konnte der erfahrene Gerichtsmediziner umgehen, dass alle übrigen Ermittler bemerkten, dass Karin die

Erlebnisse ihres letzten Falles doch noch nicht ganz überwunden hatte. Zum Glück war Karin zäh und fing sich sofort. Ernst Brandt übernahm die Regie. „Bitte treten Sie nicht näher an die Leiche heran. Sie verwischen mir sonst alle Spuren." Das Team von Ernst Brandt schlüpfte bereits in Schutzanzüge und bereitete sich auf seine Arbeit vor. Von überall war das Klicken und Klacken von Kofferverschlüssen vernehmbar. Der Anblick war einfach nur grauenhaft und entwürdigend.

Als beste Ablenkung erschien Karin, sich in die Arbeit zu stürzen und so gab sie gleich die nötigen Anweisungen. „Herr Zerfakis, Sie befragen alle Mönche und Angestellten der Klosteranlage, wo sie sich in den letzten 24 Stunden aufgehalten haben und ob es Zeugen dafür gibt. Weiter bringen Sie bitte in Erfahrung, ob sich Ortsfremde hier herumgetrieben haben oder ob gar unbekannte Fahrzeuge die Wege des Klosters befahren haben. Na, Sie wissen schon. Olaf und ich sprechen noch mal mit dem Abt." Obwohl sie jetzt ihre Leute eingeteilt hatte, musste sie doch immer wieder zu dem Toten hinschauen. Bruder Andreas lag rücklings auf einem großen Steinquader, Hände und Füße zusammengebunden. Er lag gebogen auf dem Stein, ein Anblick wie Kinder, die beim Turnen eine Brücke machen. Aus dem Mund des Toten ragte eine mittelgroße Salatgurke, die beinahe bis zur Hälfte in seinem Rachen steckte. Der Mörder hatte dem Klosterbruder die Kutte bis zum Bauchnabel hochgeschoben, ihm die Unterhose heruntergezogen und seine Genitalien komplett abgetrennt.

Karin musste immer wieder auf die in den Himmel starrenden Augen schauen, die Ernst nach kurzer Inaugenscheinnahme für immer verschloss. „Kein schöner Anblick." „Da gebe ich dir Recht, Ernst. Was haben wir bisher an Ergebnissen?" „Das ist leicht zusammengefasst, Karin. Bruder Andreas, 56 Jahre, verstarb vermutlich durch Ersticken oder durch Verbluten. Todeszeitpunkt zwischen Mitternacht und fünf Uhr in der Früh. Der Täter muss sehr kräftig gewesen sein, dass er den Pater in diese sehr ungewöhnliche Position gelagert bekommen hat. Genaues kann ich dir erst sagen, wenn ich die Obduktion durchgezogen habe." „Der Täter wollte sein Opfer bewusst leiden lassen. Ich glaube nicht an einen Ritualmord. So wie es aussieht wollte sich jemand an dem Klosterbruder rächen. Zugegebenermaßen eine gewagte Behauptung, aber du bist die Ermittlerin, Karin." „Aus welchem anderen Grund sollte ein Mörder diesen doch ziemlich kräftigen Mann in dieser sehr ungewöhnlichen Lage getötet haben. Der Mörder hat für etwas Rache genommen. Anders kann ich mir das nicht erklären." „Lass mir Zeit bis übermorgen, Karin. Dann weiß ich definitiv mehr." Ernst Brandt nahm Karin zur Seite. „Du hast für heute genug Tatort gesehen, Karin. Den Rest machen wir hier." „Ja, ich geh jetzt ins Haupthaus und führe weitere Befragungen durch." Karin winkte kurz zum Abschied. „Komm, Olaf, wir befragen noch einmal den Abt." „Karin?" „Was ist, Olaf?" „Lass dich nicht in klerikale Diskussionen mit dem Abt ein und bleib sachlich." „Ja, keine Sorge, Olaf. Er wird mich schon nicht der Inquisition übergeben."

Hannes Baumgart hatte sich für heute frei genommen, was aber nicht hieß, dass er im Notfall sofort einsprang, wenn seine Kenntnisse und sein Sachverstand benötigt wurden. Zwar war dies nur sehr selten der Fall, schließlich war er ja kein Klempner, der bei jedem Wasserrohrbruch gerufen wurde. Aber es gab auch schon mal Notfälle, die nur er beheben konnte wie kürzlich eine zusammengebrochene Holztreppe in einer Kirche, die hoch zur Empore der Orgel führte. Hier war das heilige Hochamt in Gefahr gewesen, weil der Organist nicht mehr sein Instrument erreichen konnte. Nachdem man Hannes zu Hilfe gerufen hatte, konnte er in kurzer Zeit den Zugang behelfsmäßig reparieren und somit die Messe retten. Der Pastor baute sogar ein paar Worte zum Dank dafür in seine Predigt ein, was Hannes sehr stolz machte. Doch heute war Montag und ein zum Ausfallen bedrohtes Hochamt nicht zu erwarten. Weil er endlich mal Zeit für sein Hobby haben wollte, spülte er rasch ab. Er ließ noch eine Katzenwäsche folgen, schlüpfte in seinen Blaumann und verließ seine Wohnung. Mit dem Fokuskombi fuhr er zu der kleinen Werkstatt des Bistums im Gewerbepark Gremberghoven. Er bog gleich in den Innenhof hinein und verschloss sofort wieder das große Tor. Keiner seiner Kollegen, die hier ebenfalls ihre Werkstätten betrieben, wie die Elektriker, die Schlosser und Installateure waren vor Ort. Morgen musste auch er wieder raus fahren. Diesmal zu St. Agnes, um dort das marode Geländer der Kanzel zu erneuern, damit der Pfarrer nicht herunter fiel, wenn er Sonntag dort die Messe hielt. Das war leicht zu schaffen. Er hatte schon alle Teile vormontiert und beabsichtigte, Mittwoch fertig zu werden. Jetzt aber schaute er sich um, ob ihn jemand beobachtete. Da dies nicht der Fall war, öffnete er die von ihm selbst angefertigte Geheimtüre, die ihn in einen separaten Raum führte, wo er ungestört hantieren konnte.

4

Karin und Olaf vernahmen noch einmal den Abt des Klosters, während Theodorakis Zerfakis mit allen Mönchen und Angestellten sprach, die sich am Abend wie auch in der letzten Nacht im Kloster aufgehalten hatten. Doch das Ergebnis war wenig aufschlussreich. Während der Fahrt zurück nach Köln ins Präsidium zogen sie eine erste Bilanz. „Wenn ich die Vernehmungen betrachte, ist nichts Hilfreiches dabei herausgekommen", äußerte der junge Polizeikommissar. „Wir haben nicht annähernd einen Verdächtigen. Das Einzige, was nicht so ganz schlüssig erscheint ist, dass unser Toter nicht besonders beliebt war bei seinen Klosterbrüdern." „Wie kommen Sie darauf?" „Nun, keiner seiner Klosterbrüder hat wirklich etwas Schlechtes über Bruder Andreas gesagt, aber irgendetwas wird hier verschwiegen." „Wie meinen Sie das, Herr Zerfakis?" „Ich kann es nicht wirklich erklären, aber wenn ein beliebter Arbeitskollege durch Mord zu Tode kommt, ist man doch irgendwie betroffen oder auch traurig. Aber wirkliche Anteilnahme zeigte keiner der anderen Klosterbrüder." „Dann hat dieser Andreas wohl ein

Geheimnis, hinter das wir kommen müssen. Bleiben Sie da dran, Herr Zerfakis. Befragen Sie morgen noch mal den Abt. Vielleicht erfahren Sie ja etwas von ihm, was wir noch nicht wissen." Olaf Salcher hatte den Dienstwagen auf dem Parkplatz in der Fahrbereitschaft abgestellt. Müde und ein wenig unzufrieden mit den Ergebnissen der ersten Ermittlungen trotteten die drei Mitglieder der Mordkommission in ihre Büros. „Es ist schon wieder kurz nach achtzehn Uhr. Ich haue ab." „Alles klar, Olaf. Wir sehen uns morgen. Schönen Feierabend." „Dir auch, Karin." „Ich bin auch weg, Frau Weber. Bis morgen." „Ihnen auch einen schönen Feierabend, Herr Zerfakis." Karin verschloss ebenfalls ihr Büro und lief zu ihrem weißen Mustangcabriooldtimer, der offen im Parkhaus der Mitarbeiter schon sehnsüchtig auf sie zu warten schien. Weil ihr Cabrio noch aus einer Zeit stammte, wo man elektrisch betriebene Dachkonstruktionen im Fahrzeugbau noch nicht kannte, ließ sie das Dach stets offen, wenn sie den Wagen im Präsidiumsparkhaus abstellte. Der Kraftaufwand war stets ordentlich, wenn sie das Dach öffnen wollte. Mit Schwung warf sie sich hinter das große, weiße Volant ihres Mustangs, das in der Mitte mit dünnen Chromstreben verziert war, die zur Betätigung der Hupe dienten. Das Einzige, das Karin ausgetauscht hatte, als sie den Wagen damals erstand, war die Hifianlage. Autofahren und dabei gute Musik genießen war für sie ein must have. Karin startete den Wagen, der wie gewöhnlich selbst bei höheren Außentemperaturen etwas Zeit benötigte, bis alle Zylinder sauber liefen. Als sie dann das sonore Blubbern ihres V-Acht vernahm, gab sie Gas. Weil es doch schon empfindlich kalt war, drehte Karin den Heizungsregler auf volle Leistung. Es würde wohl die letzte Fahrt mit geöffnetem Dach in diesem Jahr werden, da die Jahreszeit bald nur noch Regen, Schnee und Kälte zu präsentieren hatte, ging es Karin durch den Kopf. Sie schaltete den CD-Player ein und erfreute sich an „Satisfaction" von den Stones.

Als sie in die Einfahrt zu ihrer Garage einbog, erkannte sie den Golf von Asli Bülent, ihrer Lebensgefährtin, den sie gegenüber am Straßenrand abgestellt hatte. Per Knopfdruck verschloss Karin das Garagentor und betrat ihr mit viel Liebe hergerichtetes Elternhaus, das sie nach dem Tod ihrer Mutter komplett renoviert hatte und nun gemeinsam mit ihrer Lebensgefährtin bewohnte. „Hallo, jemand zu Hause?", rief sie, während sie ihre dicke Daunenjacke an den Haken der Garderobe hängte. Asli Bülent, die Deutsch-Türkin, die als Leiterin einer Sonderkommission des LKA in Düsseldorf arbeitete und mit Karin den schweren, letzten Fall zusammen gelöst hatte und dabei beinahe selbst zu Tode gekommen war, erhob sich vom Sofa und lief auf sie zu. „Hallo, mein Schatz, das war aber ein verdammt langer erster Arbeitstag nach so langer Pause. Geht es dir gut?" „Hallo, Asli, es war nicht nur ein langer Arbeitstag. Ich schlage mich gleich wieder mit einem scheinbar schwierigen Mordfall herum." „Komm erst mal herein und setz dich. Ich habe uns etwas gekocht." „Ich zieh mir rasch meine Klamotten aus." „Alle?" „Möchtest du, dass ich nackt mit dir speise?" „Das wäre schon richtig geil. Dann könnte ich das Rindergulasch von deinem Körper schlecken." „Also dafür sollte ich vorher besser unter die Dusche springen." Die beiden Frauen mussten lachen. Karin verschwand im Schlafzimmer und schlüpfte in ein Sweatshirt und eine Jogginghose. Aus der Küche drangen Geräusche an ihr Ohr, die auf geschäftiges Kochen schließen ließen. Der Duft des offensichtlich gut gewürzten Gulaschs ließ Karin das Wasser im Munde zusammen laufen. So spritzte sie sich zum Auffrischen nur etwas kaltes Wasser ins Gesicht. Schnellen Schrittes eilte sie die Treppe herunter und nahm sofort am eingedeckten Tisch Platz. Asli balancierte derweil die Terrine mit dem Gulasch ins Esszimmer und ließ noch den Topf mit den dampfenden Nudeln folgen. „Jetzt essen wir erst mal in Ruhe und dann erzählst du mir was gelaufen ist."

Ein wenig hatte Hannes Baumgart die Zeit vergessen, was nicht neu für ihn war, wenn er in seiner geheimen Werkstatt vor sich hin werkelte. Als er gegen siebzehn Uhr im Hof Geräusche von eintreffenden Fahrzeugen vernahm, verließ er rasch sein Versteck und gesellte sich zu den anderen Handwerkern, die müde von ihren Baustellen zurück kamen und sich auf ihren Feierabend freuten. Hannes plauderte noch ein wenig mit ihnen. Es machte noch der ein oder andere derbe Handwerkerwitz die Runde, bis seine Kollegen beschlossen, nach Hause zu fahren. „Fahrt ruhig schon heim. Ich mache hier noch klar Schiff und schließe ab", rief er den übrigen Jungs zu, die sein Hilfsangebot mit Freude annahmen und nacheinander verschwanden. Schon war es wieder ruhig auf dem Werkstattgelände. Hannes verschloss das Tor - allerdings von innen - und ging gleich wieder in seine Werkstatt. Sogleich füllte er sich einen Liter reinen Alkohols aus dem kleinen Fässchen in eine Limonadenflasche ab, den er normalerweise zum Entfetten von Metallteilen verwendete. Er schaute sich noch mal um, ob die Luft rein war und verschwand wieder in seinem Reich. Erst als es schon dunkel geworden war, verließ er sein kleines Refugium und fuhr nach Hause.

„Boh, bin ich jetzt satt. Wenn wir weiter so reinhauen und du so lecker kochst, platzen wir bald aus unseren Klamotten. Wollen wir nach dem Abwasch noch etwas durch die Felder laufen?" „Ja, das können wir machen. Tut uns sicher gut. Jetzt erzähl aber mal, was war denn bei dir in der Abteilung so los während du fort warst?" „Der Präses hat den Laden ein wenig umgestaltet. Er hat sich eine weitere Stelle für das Kommissariat bewilligen lassen und sofort einen jungen Kollegen von der Polizeischule angefordert. Ist ein nettes Kerlchen, Grieche, schlank, mittelgroß und ganz sicher nicht dumm. Er hat einen Einserabschluss hingelegt und sich wohl gleich gut eingefügt. Olaf geht nach Münster und wird dort Leiter der Mordkommission. Ich kann ihn gut verstehen, dass er diese Chance ergriffen hat. Er ist dort geboren und kann endlich die Karriereleiter hochklettern. Weil Edith noch ein paar Dienstjahre und entsprechende Laufbahnlehrgänge fehlen, muss ich mir jetzt eine andere Stellvertreterin suchen. Der Präses erwartet da ganz schnell einen Vorschlag und natürlich eine Entscheidung von mir." Asli saß ganz still mit angezogenen Beinen auf ihrem Stuhl. Sie hatte ihr Kinn auf die Knie gelegt und beobachtete ihre große Liebe. „Tja, und dann der neue Fall heute." Karin erzählte Asli alles, was sie über den aktuellen Mordfall wusste und was für ein ekelerregender Anblick ihr gleich am ersten Tag geboten wurde. „Ist ja widerlich! Also nicht, weil es männliche Genitalien sind, die abgeschnitten wurden. Ich denke nur, was da wieder für ein Irrer am Werk ist." Asli legte ein wenig den Kopf auf die Seite und schaute Karin direkt in die Augen. „Du, Karin, ich könnte deine Stellvertreterin werden." „Das habe ich ja noch nie gehört, dass eine LKA-Tussi zurück in ein profanes Kommissariat gehen möchte!" „Sie haben mich gefeuert, Karin." „Sie haben was?" „Also nicht im Sinne von rausgeworfen. Ich behalte meinen Dienstgrad als Hauptkommissarin und meine Gehaltsstufe, aber die Leitung der Soko Mord im LKA mit allen Zulagen wurde mir aberkannt. Man hat mir dringend angeraten, mir ganz schnell einen anderen Job in irgendeiner Polizei-Dienststelle zu suchen. Falls ich das nicht mache, werde ich nach Bedarf versetzt. Also irgendwohin, wo gerade eine Planstelle für einen Hauptkommissar frei ist und das Bundesland unabhängig." „Aber wieso wurde so entschieden?" „Weil ich bei der Lösung unseres gemeinsamen Falles zum Schluss auf eigene Faust gehandelt habe und damit mich und auch andere Kollegen in eine lebensgefährliche Situation gebracht hätte." „Das heißt, du liegst mir also bald ganz auf der Tasche und dazu den ganzen Tag nur noch auf der faulen Haut?" Asli schaute Karin entsetzt an, die plötzlich laut los prustete. „Du bist wirklich eine liebe Freundin." Mit einem Satz sprang Asli von ihrem Stuhl auf und landete gleich bei Karin auf dem Schoß. Sie nahm das Gesicht ihrer Freundin in beide Hände und küsste Karin ganz sanft und zärtlich. Karin erwiderte ihren liebevollen Kuss. Asli änderte die Sitzposition. Wenig später saß sie rittlings auf dem Schoß von Karin und liebkoste ihren Hals. Ganz tief und genießerisch sog sie die Luft ein. Vorsichtig schob sie Asli ihr T-Shirt hoch und öffnete den Verschluss ihres BHs auf dem Rücken. Karin sah wie Aslis Nasenflügel vor Lust förmlich bebten. Für einen Moment warf sie sich zurück und befreite sich von ihrem T-Shirt und dem BH. Karin zog sie sofort wieder an sich und begann mit ihrer Zunge und ihren Lippen Asli Brustwarzen zu stimulieren. „Ich bin schon ganz feucht, Karin. Lass uns hoch ins Schlafzimmer gehen."

Ohne ihre Antwort abzuwarten sprang sie vom Schoß ihrer Freundin und zog sie aus dem Stuhl hoch. Aber auch Karin war erregt und folgte Asli. Noch auf der Treppe nach oben zog sie bereits ihr Sweatshirt und ihren BH aus. Als sie das Schlafzimmer betrat, war sie bereits völlig nackt. Für ihre 49 Jahre war Karin noch immer toll anzusehen. Auch wenn sie in den letzten sechs Monaten zehn Kilo abgenommen hatte merkte man dies dem Gewebe ihrer kräftigen Brüste kaum an. Asli leckte sich mit ihrer Zunge über die Lippe, als sie ihre

Freundin so auf sie zukommen sah. Die Deutsch-Türkin, die genau zehn Jahre jünger war als ihre Freundin, stand ihr figürlich in nichts nach. Schon bald rieben sich ihre unbehaarten Körper fest aneinander, bis Asli sich wie ein Gäbelchen auf das Löffelchen legte und ihre Freundin mit ihrer Zunge erst sanft und dann heftig verwöhnte. Ihre Hände griffen dabei fest um Karins Füße. Karins große, feinnervige Hände packten fest Aslis kleinen Po und massierten ihn, während sie es mit ihrer Zunge ihrer Freundin gleich tat. Irgendwann konnte Asli sich nicht mehr zurück halten. Unter lautem Stöhnen und mit einem kleinen Schrei erreichte sie einen Höhepunkt, der offensichtlich eine ganze Zeit andauerte. Als sie langsam wieder aus ihrer wundervollen Trance erwachte, verhalf sie auch ihrer Freundin zu höchsten Glücksgefühlen. Asli lag in Karins Armen und kuschelte sich an sie. „Wollen wir noch laufen?" „Eigentlich bin ich ja müde, Asli, aber es würde uns bestimmt gut tun. Komm, wir rappeln uns noch mal hoch und rennen ein wenig durch die Felder. Duschen können wir später und spülen darf die Maschine." Als sie ziemlich außer Atem und in ihren dicken Anzügen dampfend zu Hause eintrafen, zeigte die Uhr schon weit nach dreiundzwanzig Uhr an. Nacheinander verschwanden sie in der Dusche. „Jetzt bin ich aber kaputt. War vielleicht doch ein wenig viel für heute." „Es war doch schön oder empfandst du das etwa nicht, Karin?" „Aber sicher doch. Jetzt wird aber geschlafen. Wir müssen noch die Akkus von unseren Lampen zum Laden in die Steckdose stecken." „Mach ich, Karin."

5

Gegen sieben Uhr saßen sie beide stumm am Frühstückstisch. Weder Asli noch Karin gehörten der Gattung Mensch an, die morgens gleich losplapperten. Nach dem zweiten Becher Kaffee und zwei Toast mit Honig schaute Karin von ihrem Becher auf und sah ihre Freundin an. „Ich werde dich heute dem Präsidenten als meine Stellvertreterin vorschlagen. Ich glaube zwar nicht, dass er dies tolerieren wird, aber einen Versuch ist es sicher wert. Er hat mich auf unsere Beziehung angesprochen, aber das Gespräch gleich wieder abgebrochen. Ist sicher nicht ganz leicht für einen Mann seines Alters und mit seiner Einstellung zu verstehen, dass zwei Frauen sich lieben. Warten wir es einfach ab." Karin stand auf, gab ihrer Freundin noch einen Kuss und verließ das Haus. Obwohl ihr heute früh eigentlich der Sinn nach wild und ungestüm stand, verzichtete sie darauf, ihre 1200-er BMW zu satteln, weil es einfach zu kalt dafür war. Sie entschied sich für den Mustang und fuhr ins Präsidium. Eine halbe Stunde später fauchte bereits ihre Kaffeemaschine und spuckte heißen, aromatischen Kaffee in die Thermoskanne. Vorsichtig ließ sich Karin mit ihrem Lieblingsbecher voll heißem Kaffee in ihren Schreibtischsessel sinken. Mit ein paar Handgriffen startete sie ihre EDV. Sie hatte sich die Vita von Asli eingesteckt. Sofort startete sie mit der Mail an den Polizeipräsidenten, in der sie Asli als ihre Stellvertreterin vorschlug. Gleichzeitig hing sie an ihre Mail noch alle wichtigen Dokumente, die Asli als eine hervorragende Kollegin und bestens ausgebildete Polizeibeamtin auswiesen. Kurz bevor sie auf „senden" klickte, dachte sie noch einmal darüber nach, ob sie wohl richtig handelte. Doch Asli war eine äußerst zuverlässige und gute Polizistin und stellte ganz sicher eine personelle Bereicherung für die Abteilung dar.

Wieder nippte sie vorsichtig an ihrem immer noch ziemlich heißen Kaffee. Dann riss sie das Summen ihres Telefons aus ihren Gedanken. „Weber? Morgen, Ernst, auch schon in Amt und Würden?" „Morgen, Karin, aber sicher doch. Du weißt doch, dass ich nicht viel Schlaf benötige. Hast du deinen ersten Arbeitstag gut überstanden?" „Also es gibt sicher schönere Einstiege in den Job nach so langer Abwesenheit als meinen gestern, aber ich habe in den Jahren gelernt mit den Widrigkeiten meiner Arbeit umzugehen. Schlimmer fand ich, dass Asli ihre Stelle verloren hat." „Wieso das? Sie ist doch Beamtin." Karin berichtete Ernst, was geschehen war. „Ein starkes Stück. Da wollte sie jemand eilig loswerden, wie mir scheint. Und jetzt?" „Ich habe sie, weil Olaf nach Münster geht, dem Präses als meine zukünftige Stellvertreterin vorgeschlagen." „Da bin ich aber mal gespannt. Nicht das man jetzt von oberer Stelle versucht, euch beide loszuwerden." „Das wäre natürlich durchaus möglich. Der Präses hat mich gestern bei meinem Antrittsbesuch ohnehin vorsichtig auf meine Gesinnungsänderung angesprochen. Mal gespannt, ob ich aufgrund meiner sexuellen Neigung nun nicht mehr als Leiterin der Mordkommission en vogue bin. Wir werden sehen, Ernst, was uns die Zukunft noch für Überraschungen beschert. Aber du hast sicher Neuigkeiten für mich oder wolltest du dich nur nach meinem Wohlbefinden erkundigen?" „Beides, Karin, jedoch mit der Priorität eins wie es um dein Wohlbefinden bestellt ist. Das weiß ich ja nun jetzt. Kommen wir zum Fall. Ich beabsichtige heute Nachmittag die Obduktion des Mönchs durchzuführen. Möchtest du mit Herrn Zerfakis teilnehmen?" „Ich werde ihn einfach fragen, ob er sich das antun möchte. Ich bin nicht besonders heiß darauf." „Was ich gut verstehen kann. Dann lass mal gut sein. Ich schicke dir morgen früh meinen Bericht." „Hast du denn schon etwas feststellen können, was die Todesursache betrifft?" „Genaues weiß ich natürlich noch nicht. Aber so wie es aussieht hat der Täter sein Opfer ausbluten lassen und mittels der Salatgurke gefoltert, indem er ihn immer wieder an den Rand der Erstickung geführt hat. Kein wirklich schöner Tod." „Nun gut, Ernst. Morgen wissen wir mehr. Mach´s gut." „Du auch und grüß mir Asli." „Mach ich, bis dann." Dann herrschte Stille in der Leitung.

Jedoch nicht in ihrem Büro. Es folgte ein kurzes Klopfen und sofort flog ihre Türe auf. „Morgen, Chefin, ich habe hier die Auswertung der Vernehmungen aller Klosterbrüder und der Angestellten." „Guten Morgen, Herr Zerfakis. Halten Sie Ihre Unterlagen bitte bereit. Um zehn Uhr machen wir eine Lagebesprechung und da können Sie loslegen. Möchten Sie der Obduktion des Bruder Andreas beiwohnen?" An Hand der leichten Veränderung seiner Physiognomie konnte Karin erkennen, dass sie einen wunden Punkt bei

Zerfakis getroffen hatte." „Wenn Sie es wünschen, fahre ich dorthin." Karin musste lachen. „Nein, keine Sorge. Ich habe andere Aufgaben für Sie." Sie konnte förmlich den Stein hören, der ihm vom Herzen fiel. „Dann bis nachher." „Ja, wir treffen uns hier in meinem Büro. Sagen Sie bitte dem Rest der Truppe auch Bescheid." „Mach ich", und schon war der junge Kommissar sichtlich erleichtert wieder verschwunden. Karin griff nach der Handakte zum Fall „Mord an Bruder Andreas". Darin lag jedoch nur eine beschriebene Seite. Dies war jedoch nicht verwunderlich, weil ihr Team gerade erst mit den Ermittlungen begonnen hatte. „Es wird Zeit, dass du dich hier wieder häuslich einrichtest", sprach sie mit sich selbst und öffnete zuerst das oberste Fach ihres Schreibtischunterschrankes, dem sie ihre Lieblingsstifte entnahm. Ihre rechte Hand bemächtigte sich gleich des Griffes des zweiten Schubfaches. Mit Schwung zog sie es auf. Als sie in die Schublade schaute stockte ihr der Atem. Sofort brach ihr der Schweiß aus und sie begann zu zittern. Sie wollte wegschauen, doch ihr Kopf erlaubte es nicht. Wie gebannt starrte sie auf die wild verstreuten Tatortfotos ihres letzten Falles, die offensichtlich irgendjemand vom Whiteboard entfernt und achtlos in ihr Schubfach gelegt hatte. Tränen traten aus ihren Augen und liefen an ihren Wangen herunter. Sie konnte sich einfach nicht abwenden von den gebrochenen Blicken, die sie aus den mit Sehnen und Fleisch überzogenen Totenschädeln, denen die Haut fehlte, mahnend anblickten. Sie hatte den Fall gelöst, doch die Erinnerungen waren geblieben.

Karin bemerkte nicht, dass Edith Steinbach gerade ihr Büro betreten hatte. Sie erkannte sofort die vorherrschende Situation und stürzte zu Karin herüber. „Morgen, Karin, komm wir werfen die Fotos in den Schredder. Der Fall ist gelöst und du musst dich auf neue Fälle vorbereiten." Mit einem beherzten Griff in die Schublade entnahm Edith mit einem Mal alle Fotos und trug sie zum Aktenvernichter, der bei Karin rechts im Büro auf Arbeit wartete. Nach wenigen Schreddergeräuschen waren alle Fotos entsorgt. Edith glaubte bereits, der Spuk hätte endlich ein Ende gefunden, doch weil Karin nach wie vor wie gebannt in die Schublade starrte, lief sie noch einmal zu Karins Schreibtisch. Sofort sah sie den Grund. Aus einem mit Goldrand verzierten Bilderrahmen lächelte Karin Dr. Udo Stein entgegen, der Mann, den sie einst von ganzem Herzen liebte; der sie so sehr hintergangen hatte, sich schließlich sogar als der gesuchte Serienmörder entpuppte und den sie mit zwei Schüssen aus ihrer Dienstwaffe erschoss, als er gerade damit befasst war, ihre Kollegin Asli Bülent zu töten. Auch das Bild entnahm Edith der Schublade. Barsch öffnete sie den Rahmen. Sie riss das Foto heraus und ließ es ebenfalls ratternd durch den Schredder laufen. „Schluss jetzt, Karin. Hörst du mich?" „Ja, ja schon gut. Danke, Edith." Langsam erhob sie sich aus ihrem Schreibtischsessel und setzte Kaffee für die Teilnehmer ihre Gesprächsrunde auf.

Nacheinander trudelten auch Theodorakis Zerfakis und Olaf Salcher ein. Sie grüßten kurz und setzten sich an Karins Konferenztisch. Sie merkten Karin Weber nicht an, was sie gerade durchgemacht hatte und Edith schwieg eisern. Karin stellte für alle Tassen auf den Tisch, Milch und Zucker sowie die Thermoskanne mit dem frisch aufgebrühten Kaffee. Sie nahm auf ihrem gewohnten Stuhl Platz und begrüßte alle Anwesenden. „Guten Morgen, ich habe euch zusammengetrommelt, weil es nach meiner langen Abwesenheit organisatorisch einiges zu besprechen gibt und wir uns auf den neuen Fall konzentrieren müssen. Wenn ihr Fragen habt, klären wir die wie gewohnt sofort." Alle Anwesenden nickten. „Erst einmal begrüße ich Herrn Zerfakis in unserer Runde. Ich freue mich sehr, Sie als Verstärkung im Team begrüßen zu können. Weil wir uns alle duzen auch von mir das Du. Ich heiße Karin." „Danke schön und sagen Sie, eh, sag bitte Theo zu mir." „Das kriege ich hin. Wie ihr alle wisst, verlässt uns zum 31.12. Olaf Salcher, der mich über viele Jahre und gerade auch während meiner Krankheit hervorragend vertreten hat, in Richtung Münster. Das ist sehr schade, aber auch sehr gut nachvollziehbar. Der Polizeipräsident hat mich bereits gestern beauftragt, einen geeigneten Nachfolger zu suchen und sofort zu benennen. Ich habe ihm heute Morgen Asli Bülent als meine Stellvertreterin vorgeschlagen." „Ist das nicht deine Freundin?", plärrte Theo dazwischen. „So ist es. Das wird aber unsere dienstlichen Belange nicht tangieren." „Aber Asli Bülent ist Leiterin einer Soko für spezielle Mordfälle im LKA. Die wird sicher nicht hierher wollen", warf Edith ein." „Ich werde euch gleich reinen Wein einschenken. Asli Bülent wurde vom Chef des LKA von ihrem Posten enthoben, weil man ihr vorwirft, sich bei der Aufklärung unseres letzten Serienkillerfalles grob fahrlässig verhalten und sogar sich und Kollegen damit in Lebensgefahr gebracht zu haben. Sie ist damit freigestellt und kann sofort bei uns anfangen. Ihre Qualitäten als Ermittlerin sind allen soweit bekannt, denke ich. Theo wird sie noch kennen lernen. Ich hätte auf diese Stelle gern Edith gesetzt. Sie ist aber von ihrem Ausbildungsstand noch nicht so weit. Das zum Thema Zukunft in der Abteilung. Was ist mit den beiden Mordfällen, die ihr gerade in Bearbeitung habt?" Olaf Salcher übernahm die Gesprächsführung. „Beide Fälle sind aufgeklärt. In einem Fall gab es ein Geständnis des Mörders. Beim zweiten Fall konnte unser Theo so viele Beweise vorlegen, dass der Staatsanwalt Anklage erheben kann." „Das hört sich vielversprechend an, Theo. Wirst langsam zu unserer Spürnase." Alle lachten über Karins Bemerkung. „Und was haben wir im Mordfall Bruder Andreas?"

Hans Baumgart packte gerade sein Werkzeug, das er für die Instandsetzung der Kanzel benötigte, wie auch die bereits gedrechselten Holzteile in seinen Kombi. Er hatte gestern noch lange in seiner geheimen Werkstatt gearbeitet und war heute in der Früh nur schwer aus den Federn gekommen. Nach der Katzenwäsche, einem Brot und einem Kaffee to go aus seiner Küche war er in seine Arbeitsklamotten gesprungen und gleich in die Werkstatt gefahren. Die Elektriker von der Nachbarwerkstatt lachten ihn bereits aus, weil er, der sonst immer ganz früh auf den Beinen und der erste vor Ort war, heute recht spät erschienen war. „Hast du deine Tage, Hannes?", rief frech einer der jungen Kerle herüber. „Wie kommst du denn auf so einen Blödsinn, Karl-Heinz?" „Na, schau dir mal deinen Blaumann unter der Bauchfalte an. Der ist ja blutrot verfärbt." Hannes zuckte zusammen und nahm gleich seine Arbeitshose in Augenschein. Tatsächlich befand sich auf dem unteren Teil eine erhebliche Anzahl an Blutflecken und blutige Schmiere. „Ach, die meinst du. Ich hab mich gestern in die Hand geschnitten. Da muss mir das Blut wohl auf die Hose gespritzt sein und abgewischt habe ich sie mir auch daran. Ich werde sie rasch wechseln. Danke für den Hinweis, Karl-Heinz. Hab ich überhaupt nicht bemerkt." „Wir dachten schon du hättest eine Jungfrau gevögelt." Noch während seine Kollegen laut johlten vor Lachen verschwand Hannes Baumgart in seinem Werkstattbereich und entnahm seinem Schrank eine frische Arbeitshose. Sofort kleidete er sich um. Die schmutzige Hose stecke er in einen Plastiksack, den er in seinen Wagen warf. „Ihr könnt euch wieder einkriegen. Es war keine Jungfrau. Bis später, ich muss los." Hastig warf er die Heckklappe seines Wagens zu. Er winkte den anderen Jungs noch zu und fuhr davon.

6

„Ich habe alle Aussagen der Mönche wie auch der Angestellten aufgenommen und ausgewertet. Alle die Menschen, die sich zur vermeintlichen Tatzeit im Kloster aufhielten, haben nichts gehört oder gesehen. Anfangs dachte ich, eine Aussage zu einem PKW, der ziemlich schnell die Klosteranlage verlassen hatte, könnte eine Spur darstellen. Doch der Fokuskombi gehört zum Fuhrpark des Facility Managements des Bistums." „Was nicht unbedingt heißen muss, dass unser Mörder nicht der Hausmeistertruppe angehören könnte", warf Edith ein. „Da gebe ich dir Recht. Haben wir ein Kennzeichen oder wenigstens die Farbe des Wagens?" „Nein, leider nicht. Die Farbe war wohl blau, aber alle Fahrzeuge des Fuhrparks sind vom Hersteller Ford und dunkelblau. Kennzeichen: Fehlanzeige." „Dann schlage ich vor, Theo, du bleibst in der Sache Fuhrpark am Ball und besuchst mit Edith mal den Hausmeisterservice. Vielleicht haben wir ja Glück und schnell Erfolg. Noch ein Job für dich, Theo: Versuch doch mal etwas über Bruder Andreas herauszubekommen. Ausbildung, Vorleben und so weiter, halt das ganze Programm. Vielleicht hat er ja auch Feinde. Wer weiß das schon. Das ist sicher auch bei Klosterbrüdern nicht unmöglich. Hilfst du ihm dabei, Olaf?" „Ja, klar. Ich bin ja noch bis Ende des Jahres mit im Boot." „Gut, dann wollen wir keine Zeit verlieren." Blitzschnell leerte sich Karins Büro. Nur Edith blieb. „Du, Karin, wenn ich dir irgendwie helfen kann, sag es bitte. Ich bin so froh, dass du wieder da bist. Olaf hat den Laden hier super geschmissen, aber mit dir ist es doch etwas anderes." „Danke für dein Hilfsangebot, Edith. Du hast mir eben schon sehr geholfen. Ich krieg schon die Kurve."

Karin setzte sich wieder hinter ihren Schreibtisch. Sie öffnete erneut das Schubfach, in dem jetzt nur noch ihr handgeschriebenes Telefonverzeichnis lag, dass sie gleich herausnahm. Sie gab eine Kurzwahl ein und wartete. „Müller!", schallte ihr eine bestens bekannte Stimme entgegen. „Karin Weber hier. Na, altes Haus, immer noch der Herr der Waffenkammer?" „Karin, schön dass du wieder an Bord bist. Warst lange weg. Lass mich raten: Du hättest gern eine neue Dienstwaffe, stimmt´s?" „Du hast es erraten, Kurt. Wann darf ich vorbeischauen?" „Von mir aus gleich. Wenn du Lust hast, gehen wir hinterher zusammen in der Kantine essen." „Keine schlechte Idee. Ich werde mir ein Salätchen gönnen." „Davon werde ich nicht satt, Kollegin. Ich nehme Rahmschnitzel mit Fritten und Erbsen und Möhren." „Dann bin ich gleich bei dir." Karin ließ sofort alles stehen und liegen und fuhr mit dem Aufzug ins Tiefgeschoss. Die Begrüßung verlief gewohnt herzlich. Kurt Müller kannte Karin schon seit sie hier im Präsidium arbeitete. „Schau her, Karin. Du bekommst eine fabrikneue Walther P99 9mm Pistole. Hier sind noch ein passendes Gürtelfutteral dazu und drei Magazine zu je 15 Schuss nebst Munition. Einmal bitte hier unterschreiben. Ich habe alle neuen Waffen getestet. Sie funktionieren einwandfrei. Willst du mal auf den Stand?" „Ja, gern." „Dann komm mit." Karin erhielt einen Gehörschutz, Schutzbrille sowie zwei Packungen 9mm Munition in Polizeiausführung mit der Stopperwirkung. Karl gab einige kurze Erläuterungen und verließ dann den Stand. Karins Hände zitterten. Seit sie vor gut sieben Monaten den Serienmörder Dr. Udo Stein in Notwehr erschießen musste, hatte sie keine Waffe mehr in der Hand gehabt. Ihr Körper bebte leicht. Kurt Müller hatte die Schießkinoanlage eingeschaltet. In kurzen Sequenzen zeigten sich nun immer wieder potentielle Gegner wie unbeteiligte Personen auf der Leinwand. Karin holte ein paar Mal Luft. Sie setzte sich den Gehörschutz auf und zog die Schutzbrille an. Leicht federnd ging sie in die Knie. Wenig später erschien auf der Leinwand eine männliche Figur mit einem Schnellfeuergewehr im Anschlag. Ohne zu zögern begann Karin zu schießen. Nach zwanzig Minuten schaltete der Waffenspezialist die Anlage ab. „Du bist und bleibst doch unser bestes Pferd im Stall, wenn es ums Schießen geht, Karin. Deine Trefferquote lag bei 95%. Sehr gut. Und wie liegt dir unser neues Schätzchen?" „Ich finde, der Abzug geht sehr leicht und vom Handling her ist es eine sehr gute Waffe." „Sag ich doch. Haben auch die Jungs von Smith and Wesson in Amerika mit entwickelt. Gehen wir jetzt essen? Ich habe Hunger." Karin und Kurt ließen es sich alsdann in der Kantine so richtig schmecken.

Noch beschwingt vom lustigen Gespräch mit Kurt Müller betrat Karin ihr Büro. Sie hatte sich gerade noch einen Kaffee aus der Thermoskanne herausgequetscht, als ihr Telefon summte.
Karin nahm sofort den Hörer ab. „Krausmann, hallo, Frau Weber, störe ich Sie gerade?" „Nein, keineswegs, guten Tag, Herr Krausmann." Karin wollte schon gleich mit der Türe ins Haus fallen und dem Polizeipräsidenten erklären, warum er wohl anrief, doch sie hielt sich taktisch clever

geschlossen. „Frau Weber, wir kennen uns lange genug und ich bin kein Mensch der vielen Worte, der lange um den heißen Brei herumredet." Karin schwante schon böses, weil der Präses doch weiter ausholte als angedacht. „Ich habe mir Ihren Vorschlag bezüglich Ihrer Stellvertreterin genau angeschaut und Einsicht in die Personalakte von Frau Bülent genommen. Im Anschluss daran habe ich mit dem Leiter des LKA telefoniert. Die Arbeitsweise wie auch die Leistungen von Frau Bülent sind überdurchschnittlich und ohne Fehl und Tadel. Bis zu ihrem Fauxpas galt sie als hervorragende Ermittlerin mit sehr guten Führungsqualitäten und einer Tendenz für höhere Aufgaben. Ich bin zwar überhaupt kein Freund davon, privates und dienstliches in einer Abteilung zu verschmelzen, aber in Ihrem Fall würde ich eine Ausnahme machen, weil ich Ihre Qualitäten sehr zu schätzen weiß und Sie ganz sicher mit dieser Situation umzugehen verstehen. Ich werde also Ihren Vorschlag befürworten und die Angelegenheit dem Herrn Innenminister vortragen. Ich melde mich dann bei Ihnen, Frau Weber. Einen erfolgreichen Arbeitstag wünsche ich Ihnen noch und auf Wiederhören." „Auf Wiederhören, Herr Präsident", stotterte Karin noch ins Telefon, was ihr Chef aber sicher schon nicht mehr mitbekommen haben dürfte. Karin strahlte. Wenn der Präses beim Minister etwas durchdrücken wollte, dann klappte das auch zu gut achtzig Prozent. Karin schmunzelte und war voller Zuversicht. Beflügelt von diesem Telefonat griff sie sich die Vernehmungsprotokolle der Klosterbrüder und der Zivilangestellten, die Theo angefertigt hatte und ging sie langsam Person für Person noch einmal durch. Sie benötigte fast eine Stunde dafür. Irgendetwas stimmte mit diesem Bruder nicht. Noch bevor sie versuchte, sich einen Reim darauf zu machen, betraten Theo und Edith ihr Büro.

„Da seid ihr ja wieder. Und?" Theo übernahm das Reden. „Wir haben leider nur einen Installateur angetroffen, der etwas reparierte. Die anderen Männer waren noch alle auf Montage an ihren jeweiligen Baustellen. Laut Aussage von Herrn Schmidt, das ist der angetroffene Installateur, arbeiten als Festangestellte zwei Maler, zwei Elektriker, ein Schreiner und zwei Installateure in diesem Bauhof. Herbert Jahnes, der zweite Installateur, ist seit zwei Wochen krank. Die anderen Herren sind wie schon erwähnt noch unterwegs." „Gut gemacht. Fahrt morgen ganz in der Früh noch einmal hin und versucht alle Leute zu befragen. Je nachdem wie die Befragungen laufen, laden wir die Herrschaften hierher vor. Schließlich könnte unser Mörder darunter sein, wenn die Aussage von diesem Bruder Josef stimmt, dass er eines der Fahrzeuge der Werkstatt zur vermeintlichen Tatzeit im Kloster gesehen hat. Gibt es sonst etwas Neues?" „Nein, Karin, leider nicht. Ich muss nur sofort nach Hause. Meine Tochter ist krank. Die Schule hat sie nach Hause geschickt, weil sie ständig brechen musste." „Ja, dann mach dich umgehend auf den Heimweg." „Ich werde mich jetzt mit dem Vorleben des Bruders Andreas befassen." „Gute Idee, Olaf wird dich sicher unterstützen." „Bis später" „Und bis morgen. Ich fahre dann gleich los." „Bestell Moni gute Besserung von mir." „Mach ich. Bis morgen." Noch während sich Karins Bürotür schloss summte ihr Telefon. „Weber? Hallo, Ernst, bist du fleißig?" „Hallo, Karin, hattest du etwas anderes von mir erwartet?" „Eigentlich nicht. Aber du hast bestimmt etwas für mich. Schieß los." „Tja, Karin, unser Bruder Andreas erfreute sich bester Gesundheit, bis ihm unser Täter das Scrotum und den Penis in ziemlich barscher Weise abgetrennt hat. Wie es aussieht hat der Mörder dies ante mortem mit einem großen Messer mit sehr scharfer Klinge durchgeführt. Er muss bis zum Eintritt des Todes durch Verbluten seinem Opfer immer wieder die Salatgurke in den Rachen geschoben haben, was zu Erstickungsanfällen führte und zur Folge hatte, dass das Opfer dadurch stark presste und extrem schnell sein Blut verloren hat. Unsere Tatortbilder sprechen da ebenfalls eine deutliche Sprache. Fazit: Bruder Andreas ist sehr qualvoll gestorben. Allerdings muss ich sagen, dass dies nach meinem Dafürhalten nicht auf einen sadistischen Täter schließen lässt. Eher auf einen mit posttraumatischen Problemen." „Du meinst, hier wollte sich jemand an Bruder Andreas rächen?" „Ja, so was in der Art." „Mein Team stöbert gerade im Vorleben des Mönches herum. Vielleicht finden wir da etwas." „Dann viel Erfolg, Karin. Mein Bericht ist bereits per E-Mail an dich unterwegs. Wenn du Fragen hast, ruf mich einfach an." „Mach ich. Danke, Ernst. Bis bald." Karin druckte sofort den Obduktionsbericht aus, heftete diesen in die Ermittlungsakte und lief damit ins Büro von Olaf und Theo. Ohne anzuklopfen stürmte sie hinein.

„Ernst hat uns seinen Obduktionsbericht mit seiner Beurteilung gemailt. Er meint, dass unseren Täter irgendein besonderes Motiv lenkte, Bruder Andreas so bestialisch zu töten. Hier ist die Akte. Schaut mal rein." Gerade als Karin das Büro wieder verlassen wollte, summte das Telefon von Olaf. Nach der kurzen Konversation zu urteilen bedeutete der Anruf nichts Gutes.

„Wir haben einen Mord in Köln-Nippes. Eine junge Frau soll ihren Ehemann erstochen haben." „Ja, dann fahren wir hin", entgegnete Karin. Wenig später rasten sie mit Blaulicht in den sonst eher ruhigen Stadtteil von Köln. Als sie von der Venloer Straße in die kleine Seitenstraße zum Tatort abbiegen wollten, mussten sie scharf bremsen. Die Straße stand bereits voller Einsatzfahrzeuge der Feuerwehr, der Streifenkollegen sowie des Notarztes und des Rettungsdienstes. „Wir werden wohl ein Stück laufen müssen", kommentierte Theo die Situation trocken. „Na, das wird dir sicher nicht schaden, Kollege", entgegnete Karin belustigt. „Wieso? Hältst du mich für zu dick?" „Unsinn, aber weil wir viel Zeit auf unseren Bürostühlen verbringen, kann so ein kleiner Walk wohl kaum schaden." „Ja, dann." Sie öffneten die Fahrzeugtüren und stiegen gerade aus dem Dienstwagen aus, als ein Kleinbus angerauscht kam, aus dem schwungvoll eine bildhübsche, schlanke junge Frau heraussprang sowie Ernst Brandt und zwei seiner Mitarbeiter. Theo Zerfakis bekam den Mund nicht mehr zu und starrte unentwegt die hübsche Rothaarige mit der Kurzhaarfrisur an. „Du holst dir noch eine

Erkältung, wenn du den Mund nicht zumachst, kleiner Fahnder", begrüßte Ernst Karins jüngsten Neuzugang. „Hallo, zusammen, ich bin Biggi Wax. Aber nicht Wachs wie der Rohstoff, aus dem Kerzen gemacht werden, sondern einfach mit x. Ich arbeite seit gestern daran, Ernst Brandt von seinem Stuhl zu schubsen." Alle um sie herum mussten lachen ob der eher humorvollen Bemerkung. „Also jetzt mal richtig vorgestellt: Das ist meine neue Kollegin Dr. Brigitte Wax. Sie ist Medizinerin und macht bei uns ihre Facharztausbildung zur Gerichtsmedizinerin. Wenn sie ihre Ausbildung fertig hat, gehe ich in den Ruhestand", fügte Ernst Brandt noch an. „Wollen wir denn jetzt an die Arbeit gehen? Ich geh dann mal vor."

7

Nacheinander betraten die Kripobeamten wie auch die Kollegen der Spurensicherung und der Gerichtsmedizin den Tatort. Eine junge Frau mit blutverschmierter Bluse, die offensichtlich die Täterin war, saß zitternd in eine Decke gehüllt zwischen dem Notarzt und einem Sanitäter. Ihr Gesicht wies eine Menge Blessuren auf und ihre Arme waren übersät mit Hämatomen und Brandwunden von Zigarettenglut. Die Leiche lag in der Küche mit einem Fleischmesser in der Brust. Während das Spurensicherungsteam gleich seine Arbeit aufnahm, setzte sich Karin zu der potentiellen Täterin. Behutsam und doch bestimmt stellte sie ihre Fragen. Theo Zerfakis saß ebenfalls mit am Tisch und schrieb seine Notizen für das zu erstellende Protokoll. Bevor sie den Tatort verließen, gesellte sich der junge Kommissar nochmals zu Ernst Brandt und seiner attraktiven Kollegin, von der er sich alles genau erklären ließ. Eine gute Stunde später traten sie die Rückfahrt ins Präsidium an. „Ich wusste noch gar nicht, dass du dich so sehr für die Kunst der Gerichtsmediziner interessierst, Theo", nahm Karin ihren jungen Kollegen hoch. Im Augenwinkel konnte sie erkennen, dass Theo leicht rot im Gesicht wurde. „Biggi Wax scheint dir zu gefallen. Aber keine Sorge, ich helfe dir, sie bald wieder zu sehen. Sie wird sicher die Obduktion des Toten vornehmen. Ich rufe Ernst gleich morgen früh an, damit er frühzeitig den Termin durchgibt und du hinfahren kannst." Karin musste ob der Grimasse von Theo herzlich lachen. Aber auch er musste schmunzeln. „Darf ich Biggi denn nicht nett finden?" „Aber sicher darfst du das. Hast du zurzeit keine feste Beziehung?" „Nein, leider nicht. Seit ich von der Polizeischule hierher versetzt wurde, habe ich einfach kaum Zeit gehabt mich privat umzuschauen." „Woher kommst du?" „Ich bin in Aschaffenburg geboren." „Aber es gefällt dir hier?" „Und wie. Köln hatte immer prio eins, wenn es um meinen Arbeitsplatz ging. Die Stadt ist toll und die Menschen hier sind sehr aufgeschlossen bis auf die wenigen, die wir uns schnappen müssen." „Das hast du schön gesagt, Theo." Wenig später bogen sie auf das Gelände des Präsidiums ab und parkten den Dienstwagen im Bereich der Fahrbereitschaft. „Machen wir Feierabend?" „Jawohl, Chefin. Die Anordnung gefällt mir." „Das glaube ich dir. Wo hast du dein Auto stehen?" „Ich habe noch keinen Wagen. Ich kann mit der Bahn und dem Bus bis ins Präsidium fahren. Dauert nur halt ewig von Kalk aus bis Bocklemünd." „Du wohnst in Bocklemünd? Dann kannst du gleich mit mir fahren, wenn du magst. Ich wohne in Pesch." „Ja, super. Ich muss nur noch mal eben ins Büro." „Da wollte ich auch noch hin. Sag Bescheid, wenn du fertig bist." Fünfzehn Minuten später saßen sie in Karins Mustang. Theo bekam den Mund kaum noch zu. „Ist das eine geile Karre! Ein echter Oldtimer! Schade, dass wir nicht offen fahren können." „Das wäre in der Tat ein wenig kalt. Im Sommer holen wir das nach." Am Ortschild von Bocklemünd setzte Karin ihren Jungkommissar ab und fuhr nach Hause.

„Heute bist du aber sehr spät dran. Jetzt können wir nicht mehr laufen." „Aber doch sicher schön zu Abend essen?" „Ja klar. Ich habe uns einen Meeresfrüchteeintopf mit Reis gekocht." „Also, duften tut dein Eintopf hervorragend, Asli." „Ich hoffe, er schmeckt auch so lecker. Setz dich, mein Schatz." Asli schleppte den großen Topf aus der Küche und platzierte ihn mitten auf den Esstisch auf ein Schneidebrett. Mit einem großen Suppenschöpfer füllte sie ihre Teller. Dann herrschte auf einmal gefräßiges Schweigen. „Espresso?" „Da sag ich nicht nein. Es war übrigens sehr lecker. Du bist die geborene Hausfrau." „Da gebe ich dir Recht. Soll ich zu Hause bleiben? Ich hätte ohnehin gern ein Kind und einen Hund." „Das fehlt mir jetzt noch. Ich werde nächstes Jahr fünfzig. Wenn der Nachwuchs Abi macht, gehe ich in Rente oder sogar schon früher. Du bist halt zehn Jahre jünger als ich, mein Sahnestückchen. Aber da wir gerade über unsere Zukunft plaudern. Ich habe dem Polizeipräsidenten dich als meine Vertreterin vorgeschlagen und er hat zugestimmt. Er hat die Angelegenheit an den Innenminister weitergeleitet. Ich gehe davon aus, dass es klappt mit unserer zukünftigen Zusammenarbeit. Mach mir bloß keinen Ärger, Asli." „Das wäre ja toll, wenn ich auch noch den ganzen Tag mit dir zusammen arbeiten kann. Jetzt schau nicht so, Karin. Du kennst mich. Ich bin Profi und eine gute Ermittlerin. Außerdem waren wir ein super gutes Team." „Warten wir es ab und bloß keine Alleingänge mehr. Jetzt verwöhn deine zukünftige Chefin mal mit Espresso und dann machen wir in der Küche klar Schiff."

Pfarrer Julius Hirschmann stand auf der Aluleiter hinter dem Altar. Nicht das er heute Gott noch näher sein wollte als er es ohnehin schon war. Hirschmann schmückte nur ausnahmsweise selbst den Altarbereich seiner schönen alten Kirche, weil sein Küster grippekrank im Bett lag und er für morgen eine Hochzeit mit fünfzig Gästen angenommen hatte. Pfarrer Hirschmann freute sich schon auf diese Messe, weil kirchliche Trauungen immer seltener wurden. Doch schien die Hochzeitsmesse unter keinem guten Stern zu stehen. Erst die Grippeerkrankung seines Küsters und seit heute Morgen streikte auch mal wieder die betagte Heizungsanlage. Wenn der Monteur diese nicht noch heute Abend wieder gangbar machen konnte, würde die ganze Entourage morgen verdammt frieren. Schließlich was es November. Gegen achtzehn Uhr hatte er noch einmal bei der

Heizungsfirma angerufen und man versicherte ihm, dass heute noch ein Techniker nach der Heizung schauen würde. So hatte er die Seitentüre zur Sakristei einfach nicht abgeschlossen, damit sich seine hoffentlich bald eintreffende Rettung bei ihm einfinden konnte. Schließlich stand der Pfarrer kurz vor seinem siebenundfünfzigsten Geburtstag und so wollte er nicht riskieren, von der Leiter zu fallen, wenn es an der Türe klingelte und er nicht rasch genug hinunter zu klettern vermochte, um zu öffnen. Es käme glatt einer Katastrophe gleich, wenn der Monteur einfach wieder fortfahren würde, weil ihm nicht geöffnet wurde. Dann vernahm er ein Geräusch. Keinesfalls ungewöhnlich, dass die Seitentüre knarrte, nur das parallel auch der Schlüssel, der an einem dicken Schlüsselbund hing, im Schloss umgedreht wurde, konnte Pfarrer Hirschmann sich nicht erklären. Er beschloss, jetzt doch nachzuschauen. Langsam bewegte er sich Sprosse für Sprosse nach unten. Auf einmal ging alles ganz schnell. Er war nicht von der Leiter abgerutscht und trotzdem traf ihn ein harter Schlag gegen seinen Hinterkopf. Dann wurde es dunkel um ihn.

Asli und Karin lagen nach erledigter Hausarbeit platt auf dem Sofa. Asli massierte gerade mit einem belebenden Kräuteröl Karins Füße, der diese Prozedur offensichtlich sehr zu gefallen schien, als Karins Handy summte. Wenig erfreut erhob sie sich und griff nach dem Mobiltelefon. „Hallo, Karin? Olaf hier. Wir haben einen Toten in der Kirche St. Remigius. Kommst du hin?" „Ja, klar. Ich weiß, wo das ist. Bin in fünfzehn Minuten dort." „Was ist los?" „Es gibt einen Toten in der Kirche St. Remigius." „Kann ich mitfahren?" Karin rümpfte zunächst die Nase, was Asli mit einem grimmigen Gesicht quittierte. „Na gut. Komm, fahren wir hin." Siebzehn Minuten später fuhr Aslis Golf vor der Pfarrkirche im Ortsteil Sülz vor. Die beiden Frauen verließen den Wagen. Asli tat dieser Einsatz sichtlich gut. Sie schien sich wieder wie eine richtige Polizistin zu fühlen. Olaf hatte nur Karin aus dem Feierabend geholt. Theo und Edith blieben uninformiert. Beinahe parallel traf auch Biggi Wax mit einigen Männern der Spurensicherung ein. Karin machte Asli mit Biggi Wax bekannt. „Hallo, Asli, ich hab schon so einiges von dir gehört." „Na, hoffentlich nur Gutes." „Nicht nur", antwortete die Gerichtsmedizin ehrlich und grinste dabei verschmitzt. Olaf Salcher schien ein wenig irritiert Asli hier anzutreffen. „Hallo, Asli", grüßte er sie kurz. „Sie wollte mal wieder zu einem Tatort, und weil sie voraussichtlich meine Vertreterin wird, habe ich sie einfach mitgebracht. Außerdem waren mir die zwei Glas Wein zum Abendessen zu viel, um noch selbst fahren zu können", entschuldigte und begründete Karin die Anwesenheit ihrer Lebensgefährtin. „Was haben wir, Olaf?" „Lass uns erstmal in die Kirche hineingehen. Es ist kalt." Die Kollegen der Spurensicherung hatten sich bereits an ihre Arbeit gemacht und große Scheinwerfer aufgestellt, die den Tatort gespenstisch erscheinen ließ. „Wir haben eine männliche Leiche. Es handelt sich um den Pfarrer der Gemeinde Julius Hirschmann." Dann versagte Olafs Stimme, als er die Leiche rücklings auf den Altar gefesselt sah. Eine Salatgurke ragte zur

Hälfte aus dem Mund des Toten und seine dunkelblaue Freizeithose war, wie auch sein Slip, bis zu den Knöcheln heruntergelassen. Die Füße des Toten standen in einer ziemlich großen Blutlache. Dem Opfer wurden ebenfalls Scrotum und Penis abgetrennt. Das dafür benutzte Schneidwerkzeug war jedoch nicht auffindbar. „Scheiße", entfuhr es Karin. „Wir haben es wieder mit einem Serientäter zu tun, der in verdammt kurzen Intervallen mordet." „Und so wie er sein Schneidwerkzeug führte, hat er verdammt viel Wut im Bauch", warf Biggi ein, die gerade die Schnittwunde am Unterleib des Toten untersuchte. „Wer hat den Toten gefunden?" „Markus Matuschek, der Monteur der Heizungsfirma Breuer. Er war im Notdienst unterwegs und sollte die streikende Heizung wieder in Gang setzen, weil hier morgen eine Trauung stattfinden soll. Mehr weiß ich nicht. Die Frau des Küsters hat uns informiert. Ihr Mann liegt seit gestern mit schwerer Grippe im Bett. Dies war auch der Grund, warum Pfarrer Hirschmann um diese Zeit seine Kirche selber für die Messe schmückte." „OK, Olaf, sprechen wir zuerst mit dem Monteur." „Markus Matuschek ist mein Name. Der Pfarrer hatte heute schon mehrfach in der Firma angerufen und gebeten, dass wir die Heizung in der Kirche reparieren. Er hatte hinterlassen, dass ich durch die offene Seitentüre der Sakristei in die Kirche gelangen würde, falls er das Schellen nicht hören sollte. Mein Chef hatte mich angefunkt und gebeten hier vorbeizufahren, um nach dem Brenner zu schauen, der schon häufiger Mucken machte. Ich kenne die Anlage ganz genau. Als sie montiert wurde, habe ich bei Breuer gerade meine Lehre beendet. Das ist jetzt zweiundzwanzig Jahre her. Als ich das Kirchenschiff betrat, sah ich was geschehen war und habe bei dem Küster geklingelt. Die Frau von ihm hat sie dann gerufen." „Haben Sie irgendetwas bemerkt, was Ihnen vielleicht merkwürdig vorkam, als Sie die Kirche betraten? Oder haben Sie ein Fahrzeug vor der Türe parken sehen, welches Ihr Interesse geweckt hat?" „Nein, überhaupt nicht. Ich bin seit sechs Uhr auf den Beinen. Da schaut man nicht mehr so genau hin, was um einen herum so geschieht. Ich wollte nur die Fotozelle reinigen, denn dies war ganz sicher wieder die Ursache der Betriebsstörung, und dann nur Hause." „Kann ich verstehen. Hier ist meine Karte für den Fall, dass Ihnen doch noch etwas einfällt. Wir brauchen Sie jetzt hier nicht mehr. Sie können dann fahren." Markus Matuschek bedankte sich und verließ sehr schnellen Schrittes die Kirche.

„Der Täter muss schweben können. Wir haben nicht einen einzigen Fußabdruck gefunden, von Fingerabdrücken ganz zu schweigen." „Kannst du denn schon etwas zum Todeszeitpunkt oder der Ursache sagen, Biggi?" „Nicht wirklich. Zum Zeitpunkt etwa zwischen achtzehn und neunzehn Uhr." „Das deckt sich dann auch mit der Aussage des Monteurs der Heizungsbaufirma, der hier gegen viertel nach acht eingetroffen ist. Wie groß ist wohl der Zeitbedarf, den unser Täter für seine Inszenierung benötigt?" „Das ist auch nur schwer zu sagen. Aber dreißig Minuten braucht er ganz bestimmt, um sicherzustellen, dass sein Opfer auch wirklich tot ist. Genaueres kann ich euch morgen nach der Obduktion sagen." „OK, Biggi, befragen wir noch die Frau des Küsters und hauen dann wieder ab." Asli schlich wie eine Katze um den Tatort und machte sich ständig Notizen. Karin und Olaf betraten die Sakristei und verließen durch deren Türe das Kirchengebäude. Ein Kollege der Spurensicherung untersuchte gerade peinlichst genau die Eingangstüre auf Fingerabdrücke. Karin drückte auf den Knopf der Türschelle der Wohnung des Ehepaars Zeisig. Vorsichtig öffnete Elke Zeisig den beiden Kriminalbeamten und führte sie in ihr bescheidenes Wohnzimmer, wo Robert Zeisig, blass und kränklich dreinschauend, im Bademantel auf dem Sofa saß. In der ganzen Wohnung duftete es nach Heilkräutern gegen Husten und Schnupfen. „Guten Abend. Dürfen wir Ihnen etwas anbieten? Nehmen Sie doch bitte Platz." Robert Zeisig schien sehr geschwächt durch den grippalen Infekt." „Guten Abend, Herr Zeisig. Mein Name ist Weber. Das ist mein Kollege Salcher. Wir kommen von der Mordkommission." Frau Zeisig setzte sich neben ihren Mann auf das Sofa. „Haben Sie eventuell etwas gesehen, dass Ihnen merkwürdig vorkam? Oder haben Sie vielleicht Schreie aus der Kirche vernommen?" „Nein, überhaupt nichts. Ich war etwa gegen achtzehn Uhr noch mal in der Kirche und habe den Herrn Pfarrer gefragt, ob er meine Hilfe benötige, was er jedoch verneinte. Er sagte noch: „Kümmern Sie sich um Ihren Mann, damit er bald wieder auf den Beinen ist. Ich folgte seinem Rat und ging zurück in die Wohnung." „Ich höre schwer und gerade jetzt, wo mich die Grippe aufs

Krankenlager geworfen hat, ist es noch fataler mit meiner Hörschwäche." „Ist Ihnen eventuell ein Fahrzeug aufgefallen, das hier parkte?" „Darauf habe ich nicht geachtet. Aber ich glaube, der Kirchenparkplatz war völlig leer." „Dann wünschen wir Ihnen gute Genesung, Herr Zeisig. Auf Wiedersehen. Wenn wir noch Fragen haben, melden wir uns bei Ihnen." Auf dem Kirchenvorplatz verabschiedeten sich Karin und Asli von Olaf und fuhren zurück nach Hause.

„Du bist so still. Was geht dir durch dein schlaues Köpfchen?" Während Asli ihren Golf zügig Richtung Köln-Pesch bewegte, hatte sie noch kein Wort zu Karin gesagt. „Ich glaube, wir haben es mit einem Serienmörder zu tun, der ein Problem mit den Klerikern hat. Mit der Salatgurke im Rachen der Opfer will er uns etwas mitteilen. Auch die abgeschnittenen Genitalien sind für mich eine Metapher für etwas, das wir unbedingt ergründen müssen, um unseren Täter oder gar die Täterin zu verstehen. Ich bin nur noch nicht dahinter gekommen welche. Es könnte durchaus sein, dass unser Mörder oder auch die Mörderin auf sexuellen Missbrauch durch Kirchenmänner hinweisen möchte." „Vielleicht wurde er oder sie selbst einmal ein solches Opfer?" „Ich werde morgen mal ein wenig recherchieren. Wenigstens meinen PC darf ich ja weiter im LKA benutzen." „Ja, dann mach dich schon mal nützlich für deinen neuen Schnüfflerjob." Karin musste lachen ob ihrer Bemerkung. Auch Asli fand Karins Formulierung höchst amüsant. Zehn Minuten später trafen die beiden Polizeibeamtinnen zu Hause ein.

8

Hannes Baumgart lag ziemlich kaputt auf seinem Sofa. Eher desinteressiert schaute er auf den Bildschirm seines Fernsehers. Den Ton hatte er abgestellt. Nur der Motor seiner Waschmaschine war vernehmbar, in die er gleich nach seiner Ankunft alle schmutzigen Arbeitsklamotten hineingesteckt hatte. Vorsorglich gab er zum Waschpulver noch einen Fleckenlöser hinzu, der seinen Blaumann von den Blutflecken befreien sollte. Als der kleine Hunger begann, ihn zu peinigen, erhob er sich vorsichtig. Sein Rücken schmerzte. Aber er war zufrieden mit dem, was er geschafft hatte. In der Küche schlug er sich vier Eier mit Speck in die Pfanne und gab zwei Scheiben Graubrot aus der Verpackung auf einen Teller. Mit seinem Menüteller setzte er sich an den Küchentisch. Doch bevor er aß nahm er sich eines seiner alten Fotoalben und legte es vor sich auf den Tisch. Während des Essens schaute er reichlich vergilbte Fotos aus seiner Vergangenheit an. Bereits auf Seite drei trieb ihm das mittlere Foto die Magensäure in die Höhe. Vater und seine geliebte Mutter saßen am Tisch vor dem winzigen Küsterhäuschen und hielten Brotzeit, während hinter seinen Senioren der alte Pfarrer stand und beiden einen Arm auf ihre Schultern legte. Irgendwie begann plötzlich sein Anus zu schmerzen. Wutentbrannt warf er das Album zu. Eher unlustig aß er sein Abendessen auf. Zum guten Schluss spülte er ab und setzte sich wieder an seinen Esstisch, um weiter in seinem Album zu blättern. Ein Lächeln huschte über sein Gesicht, als er auf der letzten Seite des Bilderbuches angelangt war und dort das Foto anschaute, auf dem nur der Grabstein vom Pfarrer zu sehen war, nachdem sie ihn beerdigt hatten. „Hoffentlich schmorst du auf ewig in der Hölle, du Drecksack", murmelte Hannes. Er nahm das Buch und stellte es in sein Regal zurück.

„Morgen, Karin, Biggi hier. Ich bin mit der Obduktion von Pfarrer Hirschmann durch. Er starb genauso wie Bruder Andreas durch Verbluten begünstigt durch Erstickungsanfälle. Allerdings hat unser Täter im Gegensatz zu seinem ersten Mordopfer Pfarrer Hirschmann mit einem Schlag auf den Kopf in einen Kurzschlaf versetzt. Sicher um ihn leichter handeln zu können. Hirschmann wirkt größer und kräftiger als Bruder Andreas. Die entfesselte Wut beim Schnitt ist allerdings gleich heftig. Der Täter muss eine Scheißwut auf die Männer haben." „Da warst du aber verdammt schnell, Biggi. Ich wollte dir Theo vorbei schicken, damit er sich eine Sektion bei dir anschauen kann." „Oh, wenn ich das gewusst hätte! Der ist richtig süß." „Gut, dass ich weiß, dass er dir gefällt. Warten wir auf die nächste Leiche, damit er dir zuschauen kann." „Aber sag ihm bitte nicht, dass ich ihn süß finde, hörst du." „Ich kann schweigen, Biggi. Du schickst mir den Bericht per Mail?" „Ja, geht heute noch an dich heraus. Tschöö, Karin." Noch bevor Karin etwas erwidern konnte, war der neue Wirbelwind aus der Gerichtsmedizin schon aus der Leitung verschwunden. „Na, da entwickelt sich noch eine echte Liebesbeziehung", philosophierte sie vor sich hin und grinste. Beschwingt griff sie nach ihrem Becher mit Kaffee und lief zum Büro von Olaf und Theo hinüber. „Morgen, Männers", begrüßte sie ihre beiden Kollegen. „Habt ihr Neuigkeiten zu unseren Mordfällen?" Theo und Olaf schauten grinsend hinter ihren Bildschirmen hervor. „Ich habe gestern die Personalakten von Bruder Andreas und Pfarrer Hirschmann im Vikariat angefordert und warte nun auf deren Eintreffen. Gleichzeitig lasse ich die Namen der gewerblichen Mitarbeiter aus dem Facility Management des Bistums wie auch die beiden Geistlichen durch unseren Computer laufen. Vielleicht liegt oder lag ja irgendetwas gegen den einen oder anderen Herren vor." „Gut so, Theo. Wir müssen alle Informationsquellen anzapfen, die uns zur Verfügung stehen." „Ich gehe noch einmal alle Protokolle unserer Zeugenvernehmungen durch. Irgendetwas stimmt da nicht." „Wie meinst du das, Olaf?" „Nun ja, es ist nur so ein Bauchgefühl. Dieser Bruder Andreas schien ein echter Einzelgänger zu sein. Niemand weiß etwas Konkretes über ihn. Bekannt ist nur, dass er seit etwa vier Jahren dem Orden angehört und hauptsächlich den Garten betreut, obwohl er eigentlich ein abgeschlossenes Lehramtsstudium hinter sich hat. Bei Hirschmann habe ich noch gar nichts. Da warten wir mal auf die Personalakten. Von den Eheleuten Zeisig wissen wir nur, dass Hirschmann die Gemeinde vor etwa sechs Jahren als Pfarrer übernommen hat und sehr beliebt war. Er hat wohl schon eine Menge gerade für auffällige Jugendliche getan, ihnen Ausbildungsplätze besorgt und sie gefördert, wo er nur konnte." „Dann warten wir mal ab, was uns die

Personalakten noch so bescheren. Was ist mit Edith?" „Sie hat heute einen Tag Urlaub genommen." „Ja, dann bis später. Ich bin in meinem Büro."

Karin nahm wieder hinter ihrem Schreibtisch Platz und bewältigte die per Email eingegangenen Nachrichten. Eine ganze Menge war einfach nur unnötig und konnte gleich gelöscht werden. Einige beinhalteten Anfragen an ihre Abteilung, die sie entweder auf ihre Mitarbeiter verteilte oder gleich selbst beantwortete. So verging die Zeit wie im Flug, bis ihr Telefon summte. „Weber? Guten Tag, Herr Krausmann. Was verschafft mir die Ehre Ihres Anrufes?" „Guten Tag, Frau Weber. Der Herr Innenminister hat mich soeben darüber informiert, dass Ihre Lebensge-... eh, Frau Hautkommissarin Bülent ab dem nächsten ersten Ihre Stellvertreterin wird. Alle Personalpapiere werden noch heute entsprechend ausgearbeitet. Herr Salchert übernimmt bereits zum 1.12. sein neues Amt in Münster, da der bisherige Stelleninhaber sich den Arm gebrochen hat und dienstunfähig ist. Ich hoffe, diese Entscheidung ist ganz in Ihrem Sinne, Frau Weber. Und tun Sie mir bitte dringend einen Gefallen, Frau Weber: Vermischen Sie bitte keinesfalls Ihr Privatleben mit dem Dienst hier im Hause. Der Herr Innenminister wie auch die übergeordnete Behörde haben ein strenges Auge auf Ihre Abteilung geworfen. Deshalb seien Sie erfolgreich und machen Sie mir keine Schande, Frau Weber." „Vielen Dank für diese Information, Herr Polizeipräsident. Ich gebe noch besonderes zu bedenken, dass Frau Bülent eine sehr erfahrene Ermittlerin ist, die für das Kommissariat ganz sicher eine wirkliche Bereicherung darstellt und Herrn Salchert sicherlich hervorragend ersetzen kann." „Ihr Wort in Gottes Ohr, Frau Weber. Dann viel Erfolg. Ach, gibt es schon etwas Neues in den beiden Mordfällen der Kirchenmänner?" „Noch nicht, Herr Krausmann. Wir haben erstmal die Personalakten der beiden Opfer angefordert, um zu ermitteln, mit wem wir es überhaupt zu tun haben. Alles Weitere sehen wir dann." „Nun gut, Frau Weber. Dann einen schönen Tag, und halten Sie mich bitte auf dem Laufenden." „Mach ich, Herr Krausmann", gab Karin noch zur Antwort, doch wie nicht anders zu erwarten, hatte der Präses schon wieder aufgelegt. „Arschloch!", murmelte Karin vor sich hin und widmete sich wieder ihren Mails.

Ohrenbetäubendes, schrilles Kreischen schlug den beiden Polizeikommissaren entgegen, als sie die Werkstatt von Hannes Baumgart betraten, der gerade in einer Ecke auf der Werkbank Holzwerkzeuge schärfte. Da er einen Gehörschutz trug, erschrak er, als er völlig unerwartet die beiden Polizeibeamten hinter seiner Schutzbrille auftauchen sah. Sofort schaltete er den Motor der Schleifmaschine aus. Mit einer ruckartigen Bewegung zog er den Gehörschutz und die Brille aus. Vermeintlich unbemerkt deckte er seine Schleifobjekte mit einem Tuch zu. „Hannes Baumgart?", stellte Theo Zerfakis die erste Frage. „Ja, der bin ich. Was kann ich denn für Sie tun, meine Herren?" „Wo haben Sie sich vor drei Tagen in der Nacht vom 10.11. auf den 11.11. aufgehalten?"

„Ich habe die Nacht zu Hause in meinem Bett verbracht." „Gibt es dafür Zeugen?" „Nein. Ich lebe alleine." „Was haben Sie denn da gerade abgedeckt?" „Das sind verschiedene Klingen, mit denen ich meine Holzarbeiten durchführe." „Und warum decken Sie diese ab?" „Damit sich kein Flugrost darauf bildet. Die Tücher sind in Maschinenöl getränkt." „Zeigen Sie mal her." Widerwillig nahm Hannes Baumgart das Tuch von den geschärften Instrumenten weg, unter denen sich auch vier Tranchiermesser befanden. „Und was ist mit den Messern?" „Die brauche ich zum Fleisch tranchieren. Sie werden von mir noch entölt und sind dann wieder im Hygienebereich meiner Küche einsetzbar." Theo nahm das größte Messer, das eine große Ähnlichkeit mit einem Dolch aufwies, in seine Hände und besah es sich genau. „Damit lassen sich problemlos jedem Mann die Genitalien abschneiden nicht wahr?" Hannes Baumgart bekam einen roten Kopf. „Was wollen Sie mir da unterstellen, Herr Kommissar?" „Das Sie mit diesem Messer zwei Vertretern der katholischen Kirche die Genitalien abgeschnitten haben." „Das ist ja wohl eine Unverschämtheit! Schließlich arbeite ich als Schreinermeister für die katholische Kirche." „Deshalb hält Sie aber doch niemand davon ab, zwei unliebsamen Zeitgenossen die Eier abzuschneiden." „Wieso zwei? Ich weiß nur vom Mord an Bruder Andreas." „Es gibt einen zweiten Toten, Herr Baumgart." „Und wer bitte wurde noch ermordet?" „Pastor Hirschmann von St. Remigius." „Ich kenne den Herrn Pfarrer zwar flüchtig, weil ich einmal in seiner Kirche gearbeitet habe, aber groß geredet habe ich noch nicht mit ihm. Also ich hab ihm nix angetan. Nehmen´s die Messer einfach mit und prüfen Sie, ob damit Menschenfleisch zerschnitten wurde", schlug Hannes Baumgart vor. „Sie glauben doch nicht im Ernst, dass nach Ihrer Schleifprozedur auch nur noch der Hauch einer Spur an den Messern zu finden ist", mischte sich nun auch Olaf Salchert in das Gespräch ein. „Wir nehmen Sie aber trotzdem für die KTU mit", beschloss Theo Zerfakis. Zähneknirschend steckte Hannes Baumgart die Messer in einen Lederbeutel. „Sie bekommen sie so schnell als möglich wieder. Es kann sein, dass wir Sie in den nächsten Tagen zur Vernehmung vorladen. Bleiben Sie deshalb bitte in Köln oder geben Sie uns Bescheid, wenn Sie Ihren Aufenthaltsort verlassen müssen. Hier ist meine Karte für den Fall, dass Ihnen noch etwas einfällt." Hannes Baumgart nahm die Karte entgegen und steckte sie in seine Geldbörse. Die beiden Polizeibeamten verabschiedeten sich und fuhren davon.

„Irgendwie hat der Typ `ne Macke. Und irgendwie stinkt es in seiner Werkstatt nach Moder, totem Fleisch, ach, ich weiß auch nicht wonach sonst noch." „Findest du, Theo? Ich hab zwar nichts dergleichen gerochen, aber vielleicht zerlegt der Typ in seiner Werkstatt heimlich Geistliche. Wer weiß schon, was die Leute so für Hobbys haben." „Ich meine, jetzt geht deine Phantasie mit dir durch, Olaf." Die beiden Männer mussten lachen und fuhren zurück zum Präsidium, wo Karin sie schon erwartete. „Da seid ihr ja endlich. Habt ihr einen Ausflug mit Picknick im Wald gemacht?" Olaf und

Theo sahen sich fragend an, als sie ihr Büro betraten und Karin dort am Kopierer vorfanden. „Nun schaut mich nicht so an. Das war ein Scherz. Ich hab mit euch etwas zu besprechen. Setzt euch, Kaffee ist fertig, frisch von mir gekocht." „Dann rufe ich besser erstmal meinen Internisten an. So starke Sachen wie deinen Kaffee kann mein Magen nicht immer ertragen", ulkte Olaf. Lachend ließen sich die drei Kripobeamten auf die Stühle am Konferenztisch fallen. „Was gibt es, große Chefin?", fragte Olaf frei heraus. „Das ist sehr schnell erklärt. Der Präses hat mich eben angerufen." Es folgte eine kurze Erläuterung von Karin. „Dann bin ich ja schon in einer Woche hier weg." „Sieht so aus, Olaf. Ist wirklich schade, aber du willst ja unbedingt Häuptling werden. Ich habe vor, Asli Bülent morgen schon mal mitzubringen, damit sie sich mit unseren Fällen vertraut machen kann. Hat jemand damit ein Problem?" „Quatsch, bring sie mit. Ist ja hier ohnehin bald ihr Arbeitsplatz." Sie besprachen noch verschiedene Dinge, bis die beiden Karins Büro verließen.

„Sag mal, Olaf, wie ist die Neue denn so?" „Asli Bülent ist eine prima Kollegin. Sie arbeitet allerdings gern alleine. Das ist etwas, dass ihr der Lady unbedingt abgewöhnen müsst. Dies hat sie beim letzten großen Fall beinahe das Leben gekostet und wenn Karin sich nicht voll rein gehangen hätte, wäre Asli tot. Sonst ist sie eine liebe und gute Kollegin." „Da bin ich mal gespannt. Ist die nicht auch mit unserer Chefin zusammen?" „Das ist wohl wahr." „War Karin eigentlich immer schon lesbisch?" „Nein, sie war sehr glücklich mit unserem Serienkiller zusammen, bis sie herausfand, dass der Typ unser Mörder war und sogar sie umbringen wollte. Sie hat wirklich in letzter Sekunde diesen Irren erschossen, bevor er Asli Bülent ermorden konnte. Seitdem sind die beiden ein Paar. Ist doch auch egal, welche Neigung jemand hat. Der Mensch ist wichtig und Karin ist die beste Chefin, die du dir wünschen kannst." Theo wurde nachdenklich und pflanzte sich hinter seinen Schreibtisch.

9

Der Achtzylinder ihres Mustangs brabbelte bei niedriger Drehzahl brav vor sich hin, während sie gemächlich nach Hause fuhr. Obwohl der Kalender bereits Mitte November anzeigte, kamen ihr zwei von den modernen Plastikcabrios offen entgegen, was Karin nicht wunderte, waren es doch immer noch achtzehn Grad und die Sonne schien. Das Cabriodach ihres Mustangs zu öffnen war mit gewaltigen, körperlichen Anstrengungen verbunden, deshalb hatte sie beschlossen, es für dieses Jahr geschlossen zu lassen. Karin hatte dafür die beiden Seitenscheiben heruntergekurbelt und schwamm gemächlich im Feierabendverkehr den nördlichen Stadtteilen entgegen. Aslis Golf stand zu Hause bereits vor der Einfahrt. Sie machte wohl nur noch Dienst nach Vorschrift im LKA. „Hallo, mein Schatz. Schön, dass du heute mal früher zu Hause bist." „Hallo, Asli. Du hörst dich schon an wie so eine richtige Ehefrau nach zwanzig Jahren Ehe, die vorwurfsvoll ihren Mann ausfragt, wo er denn schon wieder bleibt. Ich war noch in der Eckkneipe und habe drei Bier getrunken", nahm Karin ihre Lebensgefährtin mächtig auf die Rolle. „Jetzt schau nicht so. In einer Woche gehen wir zusammen arbeiten. Der Präses hat mich heute informiert, dass du ab dem 1.12. bei uns in der Kölner Mordkommission anfängst. Mach mir also bloß keine Schande." „Das ist aber mal eine gute Nachricht. Dann sind wir also auch tagsüber zusammen. Ich freue mich schon darauf, mit dir gemeinsam zu ermitteln. Schließlich waren wir ein Superteam." „Das sind wir sicher auch weiterhin. Nur lass bitte deine Alleingänge. Wir sind ein sehr gut eingespieltes Team: Edith ist sehr engagiert und Theo als Neuling sowieso. Aber jede Info muss ans Team weitergeleitet werden, damit alle den gleichen Wissensstand haben. Du weißt, dass dich das fast das Leben gekostet hätte." „Ja, ich weiß es ja. Wie oft willst du mir das noch aufs Brot schmieren, Karin?" „So lange, bis du es gefressen hast. Wir werden in den kommenden Monaten sehr genau beäugt werden. Schon weil wir beide zusammen sind. Also bitte halt dich an unsere Regeln." „Hast du etwa PMS oder warum reagierst du aggressiv, Karin?" „Ich bin nicht aggressiv. Wie kommst du darauf?" „Du benimmst dich nur wie so ein richtiger altbackener Ehemann. Nicht mal einen Kuss habe ich zur Begrüßung bekommen." Mit einem heftigen Knall flog die Wohnzimmertüre ins Schloss und Asli war irgendwo im Haus verschwunden. „Das zum Thema: Wir sind ein glückliches Paar. Trautes Heim - Glück allein", sprach Karin laut vor sich hin und zog sich ihre Jacke aus.

Auch die Türe zum Arbeitszimmer musste für Aslis schlechte Laune büßen.

Bruder Servatius sortierte Bücher aus. Dies war nicht ungewöhnlich, weil auf dem am kommenden Wochenende stattfindenden, alljährlichen Weihnachtsmarkt wieder überzählige wie auch gespendete Bücher zu Gunsten eines Dorfes in Afrika verkauft werden sollten. Das eingenommene Geld verwendete der Orden für alle möglichen Projekte, um den Menschen auf diesem Wege eine bessere Zukunft bieten zu können. Bruder Servatius hatte sich bereits mehrfach freiwillig gemeldet, für ein Jahr vor Ort zu arbeiten, doch der Orden ließ ihn nicht in die Diaspora ziehen. So sorgte er seit einigen Jahren dafür, dass wenigstens ordentlich die Kasse klingelte. Beinahe zweihundert Bücher waren dieses Jahr zusammen gekommen, die nur darauf warteten, den Besitzer zu wechseln. Auch ein wenig Spielzeug hatten seine Brüderkollegen gesammelt, um den Markt auch für Kinder interessant zu gestalten. Bruder Servatius griff sich einen der kleinen Teddybären und spielte mit ihm. Als er ein Geräusch vernahm, legte er das Stofftier verschreckt zur Seite. „Na, spielst du wieder mit Kinderspielzeug?", vernahm Bruder Servatius eine Stimme hinter seinem Rücken. Ruckartig drehte er sich um und blickte auf eine schlanke und ganz in schwarz gekleidete Gestalt. Blaue, stechende Augen beäugten ihn durch zwei Sehschlitze. Auch für Mund und Nase waren weitere Öffnungen in der ebenfalls schwarzen Maske vorhanden. „Was wollen Sie und wie sind Sie hier überhaupt herein gekommen?", begann Bruder Servatius leicht zu stottern. „Ich grüße dich, Sekundant des Teufels. Ich bin der von Gott gesandte Erzengel Antaeus und komme um zu richten." „Sie sind nicht bei Trost, guter Mann. Einen Erzengel Antaeus gibt es überhaupt nicht und wen wollen Sie richten? Sie scheinen mir verwirrt und nicht kundig zu sein, guter Mann." „Du hast dich vor Gott versündigt, Bruder Servatius, und der Herr hat mich geschickt dich dafür zu strafen." Noch bevor Bruder Servatius protestieren konnte, traf ihn ein Schlag mit einem Gummiknüppel an der linken Schläfe. Benommen knickte er ein und fiel zu Boden. Als er wieder die Augen öffnete, lag er rücklings gefesselt auf dem Rednerpult in der Bibliothek. „Nun, Bruder Servatius, bist du bereit, deine Taten zu bereuen?" „Was wollen Sie von mir? Machen Sie sofort die Fesseln ab, sonst schreie ich laut um Hilfe." Bruders Servatius holte bereits tief Luft, als der Fremde eine große Salatgurke aus seinem Rucksack zog und ihm diese tief in den Rachen schob. Der Klosterbruder rang nach Luft. Da er sich noch im Besitz beinahe aller Zähne befand, biss er die Gurke entzwei. Doch damit hatte sein Peiniger gerechnet. Sofort hob er das auf den Boden gefallene andere Stück der Gurke auf und schob das spitze Ende noch zusätzlich Bruder Servatius in den Rachen, der nun nur noch röchelte und nach Luft gierte. Dann ging alles ganz schnell. Die ganz in schwarz gekleidete Person zog ein langes, blitzendes Messer aus dem Rucksack und zog es aus der ledernen Schutzscheide. Kräftige Hände rissen des Bruders Kutte hoch und seine Unterhose herunter. „Bete, armer Sünder, denn gleich trittst du vor deinen Schöpfer. Sei geständig und demütig, dann wird er dir seine Hand reichen und dich in den Himmel erheben. Tust du das nicht, wirst du auf ewig in der Hölle schmoren." Bruder Servatius rang heftig nach Luft. Er verdrehte bereits die Augen, die schon ein wenig aus den Höhlen traten, weil er unter akutem Sauerstoffmangel litt. Mit gurrenden Grunzlauten versuchte er noch, auf sich und seine Situation aufmerksam zu machen, bis er den fürchterlichen Schmerz in seinem Unterleib spürte. „Bete, Sünder, und bald bist du erlöst. Hier in diesem Glas ist dein Gemächt, der Ursprung allen Übels. Bete, dass dir der Herr vergibt." Bruder Servatius wurde schwarz vor Augen. Wenig später starb er.

„Hast du dich wieder beruhigt, Asli?" Traurig schaute die von Statur eher kleine Polizeikommissarin ihrer Lebensgefährtin und zukünftigen Chefin in die Augen. Tränen kullerten über ihre Wangen. „Was ist los, Asli?" „Ach, ich bin einfach sauer, gekränkt und zutiefst enttäuscht." „Von mir?" „Ja, irgendwie auch von dir. Lauthals sprichst du darüber, dass du bald meine Chefin bist und ich brav alles das tun muss, was du vorgibst. Vergiss nicht, dass ich ebenfalls selbstständig eine Abteilung im LKA geleitet habe und dich erst auf die Spur von deinem Udo gebracht habe. Ohne mich würdest du wahrscheinlich immer noch im Dunklen herumtappen und in den Armen eines Serienkillers liegen, der mit dir macht was er will." Asli schrie mehr als das sie weinte. „Bist du jetzt fertig? Wenn dir an der Zusammenarbeit mit mir nichts liegt, dann such dir eine andere Abteilung. Ich habe es nur gut gemeint und wollte dich ganz sicher nicht übervorteilen." Plötzlich machte Asli einen Schritt nach vorn und fiel ihrer Lebensgefährtin nur noch schluchzend in die Arme. „Es tut mir leid, Karin, aber auch ich habe nur ein begrenztes Nervenkostüm. Ich habe jahrelang jedes Seminar besucht, dass angeboten wurde, die meisten sogar mit Auszeichnung bestanden und dann wird man einfach abgeschoben und weggelobt wie eine Aussätzige." Karin nahm Asli fest in ihre Arme. „Wir werden unsere Abteilung schon so richtig auf Kurs bringen, Kleine, und kein Täter wird uns ungestraft davon kommen. Komm, ich lade dich zur Feier des Tages zu dem Türken ein, wo wir beide das erste Mal, als wir alleine losgezogen sind, essen waren." Asli strahlte. Mit dem Ärmel wischte sie sich ihre Tränen aus den Augen. „Ja, das ist eine tolle Idee. Gib mir fünf Minuten." Obwohl beinahe fünfzehn Minuten daraus wurden, sagte Karin nichts. Sie verbrachten einen wirklich lustigen und kulinarisch sehr anspruchsvollen Abend in Aslis Lieblingsrestaurant. Das sie sich später im Bett gegenseitig jeden Wunsch erfüllten, schien eine Fortsetzung ihrer sehr guten Laune zu sein.

Das Geläut ihres Weckers dagegen sorgte am nächsten Morgen eher für Unmut. Asli konnte liegen bleiben, weil man ihr noch Resturlaub zugestanden hatte, den sie jetzt in Anspruch nahm. Karin sprang unter die Dusche. Als sie jedoch die Badezimmertüre öffnete, drang der Duft frisch aufgebrühten Kaffees in ihre Nase. Wenig später setzte sie sich zu Asli an den Frühstückstisch. Karin war noch viel zu satt vom großen Abendessen, um etwas Essbares zu sich nehmen zu können. Aber der leckere Kaffee schmeckte ihr vorzüglich. Asli setzte sich zu Karin auf den Schoß. „Das war ein richtig schöner Abend. Ich liebe dich wie am ersten Tag, Karin." „Ich dich auch, Asli." Es folgte ein langer Kuss, bis Asli abrupt ihr Liebesspiel unterbrach. „Jetzt aber los mit dir, Sheriff, und bring Geld mit nach Hause." Die beiden Frauen lachten laut los, während sich Karin die dicke Jacke überstreifte, weil das Außenthermometer lediglich zwei Grad Celsius anzeigte. Nach kurzer Verabschiedung fuhr Karin davon. Doch schon wenige Kilometer von ihrem Refugium entfernt erhielt sie einen Anruf von Ernst Brandt. Dank installierter Freisprechanlage konnte sie das Telefonat problemlos entgegen nehmen. „Morgen, Ernst. Was verschafft mir die Ehre deines frühen Weckrufes? Ehh, lass mich raten: Ich habe schwer das Gefühl, du hast mal wieder keine guten Nachrichten für mich und gar einen Toten?" „Leider täuschen dich deine Gefühle nicht, Karin. Erst einmal guten Morgen, auch wenn der mit viel Blut und einer Leiche im Kloster Altenberg beginnt." „Sag bloß nicht, dass wir schon wieder einen Geistlichen haben, der ermordet wurde." „Leider doch, Karin. Wir haben es, wie es scheint, mit einem Serienmörder zu tun, der sich auf katholische Kirchenmänner spezialisiert hat. Jetzt frag mich nicht, warum. Das ist nämlich dein Job." „Danke für den dezenten Hinweis, Ernst. Wo liegt der Tote?" „Im Kloster Altenberg. Weißt du, wo das ist?" „Ehrlich gesagt, nein."

„Warte, ich erklär dir kurz die Anfahrt." Ernst Brandt gab Karin eine kurze und knappe Wegbeschreibung. „Ja, grob weiß ich jetzt, wohin ich fahren muss. Danke dir." „Gute Fahrt. Meine Kollegin ist bereits mit der Spusi vor Ort." „Ist schon jemand von uns unterwegs?" „Ich habe noch sonst keinen erreicht." „OK, ich beordere Theo zum Tatort. Bis später." Karin gab nun ihrem Achtzylinder die Sporen. Eigentlich hasste sie es, mit ihrem Schätzchen zu Tatorten zu fahren, weil ihr die Fahrtkosten niemand erstattete. Jedoch in diesem Fall machte sie wieder eine Ausnahme. Mit einem kurzen Anruf setzte sie noch Theo Zerfakis in Marsch, und das mit einem leichten Schmunzeln auf ihren Gesichtszügen.

10

Hannes Baumgart packte all das Werkzeug in seinen Kombi, das er heute zur Durchführung aller Arbeiten laut seinem Auftragsplan benötigte. Er stellte noch den fest verschlossenen Eimer mit Holzleim auf die Ladefläche und legte ein Bündel mit Holzleisten in verschiedenen Abmessungen daneben. Seine Tasche mit den Broten und der Thermoskanne mit seiner Ration Kaffee postierte er im Fußraum vor dem Beifahrersitz. Doch bevor er auf dem Fahrersitz Platz nahm, verschwand er noch einmal in seiner speziellen Werkstatt. Er schaute sich kurz um, ob keiner der anderen Kollegen ihn beobachtete. Schnell schob er den Schlüssel in das Sicherheitsschloss und öffnete die Türe zu seinem Reich. Zur Tarnung schob er wieder die verstaubte Spanplatte vor den Zugang.

Ein Druck auf den Schalter sorgte für Licht. Ärgerlich sah er auf die Arbeitsplatte. Nur noch eines seiner speziellen Seziermesser lag dort. Die anderen drei hatten ihm die beiden Polizeibeamten abgenommen, um sie der Spurensicherung zu übergeben. Doch sie würden nichts daran finden. Die Klingen waren frisch geschliffen und gereinigt. Jetzt galt es, die Blutreste von der sonst makellosen Klinge zu entfernen. Wenige Minuten später sprang Hannes Baumgart in seinen Firmenwagen. Er startete den Motor und fuhr zur Kirche Maria im Capitol, wo er einige Bänke instand setzen musste.

Karin benötigte eine Dreiviertelstunde, bis sie endlich das Tor zur Klosteranlage in Altenberg passieren konnte. Düster und geheimnisvoll mutete das Anwesen an. Der gruselige Eindruck verstärkte sich noch, weil es heute offensichtlich nicht hell werden wollte und ein paar Nebelschwaden um das alte Gemäuer zogen. Nur wenige Fenster des Hauptgebäudes waren erleuchtet. Im Hof standen mehrere Fahrzeuge der Spurensicherung und der Wagen der Gerichtsmedizin. Als Karin aus ihrem Mustang geschlüpft war, stoppte auch der Mondeo der Mordkommission neben ihr. Mit einem gequälten Lächeln sprang Theo Zerfakis aus dem Auto. „Morgen, Karin. Da scheint sich aber mächtig etwas zusammen zu brauen. Ich tippe auf einen Serientäter." „Morgen, Sherlock Holmes. Ja, ich denke auch, dass wir es mit einem Mehrfachtäter zu tun haben. Dann schauen wir uns die Sauerei mal an." Ein junger Kollege im Streifendienst wies ihnen den Weg zur Bibliothek. Theo zeigte sich als Kavalier und öffnete Karin die schwere mit Intarsien verzierte Holztüre. Sofort schlug ihnen der Gestank des Todes entgegen. Süßlich waberte der Geruch von Kupfer und Eisen durch den Raum, der die Magenschleimhäute mit Vehemenz reizte, jegliche Mahlzeit zum überstürzten Verlassen aufzufordern. „Atme noch mal tief durch und beweg deine Zehen, Theo. Dann wirst du es schadlos überstehen." Karin ging voran. Wenig später standen sie vor dem Rednerpult, unter dem sich eine gewaltige Blutlache verteilte. Unerwartet schaute plötzlich der rote Lockenkopf von Biggi Wax hinter der Leiche hervor. „Hallo, Karin, hi, Theo", begrüßte sie die Kripobeamten. „Kein besonders schöner Anblick so früh am Morgen. Unser Täter hat auch diesmal sein Opfer mit einem Schlag sediert. Ich vermute, er benutzte einen Baseballschläger oder einen Gummiknüppel. An der linken Schläfe ist diesbezüglich ein deutliches Hämatom zu erkennen. Unser Opfer scheint aber die Gurke durchgebissen zu haben. Eine reife Leistung, wenn man bedenkt wie dick das Teil ist und wie wenig Hebelwirkung dem Unterkiefer dafür zur Verfügung stand. Membrum virile und Scrotum fehlen wie bei den anderen Opfern auch und führten wohl zum Verbluten." „Was fehlt dem Opfer?", fragte Theo unwissend nach. „Das Gemächt, mein lieber Theo. Hodensack und Penis, um es ganz deutlich auszudrücken." Theo Zerfakis Gesichtshaut nahm eine leicht rote Verfärbung an. Karin musste schmunzeln. „Latein war wohl nicht so dein Lieblingsfach, oder?" „Nee, ganz bestimmt nicht,

Biggi." „Ich hab mich auch nicht darum gerissen. Todeszeitpunkt so zwischen 20:00 und 23:00 Uhr. Genau kann man das sowieso nicht sagen, auch wenn es die Kollegen im Fernsehen immer besser können. Ich halte mich da lieber an die Werte der Lebertemperatur und den Fortschritt der Totenstarre, bevor ich in eine Glaskugel blicke. Ich fahre ja auch Auto und fliege nicht auf einem Besen durch die Luft." Biggi Wax´ Grinsen hatte nach ihrem Spruch etwas Ähnlichkeit mit der Mimik von Pippi Langstrumpf. „Ich denke, ich kann Pater Servatius morgen sezieren. Meinen Bericht sende ich euch dann gleich in die Mordkommission. Kommst du zum Zuschauen, Theo? Ich starte gegen 09:00 Uhr." Theos Gesicht sprach Bände. Einerseits freute er sich wohl, Biggi alleine zu treffen, aber die Gerichtsmedizin war alles andere als seine bevorzugte Location für einen zwischenmenschlichen Treff. Doch er schien sich sehr rasch entschieden zu haben. Schließlich schauten ihn eine Menge Kollegen an. „Ja, ich bin pünktlich um neun bei dir." „Na supi, das letzte Mal, als ich im Beisein von Zuschauern seziert habe, war an der Uni. Da sind fünf Anwesende glatt umgefallen. So, und jetzt haut ab hier. Wir müssen weitermachen." Biggi Wax griff wieder in ihren Koffer und entnahm diesem einen PVC-Beutel, der zur Aufnahme von Beweismitteln diente. Schmunzelnd drehte sich Karin um und zog Theo an seinem Jackenärmel hinter sich her. „Komm, Theo, fahren wir ins Präsidium. Hier können wir ohnehin nichts mehr tun." Nickend folgte der frisch gebackene Kommissar seiner Chefin zum Parkplatz. „Wir sehen uns im Büro." Karin sprang hinter ihr Volant und fuhr gleich los.

„Wenn ich das richtig sehe, haben wir effektiv nichts, aber auch rein gar nichts, was uns auf einen Täter schließen lassen könnte. Habt ihr schon etwas von der Personalabteilung des Bistums gehört, Olaf?" „Leider nicht. Ich werde aber später noch einmal dort anrufen. Ohne Angaben zu den getöteten Personen kommen wir ganz sicher nicht weiter." „Das sehe ich leider auch so. Der Täter hinterließ nicht mal den Hauch einer Spur an den Tatorten. Niemand hat wirklich etwas gesehen. Auch das ein Fahrzeug des Facility Service des Bistums im Kloster Heisterbach zum Tatzeitpunkt dort geparkt stand, bringt uns nicht weiter. Hat eigentlich die Überprüfung der Tranchiermesser von diesem Baumgart etwas gebracht?"
„Wir haben noch keine Rückmeldung aus der KTU erhalten." „Dann häng dich dran, Theo. Wir brauchen Ergebnisse. Es wird nicht mehr lange dauern und der Präses rückt uns auf den Pelz. Aber schlimmer noch: Da draußen läuft ein Wahnsinniger rum, der Kirchenleute kaltblütig umbringt. Also gebt Gas." Damit war für Karin das Briefing beendet. Ein wenig missmutig gestimmt ob der schlechten Ermittlungsausbeute lief sie in ihr Büro zurück und ließ sich in ihren Schreibtischsessel fallen. „Irgendetwas stimmt doch nicht mit unseren Mordopfern. Und warum diese ungewöhnliche Tötungsweise?" Karin versuchte, sich einen Reim daraus zu machen, warum der Täter auf diese Weise mordete. „Dafür muss es doch einen Grund

geben. Nur welchen?" Karin nahm den Hörer ihres Telefons in die Hand und drückte die 4. „Hallo, Karin, schön wieder deine Stimme zu hören." „Hi, Ernst, du machst dich ja verdammt rar. Bis auf die Tatsache, dass du Menschen am frühen Morgen zu wenig erfreulichen Anblicken jagst." „Ach, Biggi ist viel schneller als ich, ein Vorzug der Jugend. Außerdem ist die Kleine verdammt gut. Ich bin froh, dass ich sie hier habe. Was kann ich für dich tun, Karin?" „Ich suche nach dem Grund, warum unser Täter auf diese Weise das Leben der Opfer beendet und warum es sich nur um Mitglieder der katholischen Kirche handelt?" „Das ist wirklich nicht leicht zu beantworten. Unser Täter ist möglicherweise mal in Konflikt mit einem Geistlichen geraten. Vielleicht hat er von einem Priester Prügel bezogen." „Es könnte doch auch sein, dass er von einem Mitglied der Kirche sexuell missbraucht wurde?" „Das wäre schon ein passendes Motiv, aber natürlich kein Grund jede Menge Klosterbrüder oder Pfarrer in die ewigen Jagdgründe zu schicken." „Ich denke mal, in diese Richtung sollten wir verstärkt ermitteln. Danke für deinen Tipp, Ernst. Da stürmt gerade Olaf mein Büro. Ich muss unser Plauderstündchen beenden. Bis bald." „Ja, mach`s gut und bald."

„Was gibt es, Olaf?" „Man verweigert uns die Herausgabe der Personalakten unserer Opfer." „Bitte was?" „Ja, um Einblicke in die Personalakten der Toten zu erhalten, müssen wir eine offizielle Eingabe im Vatikan starten." „Das ist jetzt nicht dein Ernst?" „Warum sollte ich dich auf die Rolle nehmen, Karin. Hier, schau dir die Mail von der

Personalabteilung des Bistums in Köln an." Karin überlas die nur sechszeilige Mail. „Das ist doch Behinderung von Ermittlungsarbeit. Ich rufe gleich mal Staatsanwalt Schneider an. Danke dir, Olaf." Mit einer ziemlichen Portion Wut im Bauch drückte sie die acht ihres Kurzwahlverzeichnisses. „Schneider", dröhnte ihr umgehend eine sonore Stimme entgegen. „Hallo, Herr Schneider. Karin Weber hier. Ich habe folgenden Sachverhalt." „Hallo, Frau Weber, schön, dass Sie wieder mit im Team sind. In diesem Fall sind mir allerdings die Hände gebunden. Die katholische Kirche besitzt, was ihr Personalwesen angeht, Sonderrechte. Selbst wenn ich jetzt die große Welle machen würde, schmeißt uns der Richter schon nach dem ersten Lesen meiner Klage mit Schimpf und Schande aus dem Gerichtssaal. Da haben wir keine Chance. Sie müssen in der Tat den besonderen Dienstweg einhalten und sich in Rom den Zugang zu den Personalakten erbitten." „Das ist ja kaum zu glauben!" „Tja, leider aber die Realität." „Dann danke ich für Ihren Hinweis. Bis die Tage, Herr Schneider." „Frohes Schaffen. Ich drücke Ihnen die Daumen. Das wird nicht ganz einfach werden, an die Akten zu gelangen. Mir sind leider die Hände gebunden. Ich helfe aber gern, wenn ich kann. Auf Wiederhören."
Karin hatte sich keineswegs beruhigt und stürmte ins Büro ihrer Kollegen. „Das ist ja wohl nicht zu glauben. Wir versuchen mit allen Mitteln, den Mord an drei ihrer Glaubensbrüder aufzuklären, aber sie verweigern uns die Einsichtnahme in die Personalakten. Wer übernimmt die Anfrage an den Vatikan?" „Mach ich, Karin." Theo ließ sich von

Karin gleich die Mail des Bistums geben und setzte sich hinter seinen PC. Zwanzig Minuten später stand er strahlend vor Karins Schreibtisch und präsentierte ihr seinen in gestochen sauberem Englisch niedergeschriebenen Entwurf. „Das hast du super gemacht, und soweit ich das beurteilen kann auch goldrichtig formuliert. Dann raus damit." „Danke, Karin. Ich sende die Mail sofort ab."

11

Mit gemischten Gefühlen betrat Theo Zerfakis das kleine Büro von Biggi Wax, die es sich in ihrem Schreibtischsessel bequem gemacht hatte. Bedrückend empfand Theo den Weg durch die gefliesten, etwas schummrig beleuchteten Gänge der Gerichtsmedizin. Der Geruch nach Formalin waberte ihm ständig um die Nase. „Hi, Theo. Komm rein und setz dich. Magst du einen Kaffee?" „Hallo, Biggi, ja, ich nehme gerne einen Kaffee." Während die hübsche und sehr schlanke Gerichtsmedizinerin zum Kaffeeautomaten ging, schaute er sich um. An den Wänden hingen eine Menge Aktgemälde und Fotos. Neben vielen hübschen Frauenkörpern befanden sich auch einige männlichen Bilder darunter. „Gefallen dir meine Bilder?" Biggi hatte natürlich bemerkt, dass sich Theo für ihren Wandschmuck interessierte. „Ja, sind ein paar wirklich tolle Fotos und auch Bilder darunter. Malst du?" „Malen und fotografieren ist mein Hobby." „Und warum nur Akt?" „Ich glaube, das liegt daran, weil ich ständig mit entstellten Körpern konfrontiert werde und ich mir auch mal schöne Menschen anschauen möchte. Möchtest du mir einmal Modell stehen?" „Ehhh, nun, also ich weiß nicht." „Hast schiss. Gib es zu. Ach, Theo, ich habe durch mein Studium, meine Arbeit und mein Hobby schon so viele nackte Kerle gesehen, da werde ich durch den Anblick deines nackten Körpers nicht erblinden." Biggi hatte bemerkt, wie verlegen Theo wurde und lachte. Theo hatte wirklich einen sehr roten Kopf bekommen. „Hier, trink deinen Kaffee. Musst du ja auch nicht heute entscheiden. Jetzt schneiden wir gleich erstmal Bruder Servatius auf und schauen, warum der arme Kerl verblichen ist." Theo nickte nur zustimmend. „Hast du schon mal einer Sektion beigewohnt?" Wieder nickte Theo zaghaft. „Jetzt lass dir doch nicht alles aus der Nase ziehen. Weißt du was? Ich lade dich zum Essen ein. Freitagabend, neunzehn Uhr im „Da Marco" in Ehrenfeld. Hast du Lust?" „Ja, gern. Ich weiß, wo das „Da Marco" ist. Soll ich dich abholen?" „Nee, brauchst du nicht. Ich wohne zwei Häuser weiter. Kannst aber kurz bei mir klingeln. Hausnummer 37 wohne ich. Vierte Etage. Jetzt schau nicht so. Ist ein Aufzug eingebaut." „Ja, mach ich. Dann schelle ich kurz bei dir." „Super, ich freue mich schon. Und jetzt knöpfen wir uns Bruder Servatius vor." Theo schüttete sich den Rest Kaffee in den Rachen und folgte Biggi in den Sektionsraum. Eine gute Stunde später ließ er sich völlig geschafft in den Autositz des Mondeos fallen. Drei Mal konnte er so gerade noch verhindern, sich zu übergeben. Doch als Biggi den Schädel geöffnet hatte und den Hirnstamm samt Augen und Zungengrund entnahm, war sein Magen schlichtweg überfordert. Im Stil eines Hundertmetersprinters rannte er zur Toilette und übergab sich. Verlegen trabte er danach zurück in den Sektionsraum. Doch Biggi verzog keine Miene. Auch hämisches Lachen, wie von ihm erwartet, blieb aus. „Mach dir nichts draus, Theo. Mir ging es anfangs auch so. Mit der Zeit gewöhnt man sich an diesen Anblick", hatte sie gesagt. Doch dass sie ihn zum Essen eingeladen hatte, fand Theo nur genial. Er freute sich bereits jetzt auf dieses Treffen.

„Morgen, Theo. Schaust ein wenig blass aus. War es schlimm?" „Es ging so. Als sie jedoch den Schädel ausgeräumt hat, musste ich mich übergeben." „Das ist kein Beinbruch und uns allen schon passiert. Wir haben übrigens auf deine Mail hin eine Eingangsbestätigung aus dem Vatikan erhalten. Man will unser Ersuchen prüfen und wird sich melden. Schreiben die hohen Kirchenvertreter." „Na ja, wenigstens etwas. Biggi hat mich für Freitag zum Essen eingeladen." „Das ist ja super. Biggi scheint ein wirklich liebes Mädel zu sein und sie mag dich." „Hat sie dir das gesagt?" „Hat sie. So jetzt aber ran an die Arbeit." Karin nahm sich die drei Handakten mit den bisherigen Ermittlungsergebnissen vor. Doch egal, wie oft sie darin las, die Kladden waren mehr als dünn und dies würde sich keinesfalls ändern, solange sie nicht Einsicht in die Personalakten nehmen konnten. Karin fluchte leise vor sich hin und bemerkte gar nicht, dass es an ihrer Türe geklopft hatte. Als sie hoch schaute stand Asli vor ihr. „Was treibt dich denn hierher? Möchtest du dir schon mal deinen Arbeitsplatz anschauen?" „Hallo, Karin, du siehst abgespannt aus. Ich war shoppen und gerade in der Nähe." „Ach, wir hängen in den drei Mordfällen fest und das Bistum gibt die Personalakten nicht heraus." Asli grinste. „Lass mich mal an deinen PC." Karin erhob sich und räumte das Feld. Asli nahm Platz und begann wie ein Klaviervirtuose wild auf die Tasten zu tippen. Dieser Vorgang dauerte ein paar Minuten. Dann hielt sie plötzlich inne. „Was ist, Asli?" „Die digitalen Personalakten werden im Bistum in zwei Kategorien eingeteilt. Es gibt welche, die sind für den Sachbearbeiter einsehbar und dann gibt es andere Akten, die sind gesperrt. Hier zum Beispiel, diese von Bruder Servatius: Zugang verweigert erscheint sofort." „Wie bist du denn jetzt da rein gekommen?" „Das verrate ich dir besser nicht. Ich muss mich sofort wieder ausloggen, sonst kann der Sysad den Weg nach verfolgen." „Bloß nicht. Ärger haben wir schon genug und noch bist du hier nicht akkreditiert.

Karin trank mit Asli gerade einen Kaffee, als ihr Telefon summte. Karin nahm den Hörer ab. Die Rufnummer kam ihr sehr bekannt vor und ließ nichts Gutes erahnen. „Weber" „Schmidt hier, hallo, Frau Weber. Schmeckt die Arbeit wieder?" „Hallo, Frau Schmidt, der Alltag hat mich sehr schnell wieder eingeholt. Aber ich arbeite ja gern." „Ich freue mich, dass es Ihnen gut geht. Der Chef möchte Sie möglichst gleich sprechen. Könnten Sie rasch einmal hochkommen?" „Ja, sicher. Bin schon auf dem Weg. Bis gleich." „Alles klar. Bis später." „Das war die Schmidt vom Präses, nicht wahr?" „Ja, da scheint etwas anzubrennen, sonst würde man mich nicht sofort hoch zitieren. Ich höre mir mal an, was wir wieder falsch gemacht haben." „Ich fahre aber schon nach Hause und koche uns was Leckeres." „Alles klar, dann bis später." Die beiden Frauen waren Profis genug und verzichteten auf den Austausch von Zärtlichkeiten. Karin eilte gleich zum Lift und fuhr hoch in den 12. Stock. „Gehen Sie gleich durch. Er erwartet Sie bereits." Mit diesen Worten empfing Angelika Schmidt Karin im Vorzimmer, und dieses umgehende Weiterleiten hatte nichts Gutes zu bedeuten. Karin klopfte kurz an der Türe zum Heiligtum an und trat sofort ein. „Hallo, Frau Weber, schön dass Sie es gleich einrichten konnten zu mir zu kommen. Ich sage es direkt ohne Umschweife: Hier brennt der Himmel, Frau Weber. Aber nehmen Sie doch bitte Platz." „Hallo, Herr Krausmann, was ist geschehen?" „Der Vatikan hat sich bei mir zum Fall der ermordeten Kirchenmänner mit einer Mail gemeldet. Man verweigert uns die Herausgabe wie auch die Einsichtnahme in die Personalakten der drei Opfer und empfiehlt, die Ermittlungen in den Mordfällen einzustellen." „Wie bitte?" „Ja, ich traute meinen Augen auch nicht, als ich die Mail las. Parallel dazu erhielt ich einen Anruf von der Staatssekretärin des Innenministers des Bundes. Man mahnte mich, in dieser äußerst diffizilen Angelegenheit ganz besonders diskret vorzugehen, meine Mitarbeiter entsprechend anzuweisen und umgehend weitere Ermittlungen einzustellen. Es sei anzustreben, die Fälle mangels Täterfindung gänzlich einzustellen." „Das ist ja wohl nicht wahr! Wir werden dafür bezahlt, Täter dingfest zu machen und nicht um Fälle unter den Teppich zu kehren." „Mir brauchen Sie das nicht zu erklären, Frau Weber. Ich kenne den Eid, den wir geleistet haben, aber es kommt noch schlimmer. Im Ministerium scheint ein Whistleblower sein Unwesen zu treiben. Jedenfalls hat die Presse von der Sache Wind bekommen. Ich wurde gezwungen, für morgen zehn Uhr eine Pressekonferenz einzuberufen, die Sie leiten müssen, Frau Weber. Kriegen Sie das hin?" „Das kommt darauf an, was Sie jetzt von mir verlangen, Herr Präsident." „Nun ja, Frau Weber, ich bin morgen in Düsseldorf im Ministerium beim Herrn Innenminister. Sie werden das schon machen, Frau Weber." „Was soll ich machen, Herr Krausmann?" „Sagen Sie der Presse einfach, dass Sie selbstverständlich mit Hochdruck ermitteln und alles dransetzen, den oder die Täter zu fassen. Was dann intern geschieht, werden wir sehen." „Und wie gehen wir jetzt weiter vor? Schließlich muss ich meine Mitarbeiter informieren." „Sie werden weiter auf Sparflamme ermitteln und weil wir nichts herausfinden, werden wir die Ermittlungen in den drei Mordfällen alsbald einstellen. Jetzt schauen Sie nicht so, Frau Weber, wir müssen den Anweisungen unserer vorgesetzten Dienststelle schon nachkommen, zumal auch der Herr Bundesinnenminister diesen Wunsch hegt." „Soll ich das so bei der Pressekonferenz morgen verkünden?" „Frau Weber, bitte. Ich versuche ja auch, Ihnen jeden Wunsch zu erfüllen und nun habe ich einen und erwarte, dass Sie mir helfen." „Dann machen Sie eine Dienstanweisung daraus, Herr Präsident, damit ich den Rücken frei habe."

„Sie haben ja wohl hoffentlich Verständnis dafür, dass ich das keinesfalls machen kann. Wie gesagt: Lassen Sie sich etwas einfallen. Ich zähle da ganz auf Sie. Lassen Sie uns morgen Nachmittag noch einmal darüber sprechen. Schönen Feierabend, Frau Kollegin." „Danke, Herr Krausmann, Ihnen auch." Karin erhob sich. Diesmal schlug sie die Türe des Chefbüros lauter ins Schloss als sonst. „Auf Wiedersehen, Frau Schmidt. Schönen Feierabend." „Ihnen auch. Schönen Abend." Mit einer Menge Wut im Bauch fuhr Karin nach Hause, nachdem sie noch fast eine Stunde lang an ihrer Presseerklärung für den morgigen Tag gearbeitet hatte.

„Jetzt komm wieder runter, Karin. Erzähl, was ist los?" Karin zog sich nur ihre warme Jacke aus und warf den Gürtel mit dem Pistolenholster auf den Wohnzimmertisch. „Ich fange an, meinen Beruf zu hassen." „Jetzt beruhige dich doch." Asli setzte sich zu ihrer Lebensgefährtin und streichelte ihre Hand. „Ach, es ist einfach unglaublich!" Karin begann zu berichten und je länger sie sprach, desto mehr schien sie sich ihren Ärger von der Seele zu reden. Als sie endete, nahm Asli den Kopf ihrer Freundin in die Arme und drückte ihn gegen ihre Brust. „Ich kenne das aus meinen LKA-Zeiten nicht anders. Es werden ganz oben von den Häuptlingen politische Entscheidungen getroffen, die wir Indianer umsetzen müssen. Koste es, was es wolle. Ich könnte dir mehrere Fälle aufzählen, die wir von untergeordneten Präsidien übernommen haben, um sie dann klammheimlich einzustellen. Wie gesagt: Es ist ein Politikum. Mich wundert nur, dass der Präses dich eingeweiht hat. Aber wie es scheint ist er in diesem Fall wohl auch überfordert. Komm, lass uns erstmal gemütlich essen." Asli verstand es in der Tat, ihre Lebensgefährtin zu verwöhnen. Die im Ofen knisternden Holzscheite verbreiteten eine wohlige Wärme und das von ihr zubereitete Gulasch mit Nudeln schmeckte vorzüglich. Dazu gönnten sie sich einen Spätburgunder. Zum Dessert servierte Asli noch einen selbst gemachten Obstsalat, den sie mit hochprozentigem Bacardi und Kokosmilch verfeinert hatte. Nach leckeren, heißen Espressi folgte eine noch heißere Liebesnacht. Erst gegen Mitternacht löschten Karin und Asli eng aneinander gekuschelt das Licht und schliefen ein.

In der kleinen, geheimen Werkstatt von Hannes Baumgart brannte hingegen noch weit bis nach Mitternacht Licht. Weil er als geschickter Schreiner sein Handwerk verstand und jede Menge Schallschutzvorkehrungen getroffen hatte, drang kein Laut nach außen, selbst wenn seine Kreissäge lief. Seit seinem letzten Fauxpas mit dem blutigen Blaumann achtete er nun penibel darauf, dass er stets Einmalschürzen über seiner Arbeitskleidung trug, um keine Spuren zu hinterlassen. Auch wenn ihm seine Kollegen aus den anderen Werkstätten die Geschichte mit dem Schnitt in die Hand abgenommen hatten, würde diese sicher bei den Gesetzeshütern einer Überprüfung nicht Stand halten. Er war auch immer noch sehr verärgert darüber, dass er seine Messer noch nicht zurück erhalten hatte. Mit dem alten Hündchen, das die Kommissare nicht gefunden hatten, ließ sich nicht viel Staat machen. Aber weil ihm kein anderes Schneidwerkzeug zur Verfügung stand, nutzte er sein altes Messer, dessen Klinge nach wie vor problemlos durch jegliches Gewebe glitt als würde er mit einem heißen Messer durch Butter schneiden. Erst gegen ein Uhr in der Nacht verließ er sein geheimes Refugium. Die Einmalschürze hatte er bereits zu einem tennisballgroßen Klumpen zusammengeknüllt. Er gedachte, sie wieder in einem Sammelbehälter für Kunststoffverpackungen irgendwo zu entsorgen.

12

Am nächsten Morgen schien sich die ganze Welt gegen Karin und ihr Dezernat verschworen zu haben. Nachdem sie tief und fest, jedoch etwas zu wenig geschlafen hatte, erhob sie sich aus ihrem Bett. Asli drehte sich noch mal auf die andere Seite und schlief weiter. Obwohl Freitag, der dreizehnte, bereits eine ganze Zeit hinter ihr lag, schien er für ein Probeärgern zurückgekehrt zu sein. Den Start in den Reigen der Unannehmlichkeiten dieses Freitags übernahm das metallene Gestell in der Dusche, auf dem die Damen ihre wohl duftenden Duschessenzen aufbewahrten. Während Karin sich einseifte stieß sie beim Aufrichten so heftig mit dem Ellenbogen gegen das Teil, dass ihr beinahe schwarz vor Augen wurde. Als sie dann nach dem Abtrocknen barfuss einen Schritt auf die Duschkabine zutrat, rutsche sie auf einer kleinen Pfütze aus, die sie selbst beim Verlassen der Dusche hinterlassen hatte. Obwohl sie nicht hinfiel, weil sie sich gleich an der gemauerten Trennwand der Duschkabine festhielt, schlug ihr der Fehltritt so heftig ins Kreuz hinein, dass sie vor Schmerz leicht aufschrie. Asli bekam wie gewöhnlich nichts davon mit. Wenn sie schlief, tat sie dies wie ein Toter. Als sich dann noch die Tüte im Kaffeefilter zusammenzog, während das heiße Wasser hinein sprudelte und nur eine leicht braune Brühe in die Kanne hineintropfte, stand Karin kurz davor, einfach wieder zu Bett zu gehen. Weil jedoch der zweite Anlauf gelang, einen frischen Kaffee aufzusetzen, blieb Karin auf, frühstückte und fuhr dann ins Büro.

Die Allüren einer vermeintlichen Freitag-der-13-Pechsträhne schienen verflogen. Karins Kaffeemaschine bereitete einen aromatischen Kaffee zu, den sie sich gleich in ihren Becher schüttete. Karin pflanzte sich hinter ihren Bildschirm und rief die Datei für die anstehende Pressekonferenz auf. Sie nahm noch ein paar Änderungen vor und druckte ihr Skriptum aus. Sie nahm die zwei Seiten ihrer frisch gedruckten Erklärung aus dem Drucker und marschierte damit ins Büro ihrer Kollegen, jedoch nicht ohne ihren frisch gefüllten Becher Kaffee. „Morgen, zusammen", begrüßte sie kurz und knapp ihr Team, das scheinbar ahnte, dass etwas nicht stimmte, da ihre Chefin recht kurz angebunden war. „Folgende Anweisung wurde mir gestern Abend, na, sagen wir mal, unter der Hand aufs Auge gedrückt." Karin setzte ihre Mitarbeiter kurz und knapp in Kenntnis. Entsprechend erstaunt schauten sie alle an, als sie aufhörte zu reden. „Starker Tobak", war das einzige, was Edith dazu herausrutschte. „Die Kirche hat irgendetwas zu verbergen, sonst würden die doch nicht so eine Geheimniskrämerei betreiben." „Das sehe ich auch so, Olaf. Hier ist meine Erklärung für die Presse. Ich möchte, dass ihr im Vorfeld erfahrt, was ich den Pressefritzen zu sagen habe." Karin las ihre kurz und bündige Erklärung laut vor. „Du willst der Presse also suggerieren, dass wir ohne Bremse weiter ermitteln?" „Ja, genau das habe ich vor, Theo." „Das finde ich auch OK so. Sollen wir mit zur Pressekonferenz kommen?" „Nein, das ziehe ich alleine durch. Ich muss ja auch letztlich die Verantwortung dafür übernehmen, was ich da ablasse." „Weißt du was, Karin: Da bin ich doch richtig froh, dass ich am Montag in Münster meinen Dienst antrete", gab Olaf Salcher mit einem Schmunzeln von sich. Karin wusste aber auch, dass er ihre Abteilung ganz sicher mit einem weinenden Auge verließ.

Es ging mächtig heiß her auf der Pressekonferenz. Der Maulwurf schien ordentlich geplaudert zu haben. Einige Pressevertreter beharkten Karin ziemlich heftig, doch sie behielt die Ruhe und vor allem ihre Nerven und versicherte allen, dass es keine Bremse bei den Ermittlungen gab, die angezogen werden sollte. Karin betonte noch einmal mit Nachdruck, dass sie als Polizeibeamtin schließlich dafür bezahlt würde, Verbrechen aufzuklären und diese nicht zu vertuschen. Auch wenn in jedem Fall ein leichter, bitterer Nachgeschmack blieb, schienen die Damen und Herren der Presse soweit zufrieden gestellt zu sein, wenn auch noch keine wirklichen Fahndungserfolge zu verzeichnen waren. Doch war man wohl eher zur Konferenz erschienen, weil man einen heftigen Polizeiskandal erwartete, den es dann doch nicht gab, wenigstens nach außen hin nicht. Nach diesem Pressemarathon verschwand Karin erstmal in ihrem Büro. Sie verspürte Kopfschmerzen im Nacken hochsteigen. Kurzerhand öffnete sie die oberste Schreibtischschublade und entnahm dieser ein Aspirin, das sie unzerkaut herunterschluckte. Dann gab sie heißen Kaffee in ihren Becher. Vorsichtig balancierte sie ihren Kaffee ins Nachbarbüro. „Wie ist es gelaufen, Karin?", erkundigte sich Olaf gleich. „Ich denke mal, ich war überzeugend genug, alle latenten Vorwürfe gänzlich auszuräumen." Karin trat ans Fenster. Sie schaute gedankenverloren in den Innenhof. „Ist schon alles sehr merkwürdig, was uns da aufs Auge gedrückt wird. Was ist das für ein Auto, das da auf dem Hof einparkt?" Theo, der am nächsten am Fenster saß, sprang auf. „Das ist eine schwarze S-Klasse. Merkwürdiges Kennzeichen hat der." Jetzt wurde auch Olaf hellhörig. „Das ist ein Botschaftsfahrzeug. Am Heck klebt das Zeichen CD für Corps Diplomatique. Wir bekommen anscheinend ganz hohen Besuch." Theo hing bereits an seinem PC und googlete das Landeskennzeichen. „Der Wagen trägt das Staatskennzeichen des Vatikans." „Dein Telefon läutet, Karin", mahnte Edith ihre Chefin. „Stell bitte hierher durch. Es ist die Wache." „Weber?" „Hallo, Frau Weber, Braun von der Wache. Hier ist ein Herr Bellarani, der Sie zu sprechen wünscht." „Lassen Sie ihn bitte hochkommen. Danke." „Mach ich, tschö." „Wir scheinen sehr hohen Besuch aus dem Vatikan zu bekommen. Mal gespannt, was der hier wohl möchte."

Wenig später klopfte es an Karins Bürotüre. Ein freundliches „Herein" warteten die Besucher jedoch nicht ab. Umgehend betraten zwei Männer Karins Büro. Ein noch sehr junger, großer, hagerer, eher blasser Mann, gefolgt von einem älteren, gut aussehenden Herrn, beide gekleidet in lange schwarze Priestermäntel standen plötzlich vor Karins Schreibtisch. „Guten Tag, meine Herren. Nehmen Sie doch bitte Platz", bot Karin ihren Gästen einen Stuhl an. „Kaffee, Wasser oder Saft?" „Wasser, bitte", erbaten die beiden eher wortkargen Männer. Auch Karin griff sich ein Fläschchen Wasser. „Benötigen wir einen Dolmetscher?", erkundigte sich Karin. „Nein. Ich spreche fließend Deutsch. Ich habe in Bonn studiert, Frau Hauptkommissarin. Ich bin Monsignore Bellarani, Chef der Abteilung Sicherheit im Vatikan. Das ist mein Sekretär Frater Monti. Sie wurden mir als Karin Weber angekündigt. Ist dem so?" „Ja, mein Name ist Weber. Ich leite die Mordkommission. Sie haben sich hierher bemüht, um die Personalakten der drei Mordopfer persönlich vorzulegen, denke ich?" „Da denken Sie leider falsch, Frau Weber. Die Personalakten unserer Brüder sind zur Einsichtnahme für Unbefugte gesperrt." „Das mag ja sein, Monsignore, aber ich bin befugt und das schon deshalb, weil ich drei Morde aufzuklären habe und der oder die Mörder noch frei herum laufen." „Das berechtigt Sie aber noch lange nicht, unsere Personalakten einsehen zu dürfen, Frau Weber." „Monsignore, wir befinden uns hier in Deutschland. Die drei Vertreter Ihrer Kirche sind deutsche Staatsbürger und wurden auf deutschem Territorium ermordet. Also haben wir als ermittelnde Behörde wohl das Recht, auch die Personalakten der drei Kirchenmänner einzusehen." „Da muss ich Sie leider eines anderen belehren, Frau Hauptkommissarin. Ich habe diesbezüglich bereits Kontakt mir Ihrem Justitiar aufgenommen und erwirkt, dass er Sie über die Rechtslage in Kenntnis setzt. Ich fordere Sie deshalb hiermit und umgehend auf, jedwede Nachforschungen sowie Ermittlungen in diesen Fällen einzustellen." „Und wenn ich das nicht tue?" „Haben Sie gewisse Repressalien zu erwarten." „Repressalien? Wollen Sie mir jetzt drohen oder gar Angst machen, Monsignore?" „Ach, wissen Sie, Frau Weber. Mir stehen Mittel und Wege zur Verfügung, die Ihre Vorstellungskraft bei weitem übersteigen. Der Sicherheitsdienst des Vatikan ist gleich zu setzen mit einem Geheimdienst, und welche Möglichkeiten einem solchen zur Verfügung stehen, könnte Ihnen eventuell Ihre Lebenspartnerin beantworten." „Oh, Sie haben bereits über mich Erkundigungen eingeholt. Interessant. Der Begriff Datenschutz scheint im Vatikan unbekannt zu sein. Ich werde dies wohl an die Presse weiterleiten müssen." „Frau Weber, tun Sie, was Sie nicht lassen können, aber machen Sie eines nicht: Legen Sie sich nicht mit mir und meinem Dienst an. Sie ziehen nicht nur den Kürzeren, sondern bringen sich gegebenenfalls sogar in Gefahr. Sagen Sie nachher nicht, ich hätte Sie nicht gewarnt, Frau Weber." Stahlblaue, eiskalte Augen starrten Karin durch die nicht entspiegelten Gläser einer achteckigen, randlosen Brille mit goldenen Bügeln an. „Verlassen Sie auf der Stelle mein Büro, Monsignore. Sie versuchen hier, eine ermittelnde Behörde respektive ihre Leiterin einzuschüchtern. Sie erfüllen damit den Tatbestand einer Straftat. Ich werde dies an höherer Stelle vortragen. Und nun gehen Sie bitte." Die beiden Kirchenvertreter erhoben sich und verließen nur mit einem Nicken zum Gruß Karins Büro. So leise und unbemerkt wie sie erschienen waren, verschwanden sie auch wieder. Karin ballte die Hand zur Faust und schlug auf den Tisch. „Was für ein aufgeblasener Sack", schimpfte Karin laut vor sich hin. „Nun, und was wollten die Vertreter seiner Heiligkeit von dir, Karin?" „Dieser Arsch wollte mir Angst machen, mich einschüchtern und hat mir sogar gedroht, ich würde mich mit Aktionen gegen die Kirche in Gefahr bringen." „Das ist ja wohl nicht wahr! Hat der Typ vergessen, dass er mit einer Polizeibeamtin sprach?" „Ich weiß nicht, Olaf, was er mit seinen Sprüchen alles erreichen wollte, nur mich kann er so nicht beeindrucken. Ich werde mit der ganzen Truppe und allen unseren Möglichkeiten so lange ermitteln, bis wir den Mörder gestellt haben." „Ich drücke dir ganz fest die Daumen, dass du es schaffst. Tut mir jetzt sehr leid, dass ich dir nicht weiter helfen kann. Aber ab Montag muss Asli meinen Job machen. Sie kann das aber. Mach dir da mal keine Sorgen. Ich komme kurz vor Weihnachten noch einmal vorbei und gebe meinen Ausstand." „Komm, gehen wir nach nebenan zu den anderen und trinken noch ein Gläschen Sekt zusammen." Karin war nicht gerade eine Koryphäe im schwingen großer Reden, aber ein paar lieb gemeinte Worte gab sie Olaf Salcher noch mit auf den Weg nach Münster. Und eine Flasche seines Lieblingswhisky bekam er noch oben drauf. Doch das Thema Besuch des Geheimdienstes des Vatikans überschattete rasch die Abschiedzeremonie. Edith und Theo wollten schließlich auch wissen, was die beiden ganz in schwarz gekleideten Herren von ihr wollten. Karin setzte ihre Mitarbeiter erschöpfend in Kenntnis. „Das ist ja unglaublich. Aber wir sollten die Warnung dieses Monsignore nicht unterschätzen. Wer weiß, was der mit uns vorhat." Eine gute halbe Stunde diskutierten sie noch, bevor sie sich alle ins Wochenende verabschiedeten.

13

„Du siehst abgespannt aus. Alles OK, Karin?" „Ich könnte losheulen." „Dann tu es doch und hinterher sagst du mir, was vorgefallen ist. Komm, ich koche uns einen Pfefferminztee aus frischer Minze." Eine halbe Stunde später und ohne vergossene Tränen sprudelte es nur so aus Karin heraus." „Ich habe mir fast schon so etwas gedacht. Wir hatten mal einen ähnlich gelagerten Fall im LKA in Düsseldorf. Ich hatte dort gerade erst angefangen. Das war schon heftig. Ich werde Montag meine alten Kontakte spielen lassen und schauen, was ich heraus bekomme. Und jetzt machen wir uns ein schönes Wochenende. Ich habe für uns gekocht. Es gibt Spaghetti mit selbst gemachter Bolognese-Sauce." Karin lief bereits das Wasser im Mund zusammen, als sie nur den Duft des kräftig angebratenen Hackfleisches erschnüffelte. Nach dem Essen verbrachten sie den Rest des Abends gemeinsam auf der Couch. Karin war bereits eingeschlummert, als ein kräftiger Schlag gegen das Wohnzimmerfenster ihre Idylle störte. Karin fiel beinahe vor Schreck vom Sofa. „Was war das?" „Bleib ruhig, Karin, ich schaue nach." „Halt, ich hole erst meine Waffe aus dem Safe." Karin sprintete ins Schlafzimmer, wo der kleine, in die Wand eingelassene Tresor untergebracht war. Karin entnahm dem Stahlschrank ihre Waffe und lud sie durch. Blitzschnell eilte sie wieder die Treppe hinunter. Asli trug jetzt zum Schlafanzug Turnschuhe und in ihren Händen lag ein Baseballschläger. „Komm, auf drei ziehe ich den Vorhang zurück." Asli begann zu zählen, während sich Karin leicht in den Knien federnd mit in Anschlag gebrachter Waffe vor dem Terrassenfenster postierte. „Eins, zwei, drei." Dann flog der Vorhang zur Seite und Karin versuchte in der Dunkelheit etwas zu erkennen, doch es gab nichts zu entdecken. Asli leuchtete die Umgebung von innen mit der starken Taschenlampe ab und dann fanden sie den Übeltäter. Eine Amsel hatte wohl gehofft, es sich bei den beiden Damen gemütlich machen zu können und war mit voller Wucht gegen die Scheibe geflogen. Noch etwas benommen torkelte der Singvogel über den Terrassenboden, bis er wieder das volle Bewusstsein erlangte und davon flatterte. Obwohl Asli und Karin immer noch ein ungutes Gefühl im Nacken saß, mussten die beiden Frauen heftig lachen. „Komm, Schatz, lass uns zu Bett gehen", schlug

Asli vor und wenig später kuschelten sie unter ihren Daunendecken.

Den folgenden Samstag verbrachten die beiden Frauen mit dem Abarbeiten ihres Haushaltsplanes und mit einkaufen. Als sie am späten Nachmittag auf der Couch lagen fragte Asli: „Wollen wir mal ein wenig über den Weihnachtsmarkt am Dom schlendern? Der ist seit heute eröffnet." „Warum eigentlich nicht. Und anschließend gehen wir eine Pizza essen." „Super Idee. Komm, dann lass uns los." Wenig später spazierten Asli und Karin Hand in Hand der Bushaltestelle entgegen. Sie hatten beschlossen, mit öffentlichen Verkehrsmitteln zu fahren, um sich ein Gläschen Glühwein gönnen zu dürfen. Karin zierte sich immer noch ein wenig, in der Öffentlichkeit mit Asli Zärtlichkeiten auszutauschen, während Asli damit völlig entspannt umging, dass sie mit einer Frau zusammen lebte. Als sie in Domnähe den Bus verließen, fuhr ihnen beinahe eine schwarze Limousine über die Füße. „Idiot", schrie Karin dem Wagen hinterher. Auch anderen Fahrgästen war der Schrecken in die Glieder gefahren. „Hast du auf das Kennzeichen geachtet, Asli?" „Ja, mein Schatz. Gib dir keine Mühe der Sache nachzugehen. Der Wagen besitzt ein CD-Kennzeichen und ist auf den Vatikanstaat zugelassen." „Dann fangen sie an, Ernst zu machen, Asli. Dieser Monsignore Bellarani hat mir doch damit gedroht, mir körperlich zu schaden, wenn ich meine Ermittlungen nicht einstelle. Dann war dieser Vorfall als Warnung anzusehen." „Es kann auch reiner Zufall gewesen sein, Karin. Hier um die Ecke befindet sich das Gästehaus des

Bistums. Vielleicht nächtigt dein Gast von heute Morgen ja dort. Jetzt schau nicht so. Komm, wir lassen uns den Abend nicht verderben." Asli legte ihrer Freundin den Arm um die Hüfte. „Du hast ja deine Kanone bei dir. Hast du wirklich solche Angst vor diesem Typen?" „Ja, die habe ich. Du hättest den Kerl sehen müssen, Asli." „Jetzt bin ich ja bei dir", ließ Asli grinsend folgen und zog Karin hinter sich her. Die beiden Frauen hatten eine Menge Spaß auf dem Weihnachtsmarkt rund um den Kölner Dom. Asli genehmigte sich die ein oder andere Tasse Glühwein. Karin dagegen blieb völlig trocken, schon deshalb weil sie ihre Dienstwaffe bei sich trug. Dafür schlug sie kräftig bei den Reibekuchen und den Spießbratenbrötchen zu, was dazu führte, das der Wunsch nach Pizza oder Pasta sich wie von selbst verflüchtigt hatte. Gegen halb zehn machten sie sich langsam auf den Heimweg. Asli hakte sich bei Karin unter. Der Glühwein setzte ihr doch mehr zu, als sie gedacht hatte. Bibbernd vor Kälte drückte sie sich fest an Karin.

Es war still geworden in den Straßen. Ohne Hast bewegten sie sich der Bahnstation Appellhofplatz entgegen. Die meisten Nachtschwärmer hatten sich längst in die Kneipen und Bistros in die Südstadt zurückgezogen. Hier ins stille Bankenviertel „Unter Sachsenhausen" verirrten sich kaum vergnügungssüchtige Menschen. Heute tat der eiskalte Wind noch sein übriges dazu. Karin bemerkte die tanzenden Scheinwerfer zuerst, die sich ihnen rücklings näherten. Auch Asli wurde sofort hellhörig. Das Motorengeräusch nahm an

Heftigkeit zu. Bis zum nächsten Eingang des Gebäudes einer deutschen Großbank lagen etwa zwanzig Meter vor ihnen. Karin schätzte die Strecke bis zu der Eingangsnische als viel zu lang ein, um sich jetzt noch dorthin zu retten, falls jemand mit dem Auto versuchte sie zu überfahren. Karin beschleunigte ihre Schrittfolge. Asli folgte ihr. „Ist der etwa hinter uns her?" „Ich weiß es nicht, Asli. Warten wir es ab." „Lieber nicht. Lass uns losrennen." Auch der Wagen beschleunigte jetzt. Karin legte ihre Hand auf den Griff ihrer Waffe. Auf einmal befand sich der Wagen auf gleicher Höhe. Es handelte sich um einen japanischen Kleinwagen, dessen Seitenscheibe auf der Beifahrerseite herunter gefahren wurde. Ein junger Mann sprach sie ungeniert an. „Hallo, ihr zwei Hübschen. Wollen wir irgendwo gemeinsam ein Glas Wein trinken gehen?" Asli drehte sich zu dem jungen Mann um. „Nee danke, wir fahren nach Hause. Aber wir wünschen euch beiden noch einen schönen Abend. Macht`s gut." Asli zog Karin weiter die Straße entlang der Nord-Süd-Fahrt entgegen, wohin ihnen der Wagen nicht mehr folgen konnte. „So, die beiden haben wir abgehängt. Schau, da vorn ist der Eingang zur U-Bahn. Lass uns nach Hause fahren. Ich möchte dich gleich vernaschen", fügte Asli ins Ohr ihrer Lebensgefährtin flüsternd noch an. Gegen dreiundzwanzig Uhr schloss Karin ihre Haustüre auf und betrat als erste den Flur. Einige Zeit später hielt Asli Karin fest in ihren Armen. Sanft streichelte sie über die Brüste ihrer Freundin. „Es war wieder supertoll mit dir zu schlafen, Karin. Nie zuvor habe ich einen Orgasmus so intensiv erlebt wie mit dir. Und doch habe ich das Gefühl, du bist nicht ganz bei der Sache. Was ist los mit dir?" Wortlos ließ Karin ihre rechte Hand über Asli Bauch gleiten und weiter hinunter in ihren Schoß. Als ihr Zeigefinger genau den Punkt berührte, der sich ihr noch leicht feucht und geschwollen präsentierte, zuckte Asli erregt zusammen. „Ja, mach weiter, Karin, bitte mach weiter." Asli begann nun ebenfalls Karin zu stimulieren. Sie jedoch benutzte dafür ihre kleine, freche Zunge die sich geschickt ihren Weg in Karins Lustzentrum suchte. Heftig stöhnend erlangten beide Frauen kurz nacheinander höchste Glücksgefühle. Asli und Karin lagen noch eine ganze Weile still nebeneinander, bis sie endgültig tief und fest einschliefen.

In den folgenden Sonntag starteten die beiden Frauen sportlich. Bereits gegen neun Uhr schlüpften sie in ihre Laufschuhe. Obwohl die Sonne aus einem wolkenlosen Himmel auf die Erde herab schien, hatte sie nicht im Geringsten die Kraft, die Luft etwas aufzuwärmen, was die beiden Kommissarinnen nötigte, ihre warmen Fleecejacken anzuziehen. Auch an Handschuhen und wärmenden Mützen ließen sie es nicht fehlen. Asli Bülent, die eher etwas träger wirkte als ihre topfitte Lebensgefährtin, stand jedoch in der Laufleistung ihrer Freundin in nichts nach. Geschickt ihre Kräfte einteilend, liefen sie bis zur Aachener Straße und kehrten dort ziemlich außer Atem in einem Fastfood Restaurant ein, das mit einem gelben M auf rotem Grund warb. Sie tranken jeder einen heißen Tee mit Zucker. Wenig später ging es im Laufschritt wieder zurück nach Hause, wo sie nur noch ihre Laufschuhe von den Füßen streiften und in eine Ecke warfen. Handschuhe, Mützen und Jacken erfuhren eine nicht minder bessere Behandlung. Danach warfen sich Asli und Karin in ihrem gemütlichen Wohnzimmer auf die Couch und schnappten nach Luft. „Jetzt bin ich aber platt." „Das waren sicher auch gut und gern zwanzig Kilometer, die wir da gerannt sind, Asli." Karin pitschte Asli in den Po. „Ich meine aber auch, dir fehlt ein wenig die Bewegung. Du hast Speck angesetzt, meine Liebe." Karin hatte damit gerechnet, dass ihre freche Anmerkung Weiterungen nach sich ziehen würde. So sprang sie gleich vom Sofa und verschwand im Bad, doch Asli hatte sie rasch eingeholt. Es folgte ein heftiges Liebesspiel in ihrer geräumigen Nasszelle mit anschließender gemeinsamer Duschorgie. Sie richteten gemeinsam in der Küche ein leckeres und leichtes Mittagsmahl an. Den Rest des Tages verbrachten sie mit Lesen, Relaxen und Fernsehen.

14

Für Karin und Asli war es schon etwas ungewohnt, gemeinsam zur Arbeit zu fahren. Weil es wie aus Eimern schüttete, fuhren sie mit Aslis Golf zum Präsidium nach Kalk. Sportlich nahmen sie die Treppen in die zweite Etage. Weil Theo und Edith noch nicht zugegen waren, begaben sich die beiden Kommissarinnen in Karins Büro und setzten erstmal Kaffee auf. Als die aromatische, braune Flüssigkeit gerade in der Warmhaltekanne angekommen war, betraten Theo und Edith Karins Büro. Es folgte ein großes Begrüßungshallo. Theo stellte ernüchtert fest, dass er es nun gleich mit drei Frauen zu tun hatte. Mit einem bedauernden „Ohhh" versuchten sie den Jungkommissar zu beruhigen und versicherten, ihn als Hahn im Korb zu verwöhnen, wenn er lieb zu ihnen sei. Karin spendierte für alle eine Runde Kaffee. Um in die Arbeit einsteigen zu können, nahmen sie an Karins Konferenztisch Platz. Asli wurde umgehend ermittlungstechnisch auf den neuesten Stand gebracht. „Soll also heißen, wir haben fast noch gar nichts." „Das ist leider unser Problem. Der Täter oder auch die Täterin hinterlässt keine Spuren und wir bekommen keine Auskünfte aus den Personalakten der Opfer, weil der Vatikan dies unterbindet." Sie gingen noch die übrigen Fälle durch, die sie zur Bearbeitung hatten, bis Karin ihre Tafel aufhob. Asli nahm gleich ihren neuen Schreibtisch in Beschlag, den sie von Olaf geerbt hatte. Sie war froh, ein Büro für sich ganz alleine erhalten zu haben, da sie dies noch aus LKA-Zeiten so gewöhnt war. Asli Bülent hatte sich die Ermittlungsakten mitgenommen. Seite für Seite las sie sich akribisch in die Unterlagen ein. Für diese Art von Tätigkeit war sie besonderes ausgebildet worden und nicht zuletzt besaß sie eine sehr gute Spürnase, die ihr häufig geholfen hatte, eins und eins zusammen zu zählen und so einen Täter zu ermitteln. Kurz vor Mittag zog sie ihr Handy aus ihrer Handtasche. Sie schloss die Türe zum Nachbarbüro und gab eine Mobilfunknummer ein. „Hallo, Asli", tönte es ihr nur Sekunden später entgegen. „Lange nichts von dir gehört. Man spricht darüber, dass du jetzt in Köln ermittelst. Ist es so?" „Hallo, Greencobra. Ich freue mich, dich mal wieder zu hören. Ja, es ist richtig. Man hat mich aus dem LKA geschasst, weil ich, sagen wir mal, zu eigenmächtig ermittelt habe. Wie geht es dir?" „Mir geht es prächtig. Das Geschäft läuft sehr gut. Hatte ich mir schon gedacht, dass dein Alleingang bei den Ermittlungen in deinem letzten Fall zu Problemen mit deinen Vorgesetzten führen wird. Jetzt arbeitest du mit Karin Weber zusammen, nicht wahr?" „Genauso ist es." „Ihr ermittelt aber nicht nur zusammen, ihr seid auch ein Paar?" „Ja, richtig. Du bist mal wieder bestens informiert." „Deshalb rufst du mich doch sicher auch an. Also, schieß los. Was hast du auf dem Herzen, Asli?" Asli druckste ein wenig herum. „Du kannst frei sprechen, Asli, mein Anschluss ist absolut save." Dann legte sie einfach los. „Kannst du für mich in die Personalakten des Vatikans hineinschauen und mir Informationen über drei Personen übermitteln? Ich kann dir aber keinen Ausgleich mehr dafür bezahlen." „Na, Mädel, du machst ja wieder Sachen. Ist aber kein Problem für mich. Gib mir die Namen und die Geburtsdaten. Das sollte reichen. Ich melde mich bei dir." „Ich danke dir, Greencobra. Du hast etwas gut bei mir." „Alles klar und guten Start in Köln." Schon war sie weg, die grüne Giftschlange. Asli legte sich schmunzelnd in ihrem Bürostuhl zurück. Zwar wusste sie ganz genau, dass sie mit dieser Maßnahme in die Illegalität abdriftete und dass alle so gewonnenen Informationen vor Gericht irrelevant waren, jedoch das neu gewonnene Wissen sie bei ihren Ermittlungen nach vorn bringen würde. Einen Verdacht bezüglich der Tatmotive zu den drei Morden hatte sie bereits im Hinterkopf.

Zunächst jedoch forderte eine tote Seniorin in einem Pflegeheim all ihre Aufmerksamkeit. Asli fuhr mit Theo zu der Seniorenresidenz nach Rodenkirchen und nahm vor Ort die Ermittlungen auf. Die beiden Kripobeamten verbrachten mehrere Stunden vor Ort, bis sie alle Nachbarn, Pfleger, Ärzte und Angestellten ausgiebig befragt hatten. Biggi Wax war ebenfalls zugegen. Routiniert führte sie die erste Inaugenscheinnahme der Leiche durch. Auch die Kollegen der Spurensicherung versuchten mit ihrer Tätigkeit, Licht ins Dunkel bezüglich der Todesursache zu bringen. Asli fiel sofort auf, dass Biggi Theo ein paar Mal zuzwinkerte, während beide ihre Arbeit versahen. Mit knurrenden Mägen bestiegen Asli und Theo weit nach Mittag ihren Dienstwagen und fuhren Richtung Präsidium. „Ich hab Hunger. Kannst du bitte an der nächsten Bäckerei halten, Theo?" „Hab ich auch. Dann schauen wir doch mal, wo wir leckere, belegte Brötchen auftreiben." „Und am besten eine ganze Tüte voll." Asli grinste Theo mit ihrem entwaffnenden Lächeln an. „Sag mal, großer Kriminalist, hast du etwas mit der kleinen Gerichtsmedizinerin?" Theo spürte sofort, dass er einen roten Kopf bekam. Aslis Grinsen nahm noch weiter zu, weil sie offensichtlich ins Schwarze getroffen hatte. „Wir haben uns Freitagabend zum Essen getroffen und viel gelacht." „Und eine schöne gemeinsame Nacht zusammen verbracht." „Wie kommst du denn jetzt darauf,

Asli?" „Weil ich das Lachen einer glücklichen Frau kenne, wenn sie eine erfüllte Nacht verbracht hat." Allmählich schaltete Theos Gesichtsfarbe wieder auf Normalbetrieb um. „Biggi ist nicht nur sehr hübsch. Sie ist auch sehr lieb und kann verdammt gut zuhören." „Jetzt schau mal nicht so. Ich werde keinem etwas über euch beide erzählen. Ich wünsche euch einfach nur viel Glück." Ein wenig irritiert hielt Theo Ausschau nach einer geeigneten Bäckerei. Schließlich fand er eine und sogar einen Parkplatz gleich vor der Türe. Sie bestellten sich jeder zwei belegte Brötchen sowie einen Becher Kaffee dazu und trugen alles zu dem kleinen Stehtisch rechts in der Ecke. Gegen halb drei betraten sie das Präsidium. „Soll ich den Bericht schreiben, Asli?" „Das ist eine sehr gute Idee. Beim nächstem Mal übernehme ich dann den Part." Theo verschwand gleich in seinem Büro und befasste sich mit dem Abfassen des Reports, während Asli ihr Office betrat und sich an ihren Schreibtisch setzte. Vorsichtig zog sie ihr Smartphone aus ihrer Handtasche. Erfreut erkannte sie, dass sie eine Nachricht von Greencobra erhalten hatte. Wissbegierig öffnete sie die Mail. Was sie dort allerdings las, bestätigte ihren Verdacht. „Danke dir", antworte sie kurz und verstaute das Gerät wieder in ihrer Handtasche. Asli erhob sich und ging zu Karin ins Büro.

„Hallo, Asli, komm rein. Magst du einen Kaffee?" „Hi, Karin. Da sag ich nicht nein." „Setz dich. Und, haben wir es mit einem Mordfall im Seniorenheim zu tun?" „Ich bin mir da nicht so sicher. Gerlinde Sommer, so heißt die Tote, bezog eine gute

Rente, war aber nicht besonders wohlhabend. Sie war allseits sehr beliebt bei ihren Nachbarn und dem Pflegepersonal, das ihr allerdings auch nicht häufig helfen musste. Gerlinde Sommer galt noch als Selbstversorgerin und nicht als Pflegefall. Wir müssen abwarten, was unsere Gerichtsmedizinerin herausbekommt. Es könnte durchaus sein, dass die Tote einen Infarkt oder einen Schlaganfall erlitten hat. Näheres erfahren wir sicher morgen."
„Dann warten wir mal ab, was uns Biggi Wax zu berichten hat. Ich hab dich übrigens in der Waffenkammer bei Kurt Müller angemeldet, damit du dir deine Dienstwaffe abholen kannst. Er erwartet dich. Jetzt trink erstmal deinen Kaffee aus." Karin musste ihre Kollegin regelrecht bremsen, damit sie nicht sofort loslief. „Ich geh gleich zu ihm." „Mach das. Kurt Müller ist ein lieber Kerl." Fünf Minuten gönnten sich die beiden Frauen als kleine Pause, bis Asli sich in die Waffenkammer aufmachte.

Hannes Baumgart öffnete das Paket mit großer Freude, das ihm der Postbote vor die Werkstatttüre gestellt hatte. Er fand darin seine Messer, die ihm die Polizei einfach weggenommen hatte. Sofort trug er sie in seinen versteckten Werkstattbereich und legte sie dort in das mit Samt ausgeschlagene Fach der obersten Schublade. Bevor er das Schubfach zuschob, betrachte er die matten Klingen seiner Messer. Sie schienen unbeschädigt. Er beschloss allerdings, diese sobald als möglich zu schleifen. Er war froh, dass sein Müßiggang wohl nun ein Ende haben dürfte, da er sich wieder im Besitz seiner scharfen Werkzeuge befand. Doch bevor er sich seiner Freizeitbeschäftigung würde widmen können, musste er noch in Sankt Severin zwei großflächige Stellen des Parketts nach einem Wasserschaden ausbessern und umständehalber zwei Holztüren abhobeln, deren Türblätter vom Wasser leicht aufgequollen waren. Sorgfältig verschloss er die Türe zu seinem geheimen Bereich und tarnte den Zugang wie gewohnt. Ohne Hast verlud er seinen Werkzugkasten sowie das bereits passend zugeschnittene Holz für den Parkettboden in seinen Kombi und fuhr davon.

15

„Hast du Hunger, Karin?" „Nicht wirklich. Ich habe heute Mittag in der Kantine einen Salat gegessen." „Großen Hunger verspüre ich auch nicht. Dann lass uns doch eine Büchse Gemüseeintopf besorgen und Brötchen dazu." „Ja, ok, gute Idee. Dann fahr zum Supermarkt." Dank ihres ausgeprägten Orientierungssinnes fand sich Asli bereits gut zurecht und so dauerte es nicht lange, bis sie sich auf dem großen Parkplatz vor der gewaltigen Einkaufswelt in eine Parktasche zwängte. Da es mal wieder ziemlich spät im Büro geworden war, tummelten sich nur noch wenige Besucher im Supermarkt. Wenig später schlenderten die beiden Frauen bepackt mit ihrem Einkaufsstoffbeutel Aslis Golf entgegen. „Und jetzt nix wie heim in die gute Stube. Ich bin müde." „Ich bin heute auch irgendwie total kaputt, Asli." „Dann chauffiere ich uns mal schnell heim. Während ich unser Abendmahl anrichte, kannst du den Ofen anwerfen und es uns so richtig gemütlich machen." „Mach ich doch glatt." Die Vorfreude auf einen kuscheligen Abend weckte bei Asli noch mal sämtliche Lebensgeister. Geschickt fädelte sie sich in den nur noch mäßig vorherrschenden Feierabendverkehr. Zehn Minuten später rollte der Golf in die Parklücke vor Karins Haus. Ohne Hast spazierten die beiden Frauen dem Gartentor entgegen. „Hast du heute Morgen das Tor nicht zugemacht, Asli?" „Wieso ich? Du warst doch die letzte, die das Haus verlassen hat. Ich saß da bereits im Auto." „Im Briefkasten ist Post und der hängt hier draußen. Ein Paket sehe ich nicht vor unserer Haustüre stehen. Was folgt daraus? Wir hatten Besuch." „Jetzt male bloß nicht den Teufel an die Wand, Karin. Du meinst ein Einbrecher?" „Keine Ahnung. Schauen wir einfach mal nach. Hast du deine Waffe dabei?" „Ja, natürlich. Ich habe meine Dienstwaffe immer zu Hause aufbewahrt." „Dann lass uns nachsehen." Der Vorgarten lag in völliger Dunkelheit vor ihnen. Erst als sie durch das Gartentor auf den kurzen Zugangsweg traten, schaltete der Bewegungsmelder zwei Strahler ein, die die Eingangstüre und den Weg hell erleuchteten. Rasch überwanden die beiden Frauen den Weg bis zur Haustüre, die sich unversehrt präsentierte. „Die Tür ist fest verschlossen und nicht beschädigt." Karin steckte den Schlüssel ins Schloss und öffnete. Still und dunkel lag die Diele vor ihnen. Asli betätigte sofort den Lichtschalter. Karin schloss die Türe. Die beiden Frauen stellten ihre Einkaufstüte in der Küche ab und kontrollierten zuerst Zimmer für Zimmer im Erdgeschoss und später die in der ersten Etage. Doch alle Fenster waren geschlossen und wiesen keine

Beschädigungen auf. „Fehlalarm, Süße. Ich geh kochen. Schmeiß du unseren Ofen an." Asli hatte sich bereits von ihrer Jacke und den Schuhen befreit und eilte in die Küche. Karin befasste sich sofort mit dem Kaminofen, der bereits nach wenigen Minuten eine wohlige Wärme spendete.

Nach dem Genuss ihres kulinarischen Dosenhighlights verzogen sich Asli und Karin auf ihre Sofalandschaft. Weil der Fernseher außer den üblichen Talk- und Kochshows sowie einiger nichtssagender Serien nichts zu bieten hatte, nahm sich Karin ihren Roman zur Hand und begann zu lesen. „Ich geh hoch und schaue mal ins Internet." Karin hatte bereits ein paar Seiten gelesen und drohte gerade zu entschlummern, als ein Knall sowie das Klirren von berstendem Glas sie hochschrecken ließ. Asli kam sofort die Treppe herunter gerannt. „Was war das?" „Ich weiß es nicht. Es hörte sich so an, als wenn vor der Haustüre etwas zerschellt wäre." „Ich sehe mir das an. Bleib liegen, Karin." Asli riss die Haustüre auf. Sie war bereits auf dem Sprung in den Garten zu rennen als Karin sie an ihrer Jogginganzugjacke festhielt. „Du solltest doch liegen bleiben, Schatz." „Wäre ich auf dem Sofa liegen geblieben, hätte dir jetzt der Notarzt tausende Glassplitter aus den Füßen ziehen müssen und wahrscheinlich wären alle Sehnen durchtrennt worden. So wie ich das sehe, ist das Regenvordach heruntergekommen. Schau hier." „Danke, Karin." „Nicht dafür, Kleine. Ich hole mal eine Taschenlampe." Zwischenzeitlich war auch ihre Nachbarin erschienen, die sich den Vorfall erstaunt ansah. „Alles OK bei euch?" „Wie man`s nimmt. Hallo, Esther." Esther Hagen und ihre Freundin wohnten erst ein halbes Jahr neben ihnen und gehörten beinahe schon zur Familie. „Wir können noch nicht sagen, was genau geschehen ist, aber Fakt ist, unser Vordach ist futsch und glücklicherweise keinem auf den Kopf gefallen." Mit vereinten Kräften räumten sie die Trümmer beiseite. Möchtest du noch auf ein Glas Wein hereinkommen, Esther?" „Nein, ich geh jetzt schlafen. Ich hab Frühdienst und Marga wartet sicher schon auf mich im Bett." „Dann bleibt sauber, Mädels", gab Asli von sich und alle mussten lachen. Als Esther außer Reichweite war leuchtete Karin mit der Lampe die Befestigungsanker des Vordaches ab. „Sieh dir das an, Asli. Die Schraubenköpfe wurden angesägt." „Das bedeutet: Wir haben Feinde, Karin." „So ist es. Wollen wir die Spusi holen?" „Bringt uns das etwas?" „Eigentlich nur, dass wir heute Nacht nicht mehr ins Bett kommen." „Dann sammele ich die Schraubenköpfe ein und stecke sie in einen Gefrierbeutel. Vielleicht brauchen wir sie ja noch mal als Beweisstücke." „Komm, gehen wir rein." „Ich glaub, schlafen kann ich jetzt nicht. Lass uns nach oben gehen, Karin. Ich möchte dir etwas zeigen."

Auf dem kleinen Schreibtisch in ihrem Büro lagen drei Stapel bedrucktes Papier. „Schau dir das mal an, Karin, und fang jetzt bitte nicht das Keifen an." Karin griff nach dem ersten Stapel. „Das sind ja Dossiers von unseren Mordopfern." „Falsch, Karin, das sind die original Personalakten unserer Mordopfer." „Wie bitte? Wie kommst du denn daran?"

„Ich habe meine alten Beziehungen spielen lassen." „Dass wir davon keinen Schnipsel vor Gericht verwenden dürfen, ist dir ja hoffentlich bekannt, Asli, nicht wahr?" „Johhh. Es ist aber sehr interessant, und ich hatte schon so eine Ahnung. Alle drei Geistlichen wurden aus ihren Pfarreien oder Ämtern verbannt. Hier, schau dir das an. Anzeigen wegen sexueller Nötigung in mehreren Fällen, Kindesmissbrauch, Vergewaltigung sowie Herstellung, Verbreitung und Besitz von Kinderpornos. Die ganze Palette an Schweinereien ist darunter. Bruder Andreas zum Beispiel, unser erstes Mordopfer, war Pfarrer einer Kirchengemeinde. Er hat sich jahrelang an seinen Messdienern, Jungs wie Mädchen, vergangen und dabei alles gefilmt. Als sich eines der Kinder seinen Eltern anvertraute, flog alles auf. Die Kirche zahlte ein hohes Schweigegeld. Es kam nie zu einem Verfahren. Julius Hirschmann verführte in Regensburg mehrere Schwesternschülerinnen. Als eine seiner Schülerinnen schwanger wurde, sorgte Hirschann für eine heimliche Abtreibung. Es kam jedoch zu Komplikationen und Hirschmanns Plan kam ans Licht. Er wurde nach Köln versetzt. Das angestrengte Verfahren wurde gegen Zahlung eines hohen Geldbetrages eingestellt. Den Deal handelte der Staatsanwalt mit der Kirche aus. Das Mädchen wurde Ordensschwester und arbeitet heute in einem Kloster. Bruder Servatius, ehemals Pfarrer einer großen Gemeinde in Süddeutschland, ist homosexuell. Er lebte seine Neigungen mit zwei Ministranten aus und hielt alle seine Aktivitäten auf Video fest. Als einem Mitglied des Kirchenvorstandes eine Kopie eines solchen

Filmes anonym in den Briefkasten geworfen wurde, erstattete dieser sofort Anzeige. Doch auch in diesem Fall wurde niemals ein Verfahren angestrengt. Den beiden Ministranten gewährte das Bistum ein üppiges Stipendium für ein sorgenfreies Studium der Medizin in München. Bruder Servatius landete blitzschnell im Kloster Altenberg und leitete seitdem die Bibliothek." „Das ist ja beinahe unglaublich." „Beinahe? Es ist unglaublich, Karin. Die Kirche kehrt die Verfehlungen ihrer Geistlichen gekonnt unter den Teppich und hüllt sich in Schweigen." Karin las ein weiteres Mal in den geheimen Unterlagen. „Hier ist noch eine streng vertrauliche Anmerkung meines Informanten. Er warnt darin inständig, die weiteren Ermittlungen nur mit äußerster Vorsicht voranzutreiben, da erhebliche Gefahren gegen Leib und Leben der Ermittler zu befürchten sind. Was heißen soll, das wir sehr vorsichtig agieren müssen oder besser ganz die Finger von den Mordfällen lassen, so wie es der Präses ja auch schon angeregt hat. Ich könnte mir sogar vorstellen, dass der Präses und meine ehemaligen Vorgesetzten dies bereits im stillen Kämmerlein beschlossen haben." „Stellt sich aber jetzt die Frage: Wie geht es weiter?" „Da bin ich auch mal gespannt. Es könnte durchaus sein, dass wir vom Polizeipräsidenten einfach offiziell mit der Begründung zurückgepfiffen werden, dass das LKA den Fall selbst übernimmt. So wird vermieden, dass sich jemand Gedanken machen könnte warum der Fall ermittlungslos eingestellt wird." „Darauf könnte es tatsächlich hinaus laufen, wenn ich an mein letztes Gespräch mit Krausmann denke." „Denkbar ist sogar, dass eine Organisation, die der Kirche sehr nahe steht, selbst die Fäden in die Hand nimmt und nach dem Täter fahndet, so in der Art wie ein Geheimdienst arbeitet und diesen eliminiert. Ich könnte mir sogar vorstellen, dass unser Mörder oder gar eine Mörderin selbst von der Kirche beauftragt wurde, um die Nestbeschmutzer auszumerzen. Das könnte jedoch bedeuten, dass wenn da eine größere Aktion anläuft, wir noch ein paar Leichen mehr finden werden." „Das ist allerdings etwas, das ich nicht verstehe. Warum schaffen sie die Leichen nicht einfach selbst weg?" „Ich denke mal, weil der Verdacht dann noch eher auf die Kirche fallen wird. So kann man die Morde immer noch auf einen imaginären Serienmörder schieben, den die Polizei halt nicht fängt." „Das kann ich alles nicht so richtig glauben, Asli. Ich werde versuchen, den oder die Täter mit unserem Team zu fassen, weil dies unser Job ist." „Dann hoffen wir mal, dass man uns nicht an die Karre will, Karin. Mit den Leuten des Geheimdienstes des Vatikans ist nicht zu spaßen. Ich weiß, wovon ich rede." Die beiden Frauen genehmigten sich noch ein Glas Rotwein in der Hoffnung Schlaf zu finden, doch es blieb nur bei dem Wunsch.

16

„Wer sind Sie? Was wollen Sie hier in meinen Räumlichkeiten? Ich werde umgehend die Polizei rufen, damit man Sie festnimmt. Was machen Sie da überhaupt? Hören Sie auf ..." „Ich bin Erzengel Antaeus und komme, um dich auf deinen Weg zu

Gott zurück zu bringen. Bete, damit der Herr dich in sein Reich einlässt, du frevelhafter Sünder." „Sind Sie von Sinnen? Einen Erzengel Antaeus gibt es überhaupt nicht. Ich bin Prälat Berger und Mitglied des Finanzausschusses des Bistums und zugleich der stellvertretende Vorsitzende. Gehen Sie oder ich schreie um Hilfe." „Du armselige Kreatur wirst nicht mehr schreien, sondern nur noch um dein Leben winseln, wenn ich mit dir fertig bin. Der Herr schickt mich, dich zu strafen, Sekundant des Teufels. Bete, dass er dir gnädig ist, damit du für deine Taten nicht auf ewig in der Hölle schmoren musst." Noch bevor Prälat Berger sich zur Wehr setzen konnte, spürte er eine feine Schlinge um seinen Hals, die ihm die Luft zum Atmen raubte. Immer weiter riss er seinen Mund auf, um noch ein wenig Luft zu erhaschen. Doch etwas röhrenförmiges, fruchtiges, das ihm tief in seinen Rachen fuhr, hinderte ihn daran. Er fühlte wie ihm die Sinne schwanden, bis er nur noch das tanzende Farbenspiel eines Kaleidoskops vor seinen Augen sah. Erst der wahnsinnige Schmerz, den Herbert Berger in seinem Unterleib spürte, ließ ihn kurzfristig wieder aufwachen. Er nahm noch den fließenden Blutstrom wahr, der stetig seinen Körper verließ, bis er endgültig das Bewusstsein verlor und starb.

Das Schlafzimmer war mit einmal erfüllt vom kreischenden Klingeln zweier überdimensionierter Glocken eines ausgewachsenen Weckers. „Mach doch bitte mal den Wecker aus, Asli. Irgendwann erschieß ich das Teil noch." Asli hob vorsichtig ihren Kopf und sah zu Karin herüber, die keinerlei

Anstalten machte, aufstehen zu wollen. „Los, Karin, raus aus den Federn. Wir müssen schon bald los." „Ich bleib heute im Bett und mache blau. Melde mich ab zum Faulenzen, Vizechefin." Asli zog ihrer Freundin die Bettdecke weg und begann, sie mit beiden Händen nach Herzenslust zu zwicken. „Ja, ist ja gut, ich steh ja schon auf." „Bleib noch liegen, bis ich geduscht bin. Dann werfe ich dich aus den Federn." Karin öffnete ein Auge. Asli tanzte derweil splitternackt an ihr vorbei dem Bad entgegen. Obwohl Karin den Anblick des immer noch ordentlich knackigen Körpers ihrer Lebensgefährtin liebte, verspürte sie jetzt und hier keinen Drang diesen zu berühren. Sofort schlief sie wieder ein. Doch ihre Ruhe währte nicht lange. Fünfzehn Minuten später stand Asli fertig angezogen vor Karins Bett. „Jetzt steh auf und mach voran. Sonst fahre ich ohne dich ins Büro." Bevor Karin etwas erwidern konnte, flog ihre Decke im hohen Bogen davon. Gemächlich erhob sich die Leiterin der Mordkommission, gähnte mehrfach während sie ihre Arme zum Recken in die Luft streckte, bevor sie aufstand und ebenfalls das Badezimmer aufsuchte. Als sie es wieder verließ, duftete es im ganzen Haus nach aromatischem Kaffee. Asli hatte für sie beide Brote geschmiert. Immer noch nicht ganz wach nahm Karin am Frühstückstisch Platz, während Asli den heißen, dampfenden Kaffee in zwei Becher goss, in die sie vorher bereits Milch geschüttet hatte. Gegen zwanzig vor acht saßen die beiden Frauen in Aslis Auto und fuhren ihrem Büro entgegen.

„Morgen, Zusammen, gibt es etwas, das ich am frühen Morgen wissen muss?", begrüßte Karin Theo und Edith, die bereits hinter ihren Bildschirmen hockten. „Morgen, Karin", ertönte es wie im Chor. „So wie es aussieht gab es keinen Toten am Wochenende, Karin", ließ Theo noch folgen. „Die Kollegen einer Streife haben letzte Nacht einen Täter in der Raubüberfallsache geschnappt, nach dem wir schon seit Wochen fahnden. Er hatte einen Tankwart während eines nächtlichen Überfalls erstochen. Ich werde ihn gleich vernehmen. Er hat wohl schon letzte Nacht ein Geständnis abgegeben. Mal schauen, ob er bei seiner Aussage bleibt." „Alles klar. Bleib da dran. Ist immer gut, wenn wir unsere Fälle aufklären." „Ich habe noch etwas in unserer Mordserie bezüglich der Kirchenmänner in Erfahrung bringen können", warf Edith ein. „Am Freitag hatte ich eine Anfrage durch das bundesdeutsche Polizei-Intranet geschickt und so bei allen Dienststellen nachgefragt, ob es auch in anderen Bundesländern ähnlich gelagerte Mordfälle gab oder gibt, die Parallelen zu unseren Fällen aufweisen. Die Resonanz war erstaunlich, allerdings beklagen dabei alle Dienststellen zugleich die widerwillige Unterstützung durch den Klerus. Ich bin ja noch bei der Auswertung, aber nach ersten Erkenntnissen wurden in diesem Jahr bundesweit siebzehn Morde an Kirchenmännern begangen, die alle mangels Unterstützung ungeklärt blieben. Man beschreibt einhellig eine Wand des Schweigens, die den Ermittlern, egal in welchem Bundesland, jegliche Ermittlungserfolge versagten. Wie es scheint hat die ganze Aktion wohl ein System, in das jedoch keine Behörde bisher eindringen konnte." „Es kann ja wohl nicht sein, dass wir uns von der katholischen Kirche unsere Arbeit vorschreiben lassen und sogar in der Ausübung derselben behindert werden. Aber ein tolle Leistung von dir, Edith. Bleib da dran. Wir werden uns jedenfalls nicht von unseren Ermittlungen abhalten lassen und solange am Ball bleiben, bis wir etwas haben." „Warte mal, Karin, hier steht weiterhin, dass es während der Ermittlungen zwei ungeklärte Todesfälle von Kollegen gab. Der stellvertretende Leiter der Mordkommission München und der Chef der Mordkommission Bremen kamen ums Leben. Der Kollege in München geriet während eines privaten Einkaufs unter die Straßenbahn. Der Bremer Kollege wurde vor seiner Haustüre von einem Auto überfahren. Weder das Fahrzeug noch der Fahrer konnten ermittelt werden. Die Staatsanwaltschaften stellten in beiden Fällen sehr rasch die Verfahren ein, obwohl zumindest im Fall des Münchner Kollegen eine Überwachungskamera bewies, dass der zu Tode gekommene Hauptkommissar angerempelt wurde, ohne das jedoch ein Gesicht zu erkennen war. Beide Kollegen besaßen die katholische Konfession. In beiden Fällen trat die katholische Kirche mit ordentlichen Geldsummen für die Hinterbliebenen der Mordopfer ein, weil es sich um Härtefälle handelte, da die jeweiligen Witwen mit kleinen Kindern beinahe auf der Straße standen. Beide Kommissariate bitten uns eindringlich, falls wir neue Erkenntnisse erhalten, ihnen diese unbedingt zur Verfügung zu stellen." „Das ist ja fast unglaublich. Das bedeutet ja, dass wir nicht nur nichts ermitteln werden, sondern dass wir auch noch Angst um unser Leib und Leben haben müssen? Nee, nicht mit mir. Ich werde mit allen Mitteln versuchen, die Fälle aufzuklären. Wer von euch davon entbunden werden möchte, weil er Angst um sein Leben oder seine Karriere hat, soll es mir bitte sagen. Ich bin deshalb keinem böse." Wutschnaubend verließ Karin das Büro ihrer Kollegen. Das Zuschlagen der Türe war ganz sicher im ganzen Bürotrakt vernehmbar. Wie ein Blitz verschwand Karin in ihrem Office.

„Ich glaube, Karin war ein wenig ungehalten über die Handhabung in Sachen Mordfälle der Kirchenmänner." „Konnte man ihr das etwa ansehen, Theo?", gab Asli süffisant von sich, während Edith über die trockene Konversation ihrer Kollegen herzlich lachen musste. Doch die allgemeine Erheiterung währte nicht lange. Karin verschickte derweil ein paar offizielle Mails mit Anfragen an andere Dienststellen und das Außenministerium in Berlin. Als sie das letzte Mal senden anklickte, fühlte sie sich besser. „Euch werde ich es zeigen. Von wegen alles klammheimlich unter eure roten Teppiche kehren. Ich bin Kriminalpolizeibeamtin und habe damit einen Eid abgelegt, mich mit allen mir zur Verfügung stehenden Mitteln für die Aufklärung von Gewaltverbrechen einzusetzen und genau das werde ich tun." In der Mittagspause traf Karin in der Kantine auf ihr Team. In eher gelöster Atmosphäre plauderten alle über das anstehende Weihnachtsfest und die noch ausstehenden Einkäufe von Geschenken und Lebensmitteln. Gemeinsam verließen sie den

Speiseraum. „Kommt ihr bitte alle gleich zu mir ins Büro. Ich möchte mit euch über die letzten Fälle sprechen, die gerade abgeschlossen wurden und ob alle Ermittlungsunterlagen korrekt an die Staatsanwaltschaft gegangen sind. Ihr sammelt bitte alle Akten zusammen. Bis gleich." Zwanzig Minuten später saßen alle um den Konferenztisch von Karin herum. Dampfende Becher Kaffee standen vor jedem Kollegen und eine Menge Papier in schon ziemlich zerschlissenen Ordnern lag auf der Tischplatte. Theo übernahm sofort die Gesprächsführung und erläuterte Karin, welche Mordfälle in den letzten zwei Monaten ermittlungstechnisch abgeschlossen wurden. Nach gut eineinhalb Stunden rauchten allen die Köpfe. „Wir machen zwanzig Minuten Pause. Ich muss ohnehin noch runter zur KTU. Bis später." Edith räumte die leeren Kaffeebecher ab und sorgte für Gläser und mehrere Flaschen Mineralwasser. Der Nachmittag schien noch lange kein Ende zu nehmen.

Karin blieb ihrer Liebe zum Treppenlaufen treu und verschmähte den Aufzug, um von der zweiten Etage hinunter in den Untergeschossbereich des Präsidiums zu gelangen, wo die KTU ihre heiligen Hallen betrieb. Ihrem Naturell entsprechend klopfte sie nicht erst an. Schwungvoll öffnete sie die Stahltüre und betrat den Bereich der KTU. Die Jungs, die hier ihren Dienst versahen, waren alles Spezialisten in ihren Fachgebieten. Sie kannte die meisten von ihnen flüchtig. Deshalb winkte sie allen im vorbeigehen zu und aus einer Ecke vernahm sie sogar einen anerkennenden Pfiff. „Du brauchst erst noch ein paar Jahre Südweide, bevor du einer Lady hinterher pfeifen darfst, Lothar", rief sie Lothar Meier zu, dessen Kopf aus dem Kofferraum eines Tatfahrzeuges auftauchte. Lothar Meier war spezialisiert auf die Analyse von Blutresten auf jedweder Oberfläche. Dank seiner Kenntnisse und Erfahrung waren schon eine Menge Fälle aufgeklärt worden. Er war eher ein Einzelgänger und fast so alt wie Karin. Deshalb mussten die meisten Kollegen von ihm schallend über Karins Ausspruch lachen. „Ist Robert in seinem Büro?" „Ja, aber der hält sicher seinen Mittagsschlaf", rief ein anderer Kollege Karin zu, die jetzt auch lachen musste. „Danke dir, ich werde ihn aufwecken." Sie lief weiter bis zum Ende des Gangs und öffnete die Türe zu einem größeren Labortrakt. „Mahlzeit", rief sie nur laut. „Der Duft eines herben Parfums umspielt die Rezeptoren meiner Nasenschleimhäute. Der Traum meiner schlaflosen Nächte ist mir wieder erschienen." Robert Willbrand, der Leiter der KTU, hob seinen Kopf und befreite damit seine äußerst angestrengt blickenden Augen vom ständigen Starren durch zwei Okulare eines gewaltigen Mikroskops. „Hallo, Karin. Schön, dich endlich wieder gesund und munter in unserem Kreis zu sehen." Er hatte sie in der Tat ohne vorher aufzublicken an ihrem herben Parfum erkannt. Robert war ein ganzes Stück größer als Karin und schon von seiner Optik ein echter Frauenschwarm, was wohl auch der Grund war, dass er immer noch nicht verheiratet war. Dass er bereits vierundvierzig Lenze auf dem Buckel hatte, sah man ihm ohnehin nicht an. Vielleicht lag dies ja auch an seinem langen Haarzopf, an dem alle Mädels gerne zupften. „Siehst gut aus, Karin. Wie geht es dir?" „Hallo, Robert. Ich fühle mich wieder ganz gut und glaube, dass der Job alle restlichen Wunden heilen wird." „Das hört sich doch schon mal positiv an. Wie geht es Asli? Ihr seid jetzt zusammen, wenn ich dem Hall der Buschtrommeln Glauben schenken darf." „Asli geht es auch gut. Die Trommeln lügen nicht, Robert." „Dann wünsche ich euch viel Glück für eure gemeinsame Zukunft. Aber du bist sicher nicht in meine heiligen Hallen gekommen, um mit mir zu flirten. Ist es so?" „Es macht mir zwar viel Spaß meine alten Lieblingskollegen in ihren Abteilungen zu besuchen, aber du hast Recht. Ich habe eine Frage an dich." „Dann schieß mal los." Karin kramte einen kleinen Gefrierbeutel aus ihrer Jeanshose hervor. „Dies ist ein Stück einer 10er Edelstahlgewindestange und zwei passende Muttern dazu. Ich möchte von dir wissen, ob die Gewindestange durch Materialermüdung oder Überbelastung gebrochen ist oder ob da jemand nachgeholfen hat." Der zweifache Handwerksmeister nahm die Tüte in Empfang und leerte sie in seine Hand aus. „Welchem Fall soll die Ermittlung zugeordnet werden, Karin?" „Keinem Fall, Robert. Es ist die Gewindestange, mit der ehemals mein Vordach über der Haustüre befestigt war. Dies ist gestern Nacht – glücklicherweise ohne jemanden zu verletzen - herunter gekommen." Robert Willbrand zog die Stirn in Falten. Wenn es um das Leben eines Kollegen ging, wurde er stets besonders hellhörig. Er legte die Teile unter ein anderes Mikroskop, schaltete den extrem hellen LED-Strahler ein und schaute durch die Okulare. Er brauchte ein wenig Zeit, bis er etwas sagte. „Die Gewindestange ist nicht abgebrochen, sondern wurde wahrscheinlich mit einer sehr feinen Diamantseilsäge zu Zweidritteln angesägt. Hier, schau es dir selber mal an." Karin setzte sich auf Roberts Platz und sah durch die Okulare. „Das äußerst feine Sägeblatt ist nur zu zweidrittel durch das Material getrieben worden, kannst du es erkennen?" „Ja, ich sehe es." „Das bedeutet leider, dass dir oder Asli oder auch euch beiden jemand nach dem Leben trachtet. Und das ist kein Spaß mehr. Im Gegenteil: Ihr habt da richtig Glück gehabt. Vielleicht war es aber auch nur eine Art Warnung. An was für einem Fall arbeitet ihr gerade?" „An den Morden der drei Kirchenmänner." „Vorsicht, Karin. Das ist jedes Mal ein besonderes Unterfangen, wenn es um Gewaltverbrechen in Kreisen des Klerus geht. Ich hatte vor wenigen Wochen einen Fall, da wurde ich von den Bremer Kollegen um Amtshilfe gebeten. Der Chef der Bremer Mordkommission wurde quasi vor seiner Haustüre von einem Auto überfahren. Der Fahrer beging Unfallflucht. Ich bin mit Lothar Meier zusammen nach Bremen gefahren. Wir haben sehr ausgiebig den Unfallort und die Kleidung des Kollegen untersucht und konnten sogar anhand von Lackresten an der Kleidung und Reifenspuren den Fahrzeugtyp ermitteln. Mit einmal wurden die Ermittlungen abgebrochen und wir ohne Begründung nach Hause geschickt. Ich habe natürlich noch ein paar Mal nachgefragt, wie der Stand der Ermittlungen ist. Aber nach der dritten Anfrage bedeutete man mir aus Bremen, dass der Fall auf Anordnung ans BKA abgegeben wurde. Damit war die Sache natürlich für mich erledigt. Wenn die großen Bundeskriminalisten sich des Falls annehmen, dann haben wir natürlich nichts mehr zu melden. Also seht euch vor" „Das werden wir tun. Ich lasse mich aber auch nicht von solchen Dingen einschüchtern." „Lange wirst du an dem Fall sowieso nicht arbeiten dürfen. Sicher wird auch hier das große BKA die Ermittlungen übernehmen." „Das könnte leider sein. Ich muss wieder hoch. Wir sind mitten in einer Besprechung. Danke dir für deine Hilfe und deine Tipps, Robert." „Keine Ursache. Aber denk an meine Worte und geh kein Risiko ein." „Ich werde es berücksichtigen. Ich halte dich auf dem laufenden, Robert. Bis die Tage." „Ja, auch so." Karin lief zurück durch die große Halle dem Ausgang entgegen. Eine Menge Augenpaare verfolgten sie dabei. „Macht`s gut, Jungs." „Ebenso, tschöö, Karin", schallte es ihr noch entgegen, doch schon wenige Schritte später war sie bereits im Treppenhaus und eine Etage höher. Sie nahm noch die zweite Treppe. Ohne bedenklich nach Luft zu schnappen betrat sie wieder ihr Büro.

17

„Da bist du ja wieder. Wir wollten schon bei den Kollegen des Streifendienstes eine Vermisstenanzeige aufgeben." „Nicht nötig, hat ein wenig länger gedauert." „Warst du in der KTU?" „Ja, Asli." „Und wie wird der Sachverhalt beurteilt?" „Das uns jemand aus dem Weg räumen möchte. Auf jeden Fall sollte die Aktion aber ganz sicher als Warnung zu verstehen sein." Sofort verstummten die Gespräche zwischen Theo und Edith. „Was war denn los, Karin?", fragte Theo sofort nach. Karin berichtete, was ihnen widerfahren war und anschließend noch, was ihr Robert Willbrand dazu gesagt hatte. „Dann solltet ihr Personenschutz beantragen!", entfuhr es Edith. „Keine Sorge. Asli und ich kriegen das schon so gemanagt." „Na, ich weiß nicht. Wenn ihr Hilfe benötigt, bin ich gleich dabei." „Danke dir, Theo, aber jetzt müssen wir erstmal weiter machen. Wo waren wir stehen geblieben?" Eine Stunde lang besprachen sie noch einen weiteren Fall, bis das Summen des Telefons die produktive Runde unterbrach. Karin nahm das Gespräch entgegen. „Weber. Ach, hallo Frau Schmidt. Was kann ich für Sie tun?" „Hallo, Frau Weber, der Chef ist auf hundertachtzig. Sie möchten bitte sofort heraufkommen." „Bin schon unterwegs. Bis gleich." „Was ist los?" „Der Alte will mich sprechen, Asli." „Und weißt du warum?" „Ich könnte es mir vorstellen." „Was hast du wieder angestellt, Karin?", mischte sich nun auch Edith ins Gespräch ein. „Ich habe eine Anfrage ans Innenministerium des Landes, des Bundes und ans Außenministerium gerichtet." „Du hast was?", fragte Asli, die urplötzlich ihren sonst eher gebräunten Teint verlor. „Na, wie ich schon sagte: Ich habe mehrere Anfragen in unserem Fall an verschiedene Ministerien verschickt." „Oh ohhh, das gibt Ärger, Karin." „Ich weiß, Edith. Aber wenn ich die hohen Herrschaften nicht langsam wach rüttele, verkommt jegliche Polizeiarbeit in unserer Mordserie zur Farce. Sollen unsere drei Morde und die weiteren siebzehn im Bundesgebiet etwa ungesühnt bleiben?

Es kann doch nicht angehen, dass wir das so mir nichts dir nichts akzeptieren. Ich muss hoch. Falls ich suspendiert werde, übernimmt Asli die Abteilung. Bis später." Wie der Blitz war Karin verschwunden. Diesmal jedoch wählte sie den Lift.

Karin klopfte höflich an die Bürotüre von Frau Schmidt, die sie beim Eintritt jedoch nur recht verhalten begrüßte. „Gehen Sie gleich durch. Der Chef erwartet Sie bereits." Polizeipräsident Krausmann stand hinter seinem Schreibtisch. Erbost schaute er Karin an. Seine Brille vibrierte förmlich auf seinem Nasenrücken. „Guten Tag, Frau Weber. Nehmen Sie Platz." Wenn Krausmann auf die Höflichkeitsfloskel bitte verzichtete, war größter Ärger angesagt. „Sind Sie eigentlich von allen guten Geistern verlassen, Frau Weber? Wie können Sie es nur wagen, ohne meine Zustimmung und hinter meinem Rücken Anfragen an verschiedene Ministerien zu schalten? Ich habe hier den größten Ärger und weiß nicht einmal warum. So geht das nicht, Frau Weber. Der Herr Staatssekretär des Herrn Außenministers fragt an, was denn überhaupt los sei. Er gibt jedoch sofort zu bedenken, dass wir uns keinesfalls mit dem Vatikan anlegen dürften, weil doch hervorragende diplomatische Beziehungen bestünden. Wir besäßen in Rom bestes Ansehen und nicht umsonst hätte bis vor kurzem noch ein deutscher Papst der Kurie vorgestanden. Eine Einmischung des Herrn Außenministers in die Ermittlungsarbeit der von Ihnen angefragten Mordfälle sowie deren Ursprung und Weiterungen sei deshalb als unmöglich eingestuft worden. Man habe die Angelegenheit ans Innenministerium weitergeleitet. Weil der Bundesinnenminister ebenfalls nicht eingeweiht ist, hat dessen Staatssekretärin die Angelegenheit zuständigkeitshalber an seinen Kollegen des Landes Nordrhein-Westfalen weitergeleitet. Dieser wiederum als unser Disziplinarvorgesetzter zeigt sich äußerst ungehalten, weil ich Ihnen doch bereits untersagte, in diesen Fällen weiter zu ermitteln, da das LKA mit der Aufklärung der Fälle beauftragt wurde. Nun maßregelt man mich in einer Sache, für die ich überhaupt keine Verantwortung zu tragen habe, weil ich Sie angeblich an einer zu langen Leine operieren lasse. Mir wird meine Gutmütigkeit noch zur eigenen Fußangel. Man rät mir dringend an, Sie vom Dienst zu suspendieren, Frau Weber. Ich kann nicht verstehen, wie Sie mich als meine beste Ermittlerin und Vertraute so hintergehen konnten." „Sind Sie jetzt fertig, Herr Präsident?" „Was erlauben Sie sich, Frau Weber!?" „Das werde ich Ihnen jetzt sagen. Und wenn Sie mich anschließend suspendieren, tun Sie, was Sie nicht lassen können. Auf Frau Bülent und mich wurde am gestrigen Abend ein Mordanschlag verübt." „Wie bitte?" „Es ist so wie ich sage, Herr Krausmann. Gestern im Laufe des Tages hat ein Unbekannter die Befestigungselemente des Vordaches unseres Hauseinganges so präpariert, dass das gesamte Vordach herabstürzte. Glücklicherweise jedoch zu einem Zeitpunkt, als wir uns nicht darunter befanden. Ich habe die Teile dem Leiter der KTU zur Prüfung vorgelegt. Diese Überprüfung hat eindeutig ergeben, dass die Verschraubungen mittels einer Diamantdrahtsäge so präpariert wurden, dass sie bei der kleinsten Berührung brechen und das ganze Vordach herabstürzt. Wir hatten Glück, dass uns nichts geschehen ist." „Und jetzt glauben Sie, dass die heilige Kirche für diesen Anschlag verantwortlich ist?" „Genauso ist es, Herr Präsident. Im Übrigen hat Monsignore Bellarami zum Ende seiner Befragung erklärt, dass ich mich nicht mit der Kurie anlegen soll." „Das sind garantiert Zufälle, Frau Weber, vielleicht sogar Verständigungsprobleme wegen der unterschiedlichen Sprachen. Die heilige Kirche ist ja wohl eher barmherzig als mordlustig. Wir hatten in der Vergangenheit noch niemals Probleme bei der Bearbeitung von Straftaten im Bereich der Kirche zu beklagen. Die Vorwürfe, die Sie da vorbringen, Frau Weber, sind für mich haltlose oder gar böswillige Unterstellungen."

Karin wollte gerade etwas sagen, als Krausmanns Telefon summte. „Ja, Frau Schmidt, was gibt es denn? Wir sind doch mitten in einer Besprechung. Ja, gut, ausnahmsweise. Ein Gespräch für Sie, Frau Weber. Ich stelle auf laut." „Hallo, Herr Krausmann, hallo, Karin. Wir haben wieder einen Mordfall. Bei dem Toten handelt es sich um Prälat Herbert Berger. Er ist 62 Jahre und wurde letzte Nacht in seinen Privaträumen auf die gleiche Weise ermordet wie unsere übrigen Opfer. Berger ist stellvertretender Leiter des Finanzausschusses im Bistum, also nicht im operativen Glaubensgeschäft unterwegs. Die Anschrift lautet: An der Burgmauer." „Hallo, Biggi, ich bin schon unterwegs. Bis gleich." Karin schaute hoch und dem Präsidenten direkt ins Gesicht. „Soll ich jetzt zum

Tatort fahren, die Leiche zum Abtransport freigeben und erst gar nicht mit Ermittlungen beginnen, Herr Krausmann? Oder darf ich meine erlernte Arbeit tun und versuchen, einen Serienkiller zu fangen? Denn so wie es aussieht haben wir es mit einem Mehrfachmörder zu tun, der es auf Kirchenmänner abgesehen hat, aus welchen Gründen auch immer. Falls Sie es jedoch wünschen, händige ich Ihnen hier und jetzt meine Polizeimarke sowie meine Dienstwaffe aus und fahre umgehend nach Hause." „Fahren Sie zum Tatort, damit erstmal nichts von unserem Gespräch nach außen dringt. Ich kann mich ja sicher auf Ihre Diskretion verlassen, Frau Weber. Ich werde mich jetzt mit dem Herrn Innenminister entsprechend beraten." „Wiedersehen, Herr Krausmann." „Auf Wiedersehen, Frau Weber."

Karin hatte sich noch kurz bei Frau Schmidt verabschiedet. Sie musste sich jetzt bewegen, um ihren Zorn in den Griff zu bekommen, weshalb sie auf den Lift verzichtete. Sie stürmte gleich ins Büro ihrer Kollegen. „Asli, Theo? Wir fahren zu einem neuen Tatort. Edith, du kannst gleich Feierabend machen. Deine Kinder und dein Mann warten sicher schon auf dich. Ich erzähle dir morgen, was geschehen ist." Keiner der Anwesenden widersprach Karin. Die Leiterin der Mordkommission schien viel zu aufgebracht, als das man jetzt ihre Anweisungen hinterfragen mochte. Theo entnahm seiner Schublade noch seine Dienstwaffe. Asli trug sie im Holster. Beide zogen sich ihre dicken Daunenjacken an und verließen das Büro. Auch Karin griff nach ihrer warmen Jacke, weil sich die

Temperatur allmählich unter den Gefrierpunkt bewegte. Karin übernahm das Lenkrad und chauffierte ihre beiden Kollegen direkt mit Blaulicht in die Innenstadt, wo sie gleich vor den Gebäuden des Vikariats parkte. Noch während der Fahrt hatte sie Theo und Asli über das Gespräch mit Krausmann informiert. „Das ist ja wohl kaum zu glauben. Wenn wir nicht aufpassen, werden wir glatt in den Mühlen der Obrigkeit zerrieben", stellte Theo treffend fest. „Aber warum? Da stimmt doch etwas nicht." „Da stinkt es sogar gewaltig, Theo. Mir liegen aus hier nicht näher zu bezeichnenden Quellen Informationen vor, dass gegen alle Mordopfer Verfahren wegen Kindesmissbrauchs oder Vergewaltigung anhängig waren, die aus völlig unbekannten Gründen niedergeschlagen wurden", kommentierte Asli ihre gewonnenen Erkenntnisse. „Das könnte heißen, dass die heilige Kirche gerade einen eigenen Feldzug gegen ihre abtrünnigen Mitglieder führt?" „So könnte es in der Tat aussehen, Theo. Allerdings sind die Mitglieder nur im Rahmen der Kirche abtrünnig. Bei uns nennt man es jedoch straffällig. „Jetzt schauen wir uns erstmal den nächsten Tatort an."

Hinter einem gewaltigen und teuren Mahagoni-Schreibtisch saß breitbeinig halb liegend ein recht drahtiger Mann Anfang sechzig in einem ausladenden Lederschreibtischsessel, die Augen weit aufgerissen. Aus seinem Mund ragte eine etwas unreife Schlangengurke. „Hat etwas von einem Degenschlucker, wenn ich mir das Szenario so anschaue", kommentierte Asli ihren ersten Eindruck. „Ein wenig pietätlos, Frau Hauptkommissarin", vernahmen sie eine Stimme im Hintergrund. „Der Ernst, ich fasse es nicht. Du arbeitest also doch noch." „Aber sicher doch. Hallo, ihr Drei, heute leite ich noch mal die Ermittlungen. Biggi kommt ja kaum nach mit dem Sezieren der vielen Leichen, die ihr da in die Gerichtsmedizin schleppt." „Dann lass mal sehen, ob du nichts verlernt hast, Ernst", nahm Karin den Chef der Gerichtsmedizin hoch. „Aber immer doch, Frau Hauptkommissarin. Der Tote heißt Herbert Berger. Er ist 62 Jahre alt und ein hohes Tier im Finanzausschuss des Bistums, genauer gesagt deren stellvertretender Vorsitzender. Damit ist er das erste Mordopfer des Klerus, das nicht direkt mit den Gläubigen zu tun hat, sondern der Verwaltung angehört. Dies bedeutet: Unser Mörder hat es nicht speziell auf die Mitglieder der Kirche abgesehen, die direkt mit deren Mitgliedern und Gläubigen zu tun haben, sondern er tötet auch deren Angehörige aus dem nicht operativen Geschäft. War das jetzt gut formuliert, Karin?" „Also wenn man die Betreuung der Gläubigen als operatives Geschäft des Klerus betrachtet, hast du ganz sicher den korrekten Geschäftsterminus gewählt. Du weißt aber sicher auch, dass die Basis der Kirche ganz unten eine Menge guter Dinge für die Menschen, egal welchen Glaubens auch immer, tut." „Sicher weiß ich das, jedoch fürs Protokoll fiel mir nichts Besseres ein." „Ja, dann lasse es so stehen. Wir wissen ja jetzt, wie du es meinst." Obwohl vor ihnen ein grauenvoll ermordeter Mensch lag, mussten alle Anwesenden schmunzeln. „Jetzt fahr fort, Ernst." „Nach dem Fortschritt der Todesstarre sowie der Lebertemperatur wurde unser Opfer letzte Nacht ganz sicher nach Mitternacht ermordet. Ob der Tote an Sauerstoffmangel, bedingt durch die Schlangengurke in seinem Rachen erstickte oder nach Abtrennung seiner Genitalien verblutete, sag ich euch nach der Obduktion." „Ok, Ernst, dann warten wir deinen Bericht ab." „Und? Hab ich etwas verlernt?" „Ich glaube nicht. Bist nach wie vor in Bestform." Karin grinste ob ihrer Aussage. Asli und Theo führten noch einige Befragungen der Mitarbeiter des Toten sowie seiner Haushaltshilfe durch, die Prälat Berger am späten Nachmittag gefunden hatte. Gegen zwanzig Uhr fünfzehn gab es am Fundort der Leiche für Karin und ihr Team nichts mehr zu tun. Sie setzten sich in ihren Dienstwagen und fuhren zurück nach Köln-Kalk Richtung Präsidium.

„Wisst ihr, was mir gerade durch den Kopf geht?", stellte Asli leicht gähnend eine Frage in den Raum. „Nein, aber du wirst es uns sicher gleich kundtun", antwortete Karin etwas gereizt. „Auch wenn du immer noch sauer auf den Präses und das ganze drum und dran unseres Falls bist, musst du das nicht an mir auslassen, Karin." „Was meinst du denn?", mischte sich Theo in das Geplänkel der beiden Hauptkommissarinnen ein, um ein wenig den Druck herauszunehmen. „Nun, die Hausangestellte von Berger gibt zu Protokoll, sie habe den Toten gegen siebzehn Uhr in seinem Arbeitszimmer aufgefunden und sofort die Polizei verständigt. Ich habe direkt nachgefragt und erfahren, dass diese Schwester Antonia einzig und alleine für die Betreuung von Berger zuständig ist.

Stellt sich also die Frage: Was hat die Schwester denn den lieben, langen Tag gemacht, wenn sie doch nur alleine für Berger als Hausangestellte zuständig war?" „Es könnte bedeuten, dass sie irgendjemand am Morgen daran gehindert hat, die Polizei zu rufen, weil man erst eigene Ermittlungen anstellen wollte." „Das könnte natürlich ein Grund dafür sein, dass man uns erst so spät informierte. Vielleicht hatte sie aber auch den Tag über frei. Wissen wir denn, wo die Schwester wohnt?" „Ja, laut eigener Aussage im Schwesterntrakt. Der liegt ein Gebäude weiter im zweiten und dritten Stockwerk." „Dann schlage ich vor, wir laden Schwester Antonia morgen als Zeugin vor. Von ihr müssten wir doch einiges mehr erfahren können." „Das sehe ich auch so, Karin. Wenig später stellte Karin den Dienstwagen auf seinem vorgeschriebenen Parkplatz ab. Alle drei verzichteten darauf, noch einmal ihre Büros aufzusuchen, da der Arbeitstag mal wieder lang genug war und der Begriff Freizeit für heute ohnehin gestrichen schien.

„Was hat der Typ von der KTU eigentlich genau gesagt, Karin?" „Das die Gewindestangen mit einer Seilsäge soweit durchtrennt wurden, dass nur der Hauch einer Berührung reichte, um das Vordach zum Absturz zu bringen. Wir sollten froh sein, dass es uns nicht auf den Kopf gefallen ist. Er meint, es könnte sich bei dieser Aktion um eine Warnung handeln." „Wollen wir Esther fragen, ob sie etwas bemerkt hat?" „Das hätte sie uns doch gesagt. Außerdem sind die beiden doch auch den ganzen Tag in ihrem Laden in der Innenstadt.

Machst du bitte weiter, Karin?! Deine Fußmassage ist einfach phänomenal." „Ja doch, kleine Genießerin. Ich mache weiter. Morgen rufe ich Hans-Georg an, damit er das Vordach wieder montiert." „Hans-Georg?" „Hans-Georg Bach betreibt eine kleine Stahlbaufirma in Köln-Esch. Ich habe ihm mal während meiner Zeit im Drogendezernat geholfen, einen jungen Azubi aus dem Drogensumpf zu ziehen. Der Junge ist wirklich gut und heute sein erster Meister. Er wird uns ein neues Vordach zu günstigen Konditionen an die Wand nageln." „Dann soll er mal loslegen. Gehen wir gleich schlafen? Ich bin total kaputt." „Ja, ich auch. Lass uns hochgehen."

18

Den nächsten Morgen verbrachten Karin und Asli mit Routinearbeiten. Theo und Edith waren bereits sehr früh zu einem Leichenfund an den Rhein gefahren. Doch schon bei der ersten Inaugenscheinnahme der Leiche durch Biggi Wax schien sich herauszukristallisieren, dass die Tote sich offensichtlich selbst das Leben genommen hatte. „Seht hier: Die junge Frau hat sich, bevor sie sich in den Rhein stürzte, an beiden Armen die Pulsadern aufgeschnitten. Also, wenn bei der Obduktion nicht noch neue Verdachtsmomente auftreten, ist der Fall bereits abgeschlossen. Kommst du zur Obduktion vorbei, Theo?" Theo war sofort hin und her gerissen in seinen Gedanken. Edith hatte dies sofort bemerkt. Einerseits wollte er so oft wie möglich Biggi nah sein, denn dass zwischen den beiden etwas lief, war kaum mehr zu übersehen, andererseits war ein Sektionsraum nicht gerade der rechte Ort für ein plauschiges Liebestreffen. „Wenn nichts Wichtiges ansteht komme ich vorbei, Biggi." Ein Schmunzeln huschte über ihre Lippen, während sie immer tiefer in ihrem dicken Outdoorparka mit der Fellkapuze zu verschwinden schien. „Wir sind dann wieder weg. Ich rufe dich an, Biggi." Doch so einfach ließ sich die resolute und bildhübsche Gerichtsmedizinerin nicht abspeisen. „Tschau, mein großer Krieger", hauchte sie leise und gab Theo einen Kuss auf die linke Wange, der daraufhin puterrot anlief. „Ja, dann komm, großer Krieger. Jetzt geht es ab ins Präsidium", frotzelte Edith grinsend und zog ihren Kollegen zum Dienstwagen. Sie übernahm sofort das Lenkrad und drehte den Schalter der Heizung auf tiefrot. „Boh, ist mir kalt", sagte sie und gab Gas. Theo sprach kein einziges Wort. „Bist du jetzt etwa eingeschnappt, großer Krieger?" „Unsinn, ist halt nur doof, wenn alle über mich lachen." „Ich erzähl es ganz sicher nicht weiter. Ich freue mich für euch beide." Theo wusste, dass er sich auf Edith verlassen konnte und strahlte wieder.

Sie parkten den Dienstwagen auf seinem Stellplatz und marschierten schnurstracks in die Kanntine. Obwohl die Essenausgabe schon damit befasst war wegzuräumen, da die Tischzeit bereits zu Ende war, erhielten sie noch zweimal Gulasch mit Nudeln und Salat. Gut gestärkt bestiegen sie den Lift und fuhren hoch zu ihrer Büroetage. Asli war so im Stress, dass sie die Ankunft ihrer Kollegen anfangs gar nicht bemerkte. Während

Theo sich sofort an die Anfertigung des Berichtes zum Suizid am Rhein gab, schaute Edith ihre Mails durch. Plötzlich klopfte es an der Officetüre. „Ja, bitte", rief Theo der Türe entgegen, die sich jedoch offensichtlich auch ohne seinen Zuruf geöffnet hätte. Herein traten eine junge Ordensschwester und ein älterer Herr im dunkelgrauen Anzug. „Guten Tag. Ich bin Schwester Antonia und möchte zu Frau Bülent." „Hallo, Schwester Antonia. Ich sage Frau Bülent Bescheid." Edith erhob sich und öffnete die Türe zu Aslis Büro. „Asli? Schwester Antonia ist jetzt da. Sie hat einen älteren Herren bei sich." „Danke dir, Edith. Wir gehen zu Karin ins Büro." Asli klingelte kurz bei Karin durch, bevor sie Schwester Antonia und deren Begleiter begrüßte. Karin öffnete ihre Bürotür und nahm die beiden Besucher in Empfang. „Guten Tag. Mein Name ist Weber. Ich bin die Leiterin des Kommissariats Mord. Sie sind laut ihrer Tracht unverkennbar Schwester Antonia. Wer aber bitte sind Sie?" Asli hatte ebenfalls am Konferenztisch Platz genommen und schaute den älteren, sehr gepflegten Mann erwartungsvoll an. „Dr. von Mannstein. Hier ist meine Karte. Ich bin der Justitiar des Bistums und vertrete Schwester Antonia." „Sie kommen mit einem Anwalt zur Befragung, Schwester? Das hier ist keine Vernehmung. Wir benötigen nur noch weitere Angaben für die Täterfindung, weil Sie die dem Toten am Nächsten stehende Zeugin sind", richtete Karin ihre Frage direkt an Schwester Antonia und ignorierte mehr oder weniger die Anwesenheit ihres Rechtsbeistandes. „Schwester Antonia wurde von Ihrer Dienststelle zu einer

Befragung ins Präsidium vorgeladen und das, obwohl sie bereits eine erschöpfende Aussage gemacht hat, was bei ihrem Arbeitgeber den Eindruck erweckte, dass sie nach Ihren Ermittlungen in den Kreis der Verdächtigen gerückt ist und somit anwaltlich vertreten werden muss, Frau Hauptkommissarin", mischte sich nun Dr. von Mannstein in das Gespräch ein. „Aber das ist doch völlig unsinnig, wenn es auch Ungereimtheiten in ihrer Aussage gibt, die wir jetzt versuchen wollen auszuräumen." Karins Ton wirkte leicht gereizt, verließ aber keineswegs den Pfad der Höflichkeit, die sie jedem Zeugen zukommen ließ. Geschickt übernahm nun Asli den Beginn der Befragung. „Schwester Antonia, laut Ihrer Aussage am Tatort bestand Ihre Tätigkeit ausschließlich in der Betreuung von Prälat Herbert Berger. Wie dürfen wir uns diese Betreuung vorstellen?" „Nun, meine Aufgaben bestanden darin, die privaten Räumlichkeiten von Herrn Berger sauber zu halten, für ihn einzukaufen, seine Garderobe zu pflegen und zu kochen, wenn er nicht aushäusig speisen wollte. Darüber hinaus übernahm ich kleinere Büroarbeiten wie Kopieren von Texten, Schreibarbeiten am Computer und all die wenigen einfachen Dinge, die in einem Büro so anfallen. Es handelte sich jedoch lediglich um Tätigkeiten, die seine privaten Bürodienste betrafen, wenn er Abhandlungen schrieb oder ähnliches. Für seine Tätigkeit als stellvertretender Leiter der Finanzabteilung des Bistums standen ihm zwei Patres als Referenten und eine feste Schreibkraft zur Verfügung." „Dann hatten Sie ja sicher auch ein wenig Einblick in sein Privatleben. Hatte er Feinde,

Widersacher oder gar Gegner, die ihm etwas neideten?" „Nicht das ich wüsste. Bemerkt habe ich jedenfalls nichts davon. Neid ist ja auch ein Begriff, den wir in der katholischen Kirche nicht kennen." Asli nahm diese Aussage unkommentiert zur Kenntnis. „Gab es irgendwelche Sexualkontakte, die zu einer Eifersuchtstat hätten führen können?" „Davon weiß ich überhaupt nichts. Wir leben im Zölibat, Frau Bülent. Unsere Religion kennt keine Sexualkontakte." Nun übernahm Karin wieder die Befragungsführung. „Der Grund, warum wir Sie ein weiteres Mal befragen, liegt einzig und allein darin begründet, dass wir uns nicht erklären können, dass Sie den Toten erst gegen 17:00 Uhr gefunden haben, obwohl Sie doch nach Ihrer Aussage nur für die Belange von Herrn Berger zuständig waren und diesem doch sicher von morgens bis abends zur Seite standen. Gab es gestern eventuell einen Grund, dass Sie ihn erst am späten Nachmittag aufsuchten, Schwester? Waren Sie irgendwie verhindert? Hatten Sie andere Aufgaben zu erfüllen?" Sofort unterband Dr. von Mannstein jedwede weitere Unterredung, indem er sich in die Befragung einmischte. „Ich muss hier einreden, Frau Hauptkommissarin. Dies ist für mich eine Suggestivfrage, die meine Mandantin zur Mittäterin oder gar selbst zur Mörderin erhebt. Schwester Antonia, Sie brauchen jetzt nicht mehr zu antworten, wenn der Verdacht besteht, dass Sie sich selbst belasten könnten." „Ich betone nochmals, dass Schwester Antonia lediglich als Zeugin hierher gebeten wurde. Wir führen hier nur eine Befragung durch und keine Vernehmung, Herr Doktor von Mannstein." „Bitte halten Sie weder meine Mandantin noch mich für so naiv, dass wir nicht bemerken, wohin Ihre Befragung führt, Frau Hauptkommissarin." „Ich verstehe nicht, warum Sie die Situation verbal so verschärfen, Herr von Mannstein. Alle unsere Fragen dienen der Wahrheitsfindung." „Das mag sein, aber nicht auf dem Rücken meiner Mandantin. Ich gehe davon aus, dass Ihre Befragung jetzt beendet ist. Alles weitere, was Sie nun noch von meiner Mandantin erfragen, kommt einer Vernehmung gleich und dafür erbitten wir eine Vorladung. Habe die Ehre, die Damen. Kommen Sie Schwester, wir sind hier durch." Die junge Ordensfrau erhob sich hastig von ihrem Platz und folgte strikt den Anweisungen ihres Anwaltes. „Auf Wiedersehen, Frau Weber, auf Wiedersehen, Frau Bülent", entfuhr es ihr leise, während sie das Kommissariat verließ.

„Was war das denn? Da stimmt doch etwas nicht." „Worauf du dich verlassen kannst, Karin. Die Schwester ist völlig durch den Wind und hinterlässt den Eindruck manipuliert zu sein. Ich werde noch einmal versuchen meine Quelle anzuzapfen, um zu hören in welche Dinge Berger wohl verstrickt ist." „Sei bloß vorsichtig, Asli. Ich kann mich des Eindrucks nicht erwehren, dass wir ganz tief in ein Wespennest gestochen haben." „Die Vermutung habe ich allerdings auch." Karin schloss den Schnellhefter, während Asli ihr Büro verließ. Nachdenklich nahm Karin Weber hinter ihrem Schreibtisch Platz. Sie war schon sehr gespannt, ob der Präsident sie nun alle von dem Fall abzog und wer sich dann damit befassen sollte. Sie hatte den Gedanken noch nicht völlig zu Ende gedacht, als ihr Telefon summte. Im Display des Telefons erkannte sie die Anschlußnummer von Frau Schmidt. „Weber, hallo, Frau Schmidt. Geht es Ihnen gut?" „Ja, aber immer doch. Hallo, Frau Weber." „Lassen Sie mich raten: Der große Chef hat Sehnsucht nach mir?" „Ob es nun Sehnsucht ist, die ihn antreibt, Sie herauf zu bitten, glaube ich eher weniger." Beide Frauen mussten lachen. „Haben Sie Zeit kurz hoch zu kommen?" „Ja, natürlich. Ich bin gleich bei Ihnen." Diesmal wählte sie den Aufzug, um so schnell wie möglich den Weg in die Höhle des Löwen zu nehmen. „Hallo, Frau Weber, gehen Sie gleich durch. Der Chef erwartet Sie." „Danke, Frau Schmidt." „Guten Tag, Herr Krausmann. Da bin ich. Was gibt es Dringendes?" „Hallo, Frau Weber, nehmen Sie bitte Platz. Einen Kaffee?" Karin wusste nur allzu genau, dass wenn ihr Chef Kaffee anbot, er seinen Gesprächspartner freundlich stimmen wollte. „Danke, nein, Herr Krausmann. Ich möchte Sie auch nicht allzu lange aufhalten. Wir pirschen uns allmählich in unserem Serientäterfall voran. Vor etwa einer Stunde hatten wir Ordensschwester Antonia zur Befragung hier, die die persönlichen Belange von Herbert Berger regelte. Neben den Aufgaben der Haushaltführung oblagen ihr auch einfache Büroarbeiten. Befremdlich fanden wir, dass sie mit einem Rechtsbeistand erschienen war." „Das weiß ich bereits alles, Frau Weber. Dr. von Mannstein praktiziert als Justitiar des Bistums. Er vertritt sie persönlich." „Da frage ich mich allerdings warum? Es gibt bisher keinen Hinweis darauf, dass Schwester Antonia tatverdächtig ist. Wir haben sie lediglich als Zeugin geladen." „Ich kenne Sie doch, Frau Weber. Sie haben die Schwester herbestellt, um abzuklären, warum sie den Toten erst gegen 17:00 Uhr gefunden hat, obwohl sie ihm doch sicher sonst das Frühstück servierte. Ist es nicht so?" „Ganz Recht, Herr Krausmann." „Sehen Sie, und genau so schlau ist auch von Mannstein. Er hat geahnt, in welche Richtung Ihre Befragung ihren Verlauf nimmt und deshalb ist er mitgekommen. Schwester Antonia macht sich damit eindeutig tatverdächtig. Zumindest ergeben sich Ungereimtheiten und es ergeben sich Fragen wie: Warum hat niemand vorher den Tod von Prälat Berger bemerkt? Ist es nicht so, Frau Weber?" „Ja, genau. Diese Frage stellen wir uns in der Abteilung auch." „Sehen Sie und genau deshalb wurde von Mannstein Schwester Antonia zur Seite gestellt." „Also für mich heißt das eindeutig, dass da etwas oberfaul ist." „Was jetzt aber nicht mehr Ihr Ding ist, Frau Weber. Wir wurden angewiesen, den Fall ans LKA abzugeben. Morgen um 09:30 Uhr werden alle Unterlagen durch einen Fahrer der Behörde abgeholt. Stellen Sie bitte sicher, dass alle Ermittlungsunterlagen - auch die Handakten - dem Fahrer ausgehändigt werden." „Und was ist mit dem Anschlag auf Frau Bülent und mich? Haben wir uns das etwa aus den Fingern gesogen, Herr Krausmann?" „Bleiben Sie bitte ruhig, Frau Weber. Ich kann Ihren Unmut verstehen. Sie haben schon eine Menge Arbeit in den Fall gesteckt, doch wenn uns eine übergeordnete Behörde eine strikte Verfahrensanweisung gibt, haben wir uns entsprechend zu beugen. Und ob es sich um einen Anschlag gegen Sie und Frau Bülent handelte, ist doch auch nicht bewiesen. Haben Sie überhaupt schon in der Sache ermittelt?" „Nein, bisher nicht. Ich habe nur das Gutachten der KTU." „Sehen Sie, Frau Weber, Sie haben während Ihrer Zeit hier in der Mordkommission schon so viele Täter festgenommen, von denen sich heute wieder der ein oder andere auf freiem Fuß befindet. Wer weiß schon, ob sich unter diesen Leuten nicht jemand befindet, der sich an Ihnen rächen wollte. Ich an Ihrer Stelle wäre mit unbewiesenen Anschuldigungen gegen die katholische Kirche sehr vorsichtig. Man macht sich damit keine Freunde und sicher muss ich Ihnen nicht erklären, dass nur handfeste Beweise vor Gericht Bestand haben und diese werden Sie ganz bestimmt nicht finden." „Sind Sie sich da so sicher, Herr Krausmann?" „Ganz sicher, Frau Weber, und jetzt möchte ich Sie bitten, meinen Anweisungen, die ich ebenfalls vom Ministerium erhalten habe, Folge zu leisten. Wenn Sie nichts mehr auf dem Herzen haben, können Sie sich wieder Ihrer Arbeit widmen." „Nein, mir fällt zu alledem nichts mehr ein." „Na wunderbar." Karin Weber wertete den Blick ihres Präsidenten genauso, wie er gemeint war, nämlich als Anweisung zum Gehen. Sie stand auf, nickte kurz und verließ das Büro.

19

Asli achtete darauf, dass alle Türen geschlossen waren. Ihrer Handtasche entnahm sie einen kleinen Epilierer und schaltete ihn ein. Ein leiser

Summton wurde hörbar. Dann kramte sie noch ihr Handy hervor und gab eine Rufnummer ein. Wenig später ertönte ein Freizeichen. „Hallo, Greencobra. Alles frisch bei dir?" „Hallo, Asli, das kann ich nicht behaupten. Mach den Rasierer ruhig aus. Dieses ehemals eingesetzte Störgeräusch filtert dir heute ein Auszubildender der Elektrotechnik im ersten Lehrjahr weg. Ich habe in deiner Sache eine Menge Probleme bekommen. Beinahe hätte mich die andere Seite erwischt. Da arbeitet jemand mit neuester Technik. Wenn ich das nicht bemerkt hätte, wäre ich glatt aufgeflogen. Du hast da in irgendetwas hineingestochen, dass brandgefährlich zu sein scheint. Auf jeden Fall versucht dein Gegner alles dranzusetzen, damit die Sache nicht ans Tageslicht kommt." „Das hatte ich mir schon so gedacht. Danke auf jeden Fall. Könntest du denn noch einmal für mich tätig werden?" „Können ja, nur wollen nicht, Asli. Die Gefahr ist einfach zu groß, dass man meine Identität ermittelt." „Ich benötige nur noch eine Information." „Etwa aus der gleichen Quelle?" „So ist es." „Gib mir mal den Namen. Ich werde es noch einmal versuchen. Es könnte aber etwas dauern, weil ich eine Menge Sicherheitsfilter einbauen muss." „Das ist nicht schlimm. Hauptsache ich bekomme einigermaßen zeitnah meine Info. Der Mann heißt Herbert Berger. Er ist Prälat und stellvertretender Vorsitzender des Finanzausschusses im Bistum Köln." „OK. Ich häng mich dran und tschüss." Schon war Aslis Gesprächspartner verschwunden. Gespannt ob des Ergebnisses legte sich Asli in ihrem Sessel zurück. Welche Art von Informationen würde die Greencobra ihr wohl übermitteln? Unsanft wurde sie aus ihren Gedanken gerissen, als sich abrupt ihre Bürotür öffnete. Etwas blass aussehend stand Karin im Türrahmen. „Wir sind raus, Asli. Der Präses hat mich gerade angewiesen, alle Unterlagen zusammenzutragen. Diese werden morgen gegen halb zehn von einem Fahrer des LKA abgeholt." „OK! Wenn wir so verfahren sollen. Ich stell alles zusammen und verpacke es für die Übernahme, gegen Quittung versteht sich." „Versteht sich. Machen wir dann gleich Feierabend?" „Gib mir noch eine halbe Stunde. Dann bin ich durch." „Die brauche ich auch noch." Asli sammelte alle Unterlagen aus den Handakten zusammen. Wenig später war sie für etwa fünfzehn Minuten nicht an ihrem Platz zu erreichen. Als sie zurück kam schloss sie den versiegelten Pappkarton im Tresor ein. „Ich bin durch. Hauen wir ab?" „Ja, lass uns nach Hause fahren. Der Laden kotzt mich heute mal wieder an." Karin Webers Zorn auf die Obrigkeit war immer noch nicht verraucht. Entsprechend unsanft stapfte sie durch den Pulverschnee, der sich bereits fingerdick breit gemacht hatte. „Verdammter Schnee! Ich hasse Winter", grummelte sie, während sie in Aslis Golf einstieg.

„Komm, schau nicht so grimmig. Ich lade dich zum Essen ein." „Mir ist nicht nach Essen gehen zumute. Die Worte vom Alten klingen mir noch im Ohr. Ich möchte Sie bitten, meinen Anweisungen zu folgen, Frau Weber, die ich ebenfalls durch das Ministerium erhalten habe", äffte sie ihren höchsten Chef nach. „Wohin soll denn das noch führen? Haben mittlerweile bestimmte Institutionen, gewisse Lobbyisten, Familienclans oder Verbrecherbanden Sonderrechte? Verdammt, ich bin Bulle geworden, um Verbrecher zu jagen und die Bevölkerung zu schützen und was ist jetzt damit? Die Mordfälle werden doch ganz sicher komplett unter den Teppich gekehrt. Entweder führt der Vatikan selbst einen Privatkrieg gegen überführte Kinderschänder oder einer ihrer Leute läuft Amok und handelt auf eigene Rechnung. Weil er aber ein Kirchenmann ist, wird er von höchster Stelle gedeckt und jeder, der sich ihnen in den Weg stellt, wird so lange eingeschüchtert, bis er schweigt. Da müssen doch höchste Stellen gekauft worden sein, sonst hätte doch Düsseldorf hier nicht eingegriffen. Ach, scheiß drauf!" „Jetzt vergiss mal unseren Job und den ganzen Ärger, Süße. Lass uns Spaß haben. Komm wir gehen Essen." „Ach, ich weiß nicht." Eine dreiviertel Stunde später aalten sich die beiden Frauen laut lachend in ihrer übergroßen Badewanne. Ein Berg von wohl duftendem Schaum türmte sich zwischen ihnen auf. Wie zwei alberne Teenies bliesen sie sich gegenseitig den Badeschaum ins Gesicht oder bauten Türmchen auf ihren Köpfen. Asli begann zuerst damit, den Schaum auf Karins Brüsten aufzuhäufen. Danach streichelte sie sanft ihre Brustwarzen, bis diese sich prall und fest anfühlten. Karin schloss ihre Augen und ließ Asli einfach gewähren, die sich genau darin verstand, ihre Freundin zu stimulieren. Wie ein Aal glitt sie in den rechten Arm von Karin. Behutsam ließ Asli ihren rechten Zeigefinger unter der Schaumdecke über Karins Bauch bis hin zu dem Punkt wandern, der fein rasiert förmlich schon auf eine zarte Berührung wartete. Karin zuckte zusammen, als sie Asli spürte, wie sich ihr Zeigefinger vorsichtig seinen Weg von ihrem Lustzentrum aus nach innen suchte. Doch auch Karin verstand es, Aslis Bedürfnisse zu befriedigen, die ebenfalls eine wirkliche Genießerin war. Gleichfalls durch Karins Berührungen heftig erregt, legte sie ihren Kopf auf die schaumbedeckte Brust ihrer Freundin und spielte mit deren kirschkerngroßen Brustwarzen. Schon bald tauchten die beiden Freundinnen ganz tief ab in eine Welt höchster Lustgefühle, die sie jeder für sich ausgiebig erlebten. Mit geschlossenen Augen dösten die beiden Frauen eng umschlungen in der Wanne, bis allmählich das Wasser kühl wurde. „Lass uns aussteigen. Mir wird langsam kalt", schlug Karin vor. Langsam löste sie sich aus der liebevollen Umklammerung und erhob sich aus der Wanne. Karin trocknete sich ab und wickelte sich in ihr Badetuch. Während Asli ebenfalls die Wanne verließ, sammelte Karin die leeren Sushi-Kartons zusammen, in denen ihr üppiges Abendessen verpackt war. Die Flasche Sekt hatten sie jedoch nur zur Hälfte geschafft. Noch vor Mitternacht lagen die beiden Frauen im Bett und schliefen gleich ein.

Aslis Augen strahlten nach wie vor, als Karin ihr am folgenden Morgen zum Frühstück Kaffee in ihren Becher goss. „Das war ein zauberhafter Abend. Ich liebe dich, Karin." Sie sprang von ihrem Platz auf und gab Karin einen Kuss. „Ich liebe dich auch, mein Engel." Danach ebbte ihre Konversation ab. Beide Frauen gaben sich morgens eher einsilbig. Erst als sie in Aslis Golf Platz genommen hatten und die kleine Deutsch-Türkin den Weg zum Präsidium unter die Räder nahm, sprachen sie wieder miteinander. „Was machen wir eigentlich am Wochenende?", fragte die Fahrerin ihre Chefin. „Wir müssen sicher zwei Maschinen Wäsche waschen. Vielleicht fahren wir Sonntag ein wenig aufs Land und laufen ein wenig." Karin wusste, wie lauffaul Asli eigentlich war und schmunzelte. „Ja, warum nicht. Wenn die Sonne scheint und überall Schnee liegt, ist das ein schöner Anblick." Karin zeigte sich etwas erstaunt. Ob sie jedoch wirklich einen Ausflug machen würden, musste sich erst noch herausstellen. Soweit kannte sie ihre Freundin und deren Macken jetzt schon, dass sich bis Sonntag noch einiges ändern konnte. „Heute Abend gibt es nichts aus der Pappschachtel. Heute Abend lade ich dich groß ins „Izmir" ein." „Das hört sich gut an. Dann esse ich nämlich heute Mittag nichts in der Kantine." „Dachte ich mir, dass du mich gleich wieder richtig auf Kosten treiben willst, Karin." „Aber sicher doch. Dafür bekommst du etwas Schönes von mir zu Weihnachten. Wie schnell das Jahr vorüber war. In gut vier Wochen ist bereits Sylvester. Wahnsinn." „Kaufen wir auch einen Tannenbaum?" „Der gehört doch dazu, Asli." „Nun ja, für mich nicht unbedingt, aber er erzeugt immer eine festliche Stimmung. Wir werden einen kaufen. Ich bau ihn auf." „Na, das kann ja `was werden. In den meisten Familien kommt es immer wieder zum Streit, wenn der Baum aufgebaut werden soll. Mal gespannt, ob du das in Ruhe fertig bekommst." Karin lachte laut los. „Es wird ganz sicher ein Riesenspaß werden."

Am Morgen des letzten Tages vor einem Wochenende herrschte meist gute Stimmung unter den Kollegen. Als Karin und Asli ins Büro der anderen Beamten hereinschauten, machte sich Theo gerade auf, um an einer Sektion bei Biggi Wax teilzunehmen. So sehr er ja an Biggi hing, umso mehr hasste er diese Sektionen. „Ist schon ein wenig nekrophil, was ihr beiden da anstellt", frotzelte Edith und lachte sich halb schlapp." Theo lief mal wieder rot an. „Hallo, Chefin, hi, Asli. Ich hau ab und fahre in die Gerichtsmedizin." „Wer wird denn obduziert?", erkundigte sich Karin Weber. „Herbert Berger" „Eigentlich sollte ich dich da überhaupt nicht mehr hinfahren lassen, denn das ist ja jetzt nicht mehr unser Fall. Weißt du denn, ob Biggi die Obduktion im Zuge der Amtshilfe für das LKA durchführt?" „Dazu kann ich leider nichts sagen. Schlimm genug ist, dass ich mir gleich wieder den Inhalt diverser Organe und das Innenleben unseres Mordopfers anschauen darf." „Na, du wirst es überleben, Cowboy. Biggi ist doch bei dir", fügte Asli grinsend an. „Dann hau mal ab, Theo. Was haben wir Neues?" „Nichts, Karin, die Nacht war ruhig. Ihr seht dafür etwas übernächtigt aus." „Wir waren aber gestern zu Hause und hatten Badetag." „Macht ihr das einmal die Woche?" „Riecht man das etwa?" Alle drei Frauen mussten lachen. „Dann schauen wir mal in die noch ungeklärten Fälle hinein. Kommt ihr gleich zum Briefing?" „Machen wir", rief Asli, während sie rasch in ihrem Büro verschwand. Ihr

Handy vibrierte in ihrer Jackentasche. „Bülent?" Laute Hintergrundgeräusche einer offensichtlich vielbefahrenen Straße machten eine Verständigung äußerst schwierig. „Hallo, Asli, ich bin's, Greencobra. Ich bin aufgekippt und muss mir jetzt eine neue Identität aufbauen. Ich habe nicht viel Zeit. Dieser Berger ist ein ganz harter Typ. Der hat bis vor ein paar Jahren eine Herberge der katholischen Kirche geleitet, in der Jugendseminare und Exerzitien von Jugend- und Kindergruppen abgehalten wurden. Laut den Einträgen in seiner Personalakte müsste Berger sicher zehn Jahre hinter Gitter mit anschließender Sicherungsverwahrung. Kindesmissbrauch, Vergewaltigung, schwere Körperverletzung und so weiter. Trotzdem wurde er nie angeklagt bzw. wurde die Anklage stets aus Mangel an Beweisen fallen gelassen. Sie haben den Kerl dann nach Köln in die Finanzabteilung weggelobt. Dort hat er gleich die Vorgängerin von Schwester Antonia, Schwester Martha, erst verprügelt und dann vergewaltigt. In seiner Akte steht, dass Prälat Berger leicht reizbar ist und zu Jähzorn neigt. Ich hab dir die Akte per Mail zukommen lassen. Da kommt ein Auto auf mich zugerast. Ich muss Schluss machen. Mach's …" Stille, Totenstille folgte. „Greencobra? Hörst du mich?", versuchte Asli noch weiter Kontakt zu halten, doch es blieb still. Asli machte sich sofort eine Menge Vorwürfe, dass sie den jungen Mann, den sie nicht einmal persönlich kannte, in eine verdammt schmutzige Sache hineingezogen hatte. Doch nun war es zu spät. Egal, was auch geschehen war. Aber Greencobra kannte das Risiko ganz genau, dass er einging, wenn er für sie ermittelte. Um keine Zeit zu verlieren, schloss sie ihr Smartphone an den Drucker an und druckte sich sofort die Akte von Berger aus. Dies hätte sie keine Sekunde später machen dürfen, denn plötzlich löste sich die Textdatei auf ihrem Display wie von Geisterhand in nichts auf. „Verdammt, jetzt haben sie auch mich geortet", ging Asli durch den Kopf. Sie raffte die acht Blatt Papier zusammen und eilte damit zu Karin ins Büro. „Komm rein, Asli. Setz dich, du bist die erste. Was ist los mit dir? Du bist ja ganz blass?" „Ich hab ein Problem, Karin." „Was ist los, Asli?" Sie zog die acht Seiten Papier aus ihrer Tasche und legte sie Karin auf den Schreibtisch. Karin, gewohnt Texte mit großem Inhalt quer zu lesen, überflog die Seiten. „Na ja, wir sind ja jetzt raus aus der Sache. Lass also bitte zukünftig deine heimlichen Nachforschungen in dem Fall. Vor Gericht haben deine Infos ja ohnehin keine Relevanz." „Da ist aber noch etwas." Asli berichtete, was sie eben erfahren hatte „Verdammt, und dein Smartphone wurde auch gehackt?" „Ich gehe mal davon aus, weil die Datei sich selbst vernichtete." „Schließ es in deinem Schreibtisch ein. Wir besorgen dir sofort ein Neues." Es klopfte kurz an der Türe und Edith betrat Karins Büro. „Komm, setz dich, Edith. Kaffee?" „Ja, gern." „Folgendes ist geschehen." Karin berichtete Edith, was Asli eben erlebt hatte. Edith pfiff kurz durch ihre Zähne. „Das ist aber eine verdammt heiße Kiste! Hoffentlich hat niemand deinen Informanten erledigt." Asli kämpfte ein wenig mit den Tränen, weil dies auch ihre größte Sorge darstellte. „Jetzt malt mal nicht den Teufel an die Wand! Warten wir ab, was geschehen wird. Hoffen wir mal, dass die Gegenseite keine Informationen ans LKA gibt, damit wir endlich aus der Schusslinie kommen." Karin Weber ging zum Tagesgeschäft über. Nach knapp einer halben Stunde hatten sie die Handakten ihrer noch offenen Fälle durchgearbeitet. „Wir haben hier noch sechs weitere unaufgeklärte Fälle, die während meiner Abwesenheit angefallen sind. Gibt es da noch etwas Neues?" Edith schüttelte verneinend den Kopf. „OK, dann arbeiten wir uns da noch mal ein. Ich hasse ungeklärte Mordfälle. Vor allem in der Sache mit der toten Rentnerin müssen wir doch etwas herausfinden können. Laden wir noch mal den Enkel der Toten vor. Genauso wie den Pfleger des Altenheims. Den Fall übernehmen wir. Du, Edith, nimmst dir bitte noch mal den Fall mit dem jungen Studenten vor. Frag bei der Sitte nach, ob der Student als Stricher bekannt war. Vielleicht kommen wir auf der Schiene weiter. Wir brauchen jetzt positive Resultate, damit unser Chef wieder besänftigt ist. Also, ran ans Werk." Edith schnappte sich den Ordner und verschwand sofort damit in ihrem Büro.

„Ach, bevor ich es vergesse, Asli, ich habe mit Hans-Georg Bach telefoniert. Er kommt Montag bei uns vorbei und nimmt Aufmass für ein neues Vordach. Ich habe ihn gebeten, uns ein paar Vorschläge in den Briefkasten zu werfen, die etwas moderner aussehen als das Teil, dass wir bisher über dem Eingang hängen hatten. War das ok so?" „Ja, super. Wir machen das Häuschen noch zu einer echten Villa." Die beiden Frauen lächelten, auch wenn es diesmal eher etwas gequält wirkte.

20

Gegen zwanzig nach fünf verabschiedeten sich die Kollegen des Morddezernates in den Feierabend und vor allem ins Wochenende. Selbst in Theos Gesicht hatte nach der Sektion allmählich wieder seine rosige Farbe Einzug gehalten. „Was macht ihr beiden dieses Wochenende?", erkundigte sich Karin bei Theo? „Wir wollen ein wenig shoppen gehen und Weihnachtsgeschenke besorgen. Morgen sind wir auf dem Geburtstag von Biggis Schwester eingeladen. Sie wird dreißig. Sonntag ist dann Relaxen angesagt. Und was macht ihr so?" „Eher ein ruhiges Wochenende. Hoffen wir mal, dass es ruhig wird. Wir haben ja Bereitschaft. Wir werden ein wenig putzen, waschen und faulenzen." „Schönes Wochenende", rief Karin. „Euch auch", folgte es wie im Chor. Lachend verließen alle im Anschluss das Präsidium in Köln-Kalk. Asli schimpfte wie ein Rohrspatz ob des starken Berufsverkehrs. Die Zoobrücke war in beiden Richtungen wegen der Sanierungsarbeiten des Tunnels immer noch nur jeweils einspurig befahrbar, was mal wieder zu erheblichen Verkehrsbehinderungen führte. Beinahe dreißig Minuten benötigten die beiden Frauen, bis sie endlich den Rhein überquert hatten. „Ich habe Hunger. Was machen wir uns heute zu beißen?" „Eigentlich wollte ich dich ja zum Essen einladen, aber nach den heutigen Geschehnissen möchte ich lieber selber kochen.

Was hältst du davon, wenn ich uns die gefüllten Teigtaschen mache?" „Die heißen doch Lahmacun, nicht wahr?" Asli strahlte, dass sich Karin den türkischen Begriff für ihr Abendessen gemerkt hatte. Ein paar Worte konnte Karin sogar schon sprechen, obwohl Asli auch nur eher schlecht Türkisch sprach. Viele Dinge hatte sie bereits über die Jahre vergessen oder nie gelernt, da sie in Deutschland geboren wurde und ihre Eltern sich auch nur selten auf Türkisch unterhielten. „Ich halte auf der Neusser Straße beim Supermarkt. Dort bekommen wir alles, was wir für unser Abendessen benötigen." Nach gut fünfundvierzig Minuten rollte Aslis Golf auf den Parkplatz des Supermarktes. Die beiden Frauen stiegen gleich aus und verschwanden im Laden. Zwanzig Minuten später verließen sie den Supermarkt. Jede von ihnen trug zwei große Einkaufstüten zum Auto. Plötzlich ging alles sehr schnell. Zweimal knallte es laut. Die meisten Menschen auf dem Parkplatz warfen sich erschrocken zu Boden. Die Angst vor einem Terroranschlag machte sich breit. Karin griff noch nach ihrer Dienstwaffe, doch der Wagen, aus dem vermutlich die beiden Schüsse abgefeuert wurden, raste bereits für sie unerreichbar um die Ecke. Karin steckte die Waffe zurück und kam langsam wieder auf ihre Füße. Alle übrigen Passanten taten es ihr gleich und verschwanden so rasch es ging in ihren Fahrzeugen. „Ich glaube nicht, dass es sich um Fehlzündungen oder einen defekten Auspuff handelte, was wir da eben hörten." Karin lachte und drehte sich zu ihrer Lebensgefährtin um. Asli lag nach wie vor auf dem Asphalt des Parkplatzes und bewegte sich nicht. Panik überkam Karin. „Asli", schrie sie laut und lief auf ihre nur wenige Meter entfernt liegende Lebensgefährtin zu. Vorsichtig hob Asli ihren Kopf. „Ist alles ok. Mach dir keine Sorgen, Karin. „Was ist mit dir, Asli?" „Ich habe Schmerzen ganz oben im rechten Oberschenkel." „Kannst du aufstehen?" Erst jetzt erkannte Karin den stetig wachsenden Blutfleck auf Aslis Jeans und das kleine Einschussloch. „Verdammt, Asli, du wurdest angeschossen. Ich hole einen Krankenwagen. Das soll sich der Notarzt ansehen." Wenige Minuten später wimmelte es auf dem Parkplatz von Polizeifahrzeugen. Kollegen der Streifenpolizei sicherten den Tatort. „Hallo, Frau Bülent. Mein Name ist Katja Marx. Ich bin die Dienst habende Notärztin. Was ist geschehen?" Mit schmerzverzerrtem Gesicht berichte Asli kurz die Geschehnisse. Zwei Sanitäter setzen sie auf einen Rettungssessel und fuhren sie zu dem RTW. „Wohin bringen Sie meine Kollegin?" „Ins Heilig Geist Krankenhaus. Wir versorgen jetzt erstmal die Wunde. Im Krankenhaus sollen sich die Kollegen den Oberschenkel genau ansehen um festzustellen, ob das Projektil noch im Bein steckt und ob neben den Weichteilen auch der Knochen verletzt wurde. Ich gebe ihr jetzt noch eine schmerzstillende Spritze." „Alles klar, vielen Dank, Frau Doktor." „Keine Ursache. Das ist mein Job." Wenig später rollte der RTW vom Parkplatz. Auch die Polizeiwagen und der Notarzt rückten ab. Lediglich ein Wagen der Spurensicherung blieb vor Ort.

Asli erwachte allmählich im Aufwachraum des Krankenhauses. „Hallo, Asli. Ich bin bei dir. Wie geht es dir?" „Ich bin noch ein wenig benebelt, aber Schmerzen habe ich keine." Karin nahm ihre Hand und streichelte sie ein wenig. Einige Minuten später betrat der behandelnde Arzt den Raum. „Hallo, zusammen", begrüßte sie ein noch recht junger Mediziner in freundlichem Ton. „Sie haben eine Menge Glück gehabt. Das Projektil hat ganz knapp den Knochen verfehlt und ist im Muskelgewebe stecken geblieben. Wir haben es entfernt." „Haben Sie das Projektil noch?" „Ja, Frau Bülent. Ich dachte mir schon, dass Sie es für Ihre Ermittlungen benötigen. Hier ist es." „Super und vielen Dank. Ich möchte jetzt nach Hause. Darf ich?" „Also, eigentlich würde ich Sie ja gern bis morgen hier behalten, aber ich mache eine Ausnahme. Gute Besserung, und wenn Sie Probleme haben, kommen Sie einfach vorbei." Karin musste Asli ordentlich unter die Arme greifen, damit sie nicht zusammenklappte. Doch sie war hart im nehmen. Zu Hause allerdings verfrachtete Karin ihre Lebensgefährtin sofort ins Bett. Asli schlief daraufhin gleich ein.

Karin hatte während der Nacht kaum ein Auge zugemacht. Die Gefahren, die offensichtlich wie ein Damoklesschwert über ihnen kreisten, waren keinesfalls zu unterschätzen und das Schlimmste war, dass sie niemand wirklich kannte und deren Vehemenz einzuschätzen wusste. Ohne Asli zu wecken schlich sie sich gegen sieben Uhr aus dem Haus. Mit Tesa klebte sie ihrer Lebensgefährtin einen Zettel an die Küchentüre, damit sie wusste, wohin Karin gefahren war. Das Geschoss hatte sie in einen Gefrierbeutel gepackt. Sie wollte es noch heute der KTU vorstellen und deren Meinung hören. Inständig hoffe sie, dass auch Robert Willbrand, der Leiter der KTU, heute Bereitschaft hatte. Zu ihm hatte Karin das meiste Vertrauen. Immer wieder schaute sie während der Fahrt zum Präsidium in den Rückspiegel, ob ihr jemand folgte. Doch sie konnte keinen Verfolger erkennen oder derjenige verstand sich hervorragend darauf, seine Anwesenheit zu vertuschen. Sie verhielt sich so unauffällig wie möglich und doch fuhr sie stets am Limit. Eine gute halbe Stunde später stand sie vor der Türe zur KTU und betätigte den Klingelknopf. „Karin? Was führt dich am Wochenende in diese heiligen Hallen? Hast du auch Bereitschaft?" „Hallo, Robert. Ja, Asli und ich haben Bereitschaft, aber ich komme in einer anderen Sache zu dir. Schau dir bitte das Projektil mal an." Karin kramte den Gefrierbeutel aus ihrer Tasche und entnahm diesem das Geschoss. Robert Willbrand nahm es in seine große, rechte Hand und wog es hin und her. „Ohne es mir genauer anzusehen tippe ich auf Kaliber 22 lfb. Sportschützen- wie auch Agentenmunition." „Wie, was jetzt?" „Also, die Sportschützen tragen damit Wettkämpfe aus. Agenten hingegen schätzen das eher leichte Gewicht der Schusswaffen, deren schlanke Form und den eher stillen Abschussknall. Dieses Kaliber wird aus Revolvern, Pistolen und Kleinkalibergewehren verschossen. Ich leg es mal unters Mikroskop." Robert Willbrand war sehr gewissenhaft, was seine Arbeit anbetraf und so dauerte es etwas, bis er sich äußerte. „Ja, ist

Kaliber 22 lfb. Woher hast du es?" „Aus dem rechten Oberschenkel, genauer gesagt aus dem Hinterteil von Asli. Man hat gestern auf dem Parkplatz des Supermarktes auf der Neusser Straße auf uns geschossen." „Wie bitte? Wie geht es Asli?" „Soweit gut. Die Ärzte haben ihr das Teil herausoperiert." „Ihr müsst verdammt vorsichtig sein. Das ist jetzt schon der zweite Anschlag auf euch. Scheint allerdings, als hätte man euch bisher nicht töten wollen. Ist wohl mehr als Warnung gedacht. Das kann sich aber sehr schnell ändern. Obwohl so ein Schuss aus einem fahrenden PKW nicht immer kalkulierbar ist. Warst du schon beim Alten damit?" „Ich habe ihn nach dem ersten Anschlag darüber in Kenntnis gesetzt. Er meinte, dass sich da jemand aus alter Zeit an mir rächen möchte." „Versteh ich nicht. Wieso schießt der Täter dann auf Asli?" „Das ist eben das, was mich auch stutzig macht und ich glaub es auch nicht. Für mich haben wir durch unsere sehr gute und intensive Ermittlungsarbeit in den Mordfällen der Kirchenmänner und Priester in ein Wespennest gestochen und schlafende Hunde geweckt. In diese Fälle sind wohl ziemlich hohe Tiere der katholischen Kirche involviert. Sogar der Vatikan - oder besser dessen Geheimdienst - hat sich schon bei mir gemeldet und mehr oder weniger durchblicken lassen, dass er Einmischungen von unserer Seite weder duldet noch ungeahndet lässt." „Du machst Witze, Karin." „Ganz sicher nicht. Die Sache ist hochbrisant. Laut unserem Chef hat das LKA die Ermittlungen übernommen. Ich denke, man kehrt alles ganz still und heimlich wegen der guten Beziehungen zum

Vatikan unter den Tisch." „Und worum geht es?" „Vergewaltigung, Kindesmissbrauch, Nötigung und jetzt Mord." „Passt bloß auf euch auf! Ich glaube, mit der Geschichte ist nicht zu spaßen." „Nimmst du das Projektil bitte als offizielles Beweisstück auf?" „Ja, unbedingt." „Dann hoffen wir mal, dass es am Wochenende ruhig bleibt und wir nicht raus müssen." „Das hoffe ich auch. Dann bestell Asli bitte viele Grüße und gute Besserung." „Mach ich. Bis dann und vielen Dank, tschöö, Robert." „Tschöö Karin." „Ach, Karin, warte noch einen Moment. Ich habe gerade auf dem PC gesehen, dass Schmidt und Wulf gestern vor Ort waren und den Parkplatz abgesucht haben. Es gab keine Spuren, die auf einen Täter hinweisen. Keine Patronenhülsen, keine Reifenspuren, nichts." „Das ist zwar nicht gerade ermutigend, aber ich hatte auch mit nichts anderem gerechnet. Ja, dann."

Karin schaute noch mal kurz im Büro vorbei, doch es gab nichts von Interesse zu sehen. Da es außer einem wachsamen Auge, mit dem sie die Umgebung genau abchecken sollte, nichts gab, was sie machen konnte, beschloss sie wieder nach Hause zu fahren. Gemächlich schlenderte sie Aslis Golf entgegen, der unangetastet auf seinem Parkplatz stand. Karin schwang sich hinter das Lenkrad und startete den Motor. Willig sprang er an. Gebläse und Heizung stellte Karin gleich auf volle Leistung. Dann fuhr sie los. Die Sonne kämpfte sich langsam durch die Wolkendecke und der Tag versprach schön zu werden.

21

Wegen des geringen Verkehrsaufkommens kam Karin gut durch. Fünfunddreißig Minuten später bog sie auf den Fuchsweg ein und ließ den Golf vor dem Gartentor zum Vorgarten ausrollen. Dann jedoch stockte ihr der Atem. Die Haustüre stand sperrangelweit offen. Licht brannte keines im Haus. Obwohl sie sich vornahm, geordnet vorzugehen, sprang sie wie eine Furie aus dem Wagen. Karin fasste sich an die rechte Hüfte, doch ihre Dienstwaffe trug sie nicht bei sich, was sie nicht wirklich wunderte, schließlich war Wochenende. Sofort rannte sie die Treppe hoch ins Schlafzimmer. Asli war nicht da. Ihre Schlafanzugjacke lag auf dem Bett, die Hose blutverschmiert auf dem Boden. Karin öffnete den Safe und entnahm diesem ihre Dienstwaffe. Sie verließ das Schlafzimmer und schaute in alle anderen Räume der ersten Etage. Aber Asli war nirgendwo zu sehen. Karin lud die Waffe durch, während sie Schritt für Schritt die Treppe ins Erdgeschoss lief. Sollte der Täter sie eventuell entführt haben? Aber warum hatte er ihr den Schlafanzug bei dieser Kälte ausgezogen? Asli würde nach kürzester Zeit erfrieren. „Wenn ich dieses Schwein erwische, knall ich ihn wie einen räudigen Hund ab", schimpfte Karin leise vor sich hin. Auch im Erdgeschoss durchstöberte sie jeden Raum. Sie schaute sogar im Keller nach, doch Asli blieb wie vom Erdboden verschluckt. Karin verließ das Haus und betrat den Garten. Die Kälte brannte ihr auf der Gesichtshaut. Karin sah sofort, dass die Türe zum Gartenhaus offen stand. Die Knöchel ihrer rechten Hand verfärbten sich bereits weiß, so sehr umschloss sie den Griff ihrer Waffe. Langsam und ohne Lärm zu machen bewegte sie sich der Gartenhütte entgegen. Tausendfach eingeübt und angewandt sprang sie in den kleinen Raum, die Waffe im Anschlag. Asli und Hans-Georg Bach standen vor der kleinen Werkbank und begutachteten den Schaden am zerstörten Vordach. Erschrocken fuhren sie zusammen, als Karin wie Rambo in den Raum stürmte. „Was machst du, Karin? Du hast uns einen gewaltigen Schreck eingejagt." „Ich? Ich komme nach Hause und sehe unsere Haustüre sperrangelweit offen stehen. Im Schlafzimmer liegt dein blutiger Schafanzug und du bist nirgends zu finden. Und da soll ich ruhig bleiben bei der vorliegenden Sachlage? Übrigens, hallo, Hans-Georg. Was treibt ihr beiden überhaupt bei der Kälte hier im Gartenhaus?" „Ich wollte euch ein paar Vorschläge für ein neues Vordach vorbeibringen und mir noch mal das kaputte Teil ansehen. Asli hat mir geöffnet und jetzt sind wir hier. Komme ich ungelegen?" „Überhaupt nicht. Asli hätte nur die Türe schließen sollen." „Habt ihr beiden Stress miteinander? Dann gehe ich wohl besser." „Nein, bleib hier und schau dir das Teil hier an. Wir müssen leider davon ausgehen, dass sich irgendjemand wünschte, dass uns das Teil auf den Kopf fällt." „Werdet ihr bedroht?" „So etwas in der Richtung, Hans-Georg." „Dann mache ich mich wieder vom Acker. Hier sind die Prospekte. Sucht euch ein Teil aus." „Nix, Hans-Georg, nimm gleich Aufmaß, wir suchen uns derweil das passende Dach aus und dann gibt es erstmal einen heißen Kaffee." „So können wir es auch machen."

Während Karin die Kaffeemaschine mit Wasser, Filter und Kaffeepulver bestückte, hielt sie Asli eine ordentliche Standpauke. „Wir müssen in der nächsten Zeit aus den bekannten Gründen mächtig auf uns achtgeben und du lässt alle Türen offen stehen und geisterst hier im Jogginganzug rum." „Ist ja gut, Karin. Es tut mir leid. Kommt nicht wieder vor. Wie war es bei der KTU?" Karin berichtete was Robert Willbrand ihr erzählt hatte. „Ich glaube, wir hängen da ganz schön tief in der Scheiße drin und niemand will uns da raus helfen." „So sehe ich das auch, Asli." Die beiden Frauen wurden sich schnell mit Hans-Georg Bach handelseinig. Er versicherte den beiden, das neue Dach sofort zu bestellen und dann so schnell als möglich zu montieren. „Ich hab Hunger. Soll ich jetzt unser Lahmacun zubereiten?", fragte Asli, nachdem der Schlosser ihr Haus verlassen hatte. „Das hört sich lecker an. Kannst du denn überhaupt so lange stehen? Oder kann ich dir helfen?" „Das schaffe ich schon. Du kannst aber den Salat raspeln. Hilf mir bitte nur kurz meine Wunde zu versorgen. Dann lege ich los." Schnell hatten Asli und Karin die vernähte Wunde versorgt und das austretende Wundsekret abgetupft. „Fertig. Ich meine, durch die kleine Naht wäre dein Hintern etwas fester geworden." Karin musste über ihren eigenen Joke sehr lachen, während Asli auf Rache sinnte. „Warte ab, wenn ich wieder ganz fit bin. Wenn du nicht lieb zu mir bist, esse ich unser Mittagessen ganz alleine auf." Ein sanfter Kuss sorgte jedoch rasch wieder für Entspannung. Karin öffnete eine Flasche Rotwein und begann den Salat zu raspeln. Asli drehte den Lautstärkeregler des Radios hoch und sang aus Leibeskräften ihren Lieblingssong mit, der sich im Original jedoch besser anhörte, wie Karin feststellte. Als die Nachrichtensequenz einsetzte, drehte Karin die Lautstärke herunter. Eine Meldung jedoch ließ Asli aufhorchen. „Mach mal schnell lauter, Karin, schnell", rief sie plötzlich. „In Leverkusen wurde heute Morgen die Leiche eines jungen Mannes aus dem Rhein geborgen. Weil der Tote keinerlei Papiere bei sich trug, bittet die Polizei um ihre Mithilfe. Der Tote ist ca. 36 Jahre alt, ein Meter achtzig groß, schlank. Seine Haarfarbe ist dunkelbraun. Der junge Mann trägt als besonderes Kennzeichen ein Tattoo am rechten Unterarm. Dabei handelt es sich um eine grüne Cobra. Die Polizei geht nach ersten Erkenntnissen davon aus, dass der junge Mann einem Verbrechen zum Opfer gefallen ist." Asli wurde bleich im Gesicht. „Was hast du, Asli? Geht es dir nicht gut?" „Das ist Greencobra!" „Wer ist Greencobra?" „Mein Informant, von dem ich die Unterlagen habe." „Das ist jetzt nicht dein Ernst!?" „Das ist bitterer Ernst, Karin. Ich weiß auch noch nicht, welche Weiterungen das nach sich ziehen wird." „Du hältst es für möglich, dass wir uns jetzt auch im Visier des Mörders befinden und um unser Leben fürchten müssen?" „Möglich wäre es." „Dann sollten wir uns vorbereiten und nichts unversucht lassen, uns zu schützen." „Soll jetzt was heißen?" „Wir gehen nicht mehr ohne Waffe aus dem Haus. Vielleicht sollten wir auch permanent unsere schussfesten Westen tragen. Jetzt im Winter unter der dicken Bekleidung fällt das nicht weiter auf. Wir schließen grundsätzlich alle Rollläden im Haus, nicht nur die im Erdgeschoss. Und Montag mache ich einen Termin bei Krausmann. Er muss wissen, was hier los ist." „Ob er uns helfen wird?" „Das wird er wohl müssen. Sonst riskiert er, zwei Beamtinnen zu verlieren und das wirbelt viel zu viel Staub auf." „Was für ein Trost."

Als Karin am frühen Sonntagmorgen den Rollladen im Schlafzimmer hochzog, nahm ihr das gleißende Sonnenlicht für Sekunden jegliche Möglichkeit, draußen etwas zu erkennen. Nur allmählich gewöhnten sich ihre Augen an die Lichtverhältnisse. In der Nacht war ein wenig Schnee gefallen. Die Landschaft, ihr Garten und die der Nachbarn wurden von einer dünnen, weißen Schneedecke überzogen. „Schau dir dieses traumhafte Szenario an, Asli. Wir sollten heute, wenn es dein lädierter Hintern zulässt, einen Spaziergang machen. Was denkst du?" Asli reckte und streckte sich in ihrem Bett. Gähnend erhob sie sich und trat ebenfalls ans Fenster. „Das ist wirklich ein traumhaftes Bild. Ich denke, die Blessur an meinem zarten Oberschenkel nahe dem Popöchen wird mich nicht daran hindern, mit dir durch die Lande zu streifen. Möchtest du ihn streicheln?" „Deinen Hintern sollten wir erstmal ordentlich waschen und das rötliche Zeug entfernen. Siehst ja aus wie ein Pavian." „Wie bitte? Hast du meinen süßen, knackigen, frechen Po jetzt etwa mit so einem hässlichen Pavianarsch verglichen?" Karin stand mit dem Rücken gegen das Fenster gelehnt und grinste. „Schon möglich, holde Freundin." Blitzschnell packte Asli Karin am Revers ihres Schlafanzuges und schleuderte sie zurück aufs Bett. Zwar schien ihr dieser Akt Schmerzen bereitet zu haben, doch der Spaß, Karin zu überwältigen und ins Bett zu zerren, schien ihr dieser Wert zu sein. Wie zwei ausgehungerte Löwinnen fielen die beiden übereinander her und verwöhnten sich gegenseitig nach allen Regeln der Kunst. Etwa dreißig Minuten dauerte ihr Liebesspiel, bis Asli nackt in Karins Armen lag. „Es ist wunderschön mit dir. Schon als ich dich das erste Mal sah, wollte ich dich unbedingt in mein Bett zerren. Aber du hattest ja nur Augen für Udo. Obwohl, als wir unseren ersten gemeinsamen Mädelsabend gemacht haben, war es fast so weit gewesen." „Ich verliebe mich halt nicht so leicht." „Das mag ja sein, aber auch die Gier nach Neuem hätte dich ja treiben können, mich einmal zu nehmen." Gerade als Karin wieder sanft Aslis Brüste streichelte summte ihr Mobiltelefon. „Das fehlt jetzt noch! Und möglichst noch raus fahren zu einem Einsatz. Na, geh schon ran." „Weber? Hallo, Frau Kollegin. Einen kurzen Moment bitte, ich stelle mal laut. Meine Kollegin Bülent ist gerade bei mir. So, dann schießen sie mal los." „Hallo, Frau Bülent, waren Sie nicht mal beim LKA? Ihr Name kommt mir so bekannt vor." „Ja, war ich. Jetzt bin ich bei der Kölner Mordkommission. Was gibt es denn?" „Mein Name ist Anne Scherz. Ich bin Hauptkommissarin und leite das Kommissariat Kapitalverbrechen Bergheim." „Was können wir denn für Sie tun, Frau Kollegin?", fiel Asli der Bergheimer Kollegin gleich ins Wort. „Wir wurden vor etwa einer Stunde zu einem Tatort gerufen, und zwar in die Pfarrei St. Josef in Pulheim. Der dort der Pfarrei vorstehende Pfarrer Hubert Klein wurde auf grausame Weise ermordet." „Lassen Sie uns raten, Frau Scherz: Dem Mordopfer wurden die Genitalien abgetrennt. Darüber hinaus erstickte der Täter sein Opfer mit einer noch eher unreifen Schlangengurke." „Ja, genau so ist der Sachverhalt. Woher wissen Sie das, Frau Bülent?" „Nun, wir haben mit einer ähnlich gelagerten Mordserie zu tun gehabt. Allerdings hat das LKA in Düsseldorf die Ermittlungen übernommen, sodass wir Ihnen nicht weiterhelfen können und darüber hinaus auch nicht dürfen." „Merkwürdig. Hört sich nach Kompetenzgerangel an?" „Wie Sie das nennen, Frau Scherz, bleibt Ihnen überlassen." „Höre ich da etwa ein wenig Sarkasmus heraus?" „Sagen wir es mal so: Wir waren schon sehr weit in die Aufklärungsarbeit eingestiegen, als man uns abrupt anwies unsere Arbeiten einzustellen. Mehr sagen wir aber auch nicht dazu. Wenden Sie sich bitte an die Bereitschaft des LKA in Düsseldorf. Die werden Ihnen sicher weiterhelfen." „Tja, dann vielen Dank und einen hoffentlich ruhigen Tag." „Ihnen auch, Frau Kollegin." Asli nahm Karins Hand und legte sie sich wieder auf ihre Brust. „Mach bitte, bitte weiter, Karin." Karin Weber lächelte und fuhr damit fort, die Brustwarzen ihrer Lebensgefährtin zu streicheln, die allmählich schon wieder wie eine Katze zu schnurren begann. Irgendwann griff Asli nach Karins Arm. „Ich bin ja jetzt mal gespannt, wie meine lieben Exkollegen reagieren werden."

„Da geb ich mir die größte Mühe, dir wohlige Entspannung zu bereiten und du denkst nur an dein LKA." „Ach, ich meine doch nur. Bin halt mal gespannt wie ein Flitzebogen, wie die Sache weitergehen wird." „Das wirst du schon noch erleben. Hoffen wir mal, dass uns nichts zustoßen wird."

Die beiden Freundinnen sparten das Mittagessen ein, um sich einen ausgiebigen Spaziergang um das Haus am See zu gönnen. Auf eine Fahrt in die Eifel verzichteten sie lieber. Etwa drei Stunden lang stapften sie durch den frisch gefallenen Schnee bis Asli dann doch nicht mehr weiter konnte. „Lass uns nach Hause fahren, Karin. Mir tut ordentlich der Hintern weh." „Ohhh, meine arme Asli." „Mach dich nur lustig. Kannst dich gleich mal in Ruhe seiner annehmen, liebste Freundin." Lachend liefen sie Aslis Auto entgegen, dass auf dem Parkplatz des Restaurants „Haus am See" geparkt stand. Sachte ließ sich Asli auf den Beifahrersitz gleiten, während Karin das Lenkrad übernahm. Sie startete gleich den Motor und schaltete die Heizung ein.

„Der schwarze Alfa dort auf dem Parkplatz ist gleichzeitig mit uns eingetroffen. Da sitzt auch jemand drin. Ich kann nur sein Gesicht nicht erkennen, weil der Wagen getönte Scheiben hat." „Pass auf, Karin, wir machen folgendes: Du fährst jetzt los. Wir biegen vorn auf der Zufahrtsstraße nicht rechts Richtung Militärring ab, sondern fahren links herunter und drehen in etwa zweihundert Metern. Schauen wir mal, was geschieht."

„Wie du meinst, Sherlock Holmes." Karin gab Gas. Da der Parkplatz nicht vom Schnee geräumt war, stieben rechts und links an den vorderen Antriebsrädern Schneefontänen hoch. Doch Karin verstand sich aufs Fahren im Schnee. Blitzschnell bog sie vom Parkplatz nach links in die Stichstraße ein. Wieder gab Karin ordentlich Gas. Knapp dreihundert Meter später wendete sie einem Rallyefahrer gleich geschickt den Golf und verschwand in einer Parklücke. „In dir steckt ja ein echter Rennfahrer." Karin grinste nur. Der Fahrer des Alfas schien ein wenig gedöst zu haben. Jedenfalls bemerkte er sehr spät, dass die beiden Frauen bereits davongefahren waren. Sofort startete er seinen Motor und raste los. Schlingernd bog er rechts auf die Stichstraße ein. Doch schon nach wenigen hundert Metern schien er zu bemerken, dass er die beiden Frauen entweder verloren hatte oder diese in die andere Richtung gefahren waren. Er wendete und fuhr in die entgegengesetzte Richtung direkt auf Karin und Asli zu. Mit viel Schwung fuhr er am Golf der beiden Polizeibeamtinnen vorbei. „Den schnappen wir uns jetzt", rief Karin triumphierend aus. Sie startete Aslis Golf, schoss aus der Parklücke heraus und stellte den VW quer. Ihr Verfolger hatte ebenfalls bereits gewendet und raste mit ordentlichem Tempo auf den Wagen von Asli und Karin zu. Die beiden Frauen hatten ihren Wagen schon verlassen und bezogen rechts und links ihre Positionen am Straßenrand. Asli führte ihr Smartphone ans Ohr und telefonierte. Karin legte ihre rechte Hand an den Holster ihrer Dienstwaffe. Der Fahrer des Alfas hupte laut und betätigte unentwegt die Lichthupe. „Machen Sie die Straße frei. Ich habe es eilig", schimpfte ein nicht mehr ganz junger Fahrer Karin entgegen. Asli riss bereits die Beifahrertüre auf. Karin öffnete die Fahrertüre. „Polizei, aussteigen und die Hände aufs Fahrzeugdach." „Was bilden Sie sich ein? Ich bin Arzt und habe es sehr eilig." „Seit wann fahren Ärzte mit gestohlenen Fahrzeugen durch die Gegend", schrie Asli den Mann an, der etwa einsachtzig groß war, eine eher normale Figur besaß und dessen Haar bereits ansatzweise graue Stellen aufwies. „Ich verhafte Sie wegen des Verdachtes des Autodiebstahls." Asli zog wieder ihr Smartphone aus der Tasche und rief nach einem Streifenwagen. „Vorsicht, Asli, der Kerl trägt eine Waffe am Gürtel", schrie Karin. Sofort zog sie ihre Dienstwaffe und richtete sie auf den Mann. „Das ist eine Gaswaffe, für die ich einen kleinen Waffenschein besitze", schrie der Mann zurück. Mit Blaulicht und Martinshorn bog derweil ein Streifenwagen vom Militärring ab und raste auf sie zu. Was folgte war das übliche Procedere. Anzeige aufnehmen, Abschleppwagen zur Sicherstellung des Alfas bestellen und den Tatverdächtigen festnehmen und zur Vernehmung ins Präsidium bringen. Asli und Karin waren nahezu steif gefroren, als sie endlich wieder im Auto saßen und nach Hause fahren konnten. „Schade, dass wir nicht erfahren, was der Typ auf dem Parklatz zu suchen hatte." „Und ob wir das erfahren. Ich werde über meine Quellen nachhören, was mit dem Typen los ist." Zu Hause entzündete Karin erst einmal ein ordentliches Feuer in ihrem Kaminofen, das sehr schnell für wohlige Wärme sorgte.

22

In der Nacht hatte es angefangen zu tauen. Auf den Nebenstraßen häufte sich der Schneematsch, während die Hauptstraßen, bedingt durch das Tauwetter, gewaltige Pfützen aufwiesen. Montagmorgen und nasse Straßen bedeutete mal wieder eine verlängerte Fahrzeit ins Präsidium von sicherlich einer halben Stunde. Asli und Karin waren entsprechend früher losgefahren, sodass sie gegen kurz nach acht ihre Büros aufschlossen. Theo und Edith trudelten ebenfalls nacheinander ein. „Morgen, allerseits. Neun Uhr treffen wir uns in meinem Büro zur Wochenbesprechung", rief Karin in das Großraumbüro hinein. Karin verschwand gleich wieder in ihrem Office. Sie fuhr ihren PC hoch und setzte Kaffee auf. Ihr Postfach hielt heute keine besonderen Nachrichten für sie bereit. Karin stand erneut auf und stellte für ihre Kolleginnen und Theo Kaffeebecher, Milch und Zucker auf dem Konferenztisch bereit. Überpünktlich traf Karins Team zur Besprechung ein. Bisher wussten Edith und Theo noch nichts von den Vorfällen vom Wochenende. Sie schauten sich jedoch völlig konsterniert an, als Karin davon berichtete. „Das kann doch jetzt nicht alles so unter den Tisch gekehrt werden. Da muss doch entsprechend ermittelt werden", schimpfte Theo. „Wie geht es dir überhaupt, Asli?", fragte Edith nach. „Es geht so. Ich habe zwar noch immer Schmerzen, aber ich werde es überleben." Kurz bevor Karin die Handakten über noch unaufgeklärte Mordfälle in die Hand nahm, störte ihr Telefon. „Weber? Guten Morgen, Frau Schmidt. Wir sitzen gerade beim Briefing. Ja, selbstverständlich. Zehn Uhr mit dem ganzen Team zur Besprechung beim Chef. Wir sind pünktlich. Bis gleich, Frau Schmidt." Karin schwieg, als sie den Hörer auflegte. „Was ist los, Karin? Du bist ja ganz blass", fragte Edith. „Wenn ich das mal wüsste. Wir sollen uns alle um zehn beim Chef einfinden. Dann brechen wir hier ab. In fünfzehn Minuten treffen wir uns und fahren hoch. Bis gleich." Theo und Edith verschwanden direkt in ihrem Büro. Asli blieb bei Karin. „Und was denkst du, was der Alte von uns will?" „Wenn ich das mal wüsste. Irgendetwas ist aber im Busch. Das spüre ich, und nach den Vorfällen am Wochenende gibt es wohl Neuigkeiten. Wir werden es sicher hautnah erleben."

Kurz vor zehn Uhr betraten Karin und ihr Team das Vorzimmer des Polizeipräsidenten. Es folgte eine kurze Begrüßung. „Gehen Sie gleich durch in den Konferenzraum. Man erwartet Sie bereits." Als Karin die Türe öffnete, erschrak sie etwas, ließ sich aber ihre Gefühlsregung nicht anmerken. Am Konferenztisch saßen bereits zwölf Damen und Herren in ziviler Kleidung mit unterschiedlich großen Ordnern und Handakten vor sich. „Ah, da sind Sie ja. Morgen, Frau Weber, Frau Bülent, Frau Stein, Herr Zerfakis. Nehmen Sie bitte Platz." Mit einem kurzen Nicken grüßten die Mitglieder von Karins Team zurück. Asli schaute sich um und erkannte einige der Anwesenden sofort. Mit einem

kurzen Räuspern machte der Polizeipräsident auf sich aufmerksam und übernahm das Wort. „Frau Weber, bevor wir Sie umfassend informieren, stelle ich Ihnen und Ihren Mitarbeitern kurz alle Anwesenden vor:
Frau Schneider, persönliche Referentin des Herrn Innenministers, Herr Burghart, Chef des LKA Düsseldorf, Erster Hauptkommissar Greiner, Leiter der Abteilung Mordkommission im LKA, Frau Streif, persönliche Referentin des Präsidenten des BKA, Frau Dr. Seiffert, Staatssekretärin des Bundesinnenministers sowie die Ermittlungsbeamtinnen und -beamten Braun, Schober, Macht, Steiner, Schmitt, Akim und als Protokollführer Herr Sand. Ich wurde durch den Herrn Innenminister angewiesen, bei dieser Besprechung den Vorsitz zu übernehmen. Ich darf Sie kurz über alle getroffenen Maßnahmen der Anwesenden ins Bild setzen, Frau Weber." Asli schaute zu ihrem Expartner Greiner herüber, der sie in ihrem Amt beerbt hatte. Greiner verzog keine Miene. Nun standen sie sich nie besonders nah. „Wie Sie sich sicher bereits denken können, Frau Weber, geht es um die Priestermorde. Hier jedoch vor allem um den Anschlag auf Frau Bülent vom letzten Freitag und die Observation durch diesen vermeintlichen Arzt Dr. Sunt. Der Verdächtige sitzt übrigens in Untersuchungshaft in der JVA Köln. Die bereits gerade von mir genannten Vorfälle wie auch der Mord an Pastor Hubert Klein als Leiter der Pfarrei St. Josef in Pulheim haben den Herrn Innenminister bewogen, die Mordfälle wie auch das Attentat auf Frau Bülent mit dem Chef des LKA genauestens zu analysieren. Dabei kam Er-

schütterndes ans Tageslicht, woraufhin noch am Wochenende mehrere Personen des Innenministeriums wie auch vom LKA verhaftet wurden. In einer Eilsitzung gestern Morgen wurde dann beschlossen, dass Sie, Frau Weber, und ihr Team als neutrale Ermittlungsbehörde die Serienmordfälle zur Aufklärung übernehmen sollen. Alle entsprechenden Ermittlungsakten sind bereits zu Ihnen unterwegs. Sie können ab sofort ohne Einschränkungen frei ermitteln und alle verfügbaren, technischen Möglichkeiten des LKA wie des BKA nutzen. Sie erhalten jegliche Unterstützung von allen involvierten Ämtern." Karin wusste erst nicht so ganz, wie ihr geschah. Hatte die vorgesetzte Dienststelle sich am Wochenende nur ihrer unliebsamen Mitarbeiter entledigt? Sie war in Gedanken versunken und überhörte so die Frage ihres Chefs. „Frau Weber?" „Ja!" „Brauchen Sie noch weitere Mitarbeiter dazu?" „Erst einmal danke für das in uns gesetzte Vertrauen, meine Damen und Herren." Karin setzte sich gerade hin. „Wir beginnen sofort wieder mit unseren Ermittlungsarbeiten." Dieses „wieder" musste sie einfach noch loswerden, weil sie ja eigentlich bereits mitten drin waren im Ermittlungsgeschehen, bis man sie von höchster Stelle zurückpfiff. „Dann wollen wir alle keine Zeit verlieren und uns wieder an unsere Arbeit machen. Für das Protokoll: Ende der Sitzung 10:35 Uhr", diktierte der Polizeipräsident, während sich bereits alle Anwesenden von ihren Plätzen erhoben.

Reiner Greiner umrundete die große Tischplatte und lief auf Asli zu, die er gleich zur Seite nahm. Karin Weber wollte schon den großen Raum verlassen, als sich ihr eine Hand auf die Schulter legte. „Haben Sie noch eine Minute für mich, Frau Weber?" Karin wand sich um. „Ja, natürlich, Frau …?" „Seiffert, Mechthild Seiffert. Ich bin des Kaisers rechte Hand. Staatssekretärin des Bundesinnenministers." Die Seiffert legte ein sympathisches Lächeln an den Tag. „Wissen Sie was, Frau Seiffert, gehen wir doch in mein Büro. Da können wir ungestört reden." „Ja, wunderbar." „Darf ich vorgehen?" „Natürlich. Möchten Sie, dass Frau Bülent ebenfalls anwesend ist?" „Das muss nicht sein." „Stimmt, Sie können sie ja auch zu Hause über den Inhalt unseres Gespräches informieren. Wenn ich richtig informiert bin, sind Sie beide ein Paar. Ist es so?" „Ich spreche zwar nicht gern über mein Privatleben, aber Sie haben Recht, Frau Seiffert." „Weil Sie in einer gleichgeschlechtlichen Beziehung leben? Das muss Sie doch in der heutigen Zeit nicht mehr tangieren. Ich lebe auch mit meiner Partnerin zusammen. Wir sind sogar verheiratet." Karin schaute in ein freundlich, lächelndes Gesicht, als sie ihre Gesprächspartnerin anschaute. Wenig später saßen sich die beiden Frauen in Karins Büro gegenüber. „Kaffee?" „Lieber ein Wasser." „Kein Problem. Die Bar ist eröffnet." Während Karin für Getränke sorgte, zog Mechthild Seiffert eine ziemlich dicke Handakte aus ihrer Umhängetasche und schob diese Karin auf ihren Platz. „Was ist das?" „Das ist hochbrisantes Infomaterial zu den Mordfällen. Das Bundesinnenministerium, das

Bundesjustizministerium sowie der Generalbundesanwalt ermitteln schon seit über einem Jahr geheim in dieser Sache und parallel zu unseren eigentlichen Ermittlungsbehörden. Sie werden darin Informationen finden, die Ihnen eher unglaubwürdig oder besser noch, unglaublich erscheinen. Hier ist meine Karte, falls Sie Rückfragen haben. Fakt ist, dass sich die Mordserie nun nur noch auf Nordrhein-Westfalen konzentriert. Deshalb können wir Ihre Behörde überhaupt nur mit den Ermittlungen beauftragen. Die Fallserie hatte sogar schon der Verfassungsschutz auf dem Schreibtisch. Es kam aber vermehrt zu Kompetenzgerangel und damit hat der Innenminister entschieden, dieses Bundesamt von dem Fall abzuziehen."

„Mein Gott. Letztendlich handelt es sich doch nur, ich sage mal bewusst nur, um einen Serienkiller, der sich auf eine bestimmte Menschengruppe als Mordopfer spezialisiert hat, den es zu fassen gilt." „Leider nicht, Frau Weber. Es ist ein echtes Politikum, in das der Vatikan, die katholische Kirche, mehrere Bundes- und Landesbehören wie auch eine Menge Privatleute involviert sind. Alleine in den Reihen des Vatikans gibt es die gute wie auch die böse Linie. Das Schlimmste war und ist, dass Sie überall und immer wieder auf eine Wand des Schweigens stoßen werden. Die Kirche möchte die ganze Sache am liebsten einfach totschweigen." „Geht es denn tatsächlich um Kindesmissbrauch?" „Kindesmissbrauch, Körperverletzung und Vergewaltigung in jeder Form an Kindern, Jugendlichen, Mädchen wie Jungen. Es ist einfach kaum zu glauben und ekelhaft, zu was Menschen fähig sind." „Nun ja, zu was Menschen alles fähig sind, da kann ich Ihnen einiges erzählen." „Das glaube ich Ihnen sofort. Ich habe Ihre Vita gelesen. Seien Sie aber ganz besonders vorsichtig bei jeder Aktion, die Sie planen. Wir haben bereits zwei Beamte auf äußerst mysteriöse Weise verloren. Hier ist meine Karte. Wenn Sie Hilfe benötigen oder mal einen kleinen Dienstweg bestreiten, den mein Ministerium betrifft, rufen Sie mich an. Ich muss jetzt leider los. Mein Zug geht in einer Stunde. Wenn Sie beide mal nach Berlin kommen, melden Sie sich einfach bei mir. Ich kenne eine Menge schöner, kleiner Kneipen, wo man gut essen und ein gepflegtes Glas Wein trinken kann." „Das werden wir glatt machen." „Also, wir würden uns sehr freuen." „Dann wünsche ich Ihnen eine gute Heimreise." „Danke schön. Ihnen viel Glück bei der Tätersuche. Sie werden es brauchen." Karin ließ sich in ihren Schreibtischsessel zurückfallen, griff nach ihrem Kugelschreiber und begann daran zu knabbern. Nur eine Ahnung beschlich sie, auf was sie sich da eingelassen hatte, doch diese war meilenweit davon entfernt, was wirklich noch alles auf sie zukommen würde.

23

„Reiner Greiner, mein ehemaliger Stellvertreter, hat mich wirklich erschöpfend über die Sachlage ins Bild gesetzt. Die Staatsanwaltschaft und die Kollegen von der Abteilung Betrug haben am Wochenende ganze Arbeit im LKA geleistet. Und nicht nur da. Der Leiter der Abteilung Organisiertes Verbrechen sowie einige Kolleginnen und Kollegen aus anderen Abteilungen wurden ohne Ankündigung verhaftet. Den Leiter für verdeckte Aktionen im BKA haben sie zu Hause aus dem Bett geholt. Der Spiritus Rector der Aufräumaktion ist ein junger Oberstaatsanwalt namens Georg Bracht. Es soll sich wohl um einen Zufall gehandelt haben, dass ihm irgendjemand irrtümlich unsere Ermittlungsakten zugespielt hat. Jedenfalls hat er diese sofort quer gelesen und von Vorteil ist, dass er die richtigen Leute kennt. Nun will er endgültig aufräumen. Wenn das stimmt, was mir Greiner erzählte, wurden fünfstellige Schweigegelder gezahlt, damit das eine oder andere Mal weggeschaut oder ein Verfahren ohne Ermittlungen eingestellt wurde. Ich glaube, da kommt noch eine Menge Arbeit auf uns zu. Wie war denn dein Gespräch mit der Seiffert? Ist eine tolle Frau, nicht wahr?" „Das stimmt. Wir haben uns sehr nett unterhalten. Sie hat uns jegliche Unterstützung zugesagt und uns privat nach Berlin eingeladen." „Sie lebt auch mit einer Frau zusammen. Wusstest du das, Karin?" „Sie hat es mir erzählt. Sie sind sogar verheiratet. Wäre das nicht auch etwas für uns zwei?" „Dann lass dir mal einen außergewöhnlichen Heiratsantrag einfallen. So leicht bekommst du mich nämlich nicht unter die Haube." Karin und Asli lachten laut los, während sie gemächlich nach Hause schlitterten.

Was ihnen sofort auffiel, war das neue und sehr moderne Vordach, das Hans-Georg Bach montiert hatte. „Sieht schick aus und die gute Beleuchtung sorgt zusätzlich für Sicherheit." „Ich denke noch darüber nach, ob wir uns eine zusätzliche Schließanlage einbauen lassen sollten." „Ach, Karin, wenn jemand wirklich ins Haus will, sucht er sich einen anderen Weg. Der Eingang ist von der Straße aus sehr gut einsehbar. Auf diesem Weg wird bestimmt niemand versuchen, ins Haus zu gelangen." Nach dem langen und ereignisreichen Arbeitstag gönnten sich Asli und Karin nur ein leichtes Abendessen, das lediglich aus Broten mit Wurst und Quark bestand. „Hast du dir schon Gedanken darüber gemacht, wie du weiter vorgehen möchtest, Karin?" „Ich werde morgen als erstes einen Termin mit Oberstaatsanwalt Bracht vereinbaren. Da möchte ich, dass du dabei bist, wenn wir uns treffen. Parallel müssen wir uns in die Ermittlungsakten einlesen. Ich werde auch mit der Kommissarin von der Kripo Bergheim, dieser Anne Scherz, Kontakt aufnehmen, um zu hören, wohin ihre Ermittlungen gegangen sind, falls sie überhaupt etwas gemacht hat." „Ich denke, das LKA wird es ihr untersagt haben." Karin und Asli setzten sich eine Kanne Tee auf und vertieften sich, jeder in einer Sofaecke, in die mitgebrachten Handakten von Mechthild Seiffert. Von da an sprachen sie kein Wort miteinander. Nur das Knistern beim Umschlagen der DIN A 4 Blätter sorgte für eine kurze akustische Einlage. Weit nach Mitternacht fielen den beiden Frauen allmählich die Augen zu. „Ich geh schlafen. Ich bin total kaputt und kann nicht mehr lesen." „Ich komme mit, Asli." Sie machten noch eine leichte Katzenwäsche und verschwanden in ihren Federbetten. Aber trotz der großen Müdigkeit fanden sie nicht in den Schlaf. „Kannst du auch nicht schlafen?" „Scheiße, nein, Karin. Ich muss immer an den Fall denken." „In meinem Ordner fällt immer wieder der Name Monsignore Bellarani. Der Typ hat überall seine Finger im Spiel!" „Ich kenne ihn. Er war bei mir im Präsidium mit seinem blassen Adlatus. Letztendlich hat er mir sogar gedroht, mich nicht mit der katholischen Kirche anzulegen. Hast du sonst noch etwas herausgefunden?" „Nein. Zur Wahrheitsfindung und zur Aufklärung des Falles steht nichts, aber auch rein gar nichts in den Unterlagen. Einige Seiten fehlen auch. Ein deutliches Zeichen dafür, dass hier manipuliert wurde." „Mal gespannt, was unser Oberstaatsanwalt dazu sagt." Irgendwann schliefen die beiden Frauen dann doch ein. Die Zeitspanne, bis sie der Wecker aus den Federn riss, betrug jedoch nicht einmal mehr vier Stunden.

„Hallo, Frau Weber. Der Chef möchte Sie und Frau Bülent sprechen. Haben Sie einen Moment Zeit?" „Morgen, Frau Schmidt. Das lässt sich einrichten. Ich warte nur gerade noch auf den Rückruf von Oberstaatsanwalt Bracht. Danach kommen wir sofort hoch." „Kein Problem. Ich sage es dem Chef." „Georg Bracht. Morgen, Frau Weber", schallte es Karin mit fester Stimme aus ihrem Hörer entgegen. „Hallo, Herr Oberstaatsanwalt." „Frau Weber, bitte lassen Sie den Titel weg. Mir reicht mein Name voll und ganz." „Ja, dann weiß ich Bescheid. Es gibt aber Kollegen von Ihnen ..." „Weiß ich. Ich bin anders. Wichtig ist mir, dass man sich auf die Ermittlungspartner verlassen kann und diese loyal mit mir an einem

Strang ziehen. Tun sie das nämlich nicht, setze ich alle Hebel in Bewegung, damit sie für ihr Fehlverhalten zur Verantwortung gezogen werden." „So sehe ich das auch. Ich habe die Handakte von Frau Seiffert erhalten und durchgearbeitet. Starker Tobak." „Ja, das stimmt. Eigentlich haben Sie ja mit Ihrer Abteilung in das Wespennest gestochen und damit eine Welle ausgelöst, die ihresgleichen sucht. Sie haben ja sicher schon gehört, dass einige führende Damen und Herren verhaftet wurden." „Ja, das habe ich. Wir sollten uns aber unbedingt sehr kurzfristig zusammensetzen und die gemeinsame Vorgehensweise abstimmen." „Eine sehr gute Idee. Morgen? 10:00 Uhr in meinem Büro?" „Alles klar. Ich bringe meine Stellvertreterin Frau Bülent mit." „Tun Sie das, aber sonst weihen wir vorerst nicht noch mehr Mitarbeiter ein. Die Angelegenheit ist hochbrisant. Aber das wissen Sie ja selber. Wie ich hörte, versuchte man bereits zweimal, Sie einzuschüchtern." „Meine Kollegin wurde sogar angeschossen. Eine Person haben wir bereits festgenommen." „Ja, weiß ich. Sprechen wir morgen drüber. Schönen Tag und passen Sie auf sich auf. Zwei Kollegen von Ihnen sind bereits ums Leben gekommen." „Wir versuchen es. Dann bis morgen."

Karin trat durch die Türe in Aslis Büro. „Komm, meine Zuckerschnecke, der Chef hat Sehnsucht nach uns. Wahrscheinlich möchte er sich das Loch, also nicht das natürliche in deinem Hintern, sondern das durch Blei geschaffene ansehen und uns Vorschläge unterbreiten, wie wir solche

Blessuren zukünftig vermeiden können." Asli verzog ein wenig das Gesicht, folgte Karin aber ohne einen Aufstand zu machen. „Morgen gegen zehn sind wir zu Gast bei Staatsanwalt Bracht. Dort können wir uns in Ruhe austauschen. Mal gespannt, was er noch für uns hat." Frau Schmidt winkte Asli und Karin gleich durch. Der Polizeipräsident wirkte gelöst und bot seinen Mitarbeiterinnen einen Platz an. „Guten Morgen, Frau Weber und Frau Bülent. Schön, dass jetzt endlich Klarheit über die Verteilung der Kompetenzen besteht und wir den Fall übernehmen dürfen. Ich verlasse mich ganz auf Sie, dass Sie die Mordfälle aufklären." „Wir werden unser Bestes geben, Herr Krausmann. Es ist nur so, dass sich bereits mehrere übergeordnete Dienststellen mit der Aufklärung befasst haben und gelungen ist ihnen bisher nichts. Es wird nicht ganz leicht sein, den oder besser die Fälle aufzuklären." „Sie werden das schon schaffen. Da bin ich ganz sicher. Aber wir müssen etwas für Ihre Sicherheit unternehmen. Ich habe bereits angeordnet, dass sechsmal in vierundzwanzig Stunden in unregelmäßigen Abständen eine Streifenwagenbesatzung nach Ihrem Haus schaut. Mehr kann ich leider nicht für Sie tun. Wie geht es Ihnen überhaupt, Frau Bülent?" „Ich habe noch Schmerzen und die Wunde nässt ein wenig, aber es wird schon gehen." „Ihnen steht Genesungsurlaub zu." „Lassen Sie mal gut sein, Herr Präsident. Ich lass das Team jetzt keinesfalls im Stich." „Nun ja, sehr lobenswert. Dann geben Sie Ihr Bestes und bringen Sie den Täter zur Strecke." „Machen wir, Herr Krausmann." „Sie melden sich, wenn Sie etwas Neues haben." „Ich informiere Sie jeweils nach Sachlage und Ermittlungsfortschritt."

Im Anschluss an ihren Termin beim Chef informierte Karin nun auch Edith und Theo. Gleichzeitig verteilte sie Kopien der Handakten und wies ihre Mitarbeiter in die weitere Vorgehensweise ein. Gemeinsam erörterten sie noch diverse Vorschläge, bis sie die Marschrichtung für gemeinsame Ermittlungen ausgearbeitet hatten. Von diesem Moment an nahmen sie ihre Arbeit auf. Die Schlinge um den Hals der Drahtzieher und Täter zog sich langsam, aber stetig zu, auch wenn diese es noch nicht bemerkten.

24

Oberstaatsanwalt Bracht hatte es sich in seinem Büro so gemütlich wie möglich gemacht. Er bemerkte gleich die bewundernden Blicke von Asli Bülent und Karin Weber, als diese auf den bequemen Stühlen in seiner Besprechungsecke Platz genommen hatten. „Ich wohne mittlerweile mehr in meinem Büro als zu Hause, weshalb ich mich hier häuslich eingerichtet habe." Bracht war ein großer, eher hagerer Mann von Mitte dreißig. Sein Glatzkopf, seine markanten Gesichtszüge und seine randlose, goldene Brille verliehen seiner Physiognomie das Gesicht eines gnadenlosen Jägers, der unbarmherzig sein Ziel verfolgte. Seine beiden neuen Mitstreiterinnen waren Bracht von Anfang an sympathisch, weil sie ebenfalls für Recht und Ordnung eintraten und kein Hehl daraus machten, dies mit allen legalen Mitteln

durchzusetzen. Karin hatte gleich bemerkt, dass Bracht unter seinem Jackett einen Schulterhalfter mit einer Schusswaffe trug. Bracht hatte ihren eher fragenden Blick zur Waffe bemerkt. „Ich trage meine SIG ständig bei mir, seit ich mehrfach Morddrohungen erhalten habe. Außerdem nehme ich zweimal die Woche Unterricht in Krav Maga."
„Diese israelische Kampfsportart betreibe ich schon seit mehreren Jahren. Sie ist im Notfall mehr als effektiv."
„Kaffee?" Asli und Karin nickten zustimmend. Sofort entstanden auf Knopfdruck drei frisch zubereitete und sehr aromatisch duftende Tassen Kaffee, die der Hausherr galant servierte. „Was Sie bisher über die Mordfälle wissen, ist nicht annähernd der wirkliche Sachstand. Frau Seiffert und ich haben bewusst viele wichtige Informationen zurückgehalten, weil es im LKA wie auch im BKA Maulwürfe gibt, die jede brisante Information an die Drahtzieher gegen ordentliches Bakschisch weitergegeben haben. Wir haben dies erschöpfend getestet. Mittlerweile wurden diese Informanten festgenommen und der Informationsfluss gestoppt. Wir können jetzt endlich beherzt losschlagen." „Das hört sich ja sehr erfolgversprechend an, aber gegen wen, Herr Bracht?", fragte Asli. „Das genau zu ermitteln ist jetzt unsere gemeinsame Aufgabe. Erlauben Sie mir, dass ich Sie kurz ins Bild setze. Seit einigen Jahren wird die katholische Kirche, in der Evangelischen Kirche gibt es übrigens ähnliche Fälle, von einem gewaltigen Mitgliederschwund geplagt, der größtenteils ursächlich in der Aufdeckung einer Vielzahl an Kindesmissbrauchs- und Vergewal-

tigungsfällen begründet liegt. Die Glaubenshüter gehen der Angelegenheit bewusst langsam und nur im Stillen nach. Kritiker sehen darin eine gewaltige Verschleierungstaktik, die die hauseigenen Täter schützen soll. Für die Ermittlungsbehörden wie auch für die Richter ist diese Situation unerträglich, vor allem weil von Zusammenarbeit nicht im Geringsten die Rede ist. Selbst die Schaffung eines Aufklärungsbeauftragten durch den Klerus hat kein Mehr an Zusammenarbeit gebracht. Nach meinem Dafürhalten wurde die Zusammenarbeit seitdem sogar noch schlechter. Bringen wir dann doch einmal einen Fall bis zur Anklage durch, können sich plötzlich Opfer wie auch Zeugen nicht mehr recht erinnern. Die teilweise ihr ganzes Leben schwer traumatisierten Menschen werden mit Kleckerbeträgen abgespeist und - nennen wir es mal mit heftigen Fingerzeigen - eingeschüchtert. Weil wir den Herrschaften aber immer häufiger auf den Pelz rücken und vor allem auch Täter ermitteln, beginnen die weltlichen Vertreter des Herrn offensichtlich mit Selbstjustizaktionen." Georg Bracht legte eine kurze Pause ein und nippte an seinem Kaffee. Er verstand es genial, Sachverhalte vorzutragen und die Wirkung seiner Worte abzuwarten.

„Für mich ist einer der wichtigsten Drahtzieher dieser Monsignore Bellarani. Er bedeutete Frau Weber schon bei seinem Besuch in unserem Haus mehr oder weniger, besser die Finger von den Fällen zu lassen und sich keinesfalls mit der Kirche anzulegen. Aus meiner Sicht eine eindeutige Drohung. Es folgten ja auch schon zwei

Anschläge auf uns, die wir jedoch beweistechnisch natürlich Niemandem zuordnen können." „Ich hörte schon davon, Frau Bülent. Sie müssen sehr vorsichtig agieren." „Ich denke darüber nach, diesen Bellarani vorzuladen und zu befragen." Bracht lachte laut auf. „Bellarani? Der kommt erst gar nicht zu Ihnen, wenn er nicht möchte, und er muss es auch nicht. Der Mann besitzt einen Diplomatenpass. Sie müssten Ihren Wunsch, ich betone ausdrücklich Wunsch, im Außenministerium vortragen, Bellarani sprechen zu wollen. Das können Sie aber komplett knicken. Man möchte keinesfalls die guten Beziehungen zum Vatikan eintrüben. Ein kurzer Anruf von Bellarani im Außenministerium und all Ihre Bestrebungen sind zunichte gemacht. Der Mann hat wirklich Einfluss bis in die höchsten Ebenen." „Na toll, und was machen wir dann?" „Bitten Sie ihn um eine Audienz im Vikariat und um seine Hilfe. Ich vermute sogar, er wird Sie empfangen. Schon, um auch informiert zu bleiben, wie weit Sie mit Ihren Ermittlungen sind. Bellarani neigt gern dazu, erschöpfend informiert zu sein. Wenn Sie ihm jedoch allzu sehr auf den Pelz rücken, macht er dicht und komplimentiert Sie hinaus." „Was ist eigentlich seine offizielle Aufgabe im Vatikan?" „Nach meinem Kenntnisstand ist er der Chef des Geheimdienstes. Sein Hauptaugenmerk gilt dem operativen Geschäft." „Halten Sie es denn für möglich, dass Bellarani sich eine Killerbrigade unter Vertrag hält, die er nach Gutdünken einsetzt?" „Eine Brigade keinesfalls, aber einen, der gnadenlos zuschlägt, wenn er es befiehlt, ganz sicher. Im Übrigen hat es im Vatikan immer

Mordfälle gegeben. Selbst Päpste blieben davon in der Vergangenheit nicht verschont." „Sind Sie denn wirklich sicher, dass Bellarani einen Mörder deckt?" „Und ob. In diesem Fall wird er denken, der Zweck heiligt die Mittel. Nur wer es ist, wissen wir nicht und er wird uns den Täter sicher auch nicht nennen, solange er ihn einsetzt." „Eigentlich ist diese Tatsache ja unerträglich." „Das sehe ich genau so. Deshalb versuchen wir ja jetzt verstärkt, den Täter unter Druck zu setzen und zu ermitteln."

„Ein attraktiver Mann, nicht wahr?" „Findest du? Ich dachte, du interessierst dich nur für Mädels." „Ich habe deine leuchteten Augen gesehen, meine Liebe. Muss ich mir jetzt Sorgen machen?" „So einen Quatsch kannst auch nur du verbreiten, Asli. Ich glaube, Bracht ist eiskalt. Hoffen wir mal, dass er nicht im Stillen sein eigenes Süppchen kocht. Ich werde morgen mal Mechthild Seiffert anrufen und fragen, in wie weit wir Bracht trauen können." Den Rest der Strecke vom Oberlandesgericht bis nach Kalk schwiegen die beiden Frauen." Im Büro stürzte sich Asli gleich auf die mittlerweile eingetroffenen Ermittlungsakten, während Karin frech im Vikariat anrief. Die Vermittlung stellte sie sofort zu Dr. Bellarani durch. „Guten Tag, Frau Hauptkommissarin. Was verschafft mir die Ehre Ihres Anrufes? Ich gehe nicht davon aus, dass Sie von mir Absolution nach der Beichte erhalten möchten." „Guten Tag, Monsignore. Nein, ich hätte gern eine Audienz bei Ihnen." „Nun, das wird recht schwierig. Meine Zeit ist knapp bemessen. Übermorgen reise ich wieder zum Heiligen Vater nach Rom. Die Geschäfte, Sie verstehen." „Leider nicht,

Monsignore. Sie sind Chef des Geheimdienstes. Welche Geschäfte zwingen Sie nach Rom zu reisen?" „Die Sicherheit des Heiligen Vaters erstrangig, aber auch die Unversehrtheit meiner ganzen heiligen Kirche. Immer wieder versuchen Dritte, unseren Glauben sowie unseren Staat zu untergraben. Wenn Sie natürlich meiner Hilfe bedürfen, Frau Hauptkommissarin, bin ich der letzte, der die deutsche Polizei nicht mit allen Mitteln zu unterstützen versucht. Sagen wir morgen nach der Frühmesse um 09:00 Uhr?" „Das passt mir sehr gut. Ich danke Ihnen für Ihr Entgegenkommen." „Keine Ursache, Frau Hauptkommissarin. Gibt es etwas, das ich bereits im Vorfeld durch meinen Sekretär erledigen lassen kann?" „Ja, sicher. Ich möchte von Ihnen den Namen des Mörders, der die Kirchenmänner auf so bestialische Weise tötet." „Dafür brauchen Sie sich nicht hierher zu bemühen. Würde ich den Mann kennen, hätte ich Sie dies bereits wissen lassen, um Ihnen eine Festnahme zu ermöglichen, weil meine operativen Mitarbeiter im Ausland nicht tätig werden dürfen." „Sie meinen Ihre Killer, Monsignore?" „Warum verschärfen Sie den Ton, Frau Hauptkommissarin? Ich hatte Ihnen bereits einmal den Rat gegeben, sich nicht mit der heiligen Kirche anzulegen und nun tun Sie es doch? Nur Satan spielt mit dem Feuer, und den hat unser Herr Jesu fest im Griff. Sie verstehen?" „Wir sehen uns morgen, Monsignore." „Richtig, nach der Heiligen Frühmesse. Gelobt sei Jesus Christus, Hauptkommissarin." „Bis morgen dann. Aufwiederhören." „Arschloch. Dich kriege ich noch dran", entfuhr es Karin Weber, nachdem sie den

Hörer aufgelegt hatte. „Das war offensichtlich kein guter Bekannter von dir, nicht wahr?" Karin fuhr erschrocken herum. „Ach, du bist es, hallo, Ernst. Dich habe ich ja schon ewig nicht mehr gesehen. Was treibt dich hierher?" „Nur deiner liebevollen Art zu lauschen, wie du mit bösen Menschen kommunizierst, ist Grund genug für einen Besuch." „Du bist verrückt. Kaffee?" „Aber gern doch, und ganz besonders gern von deiner zarten Hand serviert." „Du bist ein alter Charmeur, großer Leichenzerleger. Jetzt aber mal raus mit der Sprache: Was treibt dich hierher? Der Kaffee wird es sicher nicht alleine sein." „Nachdem ich deine Mail erhalten habe, dass deine Abteilung die Mordfälle der Kirchenmänner zurückerhält, habe ich das LKA gebeten, die Leichen der Opfer freizugeben und an uns zu überstellen." „Und?" „Sie sind alle weg." „Jetzt mach dich hier nicht lächerlich, Ernst. Was heißt weg?" „Mir wurde schriftlich mitgeteilt, dass alle Leichen bereits eingeäschert und beerdigt wurden." „Das darf ja wohl nicht wahr sein!" „Ist es aber. Lediglich die Obduktionsberichte habe ich erhalten. Allerdings werde ich das Gefühl nicht los, dass die Obduktionen der Leichen vom Hausgärtner des LKA durchgeführt wurden. Ich habe daraufhin meinen Kollegen Doktor Benrath in Düsseldorf angerufen und nachgefragt, aber auch er sagte, er wüsste nicht, wer die Obduktionen durchgeführt hat, weil er sich zum angegebenen Zeitpunkt nach einem Infarkt in der Reha befand." „Das darf doch wohl nicht wahr sein. Und wer hat sie abgezeichnet?" „Die Unterschriften sind leider eher unleserlich. Sie könnten aber von Robert

Wolf stammen." „Ich glaube es nicht." „Kann ich gut verstehen. Ich habe diese Info auch an Oberstaatsanwalt Bracht weitergeleitet. Kennst du ihn schon?" „Asli und ich waren heute bei ihm. Er scheint mir ein ganz pfiffiges Kerlchen zu sein." „Das ist er in der Tat, und als Feind möchte ich ihn nicht haben. Ja, dann bin ich mal wieder durch die Türe, meine Liebe. Wann ladet ihr mich eigentlich mal wieder zum Essen ein?" „Ich sag in der Küche Bescheid, Ernst, und jetzt raus mit dir. Ich muss noch arbeiten." Karin und Ernst erhoben sich gleichzeitig. Zum Abschied drückte Karin ihren guten Freund kurz an sich. Ernst lächelte noch verschmitzt und verschwand in gleicher Weise wie er gekommen war.

Gegen halb sechs summte Karins Telefon. „Lass uns Schluss machen. Wir fahren einkaufen und ich koche uns etwas Leckeres." „Hast ja Recht, mein Engel. Ernst hat sich eben bei mir für einen noch auszumachenden Termin zum Essen eingeladen. Ich muss dir gleich erzählen, was er mir eben Unglaubliches berichtet hat." „OK, ich fahre den PC runter und dann hauen wir ab." Asli konnte den Golf so gerade noch in der Spur auf dem Militärring halten, als sie hörte, was ihr Karin erzählte. „Ich glaube, ich weiß wer hinter der Sache im LKA steckt. Gerhard Mühlensief. Der Typ lebt auf sehr großem Fuß, hat ständig Geldprobleme und seine Finger überall drin. Ich denke mal, dass er der Whistleblower ist und alle Fakten so gut als möglich verschleiert." „Wir werden Georg Bracht auf ihn ansprechen." „Ja, den Part übernehme ich morgen. Ich gehe auch davon aus, dass er federführend war, dass ich gehen musste." Die beiden Frauen kauften in Pulheim groß ein. Lammkoteletts direkt beim Schlachter, frischen Knoblauch und Rosmarin und eine Packung gefrorene Stangenbohnen. Auch das passende Dessert lag im Einkaufskorb.

Asli legte nicht viel Wert auf ein teures Auto. Ihr war wichtig, dass die Musikanlage Bestleistungen vollbrachte und dem war auch so. Im Übrigen etwas, dass die beiden Frauen miteinander verband. Gerade als sie nach links auf die kleine Landstraße Richtung Esch abbog, intonierte die Anlage „Dream of You" von Schiller. Asli machte ein wenig lauter und die Stimmung im Auto stieg, weil auch Karin auf dieser Art Musik stand. „Ras jetzt bitte nicht wieder so, Asli." Artig nahm Karins Lebensgefährtin den Gasfuß leicht zurück. Laut singend und nur noch mäßig schnell bogen sie auf die Allee ein, die in einem kleinen Wäldchen endete.

Der alte Lada Geländewagen stand gut getarnt hinter der Buchsbaum-Hecke. Der drahtige, große Fahrer verließ ohne sich zu hetzen seinen Fahrersitz. Gemächlich umrundete er sein Fahrzeug und entnahm dem Gepäckraum ein längliches Behältnis, das eine Ähnlichkeit mit Angelzeug aufwies, nur deutlich schwerer zu sein schien. Der Mann stapfte durch den hier noch unberührten Schnee dem kleinen Hochsitz entgegen. Ohne zu zögern kletterte er zu dem windgeschützten Verschlag hoch. Mit einer Bolzenzange zerstörte er das recht neue Vorhängeschloss und verschwand mit einem leichten Schwung in dem Unterstand. Er schob die hölzerne Platte, die an zwei Scharnieren befestigt war, hoch, nachdem er die Riegel zur Seite gedrückt hatte. Freies Schussfeld lag nun vor ihm, begünstigt durch den hell leuchtenden Vollmond. Mit Seelenruhe zog er den Reißverschluss des Waffenfutterals auf und entnahm diesem ein Scharfschützengewehr des Typs G22 mit hochauflösender Nachtzieleinrichtung. Das Magazin mit sechs Patronen entnahm er der Brusttasche seines Parkas. Beherzt ließ der Mann das Magazin ins Patronenlager einrasten. Noch ein kurzer Zug am Ladebügel und das Gewehr war schussbereit. Vorsichtig legte der Mann den Lauf auf die Fensterkante auf und beobachtete durch das Glas seine Umgebung.

Asli und Karin hoben gerade zum dritten Mal an, den gleichen Schillersong zu singen, als der Abschussknall einer großkalibrigen Waffe in ihre Kabine drang. Asli hörte schlechter, seit ihr der psychopathische Killer die halbe Gesichtshaut abpräpariert hatte und Karin sie nur noch mit gezielten Schüssen aus ihrer Dienstwaffe retten konnte. „Mach mal leise, schnell", brüllte Karin, während Asli reflexartig auf die Taste Stummschaltung am Lenkrad drückte. Ein weiterer Abschussknall peitschte durch den frühen Abend. „Fahr rechts ran. Da vorn ist eine Parkbucht", schrie Karin weiter, während Asli Bülent den Wagen rasch zum Stehen brachte. Sofort sprang Karin aus dem Fahrzeug. Umgehend glitt ihr die Walther aus dem Gürtelholster in die Hand. Sie lud durch und entsicherte. Natürlich war ihr bewusst, dass sie hier wie auf dem Präsentierteller saßen. Doch so leicht wollte es Karin dem Schützen nicht machen. Mit einem beherzten Sprung landete sie hinter einer großen Eiche. Asli versteckte sich zwei Bäume weiter links. Ein wenig behinderte sie noch ihre Schusswunde, doch sie biss die Zähne zusammen. Sie schob ihre Dienstwaffe zurück ins Futteral und zog dafür ihr Mobiltelefon hervor. Über den Notrufknopf informierte sie die Kollegen der Schutzpolizei. Nur wenige Minuten später rauschten vier Streifenwagen heran. Ein nur einen Augenschlag dauernder Blitz hatte den Schützen verraten. Karin bewegte sich gelenkig wie eine Athletin dem Hochstand entgegen. Der Schütze versuchte bereits zu fliehen, doch Karin war einfach schneller. „Werfen Sie die Waffe weg und nehmen Sie die Hände hoch!", schrie Karin den Mann an, der sofort von acht Polizeibeamten umzingelt wurde. Völlig verschreckt warf der Mann die Waffenhülle mit dem G22 weg. Zwei Beamte nahmen ihn sogleich fest und entrissen ihm noch einen gewaltigen Hirschfänger, der in seinem Gürtel steckte. Weil der Mann nur einen osteuropäischen Dialekt sprach, gestaltete sich die Kommunikation sehr schwierig. Er gab jedoch sofort zu, Wilderer zu sein und Wildschweine zu jagen. Im Kofferraum seines Ladas fanden die Beamten einen Plastikbottich, an dessen Rändern Blut klebte. Der Mann schien die Wahrheit zu sagen. „Wir nehmen ihn mit aufs Revier zur Vernehmung und erstatten Anzeige wegen unerlaubten Waffenbesitzes und Wilderei, Frau Hauptkommissarin", erstattete ein noch sehr junger Streifenbeamter bei Karin Meldung. „Machen Sie das und noch ruhigen Dienst." Gemächlich, aber auch erleichtert, stapften die beiden Frauen zurück zu ihrem Fahrzeug. „Was für ein Scheißtag! Jetzt hilft nur noch gut essen", entfuhr es Asli. Kurz nach 20:00 Uhr saßen die beiden Frauen in ihrer kuschelig warmen Küche und knabberten auch noch die letzten Bissen von den köstlich gebratenen Lammkoteletts. Ein gutes Glas Rotwein genehmigten sie sich dazu. „Spült Sklave Hübi für uns oder möchtest du mit der Hand abspülen?" „Lass uns Hübi nötigen, damit er für uns abwäscht, Asli. Ich hab einfach keinen Bock mehr auf Spülen." Die beiden Frauen mussten albern lachen, was sicher auch ein wenig daran lag, dass man, wenn man von oben in die Rotweinflasche blickte, bereits den Boden erkennen konnte. Gemeinsam versorgten sie noch ihren Spülsklaven mit Hausarbeit, bevor sie sich langsam ins Bett aufmachten. „Ich möchte jetzt mit dir schlafen, Karin?" „Lass uns das verschieben. Ich bin einfach zu müde dafür." „Du legst bereits ein Verhalten an den Tag wie so ein alter Ehemann, dem der Sex mit seiner Frau lästig ist", grummelte Asli, bevor sie im Bad verschwand. „Kleine Zicke", rief ihr Karin hinterher, woraufhin sie sofort die Badezimmertüre öffnete und ein Waschlappen geflogen kam, der Karin im Nacken traf. „Na warte", schrie Karin auf und stürmte ins Bad. Nach einem kleinen Gerangel erfüllte sich dann doch der Wunsch von Asli. Glücklich und ein wenig geschafft schliefen die beiden Frauen später ein, nachdem Karin noch rasch Hand an Aslis Schussverletzung gelegt hatte.

25

Karin befand sich bereits auf dem Weg von Dr. Bellarani zurück ins Präsidium, als ihr Telefon summte. „Karin? Asli hier. Wir haben wieder einen Priestermord in der Gemeinde St. Pankratius in Wesseling. Die Spusi und Ernst Brandt sind bereits auf dem Weg. Ich fahre jetzt auch zum Tatort." „Alles klar, Asli. Burgstraße 24 ist richtig?" „Ja, hatte ich dir gemailt." „Dann bis gleich." Karin griff neben sich in die Ablage, jedoch ins Leere. In Gedanken hatte sie vergessen, dass sie im neuen BMW unterwegs war, dessen Ablagen viel kleiner waren als im Mondeo. Im Handschuhfach fand sie dann das Blaulicht, das sie gleich magnetisch auf dem Fahrzeugdach befestigte. Sie betätigte noch den Schalter für das Martinshorn und sauste los. Zwanzig Minuten später rollte der 2-er BMW vor St. Pankratius aus. Dass hier etwas Interessantes geschehen sein musste, signalisierte ihr bereits der Pulk an Gaffern, die sich vor dem Eingang zur Sakristei versammelt hatten. Nur unwirsch ließ man Karin Weber in das Nebengebäude der Kirche eintreten.

Asli, Ernst Brandt und das Team der Spurensicherung hatten bereits ihre Arbeit aufgenommen. Karin schlüpfte in weiße Schuhüberzüge und streifte sich Einmalhandschuhe über. „Morgen, Karin. So schnell sieht man sich wieder." „Morgen, Ernst. Wieder wie gehabt?" „Einfach, aber präzise ausgedrückt: Ja, genau. Komm mit." Ernst ging vor und betrat durch die Seitenpforte das Kirchenschiff. Pfarrer Kretschmer saß im linken Beichtstuhl, jedoch nicht mittig, wo stets derjenige saß, der die Beichte abnahm, sondern im Bereich der Sünder in abnormer Haltung. „Vorsicht, die Blutlache", warnte Ernst Brandt. Der nicht besonders große und ziemlich beleibte Pfarrer, der nur noch wenige Haare auf seinem Kopf trug, hockte eingepfercht im engen Beichtstuhl. Sein Kopf schien überstreckt und in seinem Rachen steckte wiederum eine unreife Salatgurke. „Der Täter wurde offensichtlich gestört. Sieh hier, Karin, Membrum Virile und Scrotum sind nicht ganz abgetrennt worden. Das Opfer scheint sich erheblich gewehrt zu haben. So wie es aussieht finden wir diesmal sogar Hautreste vom Mörder unter den Fingernägeln des Opfers. Hier, schau mal." „Das wäre ja endlich mal ein Anfang. Brauchen wir jetzt nur noch den passenden Inhaber der DNA-Probe." „So ist es, Karin. Das ist aber euer Job." Asli vernahm bereits alle möglichen Zeugen, doch gesehen oder gehört hatte niemand etwas. „Die Frühmesse ist sogar planmäßig gelaufen. Weder der junge Kaplan noch die Gläubigen haben bemerkt, dass ihr Pfarrer unter ihnen weilte, jedoch tot im Beichtstuhl hockend", resümierte Asli.

Kurz nach Mittag betrat Karin ihr Büro. Ein fürchterlicher Durst und erheblicher Mundgeruch plagten sie. Sie griff sich eine der kleinen Wasserfläschchen aus dem Kühlschrank und trank es in einem Zug leer. Sofort ging es ihr besser. Sie setzte sich hinter ihren Schreibtisch und ließ gerade ihren PC hochfahren, als ihr Telefon summte. „Weber?" „Bellarani, hallo, Frau Weber.

Wir haben wieder einen toten Priester zu beklagen, wie ich hörte? Der Herr sei seiner armen Seele gnädig. Gibt es schon irgendwelche Hinweise?" „Hallo, Doktor Bellarani. Nein, nicht wirklich. Der Täter oder die Täterin müssen gestört worden sein. Die Genitalien des Priesters sind nicht gänzlich abgetrennt worden wie in den anderen Mordfällen." „Widerlich, was der Mörder jedes Mal für einen Anblick hinterlässt. Alles abscheuliche Taten." „Wieso der Mörder? Wissen Sie mehr als ich?" „Wie kommen Sie jetzt darauf, Frau Hauptkommissarin?" „Nun, Sie haben der Mörder gesagt." „Sie betreiben Wortklauberei, und das kurz nachdem einer meiner Brüder in Christo auf so widerwärtige Weise ermordet wurde. Äußerst pietätlos, wie ich finde." „Ich habe einen gefährlichen Serienmörder zu fangen, Herr Doktor Bellarani. Da verkümmert mein Pietätsempfinden sehr rasch. Wenn Sie neue Informationen erhalten, informieren Sie mich bitte umgehend." „Das versteht sich ja von selbst. Mein Stab und ich sind sehr daran interessiert, dass die Mordfälle so schnell wie möglich aufgeklärt werden. Die ganze Priesterschaft ist bereits in großer Angst." „Na, so wie es aussieht, brauchen sich aber nicht alle Priester Sorgen zu machen." „Wie meinen Sie das denn jetzt nun wieder?" „Nach meinem Wissensstand nur diejenigen, die in zurückliegende Straftaten verwickelt sind." „Was zu beweisen wäre, Frau Weber." „Was ich beweisen werde, Herr Bellarani. Auf Wiederhören." Karin warf den Hörer auf die Station. „Diese Scheinheiligkeit geht mir mächtig auf den Zeiger", entfuhr es ihr. „Was regt dich denn so auf?" Edith Steinbach steckte den Kopf bei Karin in die Türe und grinste zu ihr herüber. „Komm rein. Ach, dieser aalglatte Doktor Bellarani, der mit Sicherheit weiß, wer der Mörder ist, führt uns an der Nase herum und dann tut er immer so scheinheilig. Komm, setz dich, was hast du auf dem Herzen, Edith?" „Ich habe jetzt einen Teil der Akten durchgearbeitet und eine handgeschriebene Anweisung von Bellarani entdeckt, die er auch selbst abgezeichnet hat. Er fordert darin den Chefpathologen des LKAs in Düsseldorf auf, die Leichen der Mordopfer umgehend für die Einäscherung freizugeben, damit seine Glaubensbrüder so rasch als möglich würdevoll bestattet werden könnten. Ich bin zwar evangelisch, glaube aber mich erinnern zu können, dass die katholische Kirche Feuerbestattungen eher ablehnt. Ein klares Indiz dafür, dass Bellarani und der Pathologe gemeinsame Sache gemacht und auch etwas zu verbergen haben." „Wie heißt der Pathologe?" „Rudolf Wolf." „Lad ihn für übermorgen 10:00 Uhr hierher vor. Wir machen eine echte Vernehmung daraus. Vielleicht redet er ja, wenn er unter Druck gerät." „Alles klar, Karin. Bin schon unterwegs." „Prima, gute Arbeit, Edith." Edith Steinbach strahlte, als sie Karin Webers Büro verließ. „Etwas langsam, aber stetig kommt Bewegung in die Sache. Wir müssen diese schweigenden, feinen Herren einfach mal ordentlich unter Dampf setzen. Dann wird schon einer reden", sprach Karin mit leiser Stimme zu sich selbst.

Asli und Karin bewegten sich im Schritttempo ihrem zu Hause entgegen. Der Stopp and Go-

Verkehr in der Kölner City war mal wieder allgegenwärtig und erhitzte so manches Gemüt. Aber auch Asli kämpfte immer wieder gegen ihre Nerven an, wenn schon wieder mal ein Auto neben ihr lospreschte und sich vor sie setzte, obwohl kein wirklicher Landgewinn damit zu erzielen war. Die Scheibenwischerblätter schmierten über die Frontscheibe und kämpften gegen den Nieselregen an. „Was ist das für ein Sauwetter", schimpfte Asli „Und der Blödmann in dem Daimler da vorn glaubt offenbar wirklich, ihm gehört die ganze Straße." „Bleib ruhig, Kleine. Da müssen wir jetzt durch. Sag mal, sagt dir der Name Rudolf Wolf etwas?" „Bloody Rudi kenn ich, wieso?" „Was ist das für ein Typ?" „Ist der Stellvertreter vom leitenden Pathologen. Anfang sechzig, hält sich für unwiderstehlich und den absoluten Latinlover. Für diesen Ruf rennt der sicher dreimal die Woche ins Sonnenstudio. Gibt nach meinem Dafürhalten mehr Geld aus, als er verdient. Er hat mal nach Beendigung einer Sektion, der ich alleine beiwohnen musste, zu mir gesagt, dass er noch nie eine rasierte Türkenmuschi gevögelt hat und mir dabei völlig unvermittelt an die Brust gefasst." „Spannend. Na, viel konnte er da ja nicht ergrabschen." „Du bist so eine blöde Kuh, Frau Hauptkommissarin." „Beruhige dich. War ein Scherz. Du weißt doch, wie ich über Nötigung am Arbeitsplatz denke. Was ist dann geschehen?" „Ich habe mein Knie spielen lassen. Er wurde drei Tage lang nicht im Gebäude gesehen. Von da an ist er mir immer aus dem Weg gegangen." „Dann freue dich schon auf seine Vernehmung übermorgen um 10:00 Uhr. Ich habe ihn vorgeladen." Karin erzählte ihrer Lebensgefährtin, was Edith herausgefunden hatte. „Das wird mir eine echte Freude sein, ihn mit dir zu verhören." „Übermorgen ist Freitag. Start ins Wochenende. Wollen wir noch mal ins Kino gehen?" „Doch nicht etwa James Bond?" „Aber sicher doch. Lea Seydoux gefällt mir richtig gut. Tolle Figur hat die Frau." „Ich bin Daniel Craig Fan, auch wenn ich auf dich stehe, Kleine." „Sag nicht immer Kleine zu mir sonst ..." „Was sonst, Kleine?" „Beiß ich dir nachher in deinen Knackarsch." „Da wäre mir jetzt nach. Setz das Blaulicht aufs Dach und schalte das Horn ein. Wir spielen Einsatz." Karin Weber lachte laut los. Etwa eine Stunde später hatten sie sich endgültig bis nach Hause gestanden.

Asli startete die Waschmaschine und Karin war verschwunden. Wenig später stand sie in einem hautengen Sportanzug im Keller. „Ich werde ein wenig trainieren. Meine Muskeln rosten sonst allzu sehr ein. Kommst du auch?" „So eine Kraft- und Gymnastikeinheit könnte mir auch nicht schaden." Asli stürmte ins Ankleidezimmer, streifte sich ein T-Shirt über und schlüpfte in eine Shorts. Schuhe und Strümpfe ließ sie wie gewohnt weg. Nach zwei Stunden ging nichts mehr. Die Scheiben ihres Sportraums waren total beschlagen und die Sportklamotten völlig durchnässt. „Das war echt geil. Ich geh duschen." Asli Bülent stand auf und streifte lasziv wie eine Stripteasetänzerin langsam Stück für Stück ihrer Kleidung ab. „Gefalle ich dir?" „Hast ein wenig Speck angesetzt, aber das steht dir nicht schlecht." „Wie meintest du gerade?" Asli stolzierte auf Zehenspitzen auf ihre Freundin zu. Splitternackt setzte sie sich langsam auf Karins Brüste, die mit beiden Händen nach ihren Hüften griff. Dann beugte sie sich mit glänzenden Augen nach vorn und flehte. „Leck mich bitte, bitte ganz fest."

„Das war einfach wunderschön. Es kribbelt immer noch zwischen meinen Schenkeln. Ich möchte uralt mit dir werden, Karin." „Das sollte doch klappen, wenn uns nicht vorher einer die Birne vom Kopf schießt." Asli kuschelte sich noch enger an Karin, die nach einer ausgiebigen Dusche wie eine Frühlingswiese duftete. „Ist doch immer noch am schönsten, so eng beieinander im Bett zu kuscheln." „Das ist wirklich wahr. Aber lass uns jetzt schlafen. Wir haben morgen wieder einen anstrengenden Tag." Asli schaltete die Nachttischlampe aus und schloss ihre Augen. „Schlaf gut." „Du auch."

26

Karin rekelte sich noch ein wenig müde in ihrem Bürosessel, während sie mit Oberstaatsanwalt Bracht telefonierte. Ihr Rücken schmerzte etwas nach der gestrigen sportlichen Einlage in ihrem Fitnesskeller. Vielleicht lag es auch an ihrer Rangelei mit Asli. Sie musste sich jetzt jedoch zwingen, Georg Bracht zuzuhören, um nicht unhöflich zu wirken und vor allem bestmöglich informiert zu sein. „Das ist ja mehr als interessant, was Sie mir da berichten, Frau Weber. Damit haben wir endlich mal jemanden, den wir vernehmen und unter Druck setzen können." „Das sehe ich genauso. Ich habe mir fest vorgenommen, morgen im Verhör diesen Rudolf Wolf ordentlich in die Mangel zu nehmen. Als stellvertretender Chefpathologe ist er für die Abläufe in der Gerichtsmedizin mit verantwortlich." „Wenn wir Glück haben und er ahnt, was auf ihn zukommt, packt er eventuell aus." „Wir werden unser Bestes geben. Ich rufe Sie später an, wie es gelaufen ist." „Sehr gut und viel Erfolg. Bis morgen." „Danke. Bis morgen." Wenn Karin ihr verschmitztes Lächeln aufsetzte, war bereits ihr Jagdinstinkt geweckt. Die Hatz auf den Priestermörder war eröffnet.

„Wolf hier, morgen. Wir müssen uns unbedingt treffen. Diese Hauptkommissarin Weber hat mich wegen der raschen Einäscherung der männlichen Leichen aus den Priestermorden für morgen zur Vernehmung einbestellt." „Guten Morgen, Herr Wolf. Na und? Es gab doch für Sie keine Veranlassung, die Leichen länger in Ihren Räumen aufzubewahren. Die Sektionen wurden seinerzeit ordnungsgemäß durchgeführt. Entsprechend fachgerechte Protokolle wurden erstellt und liegen vor. Also, was sollen Ihre Vorbehalte, Wolf." „Fachgerechte Protokolle? Sie wissen genauso gut wie ich, dass diese im Höchstmaß dilettantisch angefertigt wurden und meinem Ruf keineswegs gerecht werden. Jetzt versucht mir die Behörde ganz sicher etwas anzuhängen." „Das Risiko war Ihnen aber doch von Anfang an bekannt, mein lieber Wolf, und zur Abmilderung der eventuellen Nachteile erhielten Sie immerhin stattliche zehntausend Euro je Protokoll. Lassen Sie sich etwas einfallen und beschwichtigen Sie die Dame." „Sprechen Sie doch mal mit der Weber und sagen Sie ihr, dass Sie das so gewünscht haben." „Mein lieber Wolf. Ich habe überhaupt nichts gewünscht. Ich bin auch nirgendwo in Erscheinung getreten." „Aber sicher doch. Ich habe diesbezüglich eine Aktennotiz von Ihnen an die Protokollmappe angeheftet." „Sie haben was? Sie sind einfach zu dämlich, Wolf. Sehen Sie zu, wie Sie da rauskommen. Ich werde erklären, dass es sich um eine Fälschung von Ihnen handelt." „Dann lasse ich Sie hochgehen." „War das jetzt eine Drohung, Wolf?" „Ein gut gemeinter Hinweis unter Freunden." „Wer Sie zum Freund hat, Wolf, braucht offensichtlich keine Feinde. Wiederhören."

„Hallo, Ernst, führst du die Obduktion bei Franz Kretschmer durch?" „Morgen, Karin, nein, die macht Biggi, warum?" „Dann würde ich dir gern noch mal die Obduktionsberichte zu den Priestermorden zumailen. Irgendetwas stimmt da nicht." „Das sage ich ja. Wir haben doch die meisten Sektionen durchgeführt und entsprechende Berichte abgefasst. Aber unsere Originale sind alle verschwunden. Wolf scheint neue angefertigt zu haben." „Und warum?" „Keine Ahnung. Das muss ich prüfen. Ich habe unsere Berichte sicher noch als Kopie auf meinem Rechner." „Mach das bitte. Da ist irgendwas oberfaul." „Ja, ich setz mich gleich dran." „Ich schicke dir jetzt Theo zur Obduktion. Das wird unser Liebespaar freuen. Ich hätte gern, dass einer von unserer Abteilung als Zeuge der Leichenöffnung beiwohnt." „Ok, dann schick ihn rüber. Ich sag Biggi Bescheid, dass sie noch warten soll." „Ich denke, das wird sie gern tun, wenn sie hört, dass Theo zu ihr unterwegs ist." „Das heißt, dass du auch über die Liaison von Biggi und Theo informiert bist?" „So ist es. Mir ist das allerdings völlig egal. Ich freue mich für die beiden." Karins nächstes Telefonat galt Theo, den sie zur Gerichtsmedizin nach Braunsfeld beorderte.

Karin wollte es jetzt genau wissen und wählte die Rufnummer von Doktor Bellarani. Erst nach dem achten Klingeln nahm jemand das Gespräch entgegen, ein Zeichen dafür, dass eine Rufweiterschaltung aktiviert wurde. „Hallo, Frau Weber. Was kann ich für Sie tun?" „Hallo, Doktor Bellarani. Ich hätte gern von Ihnen gewusst, warum Sie von Doktor Wolf die überschnelle Einäscherung der getöteten Priester erbeten haben?" „Sie verschwenden keine Zeit, nicht wahr. Und kommen immer sofort auf den Punkt. Ich habe die Leichen der ermordeten Glaubensbrüder von Wolf nicht eingefordert. Ich habe lediglich nachgefragt, wann ich die Toten endlich bestatten darf." „Sie meinen einäschern." „Ganz sicher nicht, Frau Weber. In der katholischen Kirche gilt einäschern immer noch nicht als anerkannte Bestattungsform." „Und wer gab dann den Auftrag zur Einäscherung?" „Das müssen Sie diesen Doktor Wolf fragen. Wahrscheinlich ist da bei Wolf etwas schief gelaufen und er hat die Leichen versehentlich der Verbrennung zugeführt." „Versehentlich?" „Nun ja, Frau Weber, erare humanum est. Jedenfalls sind die Urnen zwischenzeitlich in geweihtem Boden bestattet worden." „Wie tröstlich für Ihre Brüder. Soll ich Ihnen mal sagen, wie meine Verdachtslage aussieht?" Karin ließ Bellarani erst gar nicht zu Wort kommen. „Die Leichen wurden so schnell verbrannt, um Nachforschungen nach DNA-Spuren zu unterbinden, die ein potentieller Täter an den Leichen zurückließ." „Frau Weber, ich bin kein Kriminalist." „Aber Geheimdienstler und da sind Ihnen solche Fakten zu Genüge bekannt." „Beschuldigen Sie jetzt etwa mich? Sie wagen sich auf verdammt dünnes Eis, Frau Weber." „War das jetzt wieder eine von Ihren Drohungen?" „Ich bin ein Mensch, der größte Güte walten lässt. Wie könnte ich Ihnen drohen, und vor allem warum. Ich bin ein Ehrenmann und ein Mann der katholischen Kirche. Soll ich mal beim Außenminister Ihres Landes vorsprechen? Nicht, dass Sie schon bald wieder Parksünder aufschreiben müssen, Frau Hauptkommissarin. Und nun lassen Sie mich meines Weges fahren. Ich bin auf dem Weg zum Heiligen Vater. Dringende Geschäfte zwingen mich, nach Rom zu eilen. Lassen Sie mich wissen, wie Sie vorankommen, Frau Weber. Gelobt sei Jesus Christus." Ohne ein weiteres Grußwort war das Gespräch für Bellarani beendet. „Der Kerl hat Dreck am Stecken. Das ist für mich so klar wie das Amen in der Kirche. Ich muss versuchen, ihm eine Falle zu stellen."

„Bracht", tönte es aus der Hörmuschel. „Weber hier, hallo, Herr Bracht. Haben Sie einen Moment Zeit für mich?" „Ich habe jetzt gleich eine Verhandlung, aber ein paar Minuten sind immer für

Sie drin. Was gibt es denn?" Karin erzählte, was ihr eben der Geheimdienstchef des Vatikans erzählt hatte. „Er spürt Gegenwind und bringt sich erstmal aus der Schusslinie. Der Mann ist obervorsichtig und dreimal chemisch gereinigt, Frau Weber. Es könnte in der Tat sein, dass er sich über seine Quellen Gehör im Außenministerium verschafft. Machen Sie sich aber keine Sorgen. Sicherlich wird man Sie zu dem Vorfall konsultieren, aber es wird keine Weiterungen für Sie haben. Sagen Sie bitte nur, dass Sie jeden Schritt mit mir abgesprochen haben. Bellarani versucht, Sie einzuschüchtern. Als nächstes wird er versuchen, Sie zu kaufen. Er hat so immer sein Netzwerk aufgebaut und vergrößert. Also wird er es wieder probieren. Ich muss jetzt in die Verhandlung. Danke für Ihre Information. Ich mach mir eine Notiz." „Viel Erfolg im Termin und bis dann." „Ja, danke, wir bleiben am Ball."

Karin erhob sich und schaute im Büro ihrer Kollegen vorbei. Theo war sofort auf Karins Anweisung hin zur Gerichtsmedizin aufgebrochen. „Habt ihr etwas Neues?" Asli gesellte sich auch zu ihren Kolleginnen hinzu. „Ich habe ein wenig im Umfeld von diesem Dr. Wolf recherchiert. Er hat vor einigen Jahren ein wenig Geld geerbt. Das Haus jedoch, in dem er wohnt, ist ein Millionenobjekt und bezahlt. Er muss andere Geldquellen besitzen. Sein Verschleiß an kostspieligen Frauen ist auch nicht von Pappe. Und erst vor zwei Wochen hat er sich ein neues Porsche Cabrio bestellt. Ich denke, das bekommt er wohl kaum geschenkt. Nach meinen Recherchen wurden von Wolf die Obduktionsberichte aller Toten aus dem gesamten Bundesgebiet eingefordert, überarbeitet und dann für die Prozessakten freigegeben. Genauso wie alle Leichen für seine eigenen Obduktionen nach Düsseldorf geschafft und dann verbrannt wurden. Unterstützt hat ihn dabei ein Direktor im BKA der zwischenzeitlich verstorben ist. Alles verdammt merkwürdig." „Ich bin ja mal gespannt, ob Wolf hier morgen auspackt. Je nachdem, was er aussagt, nehmen wir ihn vorläufig fest." „Das hatte ich mir auch so gedacht. Wenn wir ihn etwas einschüchtern und mit der Realität konfrontieren, wird wer vielleicht reden." „Hoffen wir mal, dass er nicht gleich nach seinem Anwalt schreit." „Ich glaube, ich weiß wen er als Anwalt anschleppen wird, Karin." „Etwa von Mannstein?" „Genau den meine ich." „Warten wir es ab. Wir sind ja gut vorbereitet."

Hannes Baumgart brachte heute sein Tagwerk früh zu Ende. Die fünf Kirchenbänke, die er in St. Maria reparieren musste, waren ein Klacks für seine handwerkliche Begabung. Nun war er nicht nur ein begnadeter Schreinermeister mit besonders großem Geschick, sondern auch ein penibler Planer. Er hatte die zu reparierenden Bankteile vorher genau vermessen, in seiner Werkstatt hochpräzise neu angefertigt und entsprechend lackiert. Die Montage im Kirchenschiff gestaltete sich dann für ihn nur noch wie ein Kinderspiel und wenig zeitaufwendig. Schon am frühen Nachmittag stellte er seinen Kombi vor seiner Werkstatt ab. Seine Kollegen trafen erst zwei Stunden später von ihren Facilityeinsätzen im Werkstattbereich ein. Weil Hannes Baumgart noch in seinen heiligen Hallen hämmerte, kümmerten sie sich nicht um ihren Schreinerkollegen und machten Feierabend. Hannes Baumgart hingegen hatte seine Kollegen beobachtet und sehr erfreut festgestellt, dass er nun ohne lästige Zuschauer seinem Treiben nachgehen konnte. Er öffnete die Geheimtüre und verschwand in seiner Spezialwerkstatt.

„Hallo, Karin. Ich habe brav und schnell deine Anweisungen ausgeführt und unsere Obduktionsberichte mit denen von Wolf verglichen. Sie weichen in Bezug auf die Todesursache und Vorerkrankungen der Opfer nicht groß voneinander ab." „Hallo, Ernst, ich warte auf dein aber." „Genau, Karin, aber alle Hinweise auf die DNA des potentiellen Täters, die wir ermittelt haben, fehlen gänzlich." „Und was schließt du daraus, großer Medizinmann?" „Das Wolf entweder den Täter kennt und deckt oder entsprechend angewiesen wurde, sämtliche Spuren, die auf den Mörder hindeuten, zu vernichten, damit Bellarani der einzige bleibt, der den Mörder kennt und weiter einsetzen kann." „Was bedeuten würde, dass Bellarani der Drahtzieher ist." „Genauso sehe ich das auch, Karin. Ich bezweifle allerdings, dass du an den Mann herankommst, um ihn wegen Anstiftung zum Mord festnehmen zu können. Schließlich besitzt er einen Diplomatenpass." „Dafür müsste im Vorfeld seine Immunität aufgehoben und ein entsprechender Antrag beim Vatikanstaat gestellt werden, was ich auch nicht für ganz problemlos halte." „Mit Sicherheit nicht. Was ist das für eine verworrene Geschichte?! Kein Wunder das Bellarani erstmal im Vatikan untergetaucht ist, bis Gras über die Sache wächst. Aber ich werde ihn aus seinem Versteck herauslocken." „Viel Glück dabei, Karin. Ich jedenfalls mache jetzt Feierabend." „Ist es schon wieder so spät?" „Ja, halb sechs." „Dann bis die Tage und schönen Abend." „Euch auch."

„Hallo, Asli, hauen wir ab?" „Ja, ich mache hier die Schotten dicht. Theo und Edith sind schon nach Hause." Als die beiden im Auto saßen und sich durch die Reste des Berufsverkehrs quälten, erzählte Karin ihrer Lebensgefährtin, was sie eben erfahren hatte. „Wenn dieser Wolf die DNA-Analysen verschwinden ließ und wir keine Kopien hätten, könnten niemals mehr Rückschlüsse auf den Täter gezogen werden. Aber eines steht ja fest. Wir haben seinen genetischen Fingerabdruck, und wenn wir einen Verdächtigen festnehmen, können wir nachprüfen, ob er der Täter ist oder nicht." Der feine Nieselregen und die Temperaturen nahe dem Gefrierpunkt machten nur Lust auf ein gemütliches Zuhause. Asli und Karin besorgten sich noch zwei Rumpsteaks, fertige Kräuterbutter und ein paar Zutaten für einen gemischten Salat und fuhren dann gleich nach Hause. Den Abend verbrachten sie gemütlich auf dem Sofa.

27

Karin setzte frischen Kaffee auf und stellte Tassen bereit. Außerdem hatte sie Wasser aus der Kantine kommen lassen. Asli öffnete die H-Milchpackung und füllte etwas daraus in ein Milchkännchen. „Schon fünf vor zehn. Mal gespannt, ob der Typ pünktlich ist." „Ich glaube nicht daran, Asli. Wolf ist so von sich eingenommen, er wird viel Stress vortäuschen." Weil sich Doktor Wolf bis um zehn Uhr fünfunddreißig immer noch nicht gemeldet hatte, rief Asli in der Düsseldorfer Gerichtsmedizin an. Dort jedoch bedeutete man ihr, dass Wolf gegen kurz nach acht Uhr Richtung Köln aufgebrochen war. „Wäre es möglich, dass sich der Typ ins Ausland abgesetzt hat?" „Kann ich mir nicht vorstellen, Asli, aber möglich ist alles. Immerhin weiß er eine weltweit agierende Gemeinschaft hinter sich."

Gegen kurz nach elf summte Karins Telefon. „Autobahnpolizei Neuss, Hauptwachtmeister Schmitt, hallo, Frau Hauptkommissarin. Kann es sein, dass Sie seit zehn Uhr auf einen Doktor Wolf aus Düsseldorf warten?" „Das tue ich in der Tat, Herr Kollege. Machen Sie es nicht so spannend. Wo ist er?" „Doktor Wolf ist tot. Er hatte einen Verkehrsunfall in der Nähe vom Autobahnkreuz Neuss. Vermutlich ein geplatzter Reifen. Sein Fahrzeug geriet bei hoher Geschwindigkeit ins Schleudern und knallte gegen einen Brückenpfeiler. Sein Porsche brannte völlig aus. Wir fanden nur noch ein paar Fetzen Ihrer Ladung in seinem Aktenkoffer und ein verkohltes Smartphone." „Keine schöne Information, Kollege, aber vielen Dank für Ihren Anruf." „Keine Ursache, Frau Hauptkommissarin." „So ein Mist!", brüllte Karin Weber so laut heraus, dass Asli dies zwei Räume weiter gut vernehmbar mitbekam. Sofort lief sie zu Karin. „Was ist los?" „Wolf ist tot, Asli. Er hatte einen vermeintlichen Autounfall. Schuld war angeblich ein geplatzter Reifen in Höhe des Autobahnkreuzes Neuss. Man hat ihn zum Schweigen gebracht, Asli." „Ich veranlasse sofort, dass die Leiche und das Autowrack beschlagnahmt werden. Wir müssen wissen, ob da jemand die Finger im Spiel hatte, wobei es schwer sein dürfte, an einem ausbrannten Fahrzeug Spuren zu finden. Fakt ist leider, dass wir jetzt wieder bei null stehen und von vorn anfangen müssen." „Wobei ich sogar glaube, dass dieser Wolf eine Schlüsselrolle inne hatte." „Tja, Karin, dann müssen wir uns wieder in die Akten stürzen. Du weißt ja, wo du mich findest, wenn du mich brauchst." Asli verschwand wieder in ihrem Büro. Karin rief sofort Ernst Brandt an und berichtete ihm was geschehen war. „Ich möchte dich ja jetzt nicht gänzlich auf den Nullpunkt bringen, Karin, aber ein Brandopfer und ein ausgebranntes Fahrzeug sind spurentechnisch so ergiebig wie ein Schluck Wasser." „Ich habe es geahnt. Dann fangen wir halt wieder von vorne an." „Tut mir leid, Karin." „Ist ja nicht deine Schuld. Wenn du etwas herausfindest, lass es mich wissen. Ach, gibt es schon Ergebnisse zur Obduktion von Pfarrer Kretschmer?" „Biggi hat die Untersuchungen abgeschlossen. Keine Abweichungen zu den übrigen Mordfällen. Nur ein beinahe zusammen geklappter

Kommissar." „Jetzt mach dich mal nicht über meinen Superschnüffler lustig, Ernst." Ernst lachte. „Warte, ich schau mal in den Bericht. Die Gurke stammte diesmal nicht aus biologischem Anbau. Wir fanden geringe Mengen an Pflanzenschutzmittel, die aber mit dem Tod des Opfers rein gar nichts zu tun haben. Ja, und einige Haare vom Täter haben wir gefunden und natürlich eine Menge Hautpartikel unter den Nägeln des Opfers. Die DNA der Hautpartikel sowie der Haare sind identisch und können eindeutig unserem Täter zugeordnet werden. Leider haben wir noch kein Gegenstück, um unseren Mörder identifizieren zu können. Das war es, Karin. Bis die Tage." „Danke dir, Ernst. Wir hören voneinander."

Karin hatte den Hörer gerade aufgelegt, als ihr Telefon wieder summte. „Weber?" „Hallo, Herr Kollege. Was verschafft mir die Ehre Ihres Anrufes?" „Guten Tag, Frau Weber. Die Vernehmungen des Schützen im Wald von Esch sind abgeschlossen. Der Mann heißt Vladimir Rudjew. Er ist zweiundfünfzig Jahre alt und Tschetschene. Laut seiner Aussage hat er in früherer Zeit in seinem Land beim Militär als Scharfschütze gedient. Vor zwei Jahren ist er desertiert und hat sein Snipergewehr mitgenommen. Weil weder eine Verbindung zu Ihrem Fall noch zu Ihrer Person oder der von Frau Bülent nachweisbar ist, hat der Staatsanwalt Anklage wegen unerlaubten Waffenbesitzes, Verstoß gegen das Kriegswaffengesetz und Anklage wegen Wilderei erhoben. Ich wollte Sie nur informieren." „Das ist sehr lieb von Ihnen. Vielen Dank." „Keine Ursache und bis dann." Karin gab diese Information gleich an Asli weiter, die mit Edith die Akten durchstöberte. Theo arbeitete bereits wieder mit Hochdruck an zwei anderen Tötungsdelikten. Nach der Mittagspause meldete sich Georg Bracht bei Karin. „Hallo, Frau Weber. Da bin ich noch mal. Ich hörte eben von meinem Kollegen, dass in Sachen des Tschetschenen Rudjew nicht wegen versuchten Mordes Klage erhoben wird." „Ja, das ist richtig. Mein Kollege hat mich auch schon informiert. Rudjew hat mit unseren Fällen ganz sicher nichts zu tun. Schade, eine vermeintliche Spur weniger. Übrigens, Wolf ist tot. Laut Aussage der Autobahnpolizei ist er heute Morgen bei einem Verkehrsunfall ums Leben gekommen. Ich habe sofort angeordnet, dass die verkohlte Leichte und das ausgebrannte Autowrack sichergestellt werden. Ich vermute, Wolf ist durch einen Anschlag ums Leben gekommen. Deshalb hat sich nach meinem Dafürhalten Bellarani auch nach Rom abgesetzt. Lieber weit weg als allzu nah dran." „Ach, Frau Weber, alle diese Thesen, die wir beide hier aufstellen, bedürfen wasserdichter Beweise und die haben wir leider nicht." „Höre ich da Worte der Resignation?" „Das ganz sicher nicht, aber wir müssen verdammt viel Glück haben, um in dieser Mordserie endlich voran zu kommen." „Ich habe da aber etwas anderes für Sie. Es geht um die mutmaßlichen Motive unseres Mörders." „Das hört sich spannend an." „Ist es auch. Leider dürfen wir diese Akten eigentlich gar nicht kennen." „Frau Weber, dann bitte nicht am Telefon. Können Sie vorbei kommen? Ich mache uns auch einen leckeren Kaffee." „Klingt gut, dann komme ich zum

Kaffee trinken vorbei. In zwanzig Minuten bin ich bei Ihnen." „Wunderbar. Bis gleich." „Ich fahre zu Bracht, Asli", verabschiedete sich Karin. „Alles klar, bis später."

Karin konnte sich nicht so recht entscheiden. War dieser Oberstaatsanwalt ein attraktiver Mann, der Frauenherzen höher schlagen ließ oder mochte sie ihn einfach, weil er unbestechlich und geradeaus erschien. Letztendlich konnte ihr das auch egal sein. Sie hatte das Thema Männer für immer abgeschlossen. Was ihr imponierte war vor allem, mit welchem Elan Bracht in den Fall eingestiegen war. In seinem Büro duftete es nach kräftigem Kaffee, als sie eintrat. „Hallo, Frau Weber. Bitte nehmen Sie doch Platz. Ich denke, dem Duft des Kaffeearomas können Sie nicht widerstehen?" „Hallo, Herr Bracht, da muss ich Ihnen Recht geben." Bracht balancierte zwei Milchkaffee an den Tisch und setzte sich zu Karin. „Was haben Sie Interessantes mitgebracht?" „Wie Sie ja sicher wissen war Frau Bülent ehemals Leiterin einer operativen Abteilung im LKA. Durch Ihre Beziehungen ist sie auf einem anderen Dienstweg an einige der Personalakten unserer Mordopfer gekommen. Das Vikariat hatte die Herausgabe der Akten verweigert, weil diese angeblich nur im Vatikan zentral verfügbar sind. Der Vatikan hingegen hat die Herausgabe schlichtweg abgelehnt. Es bleibt aber zu vermuten, dass Bellarani seine Finger im Spiel hat." „Sie wissen, dass ich diese Informationen weder kennen noch in einem Verfahren einsetzen darf?" „Natürlich. Deshalb sage ich sie Ihnen ja. Hier sind die Kopien der

Personalakten. Unsere letzten beiden Opfer sind nicht mehr darunter." „Ich habe die Inhalte der Akten jetzt nur überfliegen können, aber wie es scheint, hätte jeder der Herren von einem meiner Kollegen für einige Jahre hinter Gittern geschickt werden müssen. Kindesmissbrauch, Gewalt gegen Kinder, Vergewaltigung, Besitz und Verbreitung von Kinderpornos, da kommt so einiges zusammen. Da sind ja einige ganz schwere Jungs dabei. Und gegen keinen der Täter wurde Anklage erhoben?" „So wie es scheint nicht. Wir sind in der Abteilung zu dem Schluss gekommen, dass die Kirche hier durch Bellarani eine Art Selbstreinigung durchführt. Er sucht die Opfer aus und schickt seinen Killer hin. Die Art, wie die Opfer ermordet werden, hat ja schon wieder etwas Rituelles. Die ehemaligen Täter werden zu Opfern. Sie werden mundtot durch die Gurke gemacht, an der sie sogar ersticken, und ihnen werden die Genitalien entfernt als Zeichen dafür, dass sie nie wieder vergewaltigen können." „Ziemlich vage, aber je mehr ich darüber nachdenke, desto mehr komme ich zu dem gleichen Ergebnis wie Sie." „Sie dürfen die Akten behalten. Es sind Kopien. Vernichten Sie diese einfach, wenn Sie alle gelesen haben." „Ist zwar eine Schande um die Informationen, aber wie Sie schon sagten, sie sind irrelevant, wenn es zum Prozess kommt." „Ich fahre zurück ins Präsidium. Danke für den Kaffee." „Kein Thema, Frau Weber. Bitte senden Sie mir auf jeden Fall alles rüber, was Sie über Wolf und dessen Tod ermitteln konnten." „Das ist selbstverständlich." Karin verabschiedete sich von Georg Bracht und fuhr zurück zu ihrer Dienststelle.

28

„Und?" „Bracht war natürlich sehr interessiert an den Personalakten der Priester, aber er kann nichts davon in einem anhängigen Prozess verwenden, weil die Beweisstücke illegal beschafft wurden." „Aber er weiß wenigstens, was Sache ist. Wir werden die Beweisstücke schon noch zusammenbekommen. Magst du einen Kaffee, Karin?" „Lieber nicht. Ich hab für heute genug Koffein zu mir genommen." Plötzlich klopfte es an Karins Bürotüre. „Wer kann das denn sein? Ich habe keine Termine für heute Nachmittag gemacht." „Ja bitte?" Eine junge Frau mit dickem Mantel, hochgeschlagenem Kragen und einer Wollmütze, die sie tief ins Gesicht gezogen hatte, betrat das Büro. „Guten Tag, was können wir für Sie tun?" „Erkennen Sie mich nicht? Ich bin Schwester Antonia. Man ist hinter mir her." „Kommen Sie erstmal herein, Schwester, und legen Sie ab. Hier sind Sie sicher." „Ich bin nirgendwo sicher, Frau Hauptkommissarin. Wenn Sie sich mit den Vertretern Gottes angelegt haben, begleitet sie nur noch die Angst." „Was für eine Angst, Schwester?" „Die vor einem grausamen Tod." „Jetzt beruhigen Sie sich erstmal. Nehmen Sie Platz und erzählen Sie von Anfang an, was geschehen ist."

„Sie wissen doch, dass ich die persönliche Betreuerin von Prälat Herbert Berger war und all seine Belange erledigt habe. Ich habe seine Wohnung sauber gehalten, seine Wäsche gewaschen und gebügelt und auch ein wenig seine persönlichen Büroarbeiten übernommen. Darüber hinaus habe ich für ihn eingekauft und auch gekocht, wenn er persönliche Gäste bewirtete. Vor gut einem Jahr, an einem Samstagabend, waren zwei Freunde von Prälat Berger aus Süddeutschland zu Gast. Die beiden Prälaten hatten Wein aus Baden mitgebracht und ich musste die Gästezimmer für zwei Übernachtungen herrichten. Herr Berger wies mich an, ein Drei-Gänge-Menü anzurichten. Dafür habe ich bald den ganzen Tag am Herd gestanden. Nach dem Dessert servierte ich Kaffee und Cognac. Die Herren hatten schon eine Menge Wein verkostet. Als ich die Dessertschalen und Kaffeetassen abräumte, bat ich Herrn Berger gehen zu dürfen und Feierabend zu machen. Den Spülautomaten wollte ich erst am kommenden Tag einschalten. Schon ein wenig lallend lehnte er ab und bot mir ebenfalls ein Glas Wein an. Einer der Männer goss bereits ein Glas für mich ein. „Komm, Mädel, feiere ein wenig mit uns", rief er aus. Weil ich keinen Alkohol mag, lehnte ich sein Angebot ab. Daraufhin packte er mich ganz fest und flösste mir unter Mithilfe der beiden anderen Männer zwei Glas Wein ein. Mit wurde augenblicklich ganz schummerig. Dann riss Herr Berger mir völlig unvermittelt meine Tracht herunter. Wissen Sie, ich habe ziemlich langes Haar, was die Herren wohl begeisterte. Die Freunde von Prälat Berger packten mich nun einer rechts und einer links. Der Hausherr riss mir meinen BH und meine Unterhose vom Leib. Sie legten mich rücklings auf den großen Esstisch und befingerten mich am ganzen Körper. Ich schloss nur noch meine Augen. Plötzlich spürte ich, wie einer der Männer zwischen meine Schenkel trat. Ein furchtbarer Schmerz traf mich, als wenn ein Messer in meinen Unterleib gestoßen wurde und ...." Schwester Antonia begann zu weinen. Asli setzte sich ganz nah zu ihr und streichelte sie. Wenig später nahm sie die Schwester fest in ihre Arme, weil sie immer wieder von Weinkrämpfen geschüttelt wurde. Als sich Schwester Antonia etwas beruhigt hatte, sprach sie weiter. „Nacheinander haben die Männer mich vergewaltigt. Ich verlor an diesem Tag durch Prälat Berger meine Unschuld, die ich mir doch für den Herrn aufgehoben hatte." Wieder weinte Schwester Antonia. Karin hatte gleich zu Beginn des Gespräches das Aufzeichnungsgerät eingeschaltet. „Darf ich Ihre Aussage aufzeichnen?" „Ja, selbstverständlich." „Dann nehmen wir Ihre Aussage offiziell zu Protokoll. Damit können wir endlich gegen diese scheinheilige Bande vorgehen." „Weit nach Mitternacht entließen mich die Männer und ich rannte in mein Zimmer. Am nächsten Tag, meinem freien Sonntag, zitierte mich Prälat Berger zu sich in seine Wohnung. Er teilte mir mit, dass er dafür sorgen würde, dass ich wegen Unzucht aus dem Orden geworfen würde, wenn ich über die Ereignisse der letzten Nacht mit irgendjemandem reden würde. Außerdem hätte er mit seinem Arzt darüber gesprochen, dass er aus rein medizinischen Gründen einmal die Woche Sex mit mir haben müsste, um seine Prostatabeschwerden zu heilen. Ich sollte mich bereits heute darauf einstellen, und zu meinem Schaden wäre dies auch nicht. Von diesem Tag an zog

mich der Prälat ständig in sein Bett. Es bereitete ihm große Freude, mich zu schänden. Was hätte ich dagegen unternehmen können? Gegen die Aussage des Prälaten hätte man mir niemals geglaubt. Drei Wochen nach meiner Entjungferung blieben meine Tage aus. Der Hausarzt des Vikariats drückte mir einen Schwangerschaftstest in die Hand. Wenige Minuten später stand bereits fest, dass ich schwanger war. Ich erhielt ein Päckchen mit Tabletten für einen nachträglichen Schwangerschaftsabbruch. Damit war der Fall für Herrn Berger erledigt. Auch als er später Gäste einlud, wurde ich an diese zum Sex ausgeliehen. Insgesamt wurde ich noch dreimal schwanger."
„Das ist ja ungeheuerlich! Warum haben Sie nicht mal beim Kardinal vorgesprochen?", fragte Asli die immer noch weinende Schwester. „Weil ich mich einfach nicht getraut habe. Ich hatte immer Angst, als Ordensfrau entlassen zu werden. Deshalb hatte ich um meine Versetzung nach Afrika in ein Partnerkrankenhaus unseres Ordens gebeten, aber Prälat Berger hat dies stets verhindert. Sogar als ich während der dritten Schwangerschaft eine Ausschabung über mich ergehen lassen musste, die dazu führte, dass ich jetzt für immer kinderlos bleiben muss und die aus Verschwiegenheitsgründen auch noch unter widrigsten Bedingungen im Vikariat durchgeführt wurde, hat sich Herr Berger nicht im geringsten um meine Belange gekümmert." Asli versuchte immer wieder, die junge Schwester zu beruhigen.

Vorsichtig übernahm Karin Weber wieder die Befragung. „Was ist an dem Tag geschehen, als

Sie Prälat Berger tot in seiner Wohnung auffanden?" „Ich habe wie gewöhnlich nach der Frühmesse um 07:30 Uhr die Wohnung von Prälat Berger betreten. Weil er sich mir früh morgens gern völlig nackt zeigte, habe ich immer versucht, mich gleich in die Küche zu schleichen, um sein Frühstück anzurichten. Er pflegte nämlich stets völlig angezogen zu frühstücken, weil häufig sein Sekretär zu Besuch kam. Dies gelang mir auch an diesem Morgen. Als ich angerichtet hatte, rief ich nach ihm, doch er meldete sich nicht. Ich dachte schon, er hätte verschlafen und suchte die Wohnung ab. Dann sah ich ihn tot in seinem Arbeitszimmer liegen." „Und was ist dann geschehen?" „Ich ... ich habe Gott gedankt, dass er mein Flehen erhört hat und mich für immer von dieser Pein gerettet hat." Schwester Antonia machte drei Kreuzzeichen. „Als ich mich vom ersten Schreck erholt hatte, prüfte ich, ob der Prälat noch lebte, was aber nicht der Fall war. Ich habe eine Ausbildung zur Intensivschwester absolviert und konnte dies erkennen. Sofort lief ich daraufhin ins Geschäftszimmer des Vikariats, um meine Beobachtung zu melden. Dort stand Monsignore Bellarani und unterhielt sich mit dem Vikariatsleiter. Der Monsignore griff sofort ganz fest nach meinem Arm und beschwor mich, vor dem frühen Nachmittag Niemanden etwas von meiner Entdeckung zu erzählen. Monsignore Bellarani schaute mich mit festem Blick an. Alle meine Schwestern haben Angst vor ihm, genauso wie ich auch. Er hat etwas Böses in seinen Augen. Ich wusste bis dahin überhaupt nicht, dass er der Geheimdienstchef des Vatikans ist und dass es überhaupt so etwas gibt. Wir sagen immer, in Herrn Bellarani steckt der Teufel. Der Monsignore gab mir sofort für den Tag frei und schlug mir vor, in die Kapelle zu gehen um zu beten. Nachmittags rief er mich dann, damit ich der Polizei Rede und Antwort stehen konnte."

„Sie haben damit eine Falschaussage getätigt", mischte sich Asli nun wieder in die Befragung ein. „Doch mit Ihrer jetzigen Aussage haben Sie uns ein ganzes Stück in unseren Ermittlungen weitergebracht. Deshalb haben Sie nichts zu befürchten. Im Gegenteil, Sie sollten das, was Ihnen widerfahren ist, publik machen, damit diese Missstände aufgedeckt und geahndet werden können." „Ich habe wieder einen Antrag auf eine Auslandstätigkeit gestellt. Diesmal wird mir diese sicher genehmigt werden." Karin Weber schüttete Schwester Antonia einen Kaffee ein, während Asli wie der Teufel ihre Aussage tippte und ausdruckte. In der Zeit, in der die Ordensfrau das Protokoll akribisch las, liefen ihr wieder Tränen die Wangen herunter. Als sie die beiden DIN A4 Seiten Karin unterschrieben aushändigte, schienen alle Sorgen aus ihrem Gesicht gewichen zu sein. „Vielen Dank, dass Sie diese Aussagen getätigt haben. Sie haben uns sehr geholfen." „Ich werde dann jetzt wieder gehen." „Wohin dürfen wir Sie bringen? Wir fahren Sie selbstverständlich nach Hause." „Am besten ins Vikariat. Ich bin müde und werde mich erstmal ausschlafen. Morgen rufe ich unsere Priorin an und fahre am Nachmittag zurück nach Süddeutschland in unser Kloster." „In Ordnung, dann bringen wir Sie jetzt in die Innenstadt." Beinahe eine Dreiviertelstunde benötigten die drei Frauen, bis sie sich durch den Innenstadtverkehr gekämpft hatten. Sie setzten die junge Schwester gleich vor dem Haupteingang des Vikariats ab. „Jetzt gib endlich Gas, Asli, ich möchte nach Hause", äußerte Karin scherzhaft, was sich ihre Lebensgefährtin jedoch nicht zweimal sagen ließ. Zwanzig Minuten später rollte der Golf vor ihrem Haus aus. „Lass uns eine Pizza essen gehen, Karin. Mir ist für heute die Lust am Kochen vergangen. Für mich ist es immer noch erschütternd, was uns Schwester Antonia berichtet hat. Ich hab richtig Hass." „Da gebe ich dir völlig Recht. Ich glaube, wenn man immer genau wüsste, was hinter den Mauern der hochwürdigen Gesellschaft der Kirche so vorgeht, man müsste kotzen. Natürlich darf man aber auch nicht alle Menschen, die in der Gemeinschaft der Kirche arbeiten, über einen Kamm scheren. Die Masse der Mitglieder der Kirche sind mit Sicherheit rechtschaffene Menschen, die viel Gutes tun. Wir haben leider das Problem, dass wir gerade jetzt die Kehrseite zu sehen bekommen. Komm, ich gebe einen aus. Schließ das Auto ab und los geht's." „Darf ich ausnahmsweise vorher noch eben zur Toilette gehen?" „Wenn du fünfzig Cent auf das weiße Tellerchen legst." „Wie bitte? Ja, das sind neue Sparmassnahmen im Hause Weber/Bülent." Weiter kam Karin nicht, weil sie lachen musste. „Du bist so doof, Karin. Ich komme direkt."

Erleichtert verließ Asli das Haus. Doch Karin war nirgendwo zu sehen. Sie schloss ab und schaute bei den Nachbarn vorbei. Und tatsächlich stand Karin mit den beiden Nachbarinnen zusammen und klönte. „Hallo, Asli, komm zu uns. Wir trinken ein Gläschen Sekt. In vier Stunden fliegen wir nach Gran Canaria. Marga hat mir einen Heiratsantrag gemacht und wir wollen uns in der Sonne verloben. Wenn wir zurück sind, planen wir unsere Hochzeit." Sie schlürften noch gemeinsam ein Glas Sekt, bis das Taxi eintraf, das die beiden Frauen zum Flughafen brachte. „Tschöö und guten Flug. Wir schauen nach eurer Post und den Blumen", rief Karin den beiden Frauen noch zu, während sie die Koffer ins Taxi verluden. Dann waren die beiden auch schon verschwunden. „Die haben es gut. In die Sonne möchte ich auch bald mal wieder. Am liebsten ans Meer. Nur im Bikini am Strand entlang laufen, lecker essen, ein Weinchen trinken, schwimmen und faulenzen." Asli geriet ins Träumen. „Damit du wieder in deinen Bikini passt, musst du aber noch ein wenig Sport treiben." „Na, das sieht bei dir aber nicht viel anders aus." „Stimmt. Dann bekommst du meinen und ich kaufe mir einen neuen Zweiteiler." Jetzt prusteten die beiden Frauen zusammen los. Asli hakte sich bei Karin unter und auf gings zur Pizzeria.

29

Hannes Baumgart verließ seine abgetrennte, geheime Werkstatt und tarnte den Zugang wieder so, dass man nichts anderes als Mauerwerk hinter dem Putz vermutete. Er nahm die lange Leiter von der Wandhalterung und befestigte sie auf dem

Dachgepäckträger seines Privatwagens. Sein spezieller Werkzeugkasten stand griffbereit hinter dem Fahrersitz. Er hatte noch einen besonderen Auftrag zu erledigen, der ihm per Internet in der gewohnten Weise übermittelt wurde. Weil der Preis stimmte, nahm er den Auftrag an. Um in der Nacht mit seinem weißen Schutzanzug nicht wie eine Leuchtfackel zu glänzen, hatte er sich extra für solche Anlässe einen Schornsteinfegeranzug besorgt. Diese Form der Bekleidung war für seine Zwecke robust in der Ausführung, unempfindlich gegen Schmutz und er konnte darunter noch wärmende Unterkleidung ziehen, damit er nicht fror. Auch wenn er sich anfangs ein wenig unförmig fühlte, gewöhnte er sich doch rasch an sein Outfit. Er wählte per Navi die kürzeste Fahrstrecke aus und fuhr los. Unspektakulär parkte er seinen Astra gegenüber dem Vikariatsgebäude und verließ sein Fahrzeug. Zwar fiel seine Kleidung ein wenig auf, weil zu dieser Uhrzeit sich eigentlich kein Schornsteinfeger mehr auf der Straße befand, aber da ihm niemand begegnete, blieb er unerkannt. Er zählte die Fensterleibungen ab dem Giebel im ersten Stock von rechts ab und dann sah er sie. Um keinen Lärm zu verbreiten, entschied sich Baumgart für die Blasrohrvariante. Jetzt musste alles ganz schnell gehen, damit sein Opfer nicht verschwand. Blitzschnell zog er sein Teleskopblasrohr aus der Seitentasche des schwarzen Anzuges. Routiniert schob er den kleinen, präparierten Pfeil in das Rohr und setzte das Mundstück auf. In der Weise wie sonst nur die Kopfjäger in Papua-Neuguinea ihrem Jagdhandwerk nachgehen, legte Baumgart an. Lautlos verließ der Pfeil die glatte Röhre und traf das Opfer im Brustbereich. Baumgart lächelte ob seiner Schießleistung, doch sein Job war noch nicht erledigt. Jetzt galt es noch das sedierte Opfer zu bergen und unbemerkt abzutransportieren. Doch auch dies schien ihm nicht besonders viel auszumachen. Baumgart war groß und kräftig, und er machte dies nicht zum ersten Mal.

„Wann machst du mir eigentlich einen Heiratsantrag, Karin?" „Wieso ich?! Kannst du doch auch machen." „Aber du spielst dich doch immer als Kerl in unserer wilden Beziehung auf." „Das ist ja wohl eine Unterstellung. Du bist doch meine gleichberechtigte Partnerin. Im Übrigen machen heute auch schon mal die Frauen einen Heiratsantrag. Also streng dich mal an." „Du willst ja nur die Verantwortung auf mich abschieben." „So ein Blödsinn. Aber ich denke darüber nach, Kleine." Asli hakte sich für den Rest des Nachhauseweges wieder bei Karin unter und kuschelte sich an sie. Die Temperatur lag knapp unter dem Gefrierpunkt und der Vollmond leuchtete ihnen den Weg bis nach Hause. Bibbernd vor Kälte verschloss Karin die Haustüre. Asli hatte sich bereits aus ihrer dicken Jacke und den Stiefeln geschält. Ein wenig aufreizend stellte sie sich auf die Treppe zum Obergeschoss und grinste Karin verführerisch an. „Ich will dich jetzt haben, Karin, oder ist die alte Frau Weber zu müde für gierigen Sex?" „Ich geb dir gleich zu müde und alte Frau Weber." Auch Karin schlüpfte rasch aus ihrer Jacke und den Stiefeln. Asli ahnte, was folgen würde. Vorsichtig ging sie rückwärts Schritt für

Schritt die Treppe hoch. Plötzlich startete Karin durch. Nach wenigen Schritten hatte sie Asli eingeholt, gepackt und sich über die Schulter geworfen. Obwohl die kleine Deutsch-Türkin wie ein wildes Kleinkind zappelte, hatte sie keine Chance. Karin schleppte sie gleich ins Schlafzimmer. Mit einer kurzen Bewegung warf sie Asli aufs Bett und begann, ihr die Kleider vom Leib zu reißen. Asli schrie und lachte abwechselnd. Doch als die beiden Frauen völlig nackt waren und Karin zwischen Aslis Schenkeln lag, um ihre Lebensgefährtin mit der Zunge zu verwöhnen, änderte sich die Geräuschkulisse. Irgendwann warf sich Asli über Karin. Auch sie begann nun, Karin oral zu stimulieren. Karin ergriff derweil Asli Pobacken und knete sie fest, während auch sie ihre Zunge spielen ließ. Beinahe gleichzeitig erklommen die beiden Frauen die Höhen der körperlichen Erregung, bis sie ermattet in ihre Kissen fielen. „Das war obermegageil, Karin. So kannst du mich jeden Tag nehmen." „Das wirst du nicht lange durchhalten, meine Kleine. Das ist viel zu stressig für dich." Feurig blitzten die tiefschwarzen Augen von Asli auf. Zur Strafe schlug sie Karin auf den Hintern. „Schauen wir mal, Süße, wer zuerst zusammenklappt." Sie sprangen noch mal kurz aus dem Bett, schlossen ihre Waffen im Panzerschrank ein und kuschelten sich nach der Abendtoilette in ihr Bett. Wenig später schliefen sie gemeinsam ein.

„Was war das für ein Geräusch, Karin?" „Ich weiß nicht. Gehört habe ich es auch." „Es kam vom Dach." „Vom Dach?" „Ja, vielleicht ein Vogel, der gegen das Dachfenster vom Bad geflogen ist." „Mitten in der Nacht? Außerdem sind unsere Breitengrade hier nicht gerade der bevorzugte Lebensraum eines Condors, der groß genug wäre, so einen Knall zu verursachen. Die Singvögel, die hier leben, sind viel zu klein, um einen solchen Lärm zu machen." „Hör, da ist es wieder. Das hört sich an, als würde jemand klopfen." „Bei uns auf dem Dach sitzt also einer der gegen das Fenster klopft. Du hast heute Abend zu viel Wein getrunken, Asli, oder ist dir der Sex zu Kopf gestiegen?" „Unsinn. Ich geh mal nachschauen." „Willst du jetzt aufs Dach klettern?" „Nein, ich schaue durchs Dachfenster." „Dann mach vorher das Rollo hoch, sonst ist alles schwarz draußen." „Was du nicht sagst, mein Engel." Asli schlüpfte in ihren Jogginganzug und trat ins Badezimmer. Wieder hörte sie das leichte Klopfgeräusch, welches offensichtlich am Badezimmerfenster erzeugt wurde. Mit einem Ruck zog sie das Rollo hoch. Asli zuckte zusammen. Unbeschreiblich war der Schreck, der ihr in die Glieder fuhr. Sie musste sofort an den irren Arzt denken, der seinen Opfern die Gesichtshaut bei lebendigem Leib abpräparierte. Unfähig etwas zu sagen schaute sie nach draußen, obwohl ihr Gehirn ihr signalisierte, dass sie nichts sah. „Asli? Ist alles OK bei dir? Asli, was ist los?" Weil Karin nichts von ihr hörte, sprang sie völlig nackt aus dem Bett und rannte ins Bad. Dort fand sie ihre Lebensgefährtin wie betäubt vor, die starr ihren Blick auf das Fenster richtete. „Was machst du da, Asli?" Karin schaute nun auch hoch zum Dachfenster. Wie ein elektrischer Stromschlag schlug ihr der Anblick in die Glieder. Vor ihren Augen lief ein ähnlicher Film ab, wie ihn auch Asli gerade erlebte. Doch Karin schien hart geworden zu sein und riss sich zusammen. „Los, Asli, mach vorsichtig das Fenster auf." Die kleine Polizeikommissarin griff wie in Trance an den Verriegelungsgriff und klappte ihn herunter. „Stopp, das wird so nicht funktionieren. Jetzt reiß dich mal zusammen, Asli", brüllte sie. „Das ist Schwester Antonia nicht wahr?" „Ja, wenigstens das, was noch von ihr übrig ist. Warte, ich zieh mir etwas über und steige aus dem anderen Fenster aufs Dach. Dann ziehen wie sie gemeinsam durchs Fenster herein." Karin hatte sich blitzschnell angezogen. Obwohl sie unter Höhenangst litt, stieg sie vorsichtig durch das Seitenfenster raus aufs Dach. Die junge Schwester lag mit der rechten Wangenhälfte auf der Scheibe des Dachfensters. Vorsichtig krabbelte Karin Schwester Antonia entgegen und öffnete die Knoten des Befestigungsseils. Asli packte sofort zu, als Karin ihr ganz vorsichtig den Körper der Schwester mit dem Kopf zuerst entgegen schob. Plötzlich rutschte Karin ab. Das Dach war nass und von Reif bedeckt. Mit letzter Kraft hielt sie sich an einer Dachpfanne fest. Dann fand sie wieder Halt. Mit einiger Anstrengung schafften die beiden Frauen es, den leblosen Körper der Schwester ins Badezimmer zu hieven. Asli verschloss das Dachfenster, während Karin durch das Nebenfenster zurück ins Haus kletterte. „Karin! Sie lebt noch", schrie Asli, während sie den Kopf der Schwester an ihre Brust drückte und wärmte. Karin stürmte ebenfalls ins Bad. Der Anblick war furchtbar. Splitternackt mit einer Hautfarbe, in der kein Leben mehr zu vermuten war, lag die junge Frau in Aslis Armen, die den Leib bereits in ein großes Badetuch gewickelt hatte. Die Wärme der Fußbodenheizung leistete ebenfalls gute Dienste. „Ich rufe den Notarzt. Ohne professionelle Hilfe wird sie nicht durchkommen."

Für die beiden Kommissarinnen war die Nacht nun endgültig vorbei. Der Notarzt und ein Krankenwagen trafen bereits nach wenigen Minuten ein. Doch mehr als eine kreislaufunterstützende Injektion und Wärmekompressen konnte die diensthabende Ärztin nicht für Schwester Antonia tun. Der Krankenwagen brachte sie in die Notaufnahme der Kölner Uniklinik. „Was für ein Irrer macht so etwas?", fragte die Notärztin entsetzt. „Das versuchen wir gerade zu ermitteln. Schwester Antonia ist ein Glied in einer Kette von Mordfällen, die wir hoffentlich bald aufklären können", unterrichtete Asli die Ärztin. „Haben Sie gelesen, was man der armen Frau mit einem scharfen Gegenstand, vermutlich einem sehr scharfen Messer, in die Bauchhaut eingeritzt hatte? Verräterin stand da zu lesen und darunter: Sekundantin des Teufels. Was ist damit gemeint?" „Das ist so auf die Schnelle nicht erklärbar. Wir ermitteln in verschiedenen Mordfällen von Kirchenmännern und die Schwester ist eine wichtige Zeugin." Mit dieser Aussage gab sich die Notärztin zufrieden, auch wenn sie das gerade gesehene nicht verstand. Karin telefonierte derweil mit der Einsatzleitung im Präsidium, damit das Krankenzimmer von Schwester Antonia rund um die Uhr durch mehrere Beamte gesichert wurde. Als es heller wurde, erschienen die Kollegen der Spurensicherung. Selbst Ernst Brandt als leitender Gerichtsmediziner war erschienen. „Was willst du denn hier, großer Leichenzerleger? Wir haben doch ausnahmsweise mal keinen Toten für dich und etwas zu essen gibt es auch nicht." „Wir sind aber nicht weit von der Schwelle entfernt. Schwester Antonia schwebt nach wie vor in Lebensgefahr. Die Ärzte haben sie in ein künstliches Koma versetzt." Gegen neun Uhr verabschiedeten sich die Männer der Spurensicherung. Asli kochte Kaffee. „Bleibst du zum Frühstück, Ernst?" „Ja, gern. Wer würde nicht gern mit zwei bezaubernden Damen frühstücken wollen." „Denk dran, du bist hier als Mann nur geduldet. Das hier ist ein Frauenhaus." Obwohl es die Umstände eigentlich nicht erlaubten, mussten alle drei lachen. Nach einem kurzen, eher improvisierten Frühstück, duschten Asli und Karin und fuhren zum Gebäude des Vikariats. Karin hatte bereits auf der Fahrt dorthin Oberstaatsanwalt Bracht informiert, der beinahe zeitgleich vor dem Gebäude in der Kölner Innenstadt eintraf.

„Für eine Anklage von Bellarani wird es keinesfalls reichen, Frau Weber. Die Beweislage ist einfach zu dürftig. Wir haben faktisch nichts in der Hand. Außerdem muss dieser feine Monsignore einen Helfer haben, der die Morde wie auch die Entführung ausführte. Die schriftliche Zeugenaussage von Schwester Antonia ist ein erster großer Schritt, aber vom Ziel sind wir noch weit entfernt." Karin und Asli begannen als nächstes mit ihren Ermittlungen. Sie vernahmen zuerst den

Geschäftsführer des Vikariats. Sie ließen sich das Zimmer der Schwester zeigen und beorderten die Spurensicherung hinein. „Die haben Außenkameras montiert. Hast du das gesehen Karin?" „Ehrlich gesagt, nein. Besorg uns gleich die Aufzeichnungsbänder zur Auswertung. Das ist etwas für Theo." „Holen wir ihn aus Biggis Bettchen?" „Ja, natürlich. Ruf ihn an. Wir zwei liegen ja auch nicht mehr in unserem Bettchen." „Immer muss ich die unangenehmen Dinge machen." „Ja, natürlich, los, mein Knecht." Karin grinste „Das wäre sicher mal eine interessante Alternative für unser Sexualleben." „Du sollst jetzt an deine Arbeit denken und nicht an Sex." „Muss ich aber immer, wenn ich in deiner Nähe bin." „Dann geh ins Büro und besorg die Bänder, und schon ist Ruhe in deinem Hormonhaushalt." Asli verschwand lachend. Karin lief den Gang in der ersten Etage entlang und gelangte zu einem Fenster, das aufgehebelt schien. Sofort beorderte sie einen der Kollegen der Spusi dorthin, um eventuelle Spuren zu sichern.

30

Kurz nach zwölf Uhr hatte sich Karins Team beinahe komplett wieder im Präsidium eingefunden. Nur Edith hatten sie verschont, weil sie Familie hatte und auch schon reichlich Überstunden auf dem Konto. Biggi Wax begleitete ihren Lebensgefährten ins Präsidium und hockte nun mit ihm vor dem Bildschirm und wertete die CDs der Kameraüberwachung aus. Ein kurzer Aufschrei von Theo ließ alle Anwesenden aufhorchen. „Ich hab hier etwas gefunden. Gegenüber dem Vikariat parkt ein dunkelblauer Opel Astra mit einer zusammengeklappten Leiter auf dem Dach. Davor steht ein Mann, der die Leiter gerade herunter nimmt. Das Kennzeichen des Wagens lautet." Theo notierte das Kennzeichen und sprach es laut aus. Asli hing bereits am Telefon. „Hallo, Kollege, ich habe eine Halterermittlung zu folgendem Kennzeichen. Ja, danke, ich warte. Super, ich wiederhole kurz: Hannes Baumgart, Dohlenweg in Köln-Ehrenfeld. Vielen Dank, Kollege." „Baumgart, Baumgart, Baumgart, der Name kommt mir so bekannt vor ..." „Ja, stimmt, Karin, das ist doch dieser Schreiner vom Hausmeisterservice des Vikariats. Ein merkwürdiger Typ." „Den schnappen wir uns jetzt." „Soll ich eine SEK-Einheit anfordern?" „Unsinn. Schick uns zwei Streifenwagen in den Dohlenweg. Ihr könnt dann auch nach Hause fahren. Die Kollegen vom Raub machen dieses Wochenende unsere Vertretung." Karin übernahm selbst den Volant des BMWs. „Heute fahre ich." „Wenn das man gut geht. Karin am Steuer." „Ich geb dir gleich Karin am Steuer." „Schon wieder eine interessante Variante zur Belebung unseres Sexuallebens?" „Ich dachte, du hättest dich beruhigt. Konzentrier dich, wir haben jetzt anderes zu erledigen." Karin schaltete das Martinshorn ein und setzte das Blaulicht auf Dach. Obwohl samstags weniger Fahrzeuge die Straßen verstopften, benötigten sie beinahe eine halbe Stunde. Zwei Straßen vor dem Dohlenweg schalteten sie Blaulicht und Martinshorn aus. „Wir wollen den jungen Mann mal nicht vorwarnen." Fast zeitgleich trafen nacheinander zwei Streifenwagen ein.

Karin gab kurz ein paar Anweisungen, während Asli bereits Sturm bei Hannes Baumgart schellte, der rasch öffnete. „Guten Tag, Herr Baumgart. Hauptkommissarin Weber, meine Kollegin Bülent von der Kölner Mordkommission, dürfen wir reinkommen?" „Mordkommission? Worum geht es? Bei mir ist nicht aufgeräumt." „Das stört uns herzlich wenig." Die beiden Frauen schoben Baumgart ganz vorsichtig, aber bestimmt in seine Wohnung. „Kommen Sie doch herein und nehmen Sie Platz." Die Wohnung hinterließ einen sehr sauberen Eindruck. Nirgendwo Anzeichen von Unaufgeräumtheit. „Herr Baumgart, fahren Sie einen dunkelblauen Kombi vom Typ Opel Astra mit Dachgepäckträger?" „Ja, wieso? Ist etwas mit dem Wagen? Er steht draußen auf dem Hof." „Ein Foto von Ihrem Wagen wurde diese Nacht vor dem Vikariat in der Kölner Innenstadt von verschiedenen Überwachungskameras aufgezeichnet. Weiterhin ist auf dem Film zu sehen, wie Sie eine lange Leiter vom Dachgepäckträger heben und damit zum Gebäude des Vikariats laufen. Was haben Sie dort gemacht?" „Das ist reine Privatsache." „Dem ist ganz sicher nicht so. Gestern Nacht wurde zur gleichen Zeit, als Sie mit der Leiter zu dem Gebäudekomplex liefen, eine junge Schwester aus dem Vikariat entführt. Die junge Frau wurde sediert, entkleidet und ihr wurden mit einem Messer Worte in die Bauchdecke geritzt. Anschließend transportierte man sie nach Köln-Pesch und legte den leblosen Körper auf meinem Hausdach ab. Haben Sie dazu etwas zu sagen, Herr Baumgart?" „Wie? Was? Nein!" „Sie bestreiten also, letzte Nacht in der Kölner Innenstadt gewesen zu sein?" „Nein, ich war dort, aber ich habe niemanden entführt." „Was haben Sie dann gemacht? Einen Kamin gereinigt? Schließlich tragen Sie die Bekleidung eines Schornsteinfegers!" „Ich mache nix Verbotenes. Ich bin ein rechtschaffener Bürger." „Jetzt wissen wir aber immer noch nicht, was Sie dort gemacht haben, Herr Baumgart?" „Ich sag es Ihnen", schrie Asli Bülent Baumgart an. „Sie sind mittels Ihrer Leiter auf den Vorbau eines Fensters im ersten Stock geklettert. Dort haben Sie das Fenster aufgehebelt und sich Zutritt zum Zimmer von Schwester Antonia im zweiten Obergeschoss verschafft. Dann haben Sie die Schwester mit Äther betäubt, in einen Sack gesteckt und über die Leiter in ihr Auto gebracht. Im Anschluß daran sind Sie nach Köln-Pesch gefahren, auf das Dach von Frau Weber geklettert und haben den von Ihnen vorher noch erheblich verletzten Körper der Schwester auf dem Dachfenster abgelegt. Und wissen Sie auch, wer Sie dazu angeleitet hat? Monsignore Bellarani. Ich verhafte Sie wegen des dringenden Tatverdachtes der Entführung von Schwester Antonia, Körperverletzung und des versuchten Mordes." Noch bevor Asli ganz ausgesprochen hatte, traten zwei Streifenbeamte an Baumgart heran, legten ihm Handschellen an, um ihn abzuführen. „Das stimmt alles überhaupt nicht, was Sie da sagen, Frau Hauptkommissarin. Es ist ganz anders gewesen." „Da bin ich aber mal gespannt, was für eine Geschichte Sie uns jetzt auftischen! Reden Sie schon, Herr Baumgart." Die beiden Streifenbeamten hielten noch inne mit der

Festnahme. Baumgart senkte den Kopf. „Ein Bekannter von mir rief mich gestern Abend an. Er züchtet Tauben. Er hat schon eine Menge Preise mit seinen Tieren gewonnen." Baumgart wurde richtig euphorisch. „Gestern Nachmittag ist ihm ein sehr wertvolles Tier, ein Deutsch-Widder, abhanden gekommen. Er hat ihn noch eine ganze Zeit lang verfolgt, bis der Tauber sich in der Innenstadt an einer Hochspannungsleitung verletzt hat. Das Tier geriet ins Trudeln und stürzte dann ab. Eine Zeit lang quälte sich der Tauber von Dachfirst zu Dachfirst, bis er irgendwann auf dem Gebäude des Vikariats landete. Dort verbrachte der Vogel einige Stunden, bis er starb und vom Dach herunter stürzte und auf dem Fenstersims im ersten Stock des Gebäudes liegen blieb." „Eine Herz zerreißende Geschichte, Herr Baumgart, aber was haben Sie damit zu tun?", fiel ihm nun Karin Weber ins Wort. „Ich bin Tierpräparator, aber ohne Lizenz. Ich habe eine kleine Werkstatt, in der ich verendete Tiere präpariere. Mein Bekannter wollte diesen Tauber unbedingt für seine Sammlung haben, wenn dieser schon für seinen Schlag verloren war. Deshalb gab er mir den Auftrag, die tote Taube abzuholen und zu präparieren. Das ist die Wahrheit. Er liebt seine Tauben über alles und lässt alle verstorbenen Vögel von mir präparieren." „Wo ist Ihre Werkstatt, Herr Baumgart?" „Im Gewerbegebiet hinter der Werkstatt des Vikariats." „Dann fahren wir hin." Zwei Stunden später ließ Karin Weber Hannes Baumgart wieder frei. Zu gering war die Zahl an Beweisen, dass es für eine Festnahme gereicht hätte. Karin hatte auch nach den Aussagen von Baumgart den Eindruck gewonnen, dass er wohl nicht als Täter in Frage kam.

„Und jetzt?" „Ich weiß es auch noch nicht, Asli. Wir müssen auf jeden Fall Schwester Antonia gut bewachen lassen. Sie ist wahrscheinlich der einzige Mensch, der den Täter identifizieren kann." „Dann lass uns in die Uni-Klinik fahren. Vielleicht erfahren wir dort mehr." Asli übernahm den Part des Fahrers, während Karin ein wenig döste, bis sich ihr Handy meldete. „Weber? Hallo, Ernst. Hat man dich etwa auch aus dem Wochenende geholt?" „Ja, leider, Biggi hat heute frei." „Hat sie nicht, Ernst, sie sitzt mit Theo im Präsidium und wertet Überwachungsbilder aus." „Na, wunderbar. Ich hab eben mit der Spusi telefoniert. Der Täter, der Schwester Antonia entführt hat, ist nicht durch ein Fenster ins Gebäude eingedrungen. Er muss einen Schlüssel besitzen." „Was bedeuten würde: Es ist ein Mitarbeiter des Hauses." „So sehe ich das auch." „Das könnte sogar passen. Wahrscheinlich wurde diese Entführung sogar von Bellarani beauftragt." „Das herauszufinden ist jetzt euer Job. Dafür brauchst du jedoch stichhaltige Beweise." „Wir arbeiten dran, Ernst. Dann mach es gut. Wir fahren jetzt in die Uni-Klinik und versuchen, kurz mit der Schwester zu reden. Bis dann." Als nächstes informierte Karin telefonisch Oberstaatsanwalt Bracht über den aktuellen Sachstand. „Das läuft allmählich wirklich darauf hinaus, dass Bellarani die Zügel für alle Verbrechen in Händen hält." „So sehe ich das auch. Wir brauchen nur noch eine Menge Beweise, und dann müssen wir seine Immunität aufheben lassen." „Das wird auch nicht ganz leicht werden. Aber bleiben Sie dran, Frau Weber. Mit Ihrer Power lösen wir den Fall. Halten Sie mich bitte weiter auf dem Laufenden. Wir hören von einander." „Mach ich. In diesem Sinne, bis bald." „Bracht gefällt dir, nicht wahr?" „Asli, ich bin mit dir zusammen und nicht an anderen Amouren interessiert. Wir lösen gerade einen schwierigen Fall zusammen. Und da müssen wir halt alle Kräfte bündeln, auch die von Oberstaatsanwalt Bracht." Bis zur Einfahrt ins Parkhaus der Uni-Klinik sprachen die beiden Frauen kein Wort mehr miteinander. Karin war ein wenig eingeschnappt ob Aslis latenter Eifersucht.

Das Patientenzimmer von Schwester Antonia lag an einer Gebäudeecke, was ein Sichern der Zugänge durch zwei Beamte sehr erleichterte. Ordnungsgemäß wiesen sich Karin und Asli aus, bevor sie das Zimmer betreten durften. Schwester Antonia lag still in ihrem Bett. Nur das Heben und Senken ihrer Bettdecke wies daraufhin, dass sie noch atmete. Ihre fahle, wächserne Gesichtsfarbe dagegen ließ sie eher wie tot aussehen. „Tja, hier erfahren wir nichts Neues. Fahren wir zurück ins Präsidium." Karin wollte schon das Zimmer verlassen, als ein Arzt in langem weißen Kittel eintrat. „Guten Tag, meine Damen. Mit wem hab ich das Vergnügen?" „Hauptkommissarin Weber und das ist meine Kollegin Bülent. Wir hatten gehofft, Schwester Antonia befragen zu können, aber in diesem Zustand ist dies wohl kaum möglich." „Mein Name ist Herold. Ich bin der Stationsarzt." „Können Sie uns etwas zum Zustand der

Schwester sagen?" „Leider nicht sehr viel. Fakt ist allerdings, dass sie großes Glück hatte. Eine weitere Stunde in der Eiseskälte auf dem Dach hätte die junge Frau nicht durchgestanden." „Können wir uns die Verletzungen noch mal ansehen?" „Im Original leider nicht, weil wir die Patientin in eine elektronisch gesteuerte Ganzkörperwärmekompresse eingewickelt haben, die langsam aber stetig ihre Körpertemperatur wieder auf Normalniveau bringen soll. Ich hab aber Fotos von den Verletzungen gemacht. Die können Sie sich in meinem Büro anschauen." „Auch eine Lösung. Dann folgen wir Ihnen."

Das Arztzimmer glänzte keinesfalls mit gehobenem Komfort oder großen Ausmaßen. Zweckmäßigkeit hatte hier Vorrang. Der Arzt machte ein paar Klicks, und schon konnten Asli und Karin die der Schwester beigebrachten Verletzungen begutachten. „Allzuviel können wir Ihnen nicht zu den Worten sagen, die dort auf Ihrem Unterbauch zu lesen sind. Fakt jedoch ist, dass Schwester Antonia gestern bei uns im Präsidium eine Aussage machte, die uns in einer Mordserie einen ziemlich großen Schritt bei der Aufklärung nach vorn brachte." „Das zum Thema Verräterin. Aber was bedeutet des Teufels Sekundant?" „Da tappen wir noch völlig im Dunkeln. Deshalb hoffen wir, dass sie uns irgendwann zum Tathergang etwas sagen kann. Wie lange werden Sie die Schwester im Koma belassen?" „Montagvormittag wollen wir sie wieder aufwecken. Dann müsste ihre lebensnotwendige Körpertemperatur wieder stabil sein." „Dann schauen wir Montag nach dem

Mittagessen wieder vorbei." „Tun Sie das, meine Damen." „Ruhigen Dienst, Herr Doktor." „Ihnen auch." „Fahr uns zurück zum Präsidium. Vielleicht hat Theo ja neue Erkenntnisse erworben." Schneegestöber machte die Fahrt nach Köln-Kalk zum Präsidium zu einem Höllenritt. Natürlich besaß ihr Dienstwagen Winterreifen. Doch die ständig vor der Scheibe tanzenden Schneeflocken forderten vom Fahrer jegliche Konzentration ab. Beinahe eine Stunde benötigten Asli und Karin von den Kliniken bis zum Präsidium.

31

Biggi und Theo schienen es sich, soweit dies überhaupt möglich war, vor dem Bildschirm gemütlich gemacht zu haben. Biggi hatte für alle Brötchen, Butter und Wurst besorgt. Karin stiftete frischen Kaffee. Zum gemeinsamen Essen trafen sie sich in Karins Büro am großen Konferenztisch. Den beiden Frauen tat der heiße Kaffee gut. Auch Biggi und Theo freuten sich über die Abwechslung. „Habt ihr etwas rausgefunden?", erkundigte sich Karin bei Theo. „Ja und nein. Dieser Hannes Baumgart ist nicht ins Gebäude eingedrungen. Er hat in der Tat eine verendete Taube vom Fenstersims am Vikariatsgebäude eingesammelt und in einen Jutesack gesteckt. Danach ist er langsam von der Leiter gestiegen und gleich zu seinem Wagen gelaufen. Die Leiter hat er wieder auf dem Wagendach befestigt und den Jutesack in den Laderaum gelegt. Ohne Hast ist er dann weggefahren." „Damit scheidet er als Täter aus." „Das sehe ich genauso, Asli." „Trotzdem wüsste ich gern mehr über Baumgart. Dein Job für Montag, Theo. Bitte leite Ermittlungen zum Vorleben des Schreiners Baumgart ein." „Geht klar, Chefin." Karin grinste. „Und jetzt ab mit euch nach Hause ins kuschelige Bett. Wenn nichts Besonderes mehr vorfällt, sehen wir uns Montag wieder hier." Biggi Wax schlüpfte sogleich in ihren dicken Winterparka und schmiegte sich an Theo. „Dann bis Montag und schönes Restwochenende." „Euch auch." „Was machen wir jetzt? Fahren wir auch heim, Karin?" „Ja, lass uns auch nach Hause fahren. Im Moment können wir nichts machen."

Das Schneetreiben hatte aufgehört. Ein wenig Restmatsch sorgte jedoch so manches Mal für knifflige Fahrsituationen. Die beiden Frauen gingen ihren Gedanken nach, bis Asli auf den Edeka-Parkplatz fuhr. „Ich mache uns heute Kohlrouladen. Hast du da auch Hunger drauf?" „Und wie, Asli." „Dann lass uns einkaufen gehen." Mit drei großen Papiertüten voller Zutaten betraten Karin und Asli ihr Heim. Während Asli sich mit der Zubereitung ihres Abendessens befasste, reinigte Karin ihr Badezimmer und beseitigte die Spuren des Vorfalls der letzten Nacht. Gute eineinhalb Stunden später legten sich die beiden Frauen gut gesättigt in ihren Stühlen zurück. „Boh, bin ich jetzt satt. Das war superlecker, Asli." „Das freut mich, dass es dir so gut geschmeckt hat. Espresso?" „Aber immer doch." Weil Asli Bülent die Spülmaschine mit in ihre Hausarbeiten einbezogen hatte und zwischendurch schon Töpfe und anderes Zubehör gespült hatte, nahmen sie den Espresso vor dem Fernseher auf ihrer

Polsterlandschaft ein. „Hast du schon gespült?" „Soweit es möglich war. Den Rest besorgt unser Haussklave." „Sehr gute Idee. Hast du ihm zum Dank einen leckeren Tab in den Behälter gegeben?" „Natürlich. Ich bin doch kein Sklaventreiber." Asli und Karin lachten laut los. Sie schlürften jeder zwei der gut siebzig Grad heißen Kaffeespezialität.

Asli kuschelte sich an Karin heran. „Ist das jetzt das Vorspiel zum Test neuer Sexspielchen, wie sie dir heute schon den ganzen Tag durch den Kopf geistern?" „Daran habe ich jetzt ausnahmsweise mal nicht gedacht, Karin." „Nein? Bist du etwa krank?" „Unsinn." „Woran hast du dann gedacht?" „Ich möchte hiermit offiziell um deine Hand anhalten, Karin." „Ehrlich?" „Ja, meinst du jetzt ich fantasiere? Ich möchte, dass du meine Ehepartnerin wirst." „Eigentlich wollte ich nie wieder heiraten. Nach meiner Scheidung von Herbert hatte ich mir das fest vorgenommen." „War deine Ehe so schlimm?" „Ach, eigentlich nicht. Herbert war ein verdammt guter Bulle. Ist er ja auch heute noch, wenn er nüchtern ist. Dann jedoch fing er an zu spielen, und weil er viel Geld verlor, versuchte er seinen Frust durch Alkohol hinunter zu spülen. Es war furchtbar. Wie oft habe ich ihn im Keller in unserem Hobbyraum gefunden. Er trank wirklich bis zur Besinnungslosigkeit. Einmal wurde er sogar aggressiv und ging mit einem Spaten auf mich los. Dann war Schluss und ich habe mich von ihm getrennt. Von da an habe ich mir geschworen, nie wieder zu heiraten. Bei Udo wäre ich fast schwach geworden. Ich verstehe bis heute nicht, dass ich ihn nicht früher durchschaut habe. Stell dir nur mal vor: Ich wäre plötzlich mit einem Serienmörder verheiratet gewesen." Karin schüttelte sich. „Na, ist ja gerade noch mal gut gegangen. Aber jetzt sieht die Welt doch wieder schön für uns beide aus. Wir haben überlebt. Wir arbeiten toll zusammen und ich liebe dich von ganzem Herzen." „Ja, Asli, ich liebe dich auch. Und ich nehme deinen Heiratsantrag an." „Wow, ich freue mich. Wollen wir das nächstes Jahr im Sommer in Angriff nehmen?" „Ja, das machen wir, Asli. Wir feiern mit allen Freunden bei uns im Garten." „Keine schlechte Idee. Dann sollten wir Ende März das Aufgebot bestellen." „Genauso machen wir es." Asli verschwand kurz darauf in der Küche. Mit zwei Sektkelchen und einer Flasche Sekt stand sie wenig später wieder vor Karin. Beinahe feierlich stießen Asli und Karin an und besiegelten damit ihr Vorhaben. Nach dem zweiten Glas streifte sich Asli sämtliche Kleider vom Leib. Rittlings setzte sie sich auf den Schoß von Karin. Es folgte eine stürmische Liebesnacht, die erst weit nach Mitternacht endete.

Die Sonne, die ihre feinen Strahlen durch die Ritzen der Rollladen hindurch steckte, weckte Karin und Asli auf. Das traumhafte Wetter passte zur guten Stimmung nach der ausschweifenden Nacht und der Vorfreude auf die Hochzeit im Sommer. Karin machte Frühstück. Mit einem kräftigen Ruck zog sie Asli die Decke weg. Wie zwei alberne Kinder tobten sie noch ein wenig herum, bis sie sich an den Frühstückstisch setzten. „Was machen wir heute, Karin?" „Tja, was hältst du von einem ausgiebigen Spaziergang durch den Stadtwald?" „Würde uns nach dem Festmahl gestern sicher gut tun. Meine Wunde tut auch schon nicht mehr weh und ist gut zugewachsen." „So gewaltig groß war das Einschussloch ja auch nicht. Wenn ich mir aber so deine Problemzonen anschaue, Asli, könntest du Recht behalten, dass dir ein ausgiebiger Spaziergang gut tun würde." Asli sog hörbar tief Luft ein. Ihre sonst so großen, strahlenden, dunklen Augen verformten sich zu Sehschlitzen. „Na, du sitzt ja auch nicht gerade unbequem, meine Liebe." Karin und Asli prusteten los. Nach dem Duschen fuhren sie nach Lindenthal und spazierten zwei Stunden durch den Grüngürtel und den Stadtwald. „Lass uns einfach mal in der Uni-Klinik vorbei schauen, ob bei Schwester Antonia alles in Ordnung ist." „Warum das? Hast du Sorge ihr könnte etwas zustoßen? Dort wachen zwei Beamte über das Leben der Schwester. Aber wenn du meinst, Karin, fahren wir hin. In dem riesigen Gebäude herrschte Hochbetrieb. Hunderte Menschen wuselten herum. Auf jeder Etage drängelten sich Anverwandte und Besucher von Patienten, die nach dem Genesungszustand ihrer Lieben schauen wollten. Gemächlich schritten die beiden Hauptkommissarinnen dem Eckzimmer der Ordensfrau entgegen. Schon von weitem sahen sie die Kollegin, die am rechten Zugang zum Zimmer saß und genau darauf achtete, wer sich Schwester Antonias Zimmer näherte. Karin und Asli zogen ihre Dienstausweise aus der Tasche und zeigten sie der Polizistin. Sie nickte und ließ die beiden passieren. Asli und Karin betraten das Krankenzimmer, in dem sich gerade eine Schwester und ein Arzt befanden. Während die Pflegekraft alle Schläuche kontrollierte, die den Körper von Schwester Antonia mit verschiedenen Medikamenten versorgten, stand der Arzt eher unbeteiligt dabei. „Ich geh mal zur Toilette, Asli. Bin gleich wieder da." Karin Weber war froh, endlich eine Toilette aufsuchen zu können. Etwa zehn Minuten später betrat sie erneut das Krankenzimmer. Ein gewaltiges Chaos bot sich ihren Augen. Die junge Krankenschwester lag bäuchlings und leblos über der medizinischen Apparatur. Ein Messer steckte tief in ihrem Rücken. Asli lag rechts neben dem Bett und bewegte sich nicht. Alle Schläuche, die ursprünglich der Versorgung von Schwester Antonia dienten, hingen schlapp an der Maschine herunter. Karin drückte sofort den Alarmknopf. Der Krankenschwester konnte sie nicht mehr helfen. Man hatte ihr von hinten ein Messer direkt ins Herz gestoßen. Für sie kam jede Hilfe zu spät. Asli hatte offensichtlich einen kräftigen Schlag mit dem Ellenbogen gegen ihr Sternum abbekommen und war daraufhin in sich zusammengefallen. Ein Arzt und zwei weitere Schwestern waren umgehend zur Stelle, um dringend erforderliche Hilfe zu leisten. Sie klemmten sofort die abgerissenen Schläuche wieder an und wie es schien, war diese Aktion erfolgreich. Schwester Antonia begann wieder zyklisch zu atmen. Doch die junge Schwester war tot. Ihr konnte niemand mehr helfen.

Karin stürmte aus dem Zimmer. Sie lief zu der anderen Kollegin herüber, die leblos in ihrem Stuhl saß. Auch ihr schien der Täter durch einen gezielten Schlag auf das Brustbein jegliche Möglichkeit zur Gegenwehr genommen zu haben. Karin lief den Gang entlang bis zur nächsten Türe, die ins Treppenhaus führte. Auf dem Podest lag der weiße Kittel des falschen Arztes. Karin verhielt sich ganz still. Dann vernahm sie Geräusche von Schuhen, die die Treppenstufen hinunter hasteten. Jetzt wusste sie, dass sie richtig war. Karin rannte los. Dank ihrer guten Kondition war sie schnell auf den Beinen. Drei Etagen tiefer konnte sie den falschen Arzt bereits sehen. Er bewegte sich nicht ganz so schnell wie sie selbst. Einige Treppen später erreichte er den Zugang zur Tiefgarage. Karin gab noch einmal alles. Als sie ebenfalls die Türe zur Tiefgarage erreichte, hielt sie kurz inne, um dem Täter nicht blind in die Finger zu laufen. Vorsichtig öffnet sie die Türe. Mit einem kräftigen Satz sprang sie hinter einen der vielen Stützpfeiler. Dann peitschte ihr der erste Schuss entgegen. Entweder verstand der Täter nicht wirklich mit einer Waffe umzugehen oder er hatte nicht bemerkt, wo sie sich versteckte. Karin riss ebenfalls ihre Waffe aus dem Holster. Sie galt als Topschützin, hatte mehrfach die Präsidiumsmeisterschaft der Damen gewonnen und würde dem Täter keine Chance lassen, wenn sie ihn ins Visier bekam. Doch ihr Schussfeld zeigte sich nicht optimal. Wegen der Vielzahl an Pfeilern und den Unmengen an geparkten Fahrzeugen würde es sehr schwer werden, den Täter wirksam anzuvisieren, um einen gezielten Schuss abfeuern zu können. Außerdem konnten jederzeit Passanten auftauchen. Karin versuchte, den Täter aus seiner Deckung zu locken, indem sie ständig näher auf ihn zu lief und sich ihm so immer wieder zeigte. Unerwartet öffnete sich plötzlich die Türe in ihrem Rücken. „Ich bin`s, Karin. Der Täter hat meine Waffe. Im Magazin waren vierzehn Patronen." „Alles klar, Asli." Plötzlich knallte nicht weit von ihr entfernt eine Türe ins Schloss. Jetzt musste Karin sofort entscheiden, was sie tun sollte. Hatte sich der Täter durch diese Türe in eine andere Ebene abgesetzt? Bluffte er, indem er die Türe auf und zu warf? Ihre Entscheidung stand. Karin sprang auf und rannte zu der eben erst bewegten Stahltür. Asli war zurück ins Erdgeschoss gelaufen, um über ihr Handy Verstärkung anzufordern. In der Tiefgarage gab es wegen der vielen Stahlbetonwände und Decke kein Netz.

Karin stand plötzlich mitten in einem Versorgungskeller der Klinik. Ein Gewirr an Rohr- und Elektroleitungen schlängelte sich an der Decke entlang. Um nicht als Einladung zum Abschuss dazustehen, suchte sie Deckung hinter einem Stapel Paletten. Dann peitschte plötzlich ein Schuss durch die Kellerfluchten, der jegliches andere Geräusch übertönte. Karin zog automatisch den Kopf ein und duckte weg. Wieder vernahm sie Schritte, die sich rasch entfernten. Karin folgte den Geräuschen so gut es ging. Ein kurzer Schrei ließ Karin aufhorchen. Sie lief weiter und sah in der Ferne einen Körper auf dem Boden liegen. Es musste sich um den verkleideten Arzt handeln. Dann ging auf einmal alles ganz schnell. Eine weitere Türe öffnete sich und mehrere Streifenbeamte - gefolgt von Asli Bülent - strömten in den Versorgungskeller. Sie nahmen sich gleich des Mannes an, der offensichtlich auf dem glatten Betonboden ausgerutscht war. Asli griff sofort nach ihrer Waffe und steckte sie sogleich als Beweisstück in einen PVC-Beutel. Auch Karin traf jetzt am Ort des Geschehens ein. „Ich nehme Sie fest wegen Mordes an der Krankenschwester Patrizia Bauer und versuchten Mordes an Schwester Antonia. Abführen." Der stark verstörte Täter leistete keinerlei Gegenwehr und ließ sich widerstandslos von den Beamten abführen. „Bringt den Mann bitte gleich ins Präsidium zum Verhör." Die Beamten nickten und rückten ab.

32

„Ich weiß nicht warum, aber ich hatte irgendwie das Gefühl, dass da in der Uniklinik was abgeht." „Du wirst mir aber jetzt nicht zur Hexe oder?", Asli musste ob ihrer Frage lachen. „Ganz sicher nicht. Obwohl, verzaubert sind wir doch beide schon." Trotz des schönen Wetters herrschte auf den Straßen relativ wenig Verkehr. Asli konnte in einem durchrauschen. Noch während der Fahrt ins Präsidium informierte Karin Oberstaatsanwalt Bracht über die nicht unerheblichen Neuigkeiten. Bracht wollte sich umgehend darum kümmern, einen Haftbefehl zu erwirken. Der Verhörraum 2 im Präsidium war mit den modernsten Aufzeichnungssystemen ausgerüstet, die der Polizei vom Innenministerium bewilligt wurden. Karin und Asli saßen schon zum Verhör bereit, als zwei

Beamte einen großen, drahtigen Mann hereinführten. „Guten Tag, Herr Bader. Bader ist richtig, nicht wahr?", eröffnete Karin das Verhör. „Ja, ich heiße Eckard Bader, ich bin 42 Jahre alt. Doch Gott ruft mich nur Antaeus." „Wie meinten Sie gerade?" „Ich sagte, dass mich Gott nur Antaeus ruft. Ich bin Erzengel Antaeus." „Moment, Herr Bader, damit wir das hier richtig verstehen: Gott nennt Sie Antaeus?" „Erzengel Antaeus." „Also, ich bin nicht unbedingt ein besonders gläubiger Mensch, Herr Bader, aber soweit mir bekannt ist, existiert kein Erzengel mit gleichlautendem Namen." „Und ob. Ich bin dieser Auserwählte. Der Herr hat mich berufen als seine rechte Hand im Kampf gegen des Teufels Sekundanten." „Herr Bader, mir sind sieben Erzengel bekannt, die da heißen: Michael, Gabriel, Raphael, Uriel, Jophiel, Zadkiel und Camael. Aber ein Erzengel mit Namen Antaeus ist nicht dabei. Antaeus ist eine Gestalt der griechischen Sage, aber mit Sicherheit kein Erzengel." „Was mischen Sie sich da in Dinge ein, von denen Sie als Muslima überhaupt nichts verstehen, Frau Bülent. Ich führe des Herrn Schwert gegen das Böse und die Sekundanten des Teufels." „Wen bezeichnen Sie als Sekundanten des Teufels, Herr Bader?" „Das sind die Glaubensbrüder, die den rechten Pfad verlassen haben und Kinder missbrauchen, verprügeln oder sonst wie quälen. Jesus sprach: Lasset die Kinder zu mir kommen. Und diese Abtrünnigen missbrauchen sie auf perfideste Weise. Aber nicht nur Kinder sind deren Opfer, auch unschuldige Frauen und Männer. Sie schänden diese und zerstören deren gute Seelen."

„Einen Moment bitte, Herr Bader. Heißt das jetzt, dass Sie alle Ihre Glaubensbrüder getötet haben, die eigentlich als Straftäter ins Gefängnis gemusst hätten?" „Ich habe sie nicht getötet, Frau Weber, ich habe sie gerichtet. Und weil keiner von denen beichten wollte oder den Ablass der Sünden erbat, schmoren sie nun in der Hölle. Der Teufel hat ihre Seelen verseucht. Meine Brüder wurden zu verlängerten Händen des Teufels, zu dessen Sekundanten." „Sagen Sie mal, Herr Bader, glauben Sie eigentlich den Unsinn, den Sie da reden?" Bader sprang von seinem Stuhl auf. „Ich verbitte mir diese blasphemische Art der Befragung. Der Herr ist mein Hirte. Er führt mich und weist mich an, diese Dinge für ihn zu tun." „Nehmen Sie sofort wieder Platz, sonst lasse ich Ihnen Handschellen anlegen, Herr Bader." „Sie können die Wege des Herrn nicht blockieren und sein Tun stören, Frau Weber. Ich werde weiter seine Befehle befolgen." „Dazu werden Sie in diesem Leben wohl nicht mehr in der Lage sein, Herr Bader. Sie wandern nämlich ganz sicher bis an Ihr Lebensende hinter Gitter." Eckhard Bader nahm teilnahmslos langsam wieder Platz.

„Haben Sie Ihre Aufträge direkt von Gott erhalten?" „Natürlich nicht, Frau Weber. Er spricht nur zu mir und kündigt die mir zugedachten Aufgaben an." „Und wer hat Ihnen nun jedes Mal Ihre Aufträge übermittelt? Lassen Sie sich doch nicht alles aus der Nase ziehen, Herr Bader." „Der Monsignore." „Bellarani?" „Von ihm erhalte ich jedes Mal einen Umschlag mit dem Siegel des Heiligen Vaters und den Anweisungen des Herrn."

„Jetzt noch einmal ganz langsam, Herr Bader: Monsignore Bellarani gibt Ihnen ein Kuvert, welches das Siegel des Vatikans trägt?" „So lässt der Herr es geschehen." „Und was steht in den Anweisungen?" „Darin finde ich detaillierte Angaben zum abtrünnigen Bruder, wo er lebt und was er macht." „Welche Tätigkeit üben Sie im Gefüge der Kirche aus, Herr Bader?" „Ich bin stellvertretender Personalchef im Vikariat." Karin wollte gerade die nächste Frage stellen, als es an der Türe klopfte. Ohne abzuwarten, hereingebeten zu werden, öffnete sich die Türe und Oberstaatsanwalt Bracht betrat den Raum. „Guten Tag, Frau Weber, hallo, Frau Bülent und guten Tag, Herr Bader." Georg Bracht setzte sich gleich an den Tisch Eckhard Bader gegenüber. „Mein Name ist Georg Bracht, Herr Bader. Ich bin der leitende Staatsanwalt, der alle Mordfälle bearbeitet. Morgen früh um zehn Uhr werden Sie dem Haftrichter vorgeführt." „Mordfälle, ich höre immer Mordfälle. Ich bin kein Mörder, Herr Oberstaatsanwalt. Ich habe die Anweisungen Gottes befolgt und ausgeführt. Niemals würde ich etwas Ungesetzliches tun." „Sie sollten sich um einen Anwalt bemühen, Herr Bader. Haben Sie jemanden oder soll ich einen Pflichtverteidiger für Sie besorgen?" „Nein, danke. Wir werden alle von Herrn von Mannstein betreut." „Dann rufen Sie ihn bitte an. Es ist ganz in Ihrem eigenen Interesse." Karin Weber schob Eckhard Bader das Telefon herüber. Bader nahm den Hörer ab und telefonierte mit dem Anwalt. Das Gespräch dauerte höchste eine Minute. Dann legte Bader wieder auf. „Doktor von Mannstein ist unterwegs." Der Jurist schien geflogen zu sein. Kaum fünfzehn Minuten später erschien von Mannstein im Präsidium. Er verzog sich sogleich mit Eckhard Bader in einen Besprechungsraum.

„Und, was denken Sie, Herr Bracht?", fragte Karin den leitenden Oberstaatsanwalt. „Bader ist psychisch krank. Er befand sich zehn Jahre lang in psychiatrischer Behandlung. Er gilt heute als erfolglos austherapiert. Ich habe einmal - mehr durch Zufall, weil eine Verwechslung vorlag - in seine Akten schauen können. Bader ist Waise. Er wurde in einem Kloster in Süddeutschland aufgezogen. Dort wurde er mehrfach sexuell missbraucht und körperlich wie psychisch erniedrigt. Dies hat sich Bellarani zunutze gemacht und ihn zum Rächertypen aufgebaut. Das war ganz leicht. Bader ist streng gläubig, beinahe fanatisch und würde für seinen Schöpfer alles tun. So hatte der feine Monsignore einfaches Spiel." „Dann laufen also alle Fäden bei Bellarani zusammen?" „So sieht es aus." Asli saß ganz still auf ihrem Platz, bis sie sich ins Gespräch einmischte. „Dann müssen wir uns jetzt den feinen Monsignore schnappen." „Ich glaube nicht, dass Sie das schaffen, Frau Bülent. Der Mann ist gerissen wie eine Hyäne. Er kennt jeden Winkelzug und er besitzt diplomatische Immunität. Selbst wenn Sie ihm eine Falle stellen, in die er tappt, wird er sich mit seinem Diplomatenpass ganz schnell aus der Gefahrenzone bringen." „Aber wenn wir es nicht versuchen, wird er weiter sein Unwesen treiben. Er wird einen neuen Eckhard Bader finden und weiter machen und noch mehr Kirchenmänner auf die Schlachtbank treiben." „Na ja, verdient hätten sie es wahrscheinlich alle Male, wenn ich so an die Vernehmung von Schwester Antonia denke und an das, was sie mit Prälat Berger erlebt hat." „Das mag so sein, aber wir leben in einem Rechtsstaat, Frau Weber." „Das weiß ich ja, aber drüber reden im kleinen Kreis meiner Mitstreiter darf ich doch sicher, oder?" Bracht musste lachen. „Wollen wir mal von einer Inhaftierung absehen", entgegnete Bracht und sorgte mit seiner juristischen Floskel für noch mehr Erheiterung. Überhaupt hellte sich die Stimmung in Karins Team ordentlich auf. Schließlich hatten sie den Serienmörder ermittelt und festgenommen. Asli holte Theo und Edith an den Konferenztisch, während Karin Kaffee aufsetzte. Daraus wurde für etwa zwanzig Minuten eine gemütliche Kaffeerunde, die stolz ein wenig ihren Triumph feierte.

Am nächsten Tag fanden sich Karin Weber, Asli Bülent sowie Georg Bracht zum Haftprüfungstermin bei Gericht ein. Von Mannstein hatte erreicht, dass man Eckhard Bader nicht in Untersuchungshaft nahm, sondern erst einmal bis Prozessbeginn in eine geschlossene Einrichtung einwies. Damit konnten alle soweit leben. Von Mannstein hatte zwar anfangs auf nicht zurechnungsfähig plädiert und die Freilassung seines Mandanten gefordert, doch wie es schien wollte er sich auch nicht in die Karten schauen lassen, wie er seine Verteidigung zu planen gedachte. Deshalb stimmte er der vorläufigen Einweisung in eine geschlossene Anstalt gleich zu. Der aalglatte Jurist schmunzelte nur süffisant, als er ein paar Redefetzen von Asli aufschnappte, die sich zuversichtlich äußerte, dass der Mörder nun wohl bis an sein Lebensende im Gefängnis schmoren würde. Man verabschiedete sich voneinander. Im Anschluss fuhren Karin und Asli zurück ins Präsidium.

Die beiden Frauen steuerten erst gar nicht ihr Büro an. Sie nahmen gleich den Weg in die Kantine, um sich in der Mittagspause einen Salat zu gönnen. Edith und Theo tafelten bereits an einem Zweiertisch und verwöhnten sich mit einem Griechischen Salat und Weißbrot dazu. „Da seid ihr ja wieder", begrüßte Edith ihre Kollegen zuerst. „Setzt euch und esst anständig, denn ihr müsst gleich sicher noch sehr stark sein. Der Chef möchte euch nämlich sprechen." Theo konnte sich ein Grinsen nicht verkeifen. „Was habt ihr beiden heute Morgen wieder ausgefressen, dass ihr zum Chef bestellt werdet?" „Mahlzeit, ihr zwei. Wir waren brav." „Also wenn ich euch beide so sehe, kann ich das kaum glauben, Asli." „Doch, waren wir in der Tat. Bader kommt in eine geschlossene Einrichtung. Ob von Mannstein ihn da noch rauspauken kann, dürfte fragwürdig sein." „Ich hole uns zwei Salate und zwei Wasser. Einverstanden, Frau Chefin?" „Sehr gut, mein Knecht. Ab mit dir." Obwohl alle ganz genau wussten, dass man mit vollem Mund nicht spricht, vergaßen alle ihre Kinderstube. Sie nutzten die wenige Freizeit, um auch mal ein wenig über Privates zu plaudern. Dreißig Minuten später saßen alle Vier bereits wieder an ihren Schreibtischen. Karin fluchte, weil ihr E-Mailpostfach schon wieder überquoll. Die meisten Mails konnte sie einfach löschen. Die wichtigen verteilte sie oder wenn sie direkt gefordert war, legte sie diese zur weiteren Bearbeitung in einer entsprechenden Datei ab. Die für Karin wichtigste Nachricht bestand jedoch darin, dass die KTU festgestellt hatte, dass Eckhard Baders DNA an den Kleidern der meisten Mordopfer gefunden wurde. Damit gab es wohl keine Zweifel mehr, dass Bader der gesuchte Serienmörder war. Karin leitete die Mail gleich an Oberstaatsanwalt Bracht weiter.

Noch während sie mit dem Krankenhaus telefonierte, um sich nach dem Befinden von Schwester Antonia zu erkundigen, mahnte die Funktion Anklopfen in ihrem Telefon, sich kurz zu fassen. Rasch beendete sie ihr Telefonat und schaute, wer sich noch mit ihr zu unterhalten gedachte. Angelika Schmidt, die rechte Hand vom Chef, hatte versucht sie zu erreichen. Karin wählte die Kurzwahl und schon hatte sie Frau Schmidt an der Strippe. „Hallo, Frau Weber. Gratulation zur Lösung dieses äußerst schwierigen Falles. Der Chef ist völlig aus dem Häuschen, wie souverän Sie den Fall gelöst haben." „Hallo, Frau Schmidt. Also das ist nicht alleine mein Verdienst. Das ganze Team hat hier sehr erfolgreich agiert." „Ach, ich weiß doch, dass Sie ein Teamplayer sind. Der Chef möchte Sie und Frau Bülent umgehend sprechen. Können Sie mal schnell zu uns hoch kommen?" „Machen wir, Frau Schmidt. Wir sind in zehn Minuten bei Ihnen." „Asli, mach dich schön, wir müssen hoch zum Chef", rief Karin in das Büro ihrer Lebensgefährtin. „Wieso schön machen?"

„Hast ja Recht. Bleib wie du bist. Bis du fertig bist, hat der Präses längst Feierabend und ist nach Hause gefahren." Karin hatte die Bürotüre keine Sekunde zu früh geschlossen. Sie wusste, dass ihre Anmerkung nicht ohne Folgen blieb und so trommelten mehrere Papierbällchen sowie ein Radiergummi von innen gegen das Türblatt und sorgte für Erheiterung bei Edith und Theo, die sich vor Lachen kaum halten konnten.

33

Weil sie alleine im Aufzug die Fahrt in den Olymp des Präsidiums antraten, nutzte Asli die Gelegenheit und pitschte Karin fest in ihren Hintern. „Au!" „Das zum Thema bleib wir du bist. Du bist ganz schön frech. Ich glaub, ich muss dich mal wieder übers Knie legen und dir so richtig den Hintern versohlen." Ganz kurz nahmen sich die beiden Frauen in den Arm, bevor sie der Tür des Allerheiligsten entgegen marschierten. Frau Schmidt begrüßte Asli und Karin freundlich und leitete sie gleich ins Büro des Polizeipräsidenten weiter. Krausmann sprang wie von einer Feder beschleunigt von seinem Sessel auf, als Karin und Asli sein Büro betraten. „Da sind Sie ja. Herzlichen Glückwunsch zum Fahndungserfolg, Frau Weber und Frau Bülent. Leiten Sie bitte auch meine Glückwünsche an die Kollegen weiter. Eine wirklich tolle Leistung und das alles in so kurzer Zeit. Der Herr Innenminister des Landes ist sehr angetan, zeigte sich gleichzeitig mehr als erstaunt, dass sein LKA dies nicht geschafft hat. Ich habe Ihren Erfolg natürlich auch gleich an den Herrn

Bundesinnenminister weiter geleitet. Seine Staatssekretärin hat sich bereits bei mir gemeldet und durchblicken lassen, dass für so fähige Kolleginnen jederzeit ein Platz im BKA in Berlin zur Verfügung steht. Ich hoffe aber doch sehr, dass Sie uns hier erhalten bleiben." Der Präsident lachte laut auf. „Oder wäre der Umzug nach Berlin für Sie beide etwa eine echte Option?" Karin wie auch Asli war der Überschwang des Präsidenten unheimlich. „Nein, keine Sorge, Herr Krausmann. Wir möchten gern hier weiter unsere Arbeit machen." „Sehr schön, sehr schön. Aber nehmen Sie doch bitte Platz, meine Damen." Irgendetwas stimmte hier nicht, ging Karin gleich durch den Kopf und sie würde Recht behalten. „Ich bin sehr stolz, dass Sie mit Ihrer Abteilung den Täter gefasst haben. Damit ist das Thema Serienmörder im Bereich der Kirche endlich ad acta zu legen. Der Herr Kardinal hat mich übrigens auch schon kontaktiert und mir seinen Dank über den schnellen Fahndungserfolg ausgesprochen." Karin fiel ihrem Chef nun ins Wort. „Wir haben zwar den Serientäter überführt, aber der Fall ist noch lange nicht abgeschlossen. Unsere Recherchen haben ergeben, dass der eigentliche Drahtzieher und Hintermann Monsignore Dr. Bellarani ist und genau den gilt es jetzt ebenfalls zu überführen und zu verhaften." „Aber nicht doch, Frau Weber. Monsignore Bellarani ist über jeden Verdacht erhaben." „Das ist nicht richtig, Herr Krausmann. Wir haben die Aussage von Eckhard Bader, dass Bellarani ihn zu den Morden angestiftet hat. Und dies auf niedrigste Weise, indem er die extrem gläubige Einstellung von Bader, verbunden mit den Folgen seiner psychischen Erkrankung, ausgenutzt hat. Wir setzen jetzt alles daran, Bellarani festzunehmen. Dafür haben wir auch die nötige Rückendeckung von Oberstaatsanwalt Bracht."

Der Polizeipräsident verlor jedwede Gesichtsfarbe. „Frau Weber, vielleicht wäre es jetzt besser ein Vieraugengespräch zu führen." Sein Blick fiel auf Asli Bülent. „Wenn ich gehen soll, dann sagen Sie es doch, Herr Präsident", zog nun Asli das Gespräch auf sich. „Das kommt überhaupt nicht in Frage. Frau Bülent ist Führungskraft und gehört als meine Stellvertreterin zum Team und deshalb sehe ich es als besonders wichtig an, dass sie über alles Wissenswerte genau im Bilde ist."
„Warum verkomplizieren Sie eigentlich immer alles, Frau Weber? Sie haben den Mörder ermittelt. Er wird angeklagt und verurteilt werden und so wie es aussieht in eine geschlossene Einrichtung eingewiesen. Staatsanwalt Bracht wird mit Sicherheit noch eine anschließende Sicherheitsverwahrung auf Lebenszeit für Herrn Bader beantragen. Ein in solch einem Fall nicht ungewöhnliches Procedere. Warum wollen Sie sich jetzt noch unnötige Probleme bereiten, Frau Weber? Um Bellarani anklagen zu können, müssen Sie zuerst seine diplomatische Immunität aufheben lassen, und das wird Ihnen ganz sicher nicht gelingen. Schließlich ist er der Geheimdienstchef des Vatikan." „Ja und? Wenn er sich etwas zu Schulden kommen lässt, muss man ihn auch dafür belangen." „Dafür benötigen Sie hieb- und stichfeste Beweise. Bellarani verkehrt in Deutschland in den höchsten Kreisen. Das Geständnis eines

psychopathischen Mörders dürfte wohl kaum für eine Anklage ausreichen. Wenn Sie sich und uns einen Gefallen tun wollen, Frau Weber, belassen Sie es dabei, dass Sie den Mörder gefasst haben. Alles andere ist reine Hypothese. Lassen Sie mich bitte wissen, wie es in diesem Fall weitergeht." Gemächlich erhob sich Krausmann aus seinem Sessel. Die anfängliche Euphorie war verschwunden. So wie es schien wollte der Präsident jetzt nur noch, dass seine beiden Beamtinnen einfach zurück in ihre Büros gingen. Karin und Asli hatten verstanden. Sie verabschiedeten sich und verließen das Büro des Präsidenten.

„Das hat er sich aber jetzt sehr einfach vorgestellt." „Und froh darüber, dass wir endlich gehen, war er auch, nachdem er nicht das erreicht hat, was er eigentlich wollte. Krausmann fürchtet den politischen Druck. Wenn wir jetzt nach dem Fahndungserfolg ordentlich Staub aufwirbeln, fällt das auf ihn zurück. Bellarani hat anscheinend wirklich einflussreiche Freunde in der Politik. Ich glaube, dass er die ganze Entwicklung bereits lanciert hat." „Das denke ich auch. Was hast du denn weiter in der Sache vor?" „Wir fahren jetzt zur JVA und sprechen noch mal mit Bader." „Aber sein Geständnis haben wir doch." „Das stimmt, aber ich möchte noch weitere Einzelheiten von Bader zum Thema Anstiftung erfahren, damit wir bestens gerüstet sind, wenn es zum Prozess gegen den feinen Monsignore kommt." „OK, dann fahren wir hin. Hoffentlich spricht er überhaupt mit uns ohne Anwesenheit seines Anwalts." „Wir werden sehen."

Eckhard Bader machte einen gefassten Eindruck. Er trug Anstaltskleidung. Höflich erhob er sich von seinem Stuhl, als Asli und Karin das Besucherzimmer betraten. „Gelobt sei Jesus Christus. Ich freue mich, dass Sie mich noch einmal besuchen kommen. Wie es scheint haben Sie noch Fragen. Nehmen Sie doch bitte Platz." Bader spielte den perfekten Gastgeber, wenn es auch an Gebäck und Kaffee mangelte. „Wir haben in der Tat noch einige Fragen, was die Beauftragung von Monsignore Bellarani betrifft. Wünschen Sie, dass Ihr Anwalt bei der Vernehmung zugegen ist?" „Nein, danke. Es wird wohl ohne meinen Rechtsbeistand gehen. Ich halte ohnehin nicht viel von Anwälten. Fragen Sie nur, Frau Weber." Karin und Asli zeigten sich mehr als erstaunt, wie klar und ohne wirres Gerede Bader sprach und offen Auskunft erteilte. „Wie wurden die Mordaufträge an Sie herangetragen, Herr Bader?" „Nun, der Monsignore schickte mir zumeist ein Kuvert mit allen Informationen. Wenn der Herr nicht direkt mit mir Kontakt aufnahm, was in der Tat nur sehr selten geschah, dann war er dem Monsignore erschienen. Ach, Frau Kommissarin, vermeiden Sie bitte den Begriff Mordaufträge. Ich bin kein Mörder. Ich führe lediglich die Lanze des Herrn und bestrafe die, die Böses getan und sich sehr versündigt haben. Wäre Gott weiblich und Sie an seiner Stelle, würden Sie solch bestialische Vergewaltigungen von Kindern und unschuldigen Frauen ungesühnt dulden?" „Nun, Herr Bader, ich bin nicht Gott, nur Vertreter des Rechtstaates, der mit allen legalen Mitteln versucht, Verbrecher zu ermitteln und zu verhaften, um diese der Justiz zu übergeben, damit unsere Richter nach den gültigen Gesetzen Recht sprechen können." „Macht Gott denn etwas anderes? Nichts für Ungut, Frau Kommissarin, aber Er ist mächtiger als Sie und die Justiz. Er ist alles in einem: Gesetzgeber und Richter und dabei noch gütig und gerecht. Die Menschen, die er mir auftrug zu bestrafen, haben anderen furchtbares Leid angetan. Für mich bestanden zu keiner Zeit Zweifel daran, etwas Unrechtes zu tun. Der Herr hat es mir befohlen und ich gehorche." Karin und Asli protokollierten alles ganz genau, um Oberstaatsanwalt Bracht in die Lage zu versetzen, eine wasserdichte Klageschrift zu erheben. „Dann bedanken wir uns bei Ihnen für Ihre Angaben." „Keine Ursache. Möge der Herr Sie schützen, Frau Weber. Ihnen wird sicher die schützende Hand von Allah zuteil, Frau Bülent." Bader lächelte. „Angenehmen Tag, die Damen." Bader erhob sich würdevoll von seinem Stuhl und ließ sich von einem Justizbeamten zurück in seine Zelle begleiten.

34

Bis zu den anstehenden Weihnachtstagen ebbte die Arbeit im Kommissariat erfahrungsgemäß stark ab, was sich allerdings schlagartig nach den Feiertagen änderte. Die Zahl der Tötungsdelikte im Familienkreis, ausgelöst durch jede Art von Familiendramen, hatte in den letzten Jahren exorbitant zugenommen. Karins Abteilung hatte dieses Jahr komplett frei. Die Kollegen von der 3 waren an der Reihe Dienst zu schieben, wobei Karin als Leiterin der Mordkommission in jedem Fall stets ansprechbar blieb. Asli hatte einen kleinen Tannenbaum erstanden, den sie geschmackvoll schmückte und auch für einen festlichen Lammbraten gesorgt. Als Weihnachtsgeschenk für Karin gab es ein herb duftendes Parfum von Serge Lutens, das sie bereits kunstvoll verpackt hatte. Eigentlich hatten Karin und Asli beschlossen, sich nichts zu schenken, aber so ganz verzichten wollten sie beide dann doch nicht auf leuchtende Augen unter dem Weihnachtsbaum. Asli hatte für Karin noch aufreizende Unterwäsche gekauft. Zum Glück hatte sie sich in ihrem Büroraum zu Hause eingeschlossen, sonst wäre ihre Überraschung gerade aufgeflogen. „Warum hast du die Türe abgeschlossen, Asli?" „Ich hab gerade meine Freundin hier. Wir sind beschäftigt. Du bist ja immer müde, da habe ich mir etwas zum Spielen mitgebracht." „Dann lass mich herein. Ich möchte mitspielen." Asli lachte und auch Karin musste grinsen. „Ich verpacke Weihnachtsgeschenke." „Ich weiß Bescheid. Bekomme ich etwa wieder Socken und ein Oberhemd?" „Natürlich, meine Liebe, wie jedes Jahr." „Dann koche ich heute." „Das ist lieb von dir. Ich habe genug Magentabletten im Haus." Aslis lautes Lachen schallte durch die geschlossene Türe. „Na, du kommst ja gleich wieder da raus. Warte ab. Ich werde dir deinen nackten Hintern versohlen." Nach einem kurzen Abendessen machte Karin ihre Drohung wahr. Doch es folgten keine wirklichen Schläge, mehr eine heiße Liebesnacht.

Die letzten beiden Tage vor Weihnachten erledigten sie noch eine Menge Papierkram. Karin fuhr noch einmal zu Oberstaatsanwalt Bracht, um letzte Details für die Klageerhebung gegen Eckhard Bader abzuklären. „Unter dem letzten Vernehmungsprotokoll von Bader fehlt noch die Unterschrift. Meinen Sie, Frau Weber, Sie könnten diese noch beibringen?" „Ich werde versuchen, noch einen Termin mit ihm zu bekommen. Ich fahre gleich hin." Bracht und Karin wünschten sich noch geruhsame Weihnachtstage, ehe sie zur JVA aufbrach. Gewohnt mit ordentlichem Schwung fuhr sie auf den Parkplatz der Strafanstalt. Erstaunlicherweise herrschte hier mächtig Betrieb. Karin sprang aus dem Wagen und marschierte dem Eingang entgegen. Plötzlich stutzte sie. Die S-Klasse Limousine, die dort in der Parkbucht stand, trug ein CD-Kennzeichen mit der Zulassung auf den Vatikanstaat. Das musste ein Fahrzeug aus dem Fuhrpark von Bellarani sein. Karin beschleunigte ihren Schritt. Sie klingelte am Eingang und betrat den Vorraum. „Guten Tag. Mein Name ist Weber. Hier sind mein Dienstausweis und meine Dienstwaffe. Ich möchte zu Eckhard Bader." Karin ließ den Vollzugsbeamten noch einen Blick in ihre Aktenmappe werfen. „Hallo, Frau Weber. Herr Bader hat gerade Besuch. Möchten Sie warten?" „Ja sicher. Ich setze mich in den Warteraum." Wenig später sah sie im Augenwinkel, wie Bellarani und von Mannstein am Ausgang jeder eine Schusswaffe in Empfang nahmen und dann die JVA verließen. Sie war froh, dass sie den beiden nicht in die Hände gelaufen war. Kurz danach wurde sie ins Besucherzimmer zu Eckhard Bader geführt. „Sie scheinen nach wie vor ein begehrter Mann zu sein. Guten Tag, Herr Bader." „Gelobt sei Jesus Christus, Frau Weber. Sie kommen alleine? Ohne Zeugin?" „Brauche ich denn eine Zeugin?" „Nein, die brauchen Sie in der Tat nicht. Ich werde allerdings auch keine Aussagen mehr machen." „Dachte ich mir. Den Grund dafür habe ich eben an der Pforte gesehen." Bader lächelte süffisant. „Aber Sie werden mir doch das Protokoll unserer letzten Vernehmung unterschreiben oder nicht?" „Geben Sie her. Die Vernehmung liegt ja auch schon ein paar Tage zurück. Ab jetzt allerdings sage ich nichts mehr ohne Dr. von Mannstein." „Man hat Sie unter Druck gesetzt?" „Man hat mir erklärt, dass jedes Gespräch mit der Polizei die Arbeit meines Anwaltes erschweren würde." „Ist Bellarani wirklich so mächtig?" „Ich glaube, nur Gott steht noch über ihm. Der Monsignore hat überall seine Hände im Spiel. Gehen Sie jetzt bitte. Ich weiß nicht, ob ich überwacht werde." „Von Bellarani?" Bader sagte nichts mehr. Er nickte nur. „Gott schütze Sie, Frau Hauptkommissarin." „Sie auch, Herr Bader. Auf Wiedersehen." „Auf Wiedersehen."

Karin verließ noch völlig in Gedanken das Gefängnisgebäude. Bader tat ihr leid, auch wenn er ein gefährlicher Irrer war, den offensichtlich sein Glaube in den Wahn getrieben hatte. Bellarani hatte ihn in seinen Bann gezogen und für seinen Rachefeldzug eingespannt. In Baders Verfassung hatte er überhaupt keine Chance, diesem Demagogen zu widersprechen. Ein lautes Motorengeräusch riss Karin aus ihren Gedanken und dies war höchste Eisenbahn. Sie sah nur noch eine schwarze Limousine auf sich zurasen. Beherzt sprang sie in letzter Sekunde zur Seite und rollte über ihre linke Schulter ab. Schmerzverzerrt kam Karin wieder auf die Beine. Die Jacke wie auch die Jeans bedurften jetzt dringend der Waschmaschine. Ihre Schulter brannte wie Feuer. Karin legte ihre Hände in die Hüfte und bog ihren Rücken leicht zurück. Vorsichtig bückte sie sich nach vorn, um zu testen, ob ihr linkes Knie etwas abbekommen hatte, das erheblich schmerzte. Dann summte ihr Handy. „Weber?" „Hallo, Frau Weber, Bellarani hier. Mit Entsetzen habe ich gerade gesehen, dass mein Fahrer Sie beinahe angefahren hat. Ich möchte mich vielmals entschuldigen. Ich habe ihm einen ordentlichen Rüffel erteilt. Leider fehlt mir die Zeit anzuhalten. Ihnen ist ja wohl auch nichts Nennenswertes zugestoßen. Selbstverständlich komme ich für die Reinigung Ihrer Garderobe auf und ein entsprechendes Schmerzensgeld erhalten Sie obendrein mit separater Post." „Sparen Sie sich Ihre fadenscheinigen Entschuldigungen, Herr Bellarani. Wir sehen uns vor Gericht." „Aber, aber, aber. Wer wird denn gleich so böse reagieren. Ich habe mich für meinen Fahrer entschuldigt und ich komme für alles auf. Sie drohen mir gleich mit dem Gericht? Hatte ich Ihnen nicht schon einmal davon abgeraten, sich mit dem Klerus anzulegen, respektive mit mir? Sie sollten diesen, nennen wir es mal Rat, befolgen. Wir wollen doch keine Unannehmlichkeiten bekommen oder etwa doch?

Es wäre doch zu schade, wenn dem jungen Glück unerwartet etwas zustoßen würde. Wegen der Reinigungskosten und dem Schmerzensgeld hören Sie in Kürze von mir. Das ist mein Ehrenwort." Karin brüllte gleich los. „Stecken Sie sich Ihre Kohle in den Ar..", doch sie vernahm nur noch ein Tuten in der Leitung. Bellarani hatte das Gespräch bereits weggedrückt. Vorsichtig humpelte Karin ihrem Dienstwagen entgegen, als sie von hinten ein junger Mann ansprach. „Hallo! Kann ich Ihnen helfen. Ich habe gesehen, wie der Wagen auf Sie zugerast ist. Leider habe ich das Kennzeichnen nicht erkannt. Es handelte sich aber um kein Kölner Kennzeichen, eher um eines aus dem Ausland." „Es geht schon, aber danke für Ihr Hilfsangebot. Darf ich mir Ihren Namen und Ihre Anschrift notieren, falls ich Ihre Zeugenaussage benötige?" „Selbstverständlich. Mein Name ist Herbert Weiser. Ich bin der katholische Gefängnisgeistliche. Hier ist meine Karte." Karin reichte dem jungen und freundlich dreinblickenden Priester ebenfalls ihre Karte. „Oh, Hauptkommissarin. Sie waren sicher dienstlich hier?" „Ja, in der Tat." Karin Weber und Herbert Weiser standen sich eine Zeit lang schweigend gegenüber. „Nun, ich muss wieder los. Falls Sie meine Aussage benötigen, rufen Sie mich einfach an. Am einfachsten erreichen Sie mich auf meinem Mobiltelefon. Auf Wiedersehen, Frau Weber. Gott sei mit Ihnen." „Auf Wiedersehen, Herr Weiser. Ich melde mich, wenn ich Anzeige erstatte." Karin sah, dass der junge Priester zur Straßenbahnhaltestelle ging. „Darf ich Sie mitnehmen?" Der junge Mann hielt inne. „Ja, gern, ich wollte schon als kleiner Junge mal in einem Polizeiauto mitfahren." Weiser lächelte Karin entwaffnend aus gütigen Augen an. „Dann hereinspaziert. Ist aber nur ein ziviles Einsatzfahrzeug." „Kein Problem. Haben Sie denn auch ein Blaulicht?" „Sicher, Sie sitzen beinahe darauf." Sie mussten beide laden. „Ich darf es aber nur im Einsatzfall einschalten. Wohin darf ich Sie chauffieren?" „Ich wohne in Riehl auf der Boltensternstraße." „Dann wollen wir mal los. Oh, da kommt gerade ein Einsatzbefehl rein." Karin schnappte sich das Blaulicht und stellte die Lampe auf das Fahrzeugdach. Routiniert betätigte sie jetzt noch das Martinshorn und gab Gas. Wie bei einem kleinen Jungen strahlten die Augen von Herbert Weiser, der gerade sein neues Spielzeug betrachtete. Doch zwei Straßen weiter endete bereits der Einsatz. Karin schaltete Lampe und Martinshorn ab. „Einsatz beendet. Ich predige meinen Kollegen immer, die Warnanlage im Fahrzeug nicht als Spielzeug zu missbrauchen und nun mache ich es sogar selber." „Es war aber trotzdem eine tolle Erfahrung und ein Kindheitswunsch von mir. Der Herr hat Ihnen die kleine Sünde ganz sicher bereits verziehen." Weiser musste lachen. „Ja, dann ist ja alles gut."

„Sie waren beruflich in der JVA?" „Ja, ich habe einen Untersuchungshäftling besucht." „Darf ich fragen welchen? Die frisch eingelieferten Männer und Frauen besuche ich zumeist gleich nach ihrer Festnahme. Viele von ihnen halten sich für unschuldig und erkennen erst langsam, dass sie wohl für viele Jahre in eine Gefängniszelle wandern werden." „Ich war bei einem Kollegen von

Ihnen." „Sie waren bei Eckhard Bader. Ein schwieriger Fall. Er ist wirklich der Meinung, dass Gott ihm aufgetragen hat, in seinem Namen zu töten. Bader ist beinahe fanatisch gläubig und Gott regelrecht hörig. Ich spreche auch oft mit Gott, aber er hat mir noch niemals aufgetragen, ich solle für ihn eine Sünde begehen, geschweige denn einen Menschen oder gar deren viele zu töten. Eher bitte ich ihn, mir die eine oder andere zu vergeben." „Er ist in der Tat ein schwieriger Fall. Keineswegs unsympathisch und doch wirkt er unnahbar." „So sehe ich das auch. Bisher hatte ich zwar noch keine Gelegenheit, in seine Akte schauen zu dürfen, aber wie es scheint, hat er wohl an die vierzig Kirchenmänner und zwei Nonnen getötet. Schrecklich, und das im Namen unseres Herrn." „Ich glaube eher, dass er von einem anderen weltlichen Herrn dazu angestiftet wurde." „Sie meinen sicher Monsignore Bellarani, nicht wahr?" „Das haben Sie jetzt gesagt." Karin äußerte sich nicht weiter. „Vor diesem Mann haben fast alle Brüder und Schwestern Angst. Wo er auftaucht, verschließt Gott offensichtlich seine Augen. Aber er scheint mittlerweile auch in Rom unbeliebt geworden zu sein. Hinter vorgehaltener Hand wird gemunkelt, dass die Berater des Heiligen Vaters bereits auf den Papst einreden, Bellarani unverzüglich seines Amtes zu entheben. Böse Zungen behaupten sogar, dass alle inneren Angelegenheiten des Vatikanstaates, gerade was die weltlichen Dinge betrifft, von ihm gemanagt und sogar beeinflusst werden. Er gebärdet sich wie ein Despot oder ein Diktator." Weiser wand sich mit einem ängstlichen Blick nach allen Seiten um, als hätte er Angst ob seiner offenen Worte ertappt zu werden. „Wenn ich Ihnen jetzt sage, dass Bellarani eben versucht hat, mich vorsätzlich zu überfahren, würden Sie dann noch als Zeuge zur Verfügung stehen?" Weiser schluckte. „Doch, ich stehe zu meinem Wort, auch wenn es Konsequenzen für mich haben sollte. Ich vertraue ganz auf Gott, dass er mich beschützt." „Ich versuche, diesen feinen Monsignore Bellarani wegen des Verdachtes der Anstiftung zum Mord in über vierzig Fällen festzunehmen." „Das dürfte sehr schwer werden, Frau Weber. Bellarani besitzt einen Diplomatenpass und wie es heißt, hat er Freunde in den höchsten Kreisen von Politik und Wirtschaft." „Trotzdem werde ich es versuchen." „Da vorn wohne ich, Frau Weber, direkt gegenüber dem Altenheim. Ich betreue dort viele alte Menschen. Ich drücke Ihnen ganz fest die Daumen, dass Sie Bellarani zur Strecke bringen. Danke fürs Bringen und schöne Weihnachten." „Ihnen auch. Vielleicht sehen wir uns ja bald schon wieder." „Ja, warum nicht." Weiser winkte kurz und verschwand in einem Hauseingang. Karin fuhr auf die Rheinuferstraße der Zufahrt zur Zoobrücke entgegen, über die sie nach Kalk zum Präsidium brauste.

35

„Mein Gott, wie siehst du denn aus? Was ist passiert, Karin?", erkundigte sich Edith, der Karin im Präsidium als erste begegnete. In kurzen Worten berichtete Karin, was geschehen war. Doch sie hielt sich nicht lange damit auf und verschwand in ihrem Büro. Mit wenigen Handgriffen startete sie ihren Kaffeeautomaten, bevor sie Oberstaatsanwalt Bracht anrief. „Ich mache mir jetzt große Sorgen um Sie und Ihre Lebensgefährtin, Frau Weber. Bellarani kennt Sie und Ihre privaten Verhältnisse genau. Schließlich hat er Ihnen Bader auf den Hals gehetzt, um Schwester Antonia auf Ihrem Dach abzulegen. Und nicht zu vergessen Ihr Vordach zum Absturz zu bringen, was ich im Übrigen als Mordversuch in eine anhängige Klage aufnehmen werde. Ich beabsichtige, für Sie beide Personenschutz zu beantragen." „Das ist nicht nötig, Herr Bracht. Wir passen schon auf uns selber auf. Machen Sie sich darüber mal keine Sorgen. Die Unterschrift von Bader unter seiner letzten Aussage habe ich übrigens. Ich scanne sie gleich ein und schicke sie Ihnen per Mail zu." „Sehr gut, Frau Weber. Ganz langsam, aber stetig, schließt sich die Schlinge um Bellaranis Hals. Ich werde als nächstes versuchen, die Immunität von unserem Monsignore aufheben zu lassen." „Na, dann mal viel Erfolg. Schöne Weihnachten, wenn wir bis dahin nichts mehr voneinander hören." „Ihnen und Frau Bülent ebenfalls, Frau Weber."

„Hast du Schmerzen?" Asli Bülent war leise in Karins Büro geschlichen, um das Gespräch zwischen ihr und Bracht nicht zu stören. „Es geht so. Erst war es nur die Schulter. Jetzt spüre ich aber auch mein linkes Knie und den Hüftknochen." „Sollen wir nicht besser zu einem Arzt fahren und deine Verletzungen untersuchen lassen?" „Quatsch! Das sind Prellungen. Du darfst heute

Abend die gelbe Tube aus der Apotheke nehmen und mich mit dem Gel einreiben. Morgen bin ich dann wieder fit." „Dein Hüftknochen dürfte eigentlich nichts abbekommen haben, so wie der gepolstert ist." Mit der schnellen Reaktion hatte Asli wohl nicht gerechnet und so traf sie der Radiergummi direkt auf der Brust. „Du bist ein kleines Scheusal, Asli Bülent. So eine soll ich heiraten?" Karin lachte und auch Asli folgte ihrem Beispiel. „Fahren wir nach Hause? Es sind schon wieder achtzehn Uhr durch." „Ja, lass uns Feierabend machen, Asli." Karin öffnete ihre oberste Schreibtischschublade. Sie entnahm dieser ihre Dienstwaffe und drei gefüllte Reservemagazine. „Ich wollte Feierabend machen und nicht in den Krieg ziehen, Karin." „Ja eben. Ich möchte auch einen schönen Feierabend erleben und mich verteidigen können, wenn dies erforderlich wird.

Bevor die beiden Frauen in Aslis Golf einstiegen, nahmen sie den Wagen erst ganz genau in Augenschein. Als sie den VW für sauber befanden, stiegen sie ein und fuhren nach Hause. Im Edeka-Laden in Pesch versorgten sie sich noch mit Lebensmitteln für ein leichtes Abendessen. Asli beabsichtigte Gulaschsuppe aufzutauen. Fladenbrot und Zaziki würden ihr opulentes Mahl noch verfeinern. Zu Hause stiegen die beiden Frauen erstmal aus ihren Stiefeln. Karin stopfte ihre verschmutzte Jacke und die Jeans gleich in die Waschmaschine und drückte auf Start. Asli zog sich, nachdem sie ihren Jogginganzug übergestreift, hatte in die Küche zurück, um das Abendessen zu bereiten. Brummend befasste sich die Mikrowelle damit, die gefrorene Suppe aufzutauen und zu erhitzen. Das Fladenbrot backte Asli noch mal kurz im Backofen auf. Plötzlich wurde die Küchentüre mit Schwung aufgerissen und Karin trat mit einem Umschlag in der Hand ein. Asli erschrak dermaßen, dass sie sich beinahe den Kopf an der Küchenplatte stieß. „Heee, was ist los? Beinahe hätte ich mir selber den Schädel an der blöden Platte eingeschlagen." „Ist die Platte denn heil geblieben?" „Du bist ja so was von doof, Karin Weber. Nicht zu glauben, dass man dir den Job gegeben hat, Morde von unschuldigen Menschen aufzuklären. Was ist denn los?" „Hier, schau dir mal den Inhalt des Umschlages an." Asli griff nach dem Kuvert und staunte nicht schlecht. „Das sind ja zehntausend Euro. Du hast einen wirklichen Gönner in Bellarani. Könntest dir jetzt glatt eine neue Jacke, eine neue Jeans und eine neue Waschmaschine zulegen." „Das fehlt gerade noch. Es ist so gekommen wie Bracht es prognostiziert hatte. Bellarani versucht, uns mit Geld zu bestechen." „Kannst du dich auch noch daran erinnern, was Bracht dazu sagte was folgt, wenn man sich nicht bestechen lässt?" „Leider ja. Bellarani macht kurzen Prozess."

Aslis Suppe schmeckte hervorragend und sorgte rasch für einen warmen und gefüllten Magen. Nach dem Essen machten die beiden Frauen noch klar Schiff in der Küche, bevor sich Asli mit den Verletzungen ihrer Freundin befasste. Karins Knie war leicht geschwollen. Einige Kratzer ließen erahnen, wie heftig sie mit dem Bein aufgeschlagen war. Die Schulter wurde bereits leicht blau. Asli gab ihr Bestes, um Karin zu pflegen. Als sie Karin ganz sanft von ihrem Slip befreite und ihre zarten Lippen und ihre Zunge erst über die Hüfte und dann in ihren Schritt wandern ließ, durchzuckte es Karin als wäre ein starker Stromstoß durch ihren Leib geschossen. Keine schmerzenden Knochen bereiteten ihr jetzt noch Unbehangen. Nur die Gier nach Befriedigung stand an erster Stelle. Splitternackt wälzte sich Karin auf dem Bett hin und her, während Asli ihre Zunge immer tiefer und fester in ihre feuchtnasse Orchidee trieb. Kurz bevor ihre Freundin ganz in den Wogen der Lust versank, streifte Asli sich ebenfalls alle Kleider vom Leib. Katzengleich schmiegte sie sich an den Leib von Karin, bis beide höchste Glücksgefühle erlebten. „Du bist in der Tat ein scharfer Hase, meine Kleine." Karin schlug Asli auf ihr nacktes Hinterteil. Gute zwanzig Minuten hatten sie noch kuschelnd aufeinander gelegen. „Mit dir zu schlafen macht mir aber auch einen Riesenspaß."

Morgens im Präsidium war es still. Nur ganz selten läutete einmal ein Telefon. Edith war die einzige im Team, die Familie hatte und in Folge gewöhnt, zum Weihnachtsfest jede Menge Plätzchen und Christollen zu backen. Wie in den letzten Jahren auch setzte Edith einen Weihnachtstee auf und servierte ihren Stollen und ihre leckeren Plätzchen. Eine gute Stunde dauerte ihre kleine Weihnachtsfeier und sorgte für eine Menge Spaß. Danach zog sich Karin in ihr Büro zurück, um nachzudenken. Als ihr plötzlich die zündende Idee kam, wie es weitergehen könnte, rief sie über die Haustelefonanlage Asli zu sich. „Da bin ich, Frau Chef. Was gibt es so Dringendes, dass du mich von meinen langweiligen Routinearbeiten abhältst?" „Setz dich hin und höre, was mir eingefallen ist." „Jawohl, Frau Chef." „Jetzt lass endlich den Blödsinn. Mir ist da eine Idee gekommen, wie wir eventuell an den Staatssekretär des Außenministers herankommen können, ohne gleich eine offizielle Anfrage starten zu müssen, die unseren großen Boss Krausmann aufs Tablett ruft." „Das hört sich allerdings interessant an, Karin. Schieß los." „Kannst du dich noch an Mechthild Seiffert erinnern?" „Du meinst die scharfe, dunkelblonde Schönheit mit der Superfigur aus Berlin?" „Jetzt komm mal wieder runter, Lady. Aber genau die meine ich, Doktor Mechthild Seiffert, Staatssekretärin im Innenministerium. Wusstest du, dass sie auch mit einer Frau zusammenlebt?" „Ja, sie hat es mal in einem Gespräch mit mir erwähnt." „Sie hat uns seinerzeit nach Berlin eingeladen. Wäre jetzt nicht der richtige Moment diese Einladung anzunehmen? Sie könnte uns den Weg zum Staatssekretär des Außenministers öffnen und wir könnten auf dem kleinen Dienstweg nachfragen, ob er nicht im Vatikan im Zuge der Amtshilfe die Auslieferung von Bellarani beantragen kann." „Spinnst du jetzt völlig, Karin? Du kleine Amtsleiterin einer Mordkommission möchtest im großen Außenministerium der Bundesrepublik Deutschland den zweithöchsten Mann in diesem Ministerium so mir nichts dir nichts darum bitten, einen Konflikt mit dem Vatikanstaat anzuzetteln?" „Lass es uns doch einfach versuchen, Asli. Wer nicht wagt, der nicht gewinnt. Wenn die Sache offiziell läuft, setzt sich Bellarani ganz sicher nach Südamerika ab und dann kriegen wir ihn nie mehr." "OK, ich bin dabei. Ich bin schon einmal wegen dir als Leiterin einer Dienststelle aus dem Amt geflogen, warum soll ich das nicht noch einmal mit dir gemeinsam erleben, so als deine Stellvertreterin. Köln hat sehr schöne Straßen und das Verkehrsrowdytum nimmt stetig zu. Warum sollten wir zwei Fachkräfte nicht Knöllchen verteilen?" "Na, so schlimm wird es wohl nicht werden." "Warten wir es ab."

Karin fingerte ihr Handy aus ihrer Winterjacke und gab die Mobilnetznummer von Mechthild Seiffert ein. Weil niemand das Gespräch entgegennahm, glaubte sie bereits, dass ihre Wunschkandidatin verhindert sei, als sich die Stimme von Mechthild Seiffert meldete. "Hallo, Karin, wir waren doch - glaub ich - beim du gelandet, oder?" "Hallo, Mechthild, ist doch völlig egal. Jetzt sind wir beim du." "Das ist aber eine Freude, dass du dich mal meldest. Aber wie ich dich so kennen gelernt habe, ist es nicht die Sehnsucht nach mir, sondern es steckt etwas anderes hinter deinem Abruf. Ich mag Menschen, die sagen, was sie denken und die ihre Ideen realisieren. Also, was hast du auf dem Herzen?" Karin berichtete über den Stand der Dinge in Sachen Priester-Mordfälle und was sie sich ausgedacht hatte. "Das wird ein verdammt hartes Stück Arbeit, Karin. Brotbäcker ist so ein typischer Beamter, den du wirklich überzeugen musst, dass das, was du von ihm möchtest der großen Welt dient. Ich komme ganz gut mit ihm klar und werde euch den Weg ebnen. Ich sag dir aber gleich: Brotbäcker mag keine Karrierefrauen und schon gar keine, die mit einer anderen Frau zusammenleben. Aber einen Versuch ist es sicher wert. Ich stelle dir alle Ermittlungsakten zur Verfügung, in denen unser Freund Bellarani eine Rolle spielt. Was ich ganz sicher weiß ist, dass Bellarani keine Verbindung zu Brotbäcker unterhält. Wie schon gesagt: Einen Versuch ist es wert." „Super. Zeigt ihr beiden uns denn auch etwas von Berlin?" „Das ist doch Ehrensache und nicht nur das, ihr wohnt auch bei uns. Einverstanden?" „Ja, toll." „Wann wollt ihr herkommen?" Karin druckste ein wenig herum. „Ihr stört unsere Weihnachtsruhe nicht. Setzt euch am zweiten Weihnachtstag in den Zug und kommt her. Alles andere regeln wir hier." „Das ist ja echt klasse. Ich freue mich schon sehr auf euch." „Na, warte erstmal, bis du meine kleine Maus kennen gelernt hast. Monique kann verdammt launisch sein." „Das kenne ich auch von Asli. Wir könnten doch auch fliegen." „Nehmt den Zug. Das erspart euch alle möglichen Sicherheitskontrollen am Flughafen. Wir wissen nicht, in wie weit Bellarani euch beschatten lässt. Versucht ein wenig eure Spuren zu verwischen." „Ist das wirklich erforderlich?" „Das wissen wir nicht, aber möglich wäre es schon. Also kein Sterbenswörtchen zu niemanden über euren Ausflug. Ihr bleibt doch sicher über Sylvester?" „Wir haben Urlaub bis zum fünften Januar." „Das ist gut. Bucht keine Rückfahrttickets. Machen wir alles von hier aus. Ja, dann grüß mir Asli und fröhliche Weihnachten." „Euch auch. Soll ich dir nicht die Zugnummer und die Ankunftszeit mailen, Mechthild?" „Keine Sorge, ich erfahre alles, was ich wissen möchte." „Ja dann, Misses Bond bis zum 26ten." „Johh, bis dahin."

Nichts motivierte Karin mehr als wenn in eine verfahrene Sache Bewegung kam. Noch bevor sie Asli informierte, rief sie Oberstaatsanwalt Bracht an und bat ihn um eine Zweitschrift seiner Klageschrift gegen Bader. Sie beherzigte jedoch den Rat von Mechthild Seiffert und weihte den Juristen nicht in ihre Pläne ein. Zehn Minuten später hielt Karin die Klageschrift bereist in Händen. Asli war sofort begeistert von dem, was Karin ihr gerade berichtet hatte. „Wenn wir diesen Brotbäcker überzeugen können, sind wir ein ganzes Stück weiter. Ach, ich freue mich auf Berlin. Ist doch schön, auch mal etwas anderes zu sehen und zu hören. Auf Monique bin ich gespannt. Sie muss eine echte Schönheit sein wie ich hörte." „Lass bloß die Finger von ihr. Sonst sperr ich dich in den tiefsten Kerker, den ich kenne." „Bist ja eifersüchtig, Frau Chefin." „Quatsch, ich doch nicht." „Bist du wohl." Asli grinste und legte den Kopf schief. Karin schaute anfangs etwas säuerlich, musste dann aber auch lachen.

36

Am Morgen des Weihnachtstages schliefen Karin und Asli erstmal aus. Nach einem späten Frühstück schmückten sie gemeinsam den Weihnachtsbaum. Während Karin duschte, briet Asli ihren Lammbraten an, der bereits seit gestern ein

Bad in gutem Rotwein nahm. Weil sie vom Küchenfenster aus die Straße gut einsehen konnte, fiel ihr zwar nicht gleich, aber nach der dritten Vorbeifahrt ein 3-er BMW-Coupe auf. Asli notierte sich das Kennzeichen und startete eine Halterermittlung. „Mit wem redest du die ganze Zeit, Asli? Oder führst du Selbstgespräche?" Asli berichtete ihrer Lebensgefährtin, was sie gesehen und gemacht hatte. „Und" „Der Wagen ist auf einen Fedjor Kovacs zugelassen. Er ist albanischer Staatsbürger und schon mehrfach wegen Drogendelikten und Körperverletzung aktenkundig geworden. Laut BKA-Bericht war er ein hohes militärisches Tier im Bosnienkonflikt. Er wird als sehr grausam beschrieben und soll an Massenerschießungen von Gefangenen beteiligt gewesen sein. Gegen ihn liegt ein internationaler Haftbefehl vor. Weißt du, wer ihn stets vor Gericht vertreten hat?" „Sicher von Mannstein." „Genauso ist es." „Hast du schon etwas unternommen?" „Ich habe unseren Jungs einen Tipp gegeben. Scheint schon gewirkt zu haben. Seit zehn Minuten fährt der Wagen hier nicht mehr vorbei." „Gut gemacht, Kleine. Bist ja richtig fähig. Ich schaue mal in den Briefkasten, ob uns jemand liebe Weihnachtsgrüße geschickt hat." Als Karin wieder in die Küche schaute, duftete es schon lecker nach dem Braten. „Mechthild hat uns zwei Fahrkarten auf Staatskosten nach Berlin geschickt. Sicher, damit wir keinen Staub aufwirbeln. Der ICE geht um 07:10 Uhr." „Dann sind wir gegen kurz nach elf am Zielort." „Ich freue mich schon drauf, Asli." „Hörst du, das Telefon läutet." „Na und, geh du doch ran. Du bist doch hier unsere Quasselstrippe." „Zicke", rief Asli laut und nahm den Anruf entgegen. Karin verstand nur: Ja, sehr gut, bleibt dran. Dann legte Asli wieder auf. „Und? Was war los?" „Sie haben Kovacs beinahe geschnappt. Doch er ist ihnen entkommen. Aber unsere Jungs bleiben am Ball. Nur ist Kovacs ein mit allen Wassern gewaschener Killer. Den fängst du nicht so leicht ein." Dann schellte ihr Telefon erneut. „Jetzt gehst du aber ran, Karin." „Weber? Ach, Herr Bracht. Ihnen auch schöne Weihnachtstage. Wie bitte? Danke für die Information. Bis bald." „Wer war das denn? Bestimmt Bracht. Den säuselst du doch immer so an." Asli lachte. „Stimmt. Er hat uns schöne Weihnachten gewünscht. Außerdem hat er juristisch geprüft, ob Bellarani mit dem Bargeld an mich eine Bestechung nachzuweisen ist. Fehlanzeige. Weil es sich um eine Entschädigungsleistung handelt, darf ich das Geld erstens behalten und zweitens können wir Bellarani keinen Strick daraus drehen." „Dann versaufen wir die Kohle halt in Berlin." „Ich wollte einen Teil davon an irgendeine Institution spenden." „Eine sehr gute Idee. Zum Beispiel an Aslis Schuhschrankfüllorganisation." „Das fehlt noch. Du hast ja wohl Schuhe genug, mein Zwerg." „Ich geh mich jetzt für unseren Weihnachtsabend schön machen." „Mein Gott, wie lange soll ich denn aufs Essen warten bis du schön bist?" Asli hatte mit irgendeiner ähnlichen Reaktion gerechnet und konterte ihre Bemerkung mit einem ordentlichen Klaps auf Karins Po.

Nachdem sich beide Frauen für eine Stunde in ihre Zimmer zurückgezogen hatten, trafen sie sich im Wohnzimmer wieder und staunten nicht schlecht. Karin trug ein eng anliegendes, dunkelblaues Cocktailkleid, das ein ganzes Stück oberhalb ihrer Knie endete und vorn wie auf der Rückseite mit tiefen Ausschnitten die Blicke eines jeden Betrachters auf sich zog. Ihre gepflegten Füße steckten in gewagt hohen Sandaletten, deren Haltebändchen oberhalb der Knöchel mittels einer Schleife festgebunden wurden. Asli hatte sich für einen ebenfalls eng anliegenden Minirock und eine Wickelbluse entschieden. Auch ihr Schuhwerk schrie eher nach einer Sitzgelegenheit als nach stundenlangem Stehen. „Wow. Siehst super aus. Hast du deine Titten getaped oder hält der Ausschnitt auch noch ohne zusätzliches Stützkorsett?" „Pass du nur auf, dass sich deine Wicklung nicht mangels Standfestigkeit des Innenlebens von alleine auflöst." Karin und Asli fielen sich lachend in die Arme. „Fröhliche Weihnachten, Asli." „Dir auch, Karin." Asli sah sofort, dass Karin weinte. Sie nahm sie fest in ihre Arme. „Brauchst keine Sorgen zu haben, dass ich dich verlasse. Ich bleibe bei dir." „Mit einer ähnlichen Drohung hatte ich gerechnet", antwortete Karin schluchzend. Beide Frauen spürten in diesem Moment irgendwie, dass jetzt kein Platz mehr war für lustige Sprüche. Feste drückten sie sich schweigend aneinander. Es folgte die Festtagsfressorgie, die allen neuen Kleidungsstücken ihre Grenzen der Elastizität aufzeigten und zu guter Letzt die Bescherung. Asli begann und beschenkte Karin mit der Unterwäsche und dem Duft. Sie freute sich sehr über die tollen Geschenke. Auch Karin hatte sich für einen Duft als Präsent entschieden, der ebenfalls sehr gut ankam. Dann jedoch zückte Karin ein winzig, kleines Päckchen und gab es Asli. Die zierliche Deutsch-Türkin öffnete die Verpackung und erstarrte. „Was ist das?" „Wie du sicher unschwer erkennen kannst ein Ring. Asli, ich möchte dich ebenfalls offiziell fragen, ob du meine Frau oder mein Mann werden möchtest?" Asli war zu Tränen gerührt. „Ich möchte beides für dich werden." „Dann nimm diesen Ring als mein Verlobungsgeschenk." Nun rollten sie doch in Strömen, die Freudentränen und das bei Asli wie auch bei Karin. „Der ist ja wirklich nicht aus dem Kaugummiautomaten. Hast dir richtig Mühe gegeben." „Dachtest du etwa, ich schiebe dir einen Schlüsselring über deinen Ringfinger? Eigentlich wollte ich ja zu Weihnachten deinem Antrag zuvor kommen und um deine Hand anhalten, aber du warst halt schneller, Asli. Du warst natürlich wieder geizig und hast dir einen Verlobungsring gespart. Aber wie ich finde, haben wir jetzt beide einen stilvollen Heiratsantrag losgelassen. Du nimmst doch hoffentlich auch meinen Antrag an?" „Na ja, es hätte mich schlimmer treffen können." Es folgte ein herzerfrischendes Lachen. Obwohl beide keine großen Sekttrinker waren, wollten sie doch dem Anlass entsprechend mit der Prickelbrause anstoßen und gönnten sich einen Piccolo. Beide Frauen hatten schon einige Gläser Wein und nun noch den Sekt intus, was dazu führte, dass ihre Hemmungen vollends verschwanden. Wild fielen sie übereinander her und liebten sich ausgiebig mit ihren Spielsachen, die sie bisher noch nicht ausprobiert hatten. Weit nach Mitternacht klaubten sie ihre Kleidungsstücke zusammen und begaben sich auf den Weg ins Bett, als ihr Telefon schellte. „Wer kann das sein?" „Das erfährst du mit an Sicherheit grenzender Wahrscheinlichkeit, wenn du abnimmst, Asli." Asli nahm das Bedienerteil in die Hand. „Bülent? Hallo, wer ist denn da? Reden Sie nicht so einen Unsinn!" Ziemlich aufgebracht warf sie das Hörerteil auf die Station. „Wer war das?" „Ich weiß nicht, Karin. Er sagte nur: Euer Glück hat bald ein Ende. Ihr seid Sekundanten des Teufels. Ihr werdet sterben wie all die anderen, die sich ebenfalls versündigten. Dann hat er aufgelegt." „Das war kein irrtümlicher Anruf. Der hatte ganz sicher mit unserem Fall zu tun. Wenn das Telefon wieder klingelt, schalten wir das Aufzeichnungsgerät ein." „Na, umwerfend! Wir hängen also mal wieder mittendrin. Fröhliche Weihnachten."

Asli und Karin lagen hellwach in ihrem Bett. „Kannst du auch nicht schlafen?" „Nein, Asli." Vorsichtig rutschte Asli zu Karin herüber und kuschelte sich fest an sie. Die Wärme von Karins Körper beruhigte Asli ein wenig. Rasch ließ ihr Zittern nach. Irgendwann dösten die beiden Frauen ein. Dann schellte es wieder, das mittlerweile verhasste Telefon. Karin sprang aus dem Bett und rannte in ihr kleines Büro, wo der Recorder und das Telefon standen. „Weber?" „Er ist bereits auf dem Weg zu euch, der neue Erzengel, weil ihr Antaeus unschädlich gemacht habt. Aber ihr werdet ebenfalls, wie die vielen anderen Sünder, eure gerechte Strafe erleiden und sterben. Er ist unterwegs zu euch. Er wird euch mit dem Kopf nach unten kreuzigen. Es ist zu spät um zu fliehen. Er wird euch überall finden." „Hallo? Wer ist denn da?", schrie Karin ins Telefon, doch der Anrufer hatte bereist aufgelegt. Asli stand im Türrahmen und zitterte. Nackte Angst stand ihr ins Gesicht geschrieben. „Hör dir an, was der Typ gesagt hat." Karin drückte auf Wiedergabe. Asli hörte zu und hielt sich mit beiden Händen am Türrahmen fest. „Es hört sich ein wenig so an, als wenn der Text vom Band abgespielt wurde." „Keine Sorge. Er kommt hier ohnehin nicht rein. Die Rollläden sind aus Metall und gegen Hochschieben gesichert. Unsere Haus- wie auch die Kellertüre besitzen spezielle Sicherheitsschlösser. Komm her, meine Kleine, wir kriegen ihn. Mach dir keine Sorgen und Angst kann er uns auch keine einjagen." Karin entnahm ihrem Wandsafe ihre Dienstwaffen. „Hier, für alle Fälle. Lass uns wieder zu Bett gehen." „Toller Weihnachtsabend. Wir schlafen mit unseren Kanonen." Irgendwann, sie wussten am nächsten Morgen nicht mehr genau wann, schliefen die beiden Frauen ein.

Den ersten Weihnachtstag verbrachten sie zu Hause. Auch wenn sie sich sehr auf ihren Trip nach Berlin freuten, war die Stimmung eher gedämpft. Der Anrufer hatte sich jedenfalls nicht mehr gemeldet, wobei Karin ohnehin vermutete, dass er sich erst wieder in der Nacht melden würde. Am späten Nachmittag packten sie ihre Reisetaschen. „Nehmen wir auch unser feines Outfit für Sylvester mit?" „Aber sicher doch, Kleine. Wer weiß schon, wohin uns die beiden Hauptstadtladies entführen werden." In der folgenden Nacht ließ sie der unbekannte Anrufer gänzlich in Ruhe schlafen. Morgens musste dann alles sehr schnell gehen. Mit nur zehn Minuten Verspätung brauste der ICE von Köln aus ab Richtung Berlin. Mit atemberaubender Geschwindigkeit bewegten sie sich ihrem Ziel entgegen. Nach etwa der Hälfte der Fahrzeit summte Karins Handy. „Weber? Hallo, Josef, Frohe Weihnachten. Sag jetzt bloß nicht, dass du meine Hilfe benötigst." „Hallo, Karin, keine Sorge. Weil es jedoch deinen Fall betreffen könnte, melde ich mich bei dir. Kennst du einen Herbert Weiser? Musst du wohl, denn in seiner Brieftasche steckte deine Visitenkarte." „Ja, sicher kenne ich ihn. Ich habe ihn am 22.12. vor der JVA in Ossendorf kennen gelernt. Er ist der zuständige, katholische Gefängnisgeistliche. Er hat sich mir als Zeuge angeboten, als mich eine Limousine direkt vor dem Gefängnis beinahe über den Haufen gerast hätte. Ich habe ihn zum Dank nach Hause gefahren. Er wohnt in der Boltensternstraße Nr. 32. Aber warum fragst du?" „Weiser ist tot. Seine Schwester fand ihn gestern Morgen, nachdem er nicht zur Weihnachtsfeier bei den Eltern erschienen war, ermordet und mit heraus getrennter Zunge in seiner Wohnung auf. Kein schöner Anblick! Der Mörder hat ihm wohl eine ziemlich lange Zeit ordentlich wehgetan und das professionell, bis er ihn endlich mit einem Messerstich ins Herz erlöste. Laut einiger aufgefundener Fingerabdrücke handelte es sich bei dem Täter offensichtlich um den albanischen Staatsbürger Fedjor Kovacs, der sich seiner Festnahme durch eine Streifenbesatzung entzogen hatte. Kovacs ist Profi, was das Töten anbetrifft. Ich habe Kovacs daraufhin sofort zur Fahndung ausgeschrieben. Heute Morgen ganz in der Früh stoppte eine Streife der Bundespolizei den 3-er BMW an der Grenze nach Österreich. Daraufhin hat sich Kovacs durch Zünden einer Handgranate in die ewigen Jagdgründe befördert. Die Kollegen hatten verdammtes Glück, dass sie gerade seine Papiere in ihrem Streifenwagen checkten. Sonst wären sie mit ihm in die Luft geflogen. Das nur zu deiner Info. Ach, noch etwas: Man fand bei Kovacs im Wagen ein Kuvert mit zehntausend Euro und darüber hinaus ein Smartphone, auf dem mehrere Nachrichten gespeichert waren. Die KTU hat mir gerade mitgeteilt, dass sie die Daten auf Kovacs Smartphone retten konnten. Eine Nachricht enthielt den Mordauftrag für Weiser, Asli und dich. Gezeichnet ist die SMS mit MB. Die Rückverfolgung ergab, dass die Nachricht in Italien von einem Prepaid Smartphone verschickt wurde." Karin hatte sich ganz still verhalten und kein Wort gesagt. „Bist du noch da, Karin?" „Ja, Josef, bitte schick mir alle Unterlagen auf mein Smartphone. Ich werde die Infos gleich morgen an die richtige Stelle weiterleiten." „OK. Gehen gleich raus. Viele Grüße an Asli und schönen Urlaub." „Danke für die Infos und bis bald." Asli zog den Knopf aus ihrem rechten Ohr, mit dem sie das Gespräch mit verfolgen konnte. „Pfarrer Weiser war ein wirklich netter und lieber Kerl. Bellarani hat ihn kaltblütig töten lassen, weil er uns beobachtet hat und ahnte, dass Weiser sich mir als Zeuge für die Unfallflucht zur Verfügung stellen wollte." „Wir müssen Bellarani schnappen. Ich hasse diesen Typen. Hoffen wir mal, dass es uns gelingt."

Berlin empfing die beiden Kölner Kriminalbeamtinnen mit eisiger Kälte, jedoch strahlendem Sonnenschein. Mechthild Seiffert begrüßte ihre Logisgäste mehr als herzlich. „Na dann kommt mal mit ihr beiden. Ich bringe euch jetzt zu unserem Refugium." „Übrigens, danke für die Bahnkarten. Es gibt in unserem Fall eine Menge Neuigkeiten." Karin setzte Mechthild während der Autofahrt umgehend in Kenntnis. „Das müsste jetzt aber reichen, damit Brotbäcker aktiv wird. Du bekommst alle Infos auf dein Smartphone?" „Ja, Mechthild." „Dann drucken wir das gleich alles aus. Wie geht es euch sonst?" „Blendend. Karin und ich haben gegenseitig um die jeweilige Hand angehalten." „Das hört sich lustig an. Und habt ihr auch eingewilligt?" „Ja sicher. Ihr seid zur Hochzeit eingeladen. Aber erst, wenn es wieder schön warm draußen ist." Mechthild lenkte die E-Klasse geschickt durch die Straßenfluchten von Berlin und dann stadtauswärts in den ehemaligen Ostteil der Stadt, bis sie den Wagen in eine Toreinfahrt steuerte und abstellte. Eine alte Villa aus der Gründerzeit Berlins, die jedoch rundum renoviert schien, thronte auf einer kleinen Anhöhe. „Das nenne ich kultiviertes Wohnen." „Das könnte man so sagen. Nicht, das ihr glaubt, wir hätten im Lotto gewonnen. Moniques Eltern sind steinreich und haben ihr die Villa geschenkt. Wir haben dann noch einmal ganz tief in die Tasche gegriffen und noch einige Feinheiten eingebaut. Aber ihr werdet es ja sehen. Kommt erstmal rein." Monique Vervier empfing ihre Gäste ebenfalls sehr herzlich. Sie war barfuß und in einen tiefroten Kimono gewickelt. Von ihrer Optik und Physiognomie her hätte sie problemlos zu den Top Ten Models der Welt zählen können. Monique wurde in Martinique geboren und sprach mehrere Sprachen fließend. Dazu gehörte auch Deutsch. Sie war mit 41 Jahren die jüngste des Damenquartetts und ein wenig zurückhaltend. Dafür fanden ihre kulinarischen Fähigkeiten umgehend die Bewunderung der Kölnerinnen. Der kreolische Gemüseeintopf sättigte, machte deshalb aber keineswegs träge. Den Nachmittag verbrachten die Frauen im Freien bei einem ausgiebigen, ländlichen Spaziergang durch das angrenzende Brandenburg. Karin und Mechthild besprachen dabei die weitere Vorgehensweise im Fall Bellarani, während Monique Asli von ihrer Arbeit als Protokollchefin des französischen Botschafters erzählte. Obwohl die vier Frauen gut und warm eingepackt waren, hatte sich nach drei Stunden Wanderung die Kälte doch in die Glieder der Wanderer eingeschlichen. Mechthild schaltete im Wagen die Heizung auf höchste Stufe. Um so schnell als möglich ins warme Haus zurückzukehren, wählte sie die kürzeste Fahrstrecke nach Hause.

37

„Wollen wir schwimmen gehen und anschließend in die Sauna?" „Wir haben aber keine Badesachen bei uns, Monique." „Brauchen wir die denn, Asli?" „Eigentlich nicht." „Ja, dann ab in unseren Wellnessbereich." Karin und Asli staunten nicht schlecht. Der Poolbereich im Kellergeschoss war vom Feinsten und auch wenn es anfangs gewöhnungsbedürftig erschien, sich splitternackt gegenüber zu treten, war jegliche Scham schnell verschwunden. Nach einer kleinen Runde Wasserball im Pool und einem Besuch der Sauna mit drei Durchgängen fror niemand mehr. Während sie sich zur Entspannung auf den bequemen Liegen ausstreckten, telefonierte Mechthild mit Hans Brotbäcker. Dem Staatssekretär des Außenministeriums war der Fall Bellarani keineswegs unbekannt, worüber Mechthild nicht schlecht staunte. Spanien hatte bereits bei Brotbäcker vorgesprochen, weil ein hochrangiger Priester der spanischen Kurie in Deutschland auf die gleiche, perfide Weise ermordet wurde wie alle anderen Opfer auch. Im Zuge eines Amtshilfeersuchens sollte Brotbäcker über das Außenministerium seinen Kollegen im Vatikan davon überzeugen, Bellarani seinen Diplomatenstatus zu entziehen, um ihn an Deutschland auszuliefern, damit ihm hier der Prozess gemacht werden konnte. Doch war bisher die Beweislage eher dünn gewesen. Jetzt sah der Fall anders aus. Brotbäcker war nun geneigt, kurzfristig mit seinem Amtskollegen im Vatikan zu sprechen. Mechthild vereinbarte gleich für den nächsten Tag einen Termin im Außenministerium. „Jetzt kommt endlich Bewegung in die Sache", berichtete Mechthild vom Telefonat mit Brotbäcker. Asli und Karin freuten sich über die gewaltige Unterstützung, die ihr Fall jetzt erfuhr. „Ich sage doch, wir kriegen diesen Mann und dann marschiert er lebenslang hinter Gitter." „Mögen deine Worte in Erfüllung gehen, Karin. Nichts wäre mir lieber." Den Abend verbrachten die Damen im gemütlichen Kaminzimmer, wo sie einen guten Rotwein verkosteten und ein wenig Billard spielten. Gegen zweiundzwanzig Uhr fielen ihnen allmählich die Augen zu. Todmüde verschwanden alle in ihren Betten. „Ist das eine geile Hütte, nicht wahr?" „Das stimmt. Aber ich denke, wir zwei fühlen uns auch in unserem kleinen Häuschen in Köln-Pesch wohl. Oder möchtest du mich jetzt nicht mehr heiraten?" „Quatsch, Karin, ich liebe dich. Wenn es sein muss, beziehe ich mit dir auch eine kleine Etagenwohnung."

Brotbäcker war ein typischer Staatsdiener. Seine schon beinahe überschlanke Gestalt und seine schlaksige Art passten eigentlich gar nicht zu seinem Job. Doch der gelernte Jurist zeigte sich im Fall Bellarani unnachgiebig und überhaupt nicht humorvoll. Noch im Beisein von Karin, Asli und Mechthild telefonierte die rechte Hand des Außenministers mit seinem Kollegen im Vatikan. Monsignore Pellogrino zeigte sich sofort kooperationsbereit und wie es schien kam ihm die Anfrage des deutschen Kollegen nicht einmal ungelegen. Weil jedoch die Angelegenheit erstmal nicht offiziell werden sollte, vereinbarten die Strategen, dass die beiden deutschen Kommissarinnen mit allen Beweisen nach Rom reisen sollten, damit Pellogrino sie dem Heiligen Vater vorlegen und dieser Bellarani seines Amtes entheben konnte. Wie sehr dem italienischen Kollegen an dieser Maßnahme gelegen schien, konnte Brotbäcker daran erkennen, dass er Karin und Asli bereits am 2. Januar in Rom zu

Empfangen gedachte. „War dies so in Ihrem Sinne, Frau Weber?" „Ja, auf jeden Fall. Wenn wir Bellarani auf diesem Weg unschädlich machen und anklagen können, haben wir der Justiz und vor allem den Opfern genüge getan, wobei ich die Opfer ebenfalls liebend gern ob ihrer Taten verhaftet hätte." „Nun ja, wo Sie Recht haben, haben Sie Recht, Frau Weber. Aber man kann im Leben halt nicht alles haben. So begnügen wir uns mit dem, was möglich ist. Leider habe ich noch eine Menge Termine wahrzunehmen." Karin, Asli und Mechthild hatten verstanden. Sie erhoben sich und dankten für die sofortige Kooperation. Wenig später verließen sie das Ministerium.

Weil Monique noch einige Angelegenheiten für den Neujahrsempfang des französischen Botschafters zu erledigen hatte, buchte Mechthild eine große Sightseeingtour für sich und ihre Gäste. Zwar pfiff dem Trio an manch exponierter Stelle in Berlin ordentlich ein eisiger Wind um die Nase, doch die Eindrücke waren einfach gigantisch. Gegen Ende der Tour summte Karins Handy. „Weber? Hallo, ich kann Sie kaum verstehen. Wer spricht denn da?" „Das tut hier nicht zur Sache. Gott hat befohlen, dass ihr Rom niemals lebend erreichen sollt. Die Würfel sind gefallen. Euer Schicksal ist besiegelt und ihr könnt nichts, rein gar nichts dagegen unternehmen. Eure Seelen werden für ewig in der Hölle schmoren." Schon war das Gespräch beendet. Karin stand kreideweiß mit ihrem Smartphone in der Hand neben dem Bus und starrte scheinbar teilnahmslos vor sich hin. „Was ist los mit dir? Schlechte Nachrichten?" Karin nickte nur in Gedanken versunken." „Eine Morddrohung. Hier, hör selbst, Mechthild, ich habe das Gespräch aufgezeichnet." „Wir müssen Maßnahmen zu eurem Schutz ergreifen. Wir fahren jetzt zu uns. Ich muss ein paar Telefonate führen. Eigentlich hatte ich geglaubt, dass bereits alles in trockenen Tüchern sei, aber wie es scheint müssen wir noch nachbessern. Ich mache mir jetzt ernsthafte Sorgen. Wo ist eigentlich Asli hin?" „Sie wollte zur Toilette." „Komm, schauen wir uns um. Sieh du in der Damentoilette nach. Ich übernehme die Umgebung." Karin stürmte in die öffentliche Toilette. Doch von Asli fehlte jede Spur. Karin war es eigentlich gewohnt und auch darauf trainiert, mit Stresssituationen gefühlsneutral umzugehen, doch jetzt, da es Asli betraf, wurde sie nervös. Sie schaute in jede Kabine hinein, doch Asli blieb verschwunden. Sie stürmte aus der Toilette hinaus auf die Straße. Hunderte von Touristen schlenderten den Ku-Damm auf und ab und verhinderten jede geordnete Suche. Dann die Erlösung. Mechthild und Asli liefen auf Karin zu. „Jetzt reg dich ab, Karin. Ich hab mir da vorn nur einen Döner geholt, weil ich Hunger habe." „Warum hast du uns denn nichts gesagt. Wir haben vielleicht auch Hunger? Außerdem habe ich einen warnenden Anruf erhalten." Karin berichtete. „Hört auf zu streiten. Das hilft uns jetzt auch nicht weiter. Wir fahren zu uns. Ich muss ein paar Telefonate führen, damit wir verhindern können, dass euch etwas zustößt. Außerdem stellt sich mir die Frage, wie der Anrufer wohl an die Information gekommen ist, dass ihr nach Rom aufbrechen werdet? Es gibt einen Whistleblower oder die Telefone von Brotbäcker werden abgehört. Da klemme ich mich gleich hinter."

Auch wenn Mechthild ihre beiden Kölner Gäste darum gebeten hatte, sich wieder zu vertragen, herrschte eine gewisse Funkstille zwischen den beiden. „Warum bist du einfach so verschwunden? Ich habe mir tierische Sorgen gemacht." „Na und. Ich bin doch kein Kleinkind, dass ständig an deinem Händchen laufen muss." „Das sieht mir aber nicht nach einem verliebten Pärchen aus, was ihr beiden da treibt. Habt ihr euch immer noch nicht wieder vertragen? Hört endlich auf, euch gegenseitig Vorwürfe zu machen. Ihr seid doch zwei erwachsene Menschen, die sich lieben. Ich habe zwei Beamte vom Verfassungsschutz angefordert, die euch schützen sollen. Damit musste ich die Sache allerdings offiziell machen, weil ich keine Personenschützer zugeteilt bekomme, wenn dafür kein Grund vorliegt. Ihr beide seid jetzt in offizieller Mission hier. Ging leider nicht anders." „Das wird ja wieder einen anständigen Rüffel vom Präses geben." „Wenn ihr Bellarani in Handschellen nach Hause schafft und eine offizielle Belobigung vom Innenminister in euren Händen haltet, wird der Präses nur die Augenbrauen heben. Außerdem fällt dies ja auch auf ihn zurück, und er wird ebenfalls für den Einsatz seiner Beamtinnen ein Lob einfangen. Also." „Und wenn die ganze Geschichte eskaliert und ausufert?" „Daran wollen wir jetzt besser mal nicht denken. Positiv denken, meine Damen. Bekommen wir doch stets in jedem Seminar eingetrichtert." Karin und Asli schienen dann doch endlich ihren kleinen Disput vergessen zu haben und grinsten Mechthild an.

Gegen Abend trafen beinahe zeitgleich zwei Personenschützerinnen sowie Monique im Hause ein. Mechthild sorgte für ein schmackhaftes Abendessen, während sich der Rest ihrer Pensionsgäste gerade ausgiebig beschnüffelte und anscheinend auf Anhieb gut verstand. Weil Karin und Asli ausgebildete Polizistinnen waren und eigene Schusswaffen besaßen, einigten sie sich darauf, die beiden Personenschützerinnen nur dann anzufordern, wenn sie das Haus verließen, um sich unters Volk zu mischen. Mechthild hatte dies für Sylvester geplant. Sie hatte Karten für den angesagtesten Club in Berlin besorgt. Schnell orderte sie vier weitere Karten für die beiden Personenschützerinnen und deren Partner. So wirkte ihre Gruppe unauffällig, eher wie eine buntgemischte Clique, die einfach Spaß haben wollte. Der Abend sowie die Nacht im Club wurde für alle Beteiligten eine unvergessene Sylvesternacht. Die DJs waren vom feinsten, das Buffet sehr ausgefallen, reichhaltig und schmackhaft und die Cocktails superlecker. Es wurde getanzt bis zur Erschöpfung und gelacht was das Zeug hielt. Den Jahreswechsel erlebte die Clique im Schein eines gewaltigen Feuerwerks. Asli schmiegte sich ganz fest an Karin. „Ich liebe dich, Karin, und ich freue mich immer noch sehr darüber, dass wir dieses Jahr heiraten werden." Stolz hielt sie Karins Ring hoch. Kurz nach drei Uhr in der Früh verließen sie gemeinsam den

Club. Ein unauffälliger Kleinbus des Innenministeriums stand bereit, der sie nach Hause in den Ostteil der Stadt befördern sollte. Dann ging auf einmal alles ganz schnell. Ein schwarzes Motorrad, mit Fahrer und Sozius besetzt, raste auf die Gruppe zu. Plötzlich fielen Schüsse. Bedingt durch die Dunkelheit wurde die Situation unübersichtlich. Blut tropfte auf den Asphalt. Asli und Karin trugen keine Waffen bei sich, weil sie vorher beschlossen hatten, Alkohol zu konsumieren. Immer wieder peitschten Schüsse durch die Nacht. Erst stürzte der Beifahrer tödlich getroffen vom Motorrad. Wenig später krachte die Maschine samt Fahrer gegen eine Häuserwand. Schlagartig wurde es totenstill. Aus der Ferne vernahm Karin ein Martinshorn. Ein Zeichen dafür, dass irgendjemand die Polizei verständigt hatte. Monique und Mechthild erhoben sich ein wenig benommen von der Straße. Die beiden Personenschützerinnen, die ganze Arbeit geleistet hatten, rannten zu den Attentätern. Beide waren tot. Karin hielt sich ihre linke Schulter, die sie sich beim Sprung in Deckung geprellt hatte. Asli lag nur wenige Meter von ihr regungslos auf der Straße. Monique hatte die Situation als erste erkannt und rannte zu ihr hin. Auch Karin war sofort bei ihr und nahm sie in ihre Arme. Die kleine Deutsch-Türkin bewegte sich nicht. Wächsern blass schimmerte ihre Gesichtshaut, auf der sich kleine Schweißperlen gebildet hatten. Ihre weiße Wickelbluse hatte sich blutrot verfärbt und wies linksseitig oberhalb ihrer Brust ein Einschussloch auf. Schaumiges Blut sickerte ihr aus dem Mund. „Asli, hörst du mich? Du musst durchhalten. Der

Rettungswagen ist gleich da." Monique zog ein Taschentuch aus ihrer Clutch und reichte es Karin, die es fest auf die Wunde drückte. Kaum zwei Minuten später lag Asli auf der Trage des RTWs, der Notarzt legte Zugänge und verschloss professionell die Wunde. Wenig später raste der Krankentransporter bereits davon Richtung Notaufnahme der Charite. „Wird sie durchkommen?" Karin regelte alle nötigen Formalitäten. „Wird sie durchkommen, Herr Doktor?", wiederholte Karin noch einmal ihre jetzt dringlichste Frage. „Das kann ich Ihnen leider nicht versprechen. Sie hat einen Lungendurchschuss erhalten und damit verbundenen einen Pneumothorax. Frau Bülent hat viel Blut verloren. Wir werden alles tun, um Sie zu retten, da können Sie sicher sein. Sind Sie verwandt oder verschwägert?" „Sie ist meine Lebensgefährtin. Wir wollen dieses Jahr heiraten." „Da kommt schon der nächste Einsatz. Entschuldigen Sie bitte, Frau Weber, ich muss los." „Ja, danke und ruhigen Dienst." „Das glaube ich in dieser Nacht wohl nicht mehr." Auch der Notarztwagen raste wieder davon.

38

Karin brach ohne Vorankündigung einfach zusammen, ohne ein Wort aus ihrem Mund, dass ihr nicht gut sei. Monique fing sie auf. Mechthild kam sofort hinzu und half Monique Karin in den Bus zu bringen, um sie dort fachgerecht zu lagern. Schnell war Karin wieder bei ihnen. Mechthild telefonierte permanent, während sich die grazile Französin um Karin kümmerte. „Was ist geschehen?" „Du bist ohnmächtig geworden. Ist halt alles zu viel für dich." Auch Mechthild kam nun mit hinzu. „Bleib einfach liegen und erhol dich noch etwas. Ich habe alles im Griff. Vor der Intensivstation der Charite wachen ab jetzt zwei Polizeibeamte." „Weißt du denn schon, wie es Asli geht?", fiel Karin ihr ins Wort. „Leider nein, Karin. Aber wir fahren gleich in die Klinik." Zwanzig Minuten später saßen sie im Vorraum der Notaufnahme und warteten auf Neuigkeiten. Hier herrschte absolutes Chaos. Ständig wurden Menschen mit Schnitt-, Brand- und Augenverletzungen eingeliefert. Karin ging es wieder besser. Nur die Sorgen um Aslis Leben unterdrückte jede Form von Freude. „Ich werde dieses Schwein erwischen, und er wird für all seine Morde büßen", entfuhr es Karin. „Lass das mal bloß keinen deiner Vorgesetzten hören, auch wenn ich deinen Hass sehr wohl verstehen kann. Und lass dich bloß nicht von deinen Gefühlen leiten, wenn du Bellarani jagst. Das geht meistens nicht gut. Hass ist ein schlechtes Treibmittel. Er macht blind und unvorsichtig", erwiderte Mechthild.

Karin hatte etwa zwei Stunden im Arm von Monique geschlafen, bis sie der Dienst habende Arzt ansprach. „Wie geht es Asli?", erkundigte sich Karin noch ziemlich müde. „Sie wissen, dass ich Ihnen eigentlich keine Auskünfte erteilen darf. Sie ist Ihre Lebensgefährtin, nicht wahr?" „Ja, wir wollen dieses Jahr heiraten." „Ok. Wir mussten Frau Bülent zweimal wiederbeleben. Ihr Zustand ist jetzt, nach der OP, scheinbar stabil. Sie hat eine Menge Blut verloren, dass wir bereits ersetzt haben. Das Projektil hat das Herz gestreift und die Lunge durchschlagen, was zum Zusammenbruch des Luftballoneffekts führte. Wir sprechen von einem Pneumothorax. Wenn sie die nächsten Stunden überlebt, wird sie es schaffen. Zurzeit wird sie künstlich beatmet. Wir tun alles ..." Karin hörte schon nicht mehr hin. Sie kannte all die Floskeln der Ärzte, mit denen diese die Anverwandten nach Gewaltverbrechen zu beruhigen versuchten, zur Genüge. „Kann ich sie sehen?" „Ja, ausnahmsweise." Karin schlüpfte in einen weißen Overall und trat an Aslis Bett. Sie griff nach ihrer Hand und drückte sie fest. „Du schaffst es, Kleine. Lass mich nicht alleine. Wir haben doch noch so viel vor. Ich werde Bellarani zur Strecke bringen und dann zu dir zurückkommen. Erhol dich gut. Ich liebe dich, Asli." Tränen liefen Karin die Wangen herunter. Ob sie diese jedoch rein aus Angst um Asli vergoss oder zu einem Teil auch aus Hass gegen Bellarani konnte niemand sagen.

Pünktlich um 07:35 Uhr hob der Germanwings Airbus von der Startbahn in Berlin-Tegel ab Richtung Airport Rom Fiumicino. Karin hatte noch gut bei Mechthild gefrühstückt, die soweit ihr das möglich war, alles Nötige organisiert hatte, damit Karin so schnell als möglich Monsignore Pellogrino treffen konnte. Auch das Thema Sicherheit stand dabei ganz oben auf ihrer To-Do-Liste. Karin war mit allen Papieren und einem Empfehlungsschreiben gestartet. Nur ihre Dienstwaffe durfte sie nicht mitnehmen. Für ihre Sicherheit stand ihr ein Fahrer der Deutschen Botschaft sowie mehrere

Soldaten der Schweizer Garde im Vatikan zur Verfügung. Als Karin das Ankunftsgebäude des römischen Flughafens verließ, schlug ihr eine angenehme Wärme entgegen. Da sie nur mit Handgepäck reiste, musste sie nicht am Gepäckschalter anstehen. Ihr Fahrer wartete bereits im Ankunftsbereich mit einem großen Schild, auf dem der Name Weber zu lesen stand. Marco, so hieß ihr Fahrer, stellte sich Karin gleich vor und zog einen Ausweis aus seinem Blazer, der ihn als Mitglied der Fahrbereitschaft der Deutschen Botschaft auswies. Er schnappte sich sofort Karins Sporttasche und führte sie zu einer eher unscheinbaren Fiatlimousine. In atemberaubendem Tempo und mit teilweise halsbrecherischen Fahrmanövern umkurvte Marco jedes Hindernis und lieferte seine Passagierin wohlbehalten im Vatikan ab. Er reichte ihr noch eine Karte der Fahrbereitschaft mit einer Mobilnetznummer, damit Karin ihn jederzeit erreichen konnte. Dann wurde es für Karin ernst.

Sie betrat das mondäne Verwaltungsgebäude und meldete sich beim Pförtner an. Karin war froh, dass der junge Priester am Eingang gebrochen Deutsch sprach. Mit einem kurzen Anruf meldete der Pförtner Karin bei Monsignore Pellogrino an. „Gehen Sie den Gang hier rechts durch bis zum Ende und dann links. Dort finden Sie den Eingang zum Lift." Karin dankte dem jungen Priester und marschierte los. Sie trat vor die Aufzugtüre und drückte auf die Ruf-Taste. Als sich die Türe öffnete erschrak Karin. Bellarani in langer schwarzer Robe im Gespräch mit anderen Priestern befand sich in der Kabine. Auch er hatte Karin sofort erkannt und schien überrascht. Sofort trat er auf sie zu. „Guten Tag, Frau Weber, was für eine Überraschung! Schön, Sie hier im Vatikan begrüßen zu dürfen. Wollen Sie etwa zu mir?" Bellaranis Überraschung, Karin hier zu treffen, war keinesfalls gekünstelt. „Guten Tag, Herr Bellarani. Nein, zu Ihnen möchte ich nicht." Sie schob den Geistlichen ein wenig unsanft beiseite und bestieg den Lift. Erst als sich die Türe fest verschlossen hatte, atmete sie tief durch. Sie wagte gar nicht darüber nachzudenken, was passiert wäre, wenn Ballarani sie jetzt hätte begleiten wollen. Karin verließ auf der dritten Etage den Lift und ging nach rechts. Vier Türen weiter klopfte sie an. Weil sie von Brotbäcker wusste, dass Pellogrino fließend Deutsch sprach, machte sie sich wegen der Kommunikation keine Sorgen. Ein nicht besonders großer, dafür wohlbeleibter Priester, den man von seiner Statur eher in einem Benediktinerkloster vermutete, ließ sie eintreten. „Hallo, Frau Weber, schön, dass Sie wohlbehalten hier eingetroffen sind. Herr Brotbäcker hat mich bereits über die Ereignisse der letzten Tage informiert. Gibt es zum gesundheitlichen Zustand Ihrer Kollegin schon erfreuliche Neuigkeiten?" „Guten Tag, Monsignore leider noch nicht. Ich rechne aber damit, dass sie in ein paar Tagen wieder ansprechbar ist." „Das ist sehr schön zu hören. Möge Allah seine gütigen Hände über ihr ausbreiten. Nun, Frau Weber, ich habe bereits alle mir auf dem diplomatischen Wege übersandten Unterlagen geprüft. Die Beweise erscheinen nicht nur mir erdrückend. Dies bestätigte auch der apostolische Nuntius.

Erzbischof Getano hat die Angelegenheit gestern Abend dem Heiligen Vater vorgelegt. Ich warte auf seine Entscheidung. Der Heilige Vater wurde bezüglich der Dringlichkeit informiert. Ich gehe davon aus, dass wir noch heute seine Entscheidung erhalten. Darf ich einen Kaffee servieren lassen?" „Mir wäre ein Glas Wasser lieber, Monsignore." „Selbstverständlich." Pellogrino drückte auf seine Sprechanlage und orderte für Karin ein Glas Wasser. Karin war froh, jetzt etwas zu trinken zu erhalten. Mit einem kräftigen Schluck leerte sie das Glas bis zur Hälfte. „Nun, Frau Weber, leider ist meine Zeit arg begrenzt. Wir können jetzt hier nicht gemeinsam auf die Entscheidung des Heiligen Vaters warten. Haben Sie schon eine Unterkunft für die Nacht?" „Das kann ich sehr gut verstehen, Monsignore. Nein, eine Unterkunft habe ich noch nicht." „Wenn Ihnen die eher etwas kargen und bescheidenen Räumlichkeiten im Schwesternheim zusagen, können Sie hier bei uns nächtigen." „Das ist sehr liebendwürdig von Ihnen. Ich brauche nicht viel. Mir reichen ein Bett, eine Waschgelegenheit und eine Toilette." „Wunderbar. Dann informiere ich Schwester Andrea, die unser Gästehaus leitet, damit Sie untergebracht werden." „Vielen Dank, Monsignore." „Keine Ursache. Gehen Sie bitte vom Erdgeschoss aus rechts durch die Gärten bis zum Gebäude C. Dort wird Sie Schwester Andrea in Empfang nehmen. Ich melde mich bei Ihnen, sobald ich Neuigkeiten habe. Bis später, Frau Weber." Es folgte eine eher bestimmende Geste, die Karin gebot, sich nun zurückzuziehen. Karins Vorahnungen den Vatikan betreffend wurden in Gänze bestätigt: Es handelte sich um eine Männergesellschaft, in der Frauen nur die zweite Geige spielen.

Schwester Andrea war eine liebevolle, ältere Dame, die Karin gleich unter ihre Fittiche nahm. Erfreulicherweise sprach die Schwester ebenfalls ein wenig Deutsch, sodass Karin sich recht gut mit ihr verständigen konnte. Das spartanisch eingerichtete Zimmer war sauber und bot eine Toilette sowie eine Duschkabine. Bettzeug und Handtücher überbrachte Karin eine noch ganz junge Schwester. Karin zog sich als erstes ihre Stiefel aus. Rasch bezog sie ihr Bett und legte sich darauf. Eigentlich war Warten überhaupt nicht ihr Ding, doch blieb ihr eine andere Wahl? Das Summen ihres Smartphones weckte Karin aus ihrem Schlaf. „Weber? Ach, hallo, Josef, eigentlich rufst du ja nur an, wenn es brennt. Ist etwas Besonderes?" „Hallo, Karin. Besonderes? Hier eigentlich nicht. Nur so wie ihr beiden Urlaub macht, möchte ich nicht mal meine Arbeitszeit verbringen." „Wie meinst du das?" „Was hier so an Infos durchgesickert ist, lässt einem die Haare zu Berge stehen. Wie geht es Asli?" „So lala. Aber sie ist hart im Nehmen und ich hoffe, sie kommt bald wieder auf die Beine. Aber du rufst sicher nicht an, weil du dich alleine nach unseren Befinden erkundigen wolltest." „Stimmt. Die KTU hat das Innenleben des Smartphones von diesem Kovacs ausgewertet und dabei eine Mail entdeckt, in der Bellarani ihm den Auftrag erteilt, sich um Asli und dich wie auch um Herbert Weiser zu kümmern. Kovacs hatte wohl keine Zeit mehr diese zu löschen. Die erste hatte Bellarani ja nur mit MB abgezeichnet. Auf der letzten Mail hingegen prangt am Ende dann sein vollständiger Name mit dem Hinweis diese umgehend vollständig zu löschen, nachdem er sie gelesen hatte. Ich schicke sie dir gleich rüber. Du bist zurzeit nicht in Deutschland nicht wahr?" „Schon möglich, Josef." „Ich weiß schon Bescheid und frage nicht weiter. Ich hörte nur, dass unser Präses ziemlich sauer ist über deinen Alleingang." „Ich habe Urlaub, Josef, und liebe Abenteuer in dieser Zeit." „Alles klar, Karin. Ich halte hier die Stellung. Viel Glück." „Danke dir und bis bald." Wenig später machte sich ihr Smartphone erneut durch einen Piepslaut bemerkbar. Die Message von Josef war eingetroffen.

39

Schlag 12:30 Uhr klopfte es zart an Karins Türe. „Herein", rief Karin. Die junge Schwester, die ihr das Bettzeug gebracht hatte, trat ein. „Wir essen jetzt zu Mittag. Sie sind unser Gast." „Oh, danke sehr, ich folge Ihnen sofort." Karin erhob sich langsam von ihrer Schlafstatt und schlüpfte in ihre Stiefel. Gemächlich schlenderten die beiden Frauen zum Refektorium. „Sie sind Polizeibeamtin, nicht wahr?" Karin nickte. „Ist das ein schöner Beruf für Sie?" „Nicht immer, aber wenn ich mal wieder einen Verbrecher fangen kann, freue ich mich sehr darüber." „Müssen Sie in Ihrem Job auch Menschen töten?" „Eine schwierige Frage, Schwester. Leider kann es passieren, dass sich ein Mörder seiner Festnahme zu entziehen versucht oder unschuldige Menschen aus der Hand eines Täters befreit werden müssen. Da kann es vorkommen, dass ich von meiner Schusswaffe Gebrauch mache. Ich bin aber schießtechnisch so ausgebildet, dass ich einen Gegner nicht gleich töten muss." „Das wäre keine Arbeit für mich." „Sie haben sich ja auch schon für eine andere Tätigkeit entschieden, Schwester." „Das stimmt und es macht mir sehr viel Spaß." „Das ist doch das Wichtigste im Leben." Im Speiseraum saßen etwa zwanzig Schwestern beisammen und warteten auf ihre Mahlzeit. Karin grüßte freundlich und reihte sich an der langen Tafel zum Essen ein. Es gab frisch gebackenes Brot und eine äußerst schmackhafte Gemüsesuppe mit Geflügelfleischeinlage. Nach dem Essen half Karin gleich beim Abräumen. Abwaschen brauchte sie jedoch nicht, weil dies eine große Maschine übernahm. Die junge Schwester, die sich alsbald als Schwester Monika vorstellte, führte Karin durch den Vatikan. Sie zeigte Karin die sehr gepflegten Gartenanlagen und noch eine Vielzahl an Sehenswürdigkeiten. Auf dem Rückweg zum Schwesternhaus vernahmen sie plötzlich das Peitschen von Schüssen. Der Lautstärke nach zu urteilen waren sie nicht weit vom Ort des Geschehens entfernt. Karin rannte los quer über den Rasen. Sie bog rechts ab und erkannte in der Ferne vor dem Haupteingang zum Verwaltungsgebäude Bellarani, wie er sich auf einen Roller schwang und davon raste. Zurück blieben zwei Wachmänner der Schweizer Garde, die leblos auf dem Asphalt lagen. Karin lief weiter zu den beiden Männern. Sie bückte sich zu ihnen herunter, doch für beide kam jede medizinische Hilfe zu spät. Als

Schwester Monika eintraf, hielt sie sich gleich den Mund zu, um nicht laut losschreien zu müssen. Weitere Mitglieder der Schweizer Garde stürzten aus dem Gebäude, um ihren Kameraden beizustehen, doch sie kamen umsonst. Der herbei gerufene Notarzt konnte nur noch den Tod der beiden Männer diagnostizieren.

„Nun, Frau Weber, der Heilige Vater hat alle Papiere unterschrieben. Bellarani ist kein Mitglied des Diplomatischen Corps mehr. Auch seine Würde als Monsignore der Kurie wurde ihm aberkannt. Ich habe sofort wegen der erdrückenden Beweislage unsere Garde sowie die Carabinieri verständigt, um ihn verhaften zu lassen, aber Sie haben ja gesehen, was geschehen ist. Bellarani ist spurlos verschwunden. Seine Stadtwohnung hat er laut den Ermittlern nicht mehr aufgesucht. Wie es scheint hat er Rom bereits mit unbekanntem Ziel verlassen." „Vielen Dank für Ihre Unterstützung, Monsignore Pellogrino. Wenn möglich würde ich dann gern zum Flughafen fahren und versuchen, noch einen Platz in der nächsten Maschine nach Köln-Bonn zu ergattern." Karin telefonierte bereits mit dem Fahrer der Botschaft. „Dann wünsche ich Ihnen gute Reise und bedanke mich für Ihre ausgiebige Ermittlungsarbeit. Ich werde für Sie beten. Möge unser Herr Ihnen beistehen, damit Sie Bellarani schnell finden und verhaften können." „Danke, Monsignore, und bis irgendwann vielleicht einmal in Köln." Die Botschaft hatte für Karin bereits einen Platz in der Maschine gebucht, die in dreißig Minuten starten sollte. Mit Blaulicht und Sirene umkurvte der junge

Fahrer jeglichen Stau. Am Flughafen schnappte sich Karin nur noch ihre Reisetasche. Sie dankte dem Fahrer und verschwand im Departurebereich. Im Laufschritt rannte sie zum Lufthansaschalter, bei der die Botschaft den Rückflug gebucht hatte. Die grimmigen Blicke der übrigen Passagiere ob der von ihr verursachten Verspätung sowie manch böse Bemerkung ignorierte Karin geflissentlich.

Ziemlich erschöpft ließ sie sich auf die Rückbank des Taxis fallen, das sie in Köln nach Hause brachte. Noch während der Fahrt telefonierte sie mit der Charite in Berlin. Asli war immer noch nicht wieder aufgewacht. Äußerst besorgt schloss Karin ihre Augen. Übermüdet und enttäuscht legte sie den Kopf gegen die Kopfstütze. Sie war wieder dort angelangt, wo sie einst war, am Ende.

Sie hatte wie eine Tote geschlafen. Dafür fühlte sie sich am folgenden Morgen frisch und fit. Nach kurzem Frühstück setzte sie sich in Aslis Golf und fuhr ins Präsidium. Noch bevor sie ihr Büro betrat, schaute sie bei Josef Müller vorbei, der nicht schlecht staunte, seine Chefin so rasch wiederzusehen. „Hallo, Josef, wie sieht es aus?" „Was machst du denn schon hier? Du hast doch noch Urlaub." „Ich bin diesem Bellarani auf den Fersen." „Und Asli?" „Es gibt noch keine Veränderung." „Wenn dir übrigens der Präses über den Weg läuft, sieh zu, dass er dich nicht sieht. Er ist verdammt sauer." „Er wird sich schon wieder einkriegen. Wir haben erreicht, dass Bellarani seinen Diplomatenstatus verliert. Wir können ihn jetzt sofort festnehmen, wenn wir ihn erwischen.

Ich schreibe Bellarani jetzt bundesweit zur Fahndung aus. Ich bin jetzt vorerst noch hier, wenn du mich brauchst. Hab noch eine Menge zu erledigen." Karin betrat als nächstes ihr Büro. Stickig stand die Luft hier im Raum. Noch bevor sie Kaffee aufsetzte, riss sie alle Fenster auf. Zehn Minuten später verschloss sie diese rasch wieder wegen der niedrigen Außentemperaturen. Leicht beschwingt durch ihre ersten Erfolge nahm sie an ihrem Schreibtisch Platz. Der Duft von heißem Kaffee waberte durch ihr Büro und der PC-Bildschirm strahlte hell erleuchtet. Zu allererst griff sie nach dem Telefonhörer und rief Oberstaatsanwalt Bracht an. „Hallo, Frau Weber, Sie scheinen mir an einer beschaulichen Weihnacht keinen Spaß gefunden zu haben, wenn alles so stimmt, wie man mir zugetragen hat." „So könnte man sagen." „Nun, Staub haben Sie ja genug aufgewirbelt. Sie stehen jetzt sogar unter dem Protektorat vom Innen- wie auch vom Außenministerium. Selbst die Unterstützung des BKA ist Ihnen sicher. Was wollen Sie mehr?" „Nur noch Bellarani fehlt uns zum Abschluss des Falles." Karin erzählte, was gestern in Rom geschehen war und dass sie den feinen Monsignore jetzt zur bundesweiten Fahndung ausschreiben wollte. „Sehr gute Idee. Übrigens hat Bellarani den größten Teil seines nicht unerheblichen Vermögens in Köln deponiert. Neben mehreren Konten soll er hier auch einiges an Bargeld versteckt haben. Ich werde sofort meine Quellen anzapfen, um diesbezüglich etwas in Erfahrung zu bringen. Aber bevor wir uns in die Arbeit knien: Wie geht es Frau Bülent?" „Sie ist stabil, aber immer noch ohne Bewusstsein. Die Ärzte sind guter Hoffnung, dass sie am Leben bleibt." „Wären Sie jetzt nicht besser bei ihr?" „Mit Arbeit kann ich mich am besten ablenken. Ich werde sofort nach Berlin reisen, wenn es erforderlich ist. Neben ihrem Bett sitzen und Händchen halten ist nichts für mich. Ich bin halt so und Asli weiß das ganz genau." „Ich wollte Sie jetzt keinesfalls irgendwie nötigen, Frau Weber." „Ich hab Sie schon richtig verstanden." „OK, dann stürzen wir uns wieder in die Arbeit. Wenn Sie mich brauchen, rufen Sie einfach an." „Mach ich. Danke für Ihre Unterstützung."

Als erstes leitete Karin die bundesweite Fahndung nach Bellarani ein. Eine Stunde später hatte jeder Streifenpolizist ein Foto des Geistlichen in der Tasche. Sie gab die Angelegenheit auch ans BKA weiter, dass ihr zusicherte, auch Interpol einzuschalten. Karin freute sich. Langsam aber stetig spannte sich das Netz über Bellarani. Irgendwann würde er sich darin verheddern. Karin schaute auf den Bilderrahmen vor ihr, aus dem sie Asli mit ihrem typischen, frechen Grinsen ansah. Sie fehlte ihr so. Mit ihren Gedanken war sie jetzt bei ihr am Krankenbett. „Halt durch, kleiner Wicht, und werd schnell wieder gesund. Ich liebe dich und brauch dich doch." Karin gab dem Bild einen Kuss. Sie nahm den Hörer ab und rief wieder in der Charite an. Doch Schwester Toni beschrieb Aslis Zustand als unverändert. „Danke, Toni, ich melde mich später wieder. Sie haben ja meine Mobilfunknummer, wenn sich etwas bewegt." Karin zerbrach sich nun das Hirn, wie sie wohl an weitere Informationen zu Bellaranis Aufenthaltsort gelangen konnte und plötzlich schoss ihr ein Gedanke durch den Kopf. Sofort fuhr sie den PC herunter, spülte ihre Tasse und die Kanne der Kaffeemaschine aus. Anschließend verabschiedete sie sich bei Josef, der hinter seinem Aktenstapel kaum zu finden war.

40

Karin parkte den Golf im Parkhaus der Uni-Klinik in Köln und schlenderte zum Empfang. Hier erhielt sie die Auskunft, dass Schwester Antonia auf der Inneren II lag. Karin dankte und fuhr mit dem Aufzug in die sechste Etage. Hier fragte sie sich zu Zimmer 708 durch. Leise öffnete Karin die Türe des Zweibettzimmers. Schwester Antonia schien es schon wieder gut zu gehen. Sie saß am Bett ihrer Zimmernachbarin und half der älteren Dame beim Mittagessen. „Hallo, Frau Weber, das ist aber lieb, dass Sie mich besuchen kommen. Vielen Dank auch, dass Sie mir das Leben gerettet haben. Wo ist denn Frau Bülent?" „Hallo, Schwester, Frau Bülent, sie … sie ist krank." Die junge Schwester spürte sofort, dass etwas nicht stimmte, Karin aber auch nicht so losplaudern wollte. „Es war eher ein Zufall, dass wir Ihnen das Leben retten durften." „Es war eine Fügung Gottes. Ich bin hier gleich fertig. Dann können wir einen Kaffee in der Cafeteria zu uns nehmen." „Oh ja, super, ich warte draußen." Zehn Minuten später saßen die beiden Frauen im Cafe der Klinik. „Frau Bülent wurde bei einem Besuch bei Freundinnen in Berlin von einem Auftragskiller von Bellarani angeschossen und schwer verletzt. Sie liegt in der Charite und kämpft um ihr Leben." „Oh Gott. Ist der Monsignore immer noch nicht gefasst?" „Nein, Schwester, aber ich arbeite daran und dies ist auch der Grund, warum ich Sie sprechen möchte. Natürlich wollte ich auch wissen, ob Sie wieder auf dem Wege der Besserung sind." Die Schwester lachte. „Montag darf ich wieder zurück ins Schwesternhaus. Unsere Priorin hat mir gestern mitgeteilt, dass ich in drei Monaten nach Afrika in die Mission darf. Und das für mindestens ein Jahr. Ich freue mich schon sehr darauf." „Das war doch immer Ihr Wunsch, wie Sie mir kürzlich erzählten." „Ja, so ist es. Aber wie kann ich Ihnen helfen? Mir scheint, Ihnen brennt die Zeit unter den Nägeln." „Das haben Sie wirklich sehr gut bemerkt. Ich suche Bellarani. Nach meinen Recherchen hat er hier in Köln viel Bargeld versteckt. Haben Sie eine Idee, wo sich das Versteck befinden könnte?" Schwester Antonia schaute nachdenklich. Karin wusste, dass sie jetzt auch wieder Wunden aufriss, die allmählich zu heilen begannen, aber darauf konnte sie einfach keine Rücksicht nehmen. „Wenn Bellarani seinen Freund Herbert Berger besuchte, waren Sie doch zumeist zugegen oder ganz in seiner Nähe, wenn Sie in der Küche Ihre Arbeiten verrichteten. Sind die beiden vielleicht mal zusammen fortgegangen oder haben sie über ein gemeinsames Versteck gesprochen?" Antonia legte ihre Stirn in Falten. Ein Zeichen dafür, dass sie angestrengt nachdachte, obwohl ihr das ob der erlebten Sexorgien sehr schwer zu fallen schien. „Nein, ich kann mich an nichts wirklich Wichtiges erinnern. Sie sind ein paar Mal in den Tiefkeller des Hauses gegangen. Da liegen noch die alten Verbindungsgänge aus der Kriegszeit, die die Schutzräume im Kölner Untergrund miteinander verbinden." Karin wurde sofort hellhörig. „Diese Information hilft mir aber schon weiter. Vielen Dank und weiterhin gute Besserung." „Keine Ursache. Ich gehe jetzt in die Kapelle der Klinik und werde Gott dort bitten, Frau Bülent so schnell als möglich wieder gesund zu machen. Sie ist Ihre Lebensgefährtin, nicht wahr?" „Ja, das ist sie und wir wollen dieses Jahr heiraten." „Dann wünsche ich Ihnen viel Glück." „Das können wir brauchen. Wir laden Sie zur Hochzeit ein. Einverstanden?" „Ich werde vorbei schauen oder halt liebe Grüße aus Afrika senden." Schwester Antonia lachte und winkte Karin noch lange hinterher, die es jedoch plötzlich sehr eilig hatte.

Es steckte einfach in Karin so drin, dass wenn sie eine Spur witterte, sie dieser wie ein Terrier nachging. Entsprechend flott fuhr sie in die Innenstadt. Sie parkte den Golf und lief zum Haupteingang des Vikariats. „Weber, Kripo Köln, ich möchte den Leiter der Einrichtung sprechen." „Der ist heute leider nicht im Hause. Aber Schwester Patrizia ist anwesend. Sie vertritt ihn." Wenig später saß Karin Schwester Patrizia gegenüber. Sie berichtete in groben Zügen, warum sie hergekommen war. „Es existiert ein uralter Schlüsselbund mit den verschiedenen Schlüsseln für die Verbindungsgänge und die alten Keller. Ich war allerdings noch nie da unten und kann Ihnen zu den Gegebenheiten nichts sagen. Warten Sie einen Moment. Ich hole Ihnen den Schlüsselbund." Karin frohlockte. Wenn sie erst einmal da unten war, würde sie sicher auch das Versteck von Bellarani finden. Ohne Geld war er in Südamerika aufgeschmissen. Die Schlüssel waren in der Tat uralt, sehr lang und ziemlich rostig. „Den Zugang finden Sie links neben unserer Rezeption am Haupteingang. Warten Sie, ich begleite Sie noch herunter zum Eingang." Die junge Ordensfrau, die Karin bereits an Schwester Patrizia verwiesen hatte, saß hinter ihrem Counter und frankierte die Post. „Schwester Maria, öffnen Sie Frau Weber bitte den Kellerzugang." „Der ist offen, Schwester Oberin Patrizia. Monsignore Bellarani ist unten." Karin wurde sofort hellhörig. Sämtliche inneren Alarmglocken läuteten Sturm. „Bellarani ist im Haus? Seit wann ist er hier?" „Seit etwa zwanzig Minuten. Er sagte er hätte im Keller etwas zu erledigen. Da habe ich dem Monsignore die Türe aufgeschlossen." „Kommt er öfter hierher, um in den Keller zu gehen?" „Vielleicht alle drei, vier Wochen. Früher, als Monsignore Berger noch lebte, sind sie zusammen öfter da unten gewesen." „Alles klar. Danke für den Hinweis. Gibt es da unten Licht?" „Das kann ich Ihnen nicht sagen. Ich schätze aber schon." Karin hatte es jetzt eilig. Sie zog ihre kleine Maglight aus der Jackentasche und öffnete die Türe. „Was predigst du stets deinen Kolleginnen und Kollegen? Und was hörst du in jedem Seminar? Geh nie alleine auf Täterfang, damit du Rückendeckung hast. Geh nie ohne schusssichere Weste auf Täterfang", sprach sie leise vor sich hin und zückte ihr Handy. Es roch nach abgestandener Luft. Erfreulicherweise hingen alle zwanzig Meter Lampen an den Wänden, die für eine diffuse Beleuchtung sorgten. „Besser als nichts", flüsterte Karin. Sie sprach mit sich selbst. Dies jedoch nicht, weil sie allmählich alt wurde, sondern um ein wenig ihre Angst auszuschalten. Ja, sie hatte Angst. Bellarani ist ein gefährlicher Gegner und keinesfalls zu unterschätzen. Das wusste sie nur allzu gut.

Die Empfangsleistung ihres Smartphones war nur noch mittelmäßig mit stetig schlechter werdender Tendenz, je tiefer sie die Treppe hinunter lief. Deshalb blieb sie stehen. „Hallo? Josef? Karin hier. Ich bin im Vikariat. Bellarani ist hier und hat sich im Tiefkeller versteckt. Ich bin ihm auf den Fersen. Ich brauche Verstärkung." Nur abgehackt vernahm sie die Stimme ihres Kollegen. „Hallo, Ka.., hab... verst...den, schicke Ver.....", dann brach die Verbindung ab. Zufrieden lief sie weiter. Irgendwann endete das sehr schmale Treppenhaus, das sicherlich gut einhundert Stufen aufwies. Sie stand nun auf einem kleinen Plateau. Der Gang, der von hier aus abging, schien unendlich lang zu sein. Die Höhe betrug ganz sicher gerade mal 2 Meter und viel breiter waren auch die Wandabstände nicht. Nichts für Klaustrophobiker. Da jedoch keine Türen vom Gang abgingen, rannte Karin los. Die Maglight wanderte wieder in ihre Jackentasche. Dafür zog sie ihre Dienstwaffe aus dem Holster.

Am Ende des Ganges traf sie auf eine Gabelung. An der rechten Seite hing ein uraltes Schild, dass mit Spinnweben überwuchert war mit der Aufschrift: Luftschutzraum II Innenstadt. Auch auf der linken Seite fand Karin eine Beschilderung. Luftschutzraum I Dom und HBF konnte sie gut ablesen. Karin versuchte zu kombinieren und entschied sich für links herunter Richtung Dom und Hauptbahnhof. Als wäre der Teufel hinter ihr her begann sie zu rennen. Irgendwie versuchte sie den Vorsprung von Bellarani aufzuholen, obwohl sie nicht einmal wusste, ob er in diese Richtung gelaufen war. Sofort fragte sie sich, ob es aus diesem Labyrinth wohl noch weitere Ausgänge gab. Davon war jedoch auszugehen. Der Gang machte eine lange Biegung. Plötzlich hinderte sie eine geschlossene, stählerne Feuerschutztüre am Weiterlaufen. Karin drückte den Türgriff herunten. Sogleich sprang die Türe auf, woraufhin sich das Türblatt laut quietschend aufdrücken ließ. Karin rannte weiter. Nur mit Glück fing sie sich ab, als sie über einen Stein stolperte. Dann blieb sie stehen. Hatte sie ein Geräusch gehört? Kompromisslos lief sie rasch weiter. Jetzt, wo sie so nah dran war, wollte sie sich nicht mehr aufhalten lassen. Sie musste sich jetzt in Höhe des Bahnhofs befinden. Der Lärm von fahrenden Zügen auf stählernen Schienen war vernehmbar. Plötzlich peitschte ein Schuss durch den engen Gang. Der Explosionsknall machte Karin kurzfristig taub. Staub rieselte von der Decke. Sofort warf sie sich flach auf den Boden. Wie ein Wurm robbte sie ein wenig weiter nach vorn, da ihr die Waffe aus der Hand gefallen war. Als sie den Griff wieder in ihrer rechten Hand hielt, fühlte sie sich besser. „Hallo, Frau Weber, so schnell trifft man sich wieder. Aber dies wird ganz sicher unsere letzte

Begegnung sein. Ich halte hier eine entzückende, kleine Handgranate in Händen. Bei dieser Enge hier unten im Gang werden Ihnen ganz sicher zuerst die Trommelfelle platzen und in Folge die umher fliegenden Splitter heftige, große Stücke aus Ihrem bezaubernden Körper reißen. Aber erinnern Sie sich zurück, Frau Weber: Ich hatte Sie gewarnt, sich nicht mit der Heiligen Kirche anzulegen und erst recht nicht mit mir. Heute Abend werde ich meine müden Beine an der Copacabana im Meer ausstrecken, während Sie auf dem Sektionstisch Ihres guten Freundes liegen, der krampfhaft versuchen wird, aus dem entstandenen Stückwerk Ihren Leib zusammenzusetzen. Es sollte aber rasch gehen mit Ihrem Tod. Leben Sie wohl, Frau Weber."

Karins Atem raste. Sie konnte sich die Wirkung, die eine Handgranate hier in der Enge verursachte, sehr deutlich ausmalen. „Warten Sie, Bellarani. Glauben Sie wirklich, dass Sie hier heil rauskommen? Meine Kollegen vom SEK werden gleich eintreffen. Ich konnte sie noch verständigen, bevor ich in den Kellerbereich gestiegen bin." Karin nutzte die Zeit und stopfte sich Stücke von Einmaltaschentüchern in die Ohren. Sie wollte nicht taub werden, falls sie überlebte. Ihr Hirn arbeitete auf Hochtouren. Die Zahl ihrer Möglichkeiten, in diesem Drecksloch nicht ihr Leben zu verlieren, standen bei null. „Ach, Frau Weber", schallte es zurück. „Sie wollen jetzt Zeit gewinnen, was Ihnen jedoch nichts nutzen wird. Ich kenne hier jeden Weg und jeden Ausgang. Ihre Leute haben keine Chance mich zu finden. Nun, dann leben Sie wohl, Frau Hauptkommissarin." „Halt, Bellarani! Nur noch eine Frage, bitte: Warum das alles? Warum haben Sie so viele Ihrer Brüder töten lassen?" „Weil es alles Schweine waren, die ihre teilweise völlig dem Herrn hörigen Untergebenen für ausschweifenden Sex missbrauchten. Ich selbst wurde während meiner Ausbildung und später noch in der Universität von mehreren Priestern gedemütigt, geschlagen und brutal vergewaltigt. Als die Kurie endlich von Betroffenen auf ihre Leiden und ihr damit verpfuschtes Leben aufmerksam gemacht wurde und alles ans Tageslicht kam, hat sie fast nichts unternommen, die Schuldigen anzuklagen und aus der Kirche zu jagen. Im Gegenteil: Die ehrenwerte Kirche hat versucht, alles zu vertuschen. Ich habe mir daraufhin alle Personalakten der Vergewaltiger kommen lassen und ausgewertet. Als Chef des Geheimdienstes war mir dies problemlos möglich. Als ich sie jedoch zurückgab, verschwanden sie danach gleich wieder in irgendwelchen, geheimen Aktenschränken und wären nie wieder aufgetaucht, wenn ich diese Sekundanten des Teufels auf Gottes Erde nicht durch meinen neu erschaffenen Erzengel Antaeus hätte richten lassen. Dann lernte ich bei einem Opfertreffen Eckhard Bader kennen. Ich bemerkte sofort, dass er ideal zu meinen Racheplänen passte. Geschickt eingefädelt gewann ich rasch sein Vertrauen. Den Rest kennen Sie ja aus seiner Akte. Ich habe über vierzig dieser ekelerregenden Kreaturen in ganz Deutschland ermittelt und immer wieder Bader darauf angesetzt, der wie ein Uhrwerk funktionierte. Leider eilte ihm sehr bald der Ruf des eiskalten Rächers voraus. Und irgendwann haben Sie ihn ermittelt. Weil ich für meine Exkursionen immer mehr Geld benötigte, zweigte ich so einiges an Bargeld von meinem Etat ab. Auch aus dem Drogenhandel ließ sich für meine Zwecke viel Geld verdienen, das ich hier gebunkert habe. Natürlich alles nur zum Zweck der Reinheit der Kirche. Hier im Haus stand mir ein äußerst einflussreicher Freund zur Seite." „Herbert Berger, wie ich annehme." „Genau. Leider musste ich irgendwann erfahren, dass Berger genau so ein Schwein war wie die übrigen Vergewaltiger auch. Und so führte ich auch ihn seiner gerechten Strafe entgegen. Genug jetzt, Frau Weber, Sie werden Ihr Wissen nur noch mit in den Tod nehmen. Denn von hier gibt es für Sie kein Entkommen mehr." Karin hörte, wie Bellarani den Sicherungsring aus dem Griff der Granate zog.

Ihr war völlig klar, dass es für sie von hier in der Tat kein Entrinnen mehr gab. Bis die Jungs vom SEK hier unten aufräumen konnten, hatte die Handgranate bereits Gehacktes aus ihr gemacht. Jetzt gab es nur noch eine Möglichkeit. Sie musste versuchen, Bellarani an der Hand zu treffen, wenn diese hinter dem Türvorsprung hervorkam. Einen geraden Wurf aus der Deckung zu bewerkstelligen war auch der vermeintlich rechten Hand Gottes nicht möglich. Auch Bellarani konnte nun mal nicht die Grundregeln der Physik außer Kraft setzen. Karin rollte sich auf den Bauch und ging bäuchlings wie auf dem Schießstand in Stellung. Entsichert lag die Walther in ihren Händen. In ihrer Todesangst drückte sie ihre Hand so fest um den

Griff zusammen, dass ihre Finger weiß vor Anstrengung schimmerten. Unerwartet vernahm sie Getöse im Treppenhaus. Die Männer vom SEK waren unterwegs zu ihr. Doch sie kamen zu spät. Karin vergaß nun alles um sich herum. Sie konzentrierte sich nur noch auf den Türausschnitt, den sie nicht einmal aus ihrer Position genau erkennen konnte. Dann erfasste ihr rechtes Auge hinter Kimme und Korn die Hand von Bellarani, die gerade ausholte, um die Granate abzuwerfen. Karin schoss, was die Trägheit des Pistolenverschlusses hergab. Geschoss um Geschoss verließ krachend den Lauf der Waffe, bis der Schlagbolzen nur noch ins Leere schlug. Eine gewaltige Explosion folgte. Mörtel- und Putzteile flogen durch die Gegend. Die Männer vom SEK hatten sich sofort zurückgezogen und in Sicherheit gebracht. Karin lag im Staub, das Gesicht auf den Boden gedrückt. Immer wieder betätigte ihr rechter Zeigefinger den Abzug ihrer Waffe, obwohl schon lange keine einzige Patrone mehr im Magazin steckte. Blut tropfte aus irgendwelchen Wunden auf den staubigen Boden. „Hallo, Frau Weber, alles ok?" Karin fühlte, dass jemand an ihrer Schulter rüttelte. Vorsichtig versuchte sie ihre Augen zu öffnen. Doch ein Gemisch aus Staub, Schweiß, Tränen und Blut machten dies fast unmöglich. Ein weiterer Mann trat auf Karin zu. Die beiden Männer packten sie unter den Achseln und stellten sie vorsichtig auf ihre Füße. Karin lehnte sich gegen die rechte Wand und steckte instinktiv ein volles Magazin in ihre Waffe. Vier Mann der SEK-Truppe stürmten an ihr vorbei, schubsten sie regelrecht zur Seite und liefen zu dem Türausschnitt hin, vor dem eine abgetrennte Hand auf dem Boden lag, die kaum noch als eine solche erkennbar war. Der Truppführer schaute als erster in den Raum. Wenig später wand er sich von dem Gesehenen ab und übergab sich. Karin trottete völlig benommen an der Wand entlang, ebenfalls dem Türausschnitt entgegen. Schritt für Schritt taumelte sie mehr als dass sie lief. Aus Gewohnheit schob sie ihre Waffe zurück in das Holster, sodass sie nun beide Hände frei hatte sich festzuhalten. Sie zog die Papierfetzen aus ihren Ohren. Ein leises Pfeifen verwandelte sich zu einem Gemisch aus dumpfen Sprachfetzen kurz erteilter Befehle der SEK-Leute. Immer näher kam sie dem Licht. Sie ignorierte die Fragmente der am Boden liegenden, blutigen rechten Hand und schaute in den Raum. Überall klebten Blut und Hautfetzen an Wänden und der Decke, vermischt mit Teilen der Textilien, die Bellarani einst am Leibe trug. Sein Körper hatte sich in viele Teile zerlegt. Nur ein kleiner Koffer und ein prall gefüllter Rucksack standen unversehrt neben dem Türblatt. Karin drehte sich weg und klappte zusammen wie ein Stein, der von einem Felsvorsprung fiel. Alles war schwarz um sie herum, totale Schwärze.

41

Die beiden Frauen, die in dem 1. Klasse Zugabteil saßen und Richtung Süddeutschland unterwegs waren, wirkten apathisch, müde und wiesen leichte Einschränkungen in ihren Bewegungsabläufen auf. Selbst das Einschenken von Kaffee aus der mitgeführten Thermoskanne schien der größeren der beiden Frauen schwer zu fallen. Die kleinere von beiden schnappte immer wieder nach Luft wie ein Fisch, der nach dem Fangen auf dem Trockenen lag. Doch keine von beiden schien schlechte Laune zu haben oder sich verhärmt in ihr Schneckenhaus und gar ihr Schicksal zurückziehen zu wollen. Der heiße Kaffee, von zu Hause mitgebracht, schien gut zu tun. „Hast du noch Schmerzen, Asli?" „Ein wenig, wenn ich tief Luft hole, und du?" „Die Wunde an der linken Brust tut noch verdammt weh und auch die an der rechten Wade. Aber ich werde es überleben. Es werden Narben bleiben." „Ob ich dich dann noch heiraten möchte, weiß ich aber noch nicht. Ein mit lauter Narben übersäter Körper und dann auch noch eine an der linken Brust werden meine Forderungen nach einer ordentlichen Mitgift schon mächtig erhöhen." „Meinst du etwa, dein Schnappen nach Luft und das verheilte Einschussloch über deiner linken Brust wäre schöner anzusehen? Das gibt Abzüge, Süße." Asli und Karin lachten fröhlich los. Es herrschte eine Atmosphäre von ungetrübter Lebensfreude und der Gier zu leben, nach allem, was sie in den letzten Tagen und Wochen über sich ergehen lassen mussten. „Ich liebe dich, Karin, und ich bin verdammt froh, dass wir beide hier noch so lebendig nebeneinander sitzen. Diesmal war es verdammt knapp." „Das ist wohl wahr. Vielleicht sollten wir das Kommissariat wechseln." „Aber nicht doch, Karin. Wir sind doch zwei wilde Cowgirls, denen nichts zu schwer ist. Selbst unser Präses hat uns eine Urkunde verliehen." „Ja, und die Herren Innenminister des Landes und des Bundes waren sogar bei der Feier zugegen und haben es sich nicht nehmen lassen, uns mit Lametta zu behängen." „Na, ich denke, die wollten dir nur an deine linke Titte fassen, während sie dir die Medaillen angeheftet haben. Obwohl, wenn der Herr Innenminister geahnt hätte, dass deine linke Brust ein Loch hat. Ich weiß nicht, ob er sich dann doch eher von seiner Staatssekretärin hätte vertreten lassen." Wieder setzte lautes Gelächter ein.

„Haben wir auch überlebt. Wenigstens hast du jetzt deine alten Privilegien zurückerhalten. Ich meine, was deine finanzielle Eingruppierung angeht, die man dir gekürzt hatte. Ist ja für mich auch ein Anreiz dich zu ehelichen." Asli boxte ihrer Lebenspartnerin ordentlich gegen den rechten Arm. „Au." „Bist halt schon so ein Ungeheuer, Karin Weber. Aber wir zwei sind ein verdammt gutes Team und jeder Verbrecher muss sich warm anziehen, wenn wir uns an seine Fährte heften." „Und wie ist dein Fazit, Asli?" „Nun wir haben eine Menge verbrannte Erde hinterlassen. Aber wir haben den Fall gelöst. Wir haben nette Leute kennengelernt. Oberstaatsanwalt Bracht zum Beispiel ist ein wirklich sympathischer Kerl und ähnlich wie wir zwei gelagert." „Monique und Mechthild nicht zu vergessen. Gerade Mechthild haben wir eine Menge zu verdanken. Schade nur, dass wir nicht verhindern konnten, dass Bader während der Untersuchungshaft im Gefängnis ermordet wurde. Bellarani ist noch bevor er in die Unterwelt von Köln gestiegen ist, zur JVA gefahren und hat dort einen Mitgefangenen von Bader dazu angestiftet, ihn kaltblütig zu töten." Auf jeden Fall haben wir mit unserer Aktion auch mächtig Staub im Vatikan aufgewühlt." „Und ganz sicher auch für eine Menge Veränderung gesorgt. Obwohl, eure katholische Kirche ist schon so alt und die Wege, die deren Vertreter oft gehen, sind unergründlich wie vieles, dass ich nicht verstehe." „Tröste dich. Mir geht es mit dem Islam nicht anders." Asli zog plötzlich einen Piccolo aus ihrem Rucksack und zwei Kunststoffsektflöten. Sie öffnete die kleine Flasche und verteilte den Inhalt in die beiden Gläser. „Jetzt bringen wir erstmal unsere Reha hinter uns und dann wird geheiratet. Ich freue mich schon drauf." „Ich auch. Und genauso machen wir es. Danach fangen wir auch wieder Verbrecher!?"